Silberschwingen

Rebellin der Nacht

EMILY
BOLD

SILBER SCHWINGEN

REBELLIN DER NACHT

PLANET!

Prolog

London

Ich stürzte in die Tiefe. Die Nacht umgab mich wie ein Leichentuch, das mir den Atem nahm. Der Wind fuhr mir unter die Schwingen, riss an mir, als triebe er ein grausames Spiel. Starr vor Angst öffnete ich die Augen, sah dem Tod ins Gesicht, denn der Boden kam unbarmherzig näher. Die Lichter Londons in der Ferne schienen mich locken zu wollen, versprachen eine Sicherheit, die ich nicht erreichen konnte. Das Haar peitschte mir ins Gesicht, und ein verzweifeltes Keuchen entfuhr meiner Kehle, als ich versuchte, die Kontrolle über meine rot glühenden Schwingen zu erlangen.

Versuch es!, tobte Luciens Stimme in meinem Kopf.

»Lucien!«, flüsterte ich und streckte die Hand in den Himmel, als könne er mich irgendwie doch noch retten. Doch das konnte er nicht. Ich hatte ihn von mir gestoßen. Ihn hintergangen und ihm tiefe Wunden zugefügt. Lucien York würde nicht noch einmal seine Schwingen schützend über mich breiten. Im Gegenteil. Er würde kommen und mich für alles, was ich getan hatte, zur Rechenschaft ziehen. Trotzdem kam es mir vor, als könne ich sein angstvolles Flehen hören. *Ich weiß, dass du es kannst!*

Es war, als würden seine Worte bis in mein Innerstes vordringen.

Getrieben von neu erweckter Kraft riss ich die Schwingen noch weiter auseinander, um mehr Wind zu fangen. So nah über dem Boden, dass es gar nicht so einfach war. Und meine Schwingen waren neu. Wund. Und verletzlich. Der ungewohnte Auftrieb zerrte an ihnen, bis ich glaubte zu zerbersten, zu zerschellen, obwohl ich noch gar nicht auf dem felsigen Untergrund aufschlug. Noch nicht …

Ich schrie meine Angst und meinen Schmerz hinaus, wie in der Nacht, als das Erbe des Lichts aus mir herausgebrochen war. Und wie damals spürte ich Luciens Hände auf meinem Rücken. Ich wusste, das war nicht real, dennoch linderte die Erinnerung mein Leid, und ich schaffte es in letzter Sekunde, den freien Fall zu bremsen. Ich schaffte es, den Aufwind zu lenken, zu nutzen und mit einem qualvollen Flügelschlag an Höhe zu gewinnen.

Erleichtert blies ich den Atem aus, wiederholte die ungewohnte und anstrengende Bewegung, und tatsächlich stieg ich langsam höher. Der Boden unter mir, der Park des Anwesens von Darlighten Hall wurde kleiner und am Ende von der Finsternis verschluckt. Nur der goldene Schein meiner Schwingen erhellte den Nachthimmel wie eine Sternschnuppe. Und so fühlte ich mich auch. Als würde ich verglühen. Meine Muskeln brannten, mein Blut kochte, und mein Herz lag in Schutt und Asche.

Auch ohne mich umzudrehen, war ich mir der Blicke der Silberschwingen hinter mir bewusst. Ich spürte ihren Hass, der mir folgte, selbst wenn ich nun mit jedem Flügelschlag an Abstand gewann. Auch Luciens Blick brannte sich in meinen Rücken. Er konnte mir nicht folgen, dafür hatte ich gesorgt. Doch warum schickte er mir nicht seine Männer nach?

Gab er mich etwa frei? Ließ er mich wirklich ziehen?

Ich war nicht so dumm anzunehmen, dass er mich verstand. Oder dass er mir vergeben würde.

Nein, ich kannte Lucien. Kannte ihn inzwischen so gut, dass ich noch immer seine Küsse auf meinen Lippen schmeckte. Ich kannte ihn – und ich wusste, ein Mann wie er gab niemals auf.

Meine Schwingen wurden schwer, der Schmerz war kaum mehr zu ertragen. Trotzdem blieb ich in der Luft stehen und wandte mich ein letztes Mal um. Die schwarzen Schemen von Darlighten Hall wirkten bedrohlich, und doch sehnte sich ein Teil von mir dorthin zurück. Zurück in die Arme des Mannes, den ich liebte. Und den ich dennoch hintergangen hatte. In die Arme des Mannes, der mich nun jagen und vernichten würde.

Meine Flucht war noch lange nicht das Ende. Ich war in größerer Gefahr als je zuvor. Und auch Riley Scott, für dessen Sicherheit ich alles riskiert hatte, würde uns mit seinen gebrannten Schwingen nicht schützen können.

Wir brauchten Hilfe. Und zwar dringend!

Kapitel 1

Ich schlich durch den Garten von Anhs Elternhaus. Die Schwingen an meinem Rücken schmerzten bei jedem Atemzug, und sie waren so schwer, dass sie mich beinahe niederdrückten. Die Dunkelheit um mich herum kam mir gespenstisch vor, und ich wünschte mir nichts sehnlicher, als die wenigen Straßen nach Hause zu gehen und mich von meinen Eltern trösten zu lassen. Mein kleiner Bruder Jake würde einen Witz erzählen oder mir sein neuestes Detektivspielzeug vorführen. Alles in mir schrie nach dieser Normalität. Ich wollte sie wiederhaben!

Ich wollte nicht nachts durch fremde Gärten schleichen! Und doch hatte ich keine Wahl. Wie von selbst fand ich meinen Weg, denn ich kannte den Garten gut. Anh und ich hatten als Kinder hier, in dieser von ihren Eltern künstlich angelegten Zen-Oase, viel Zeit verbracht. Ein japanischer Garten – mitten in London. Das war an sich nicht ungewöhnlich. Doch als ich noch klein gewesen war, hatte ich mich wie in einer fremden Welt gefühlt. Statt Rasen gab es ordentlich gerechte Kiesbeete, statt Rosen wuchs süß duftender Jasmin, und die blassrosa Blüten der japanischen Kirschbäume waren im Frühjahr wie Schnee auf uns herabgeregnet. Zwischen Bambusgräsern rekelten sich dunkelrote Drachen aus Holz, und über kreisrunde Trittsteine erreichte man das Baumhaus, das hoch oben in einem rotlaubigen Ahorn thronte und wie ein winziger japanischer Tempel gestaltet war.

Bedächtig setzte ich meine Füße auf die Trittsteine, um die sanften Wellen, die in den Kies gerecht waren, nicht zu zerstören. Schließlich wollte ich niemanden darauf aufmerksam machen, dass das Baumhaus nun nicht mehr so verlassen war wie in den letzten Jahren.

»Riley!«, rief ich mit gedeckter Stimme in die Dunkelheit. Ich hatte keine Ahnung, ob er überhaupt hier war. Seit er früher in dieser Nacht dank meiner Hilfe aus Darlighten Hall geflohen war, hatte ich ihn nicht mehr zu Gesicht bekommen. Ich wusste nicht, ob er den Silberschwingen überhaupt entkommen war. Waren sie ihm gefolgt? Hatten sie ihn erwischt und zurück in seine Zelle gebracht? Hatten sie ihn erneut gefoltert und misshandelt? Wenn ja, dann waren all die Mühen dieser Nacht umsonst gewesen. Deshalb musste Riley hier sein! Er musste einfach!

Schon allein deshalb, weil ich diese Ungewissheit keine Sekunde länger aushielt.

»Riley!«, wiederholte ich meinen Ruf, diesmal etwas lauter. Ich sah nach oben zum Baumhaus – doch nichts regte sich. Als ich nach der Strickleiter griff, riss diese, und die Hölzer der Stufen kamen mir krachend entgegengeflogen.

»Na toll!«, murrte ich, feuerte die verwitterte Leiter neben den Stamm und sah hinauf in die Baumkrone. »Und jetzt?«

»Du hast Schwingen!«, erinnerte mich eine raue Stimme hinter mir. Erschrocken und erleichtert zugleich fuhr ich herum.

»Spinnst du?«, flüsterte ich und fasste mir ans Herz. »Was schleichst du dich so an mich heran? Ich wäre vor Schreck fast gestorben!« Ich schlug nach ihm, dann schlang ich zitternd meine Arme um Rileys Hals.

Mit einem Mal ließ die gesamte Anspannung der letzten Stunden nach. Ein Wechselbad der Gefühle ergoss sich über mich, und ich wusste nicht, ob ich vor Schmerz weinen, vor Erleichterung lachen oder vor Angst schreien wollte. Ich wusste nicht, ob ich froh war, Lucien entkommen zu sein, oder ob ich mich damit nicht nur selbst ins Unglück gestürzt hatte. All das prallte auf mich ein, sodass ich mich kaum noch auf den Beinen halten konnte. Ich klammerte mich an Riley, als mich ein heftiges Schluchzen zu schütteln begann.

»Schht, Thorn«, flüsterte er mit seiner unverkennbar rauen Stimme in mein Ohr. »Es ist gut. Wir sind hier sicher.« Wie schon viele Male zuvor strich er mir beruhigend übers Haar. »Gleich kannst du schwach sein. Gleich ist es okay, aber zuerst müssen wir da hoch.« Er schob mich von sich, ohne mich wirklich loszulassen, und deutete auf das Baumhaus.

Ich lachte hysterisch. »Die Leiter ist kaputt! Wie sollen wir …«

Riley schüttelte den Kopf und zupfte an meinen Schwingen. »Nutz die hier, Thorn. Du brauchst keine Leiter.«

»Ich kann sie nicht mehr bewegen«, gestand ich gequält. »Sie tun so weh. Ich …«

Er lächelte verständnisvoll. »Kein Wunder. Ich hab echt gedacht, du gehst drauf, als ich gesehen habe, wie du dich von der Balkonbrüstung gestürzt hast. Das war total unvernünftig!« Er zwinkerte mir zu. »Sah aber verdammt geil aus!«

Ich hustete. »Was? Mein Beinahe-Tod sah also geil aus, ja?«

Riley grinste breit, was seinem markanten Gesicht die Härte nahm. »Jep. Das Glühen deiner Schwingen am Nachthimmel – das hatte schon was. Obwohl ich ja selbst um mein Leben gerannt bin, konnte ich nicht anders, als stehen zu bleiben und dir hinterherzustarren. Du … bist nicht gerade unauffällig, das steht fest.«

»Leuchtend rote Schwingen sind aber auch nicht besonders praktisch, wenn man sich verstecken will«, stimmte ich ihm zu.

»Deshalb musst du jetzt da hoch – dorthin, wo niemand deine Schwingen entdecken kann.« Er versetzte mir einen sanften Stoß und nickte in Richtung Baum. »Na los. Hoch mit dir!«

Ich spreizte die Schwingen, wohl wissend, dass ich damit jede Silberschwinge im Umkreis auf mich aufmerksam machen würde.

»Aber was ist mit dir?«, zögerte ich mit Blick auf die verbrannten Überreste seiner Schwingen. Er würde damit sicher niemals mehr fliegen.

Riley folgte meinem Blick und strich sich verächtlich über die vernarbten Schwingenreste. »Keine Sorge. Hoch komm ich«, erklärte er mir. »Meine Sprungkraft reicht aus, da hinaufzukommen. Runter tut's halt etwas weh – ohne Schwingen, die den Aufprall abfangen.« Als wäre dies etwas, womit er sich zu gegebener Zeit auseinandersetzen würde, ging er leicht in die Knie und katapultierte sich dann mit einem kräftigen Satz bis hoch zum Baumhaus. Wie ein Kavalier hielt er mir die mit weißer Seide bespannte Tür auf. »Komm schon, hier ist es richtig gemütlich.«

Ich rollte mit den Augen. Richtig gemütlich … das glaubte ich kaum. Wenn ich mich recht erinnerte, war es selbst für uns Kinder dort oben ziemlich eng gewesen. Und Kinder waren Riley und ich ja nun wirklich nicht mehr. Noch dazu nahmen die Schwingen wirklich unpraktisch viel Platz ein. Trotzdem zwang mich der Silberstreifen des Sonnenaufgangs am Horizont, nicht länger zu warten. Mit einem schmerzhaften Flügelschlag stieg ich in die Luft und ließ mich wenig elegant neben Riley an die Tür plumpsen. Dann faltete ich die Schwingen eng auf meinen Rücken und duckte mich durch die viel zu kleine Öffnung.

»Home sweet Home«, murrte ich mit Blick auf die Spinnweben, die von der Decke hingen.

Riley bemerkte meine Skepsis und wischte sie achtlos beiseite.

Dann setzte er sich an die Wand und zog einen Elektrostab unter seinem Mantel hervor.

»Wo hast du den her?«, fragte ich und deutete auf die Waffe.

»Lachte mich von der Rückbank eines Wagens in Darlighten Hall an. Ich dachte, der könnte noch nützlich werden«, erklärte er schlicht und streckte die Beine lässig von sich, wodurch er fast die gegenüberliegende Wand berührte. Gemächlich, als säßen wir in der Pause auf dem Schulhof und als stünden wir nicht auf der Abschussliste der Silberschwingen, die vermutlich alle längst hinter uns her waren, kramte er eine Packung Kaugummis aus der Hosentasche und bot mir einen an. »Setz dich, und dann erzählst du mir, was dich auf die verrückte Idee gebracht hat, mich aus Darlighten Hall zu befreien. Ist dir überhaupt klar, was du getan hast?«

Da ich den Kaugummi ignorierte, nahm er sich selbst einen und steckte die Packung wieder ein. Dann musterte er mich kauend. Ich fühlte mich unwohl unter seinem forschenden Blick. War mir klar, was ich getan hatte? Ich wusste es nicht. Ich wusste nur, dass ich das Gefühl gehabt hatte, keine andere Wahl zu haben. So wie auch jetzt, wo ich keine andere Möglichkeit sah, als mich ebenfalls auf den staubigen Boden zu setzen.

Meine Schwingen schmerzten, als ich mich gegenüber von Riley an die Wand lehnte.

»Ich glaube, ich habe sie kaputt gemacht!«, flüsterte ich und strich mir zaghaft über die rissigen Federschuppen.

Riley beugte sich etwas in meine Richtung, ich wusste, dass die Dunkelheit seine Sicht nicht einschränkte. »Du hast sie wirklich ganz schön strapaziert. Sie sehen noch ganz weich aus. Wundert mich, dass du damit überhaupt schon fliegen konntest.« Er sah mich ernst an. »Du hättest sterben können, Thorn.«

»Ich hatte doch keine Wahl!«, rechtfertigte ich mich, denn er klang vorwurfsvoll. »Die Oberen sind da, und Kane steckt richtig in der Klemme, weil nicht nur ihr Rebellen ihm Ärger macht, sondern auch noch einige Halbwesen in London aufgetaucht sind. Ich hatte Panik, dass er dich dafür benutzt, um vor den Oberen seine Macht und Kontrolle zu demonstrieren.«

Riley ploppte eine Kaugummiblase. »Warte, warte … was für Halbwesen? Wovon sprichst du?« Er schien trotz der späten Stunde hellwach zu sein. Ich konnte sehen, wie seine Gedanken rasten.

Ich winkte ab. »Keine Ahnung, Riley. Ich weiß nicht, wer die Halbwesen sind, aber sie behaupten, meine Brüder zu sein. Und dass sie Kinder von Aric Chrome sind. Das macht Kane wohl Angst. Zumindest sagt Nyx das.«

Rileys markante Züge verhärteten sich. »Nyx sollte man nicht vertrauen. Sie … spielt zu gerne ein falsches Spiel, um zu bekommen, was sie will. So war sie schon als Kind.«

»Eigentlich klang sie recht überzeugend. Sie hat sogar zugegeben, dass sie Lucien zurückhaben will.« Ich schluckte. Den Gedanken, dass sie dieses Ziel nach meiner Flucht nun erreicht haben dürfte, verdrängte ich. Doch der Schmerz in meiner Brust blieb.

Wieder ploppte Riley eine Kaugummiblase, ehe er antwortete. »Ich habe Lucien gesehen. Mit dir.« Er zögerte und rutschte etwas auf dem Boden des Baumhauses herum, als suche er nach einer bequemeren Position. »Ich kenne ihn, seit wir Kinder waren, und kann seine Blicke deuten, Thorn. Lucien will dich.« Er sah mich an, als erwartete er eine Reaktion von mir.

»Wie meinst du das? Willst du sagen … er ist in mich verliebt?«

Riley grinste. »Nein. Das meine ich nicht. Ich denke, Lucien … beansprucht dich für sich. Du … gehörst ihm. Das meine ich. Er will dich – weil du ihm nach den Gesetzen der Silberschwingen gehörst.«

Riley davon reden zu hören, dass ich Lucien wichtig war, weckte die Erinnerung an seine Küsse. Und daran, wie gut es sich angefühlt hatte, ihm nahe zu sein. Doch das war nun Geschichte …

Ich lachte bitter. »Er will mich vielleicht zurück, da magst du recht haben, Riley, aber sicher nur, um sich an mir zu rächen. Immerhin habe ich ihm bei unserer Flucht mit so einem Elektrostab ordentlich zugesetzt.« Ich deutete auf die Waffe neben ihm.

»Gut möglich.« Riley strich sich das lange Haar aus der Stirn und sah mich nachdenklich an. Er fuhr sich unter die verkrüppelten Schwingen und tastete unter seinem Shirt die Haut ab. »Du hast ja keine Ahnung, wie es ist, wenn so ein Stromschlag durch deinen Körper jagt.« Ein Schatten legte sich auf sein Gesicht, seine Stimme klang rau vor Schmerz. »Du bist gelähmt, hilflos, und es fühlt sich an, als schlägt dir eine Giftschlange ihre Zähne ins Fleisch.« Er machte eine Handbewegung, um das zu verdeutlichen. Dabei verstand ich ihn wirklich ganz genau.

Mir wurde schlecht. Wie hatte ich Lucien das nur antun können?

»Wie ein Blitz zuckt der Strom durch dich hindurch. Deine Muskeln krampfen, du glaubst zu verbrennen …« Er hob sein Shirt, und trotz der Dunkelheit in unserem Versteck zeichneten sich die hellen Narben unter seiner Schwinge deutlich ab. Sie sahen aus wie sich verzweigende Flüsse, die knapp oberhalb seines Gürtels versickerten. »Dass Lucien nach deinem Angriff so schnell wieder stand … zeigt, wie entschlossen er dich aufhalten wollte, Thorn.«

»Uns«, verbesserte ich ihn. »Er wollte uns aufhalten. Nicht mich. Du warst schließlich der Gefangene.«

Riley nahm einen neuen Kaugummi aus dem Päckchen, wickelte ihn aus und tauschte ihn mit dem in seinem Mund. Erst dann sah er mich wieder an. »Er war nicht hinter mir her, Thorn. Er hat mich heute Nacht nicht aufgehalten, als ich am Tor gewesen bin. Stattdessen ist er dir nach.«

»Er konnte es vielleicht nicht mit dir aufnehmen. Er war … verletzt«, versuchte ich, Luciens Verhalten zu ergründen, aber Riley schüttelte den Kopf.

»Für Lucien York wäre es ein Kinderspiel, es mit einem Krüppel wie mir aufzunehmen. Ich sage dir, Thorn: Er hat mich gehen lassen – weil ich ihm nicht so wichtig war wie du.«

Ich wollte widersprechen, da beugte Riley sich vor und hielt mir den Mund zu. Mit dem Kinn nickte er in Richtung von Anhs Elternhaus. Hinter einem Fenster war ein Licht angegangen.

Ich wusste genau, dass sich Anhs Zimmer hinter diesem Fenster befand. Spürte meine beste Freundin, dass ich ganz in der Nähe war? Spürte sie, wie sehnlichst ich mir wünschte, statt hier in der schmutzigen Hütte bei ihr auf dem Schlafsofa zu liegen? Mit ihr über Jungs zu tuscheln, und zwar nicht über Jungs, die mich vermutlich umbringen wollten, sondern über Jungs, die wir küssen wollten – was in meinem Fall dummerweise auf das Gleiche hinauslief, wie ich mir trotz allem eingestehen musste.

Rileys Finger auf meinen Lippen waren sanft, und sie erinnerten mich an den Beginn dieser ganzen verrückten Sache. Damals hatte er es sich zur Gewohnheit gemacht, mich in dunkle Ecken des Schulhauses zu verschleppen und meine Proteste zu ersticken, indem er mir den Mund zuhielt.

Offenbar erinnerte auch er sich daran, denn etwas verlegen nahm er die Hand schließlich beiseite.

»Es wird langsam hell«, flüsterte er. Seine raue Stimme klang müde. »Wissen wir schon, wie es nun weitergeht?«

Ich zuckte mit den Schultern. Einfach wie Anh aufstehen, frühstücken und die Ferien genießen, war wohl nicht drin.

»Wir müssen hier weg. Ewig können wir uns nicht in diesem Baumhaus verstecken«, gab ich zu bedenken.

Riley nickte, und eine Kaugummiblase platzte leise. »Wir könnten es in der alten Buchhandlung probieren.«

»Können wir nicht. Lucien wird dort sicher zuerst nach uns suchen.«

»Er kennt das Versteck der Shades doch nicht. Niemand kennt es. Nicht einmal Magnus.«

Ich war dankbar um die Dunkelheit, die – so hoffte ich wenigstens – meine verlegene Röte verbarg. »Ich … fürchte, ihr müsst euch ein neues Versteck suchen«, gestand ich. »Lucien ist mir gefolgt, als ich … Conrad und die anderen warnen wollte.«

»Du hast ihn zu ihnen geführt?« Der Vorwurf in seiner Stimme war nicht zu überhören.

»Nein!«, wehrte ich mich. »Also … ja, wenn du es so sagst, dann habe ich Lucien wohl dorthin geführt … aber er hat ihnen nichts getan. Es geht ihnen gut … zumindest, soweit ich weiß.«

»Herrgott, Thorn!« Riley fuhr sich aufgebracht durchs zu lange Haar. »Du hättest besser aufpassen müssen!«

»Ach ja?« Sein Vorwurf ärgerte mich – vermutlich, weil ich selbst wusste, dass er recht hatte. »Ist ja schon lustig, dass gerade du das sagst!« Ich funkelte ihn böse an. »Du warst es doch, der mir mitten am Tag, mitten in London vorführen musste, was Silberschwingen so alles können. Dein Leichtsinn hat Lucien und seine Männer doch erst auf uns aufmerksam gemacht.«

Rileys Züge verhärteten sich. Er hob ein Stöckchen vom Boden auf und drehte es zwischen den Fingern. »Du kannst mir glauben, Thorn, für diesen … *Leichtsinn* habe ich bitter bezahlt.«

Mein Herz blutete, so leid tat er mir. Ich hatte ihm nicht wehtun wollen. Deshalb rutschte ich zu ihm hinüber und setzte mich an seine Seite. Tröstend griff ich nach seiner Hand und lehnte meinen Kopf an seine Schulter. »Es tut mir alles so leid, Riley«, flüsterte ich. »Ich fühle mich schuldig, aber ich verstehe bis heute nicht, warum du das getan hast. Ich frage mich die ganze Zeit, ob es meine Schuld war oder …«

»Es war nicht deine Schuld, Thorn«, versicherte er mir und drehte sich, sodass ich ihm in die Augen sehen konnte. »Ich würde dir nie die Schuld an dem geben, was passiert ist. Ich hätte es wissen müssen. In London ist man nie unbeobachtet. Und das Erbe des Lichts lässt uns unseresgleichen erspüren. Darum waren die Shades und ich immer auf der Hut. Immer vorsichtig.«

Die ersten Sonnenstrahlen bahnten sich einen Weg durch die seidenbespannten Baumhauswände und tauchten alles in ein warmes Licht. Nur Rileys verbrannte Schwingen schien der Glanz des neuen Tages nicht zu erreichen. Dunkel und tot ragten sie über seine Schultern.

»Warum hast du diese Vorsicht an jenem Tag aufgegeben?«, fragte ich und berührte seine Schwingen sanft. Er wich nicht zurück. Ich wusste nicht, ob es ihm unangenehm war. Ob er überhaupt Schmerz dabei empfand. Oder fühlte er nichts mehr in ihnen?

»Ich wollte dich beeindrucken«, gestand er leise und schüttelte über sich selbst den Kopf. Dann schloss er seine Hand um meine, als wollte er meine sanfte Berührung aufhalten. »Ich wollte …«, er grinste schief, »… wohl etwas angeben.«

»Warum?«

Rileys raues Lachen war so warm wie die ersten Sonnenstrahlen. Er schaute mich an, als wunderte er sich über mich. »Warum?«, wiederholte er meine Frage. »Ist das nicht offensichtlich, Thorn?« Langsam verwob er seine Finger mit meinen. »Weißt du noch, als ich dich gefragt habe, wen von den Shades du am liebsten magst?«

Ich rollte mit den Augen, denn daran erinnerte ich mich wirklich noch sehr gut. »Du hättest mich das damals gar nicht fragen brauchen, denn kurz darauf hast du der ganzen Klasse, inklusive Miss Shepherd, deutlich gemacht, dass *du* mein neuer Freund bist!« Die Erinnerung ließ mich schmunzeln, und ich verpasste seinem Bein einen zaghaften Hieb mit der Fußspitze.

Riley lachte und legte seinen Arm um mich, wie damals, als er mich so in die Klasse geführt hatte. »Ich konnte doch nicht riskieren, dass du Sam oder Conrad oder noch schlimmer – Garret – auswählst. Es hätte mir das Herz gebrochen, dich mit einem anderen zu sehen.«

»Idiot!«, kicherte ich. »Überhaupt weiß ich nicht, was das alles mit dem Tag am Buckingham Palace zu tun hat?«

Riley grinste immer noch. Er streichelte meine Schulter und sah mir in die Augen. Seine Iris war unnatürlich dunkel. Sie zeugte deutlich von seiner Silberschwingen-Abstammung, auch wenn sie keinen so geheimnissvollen Glanz wie Luciens hatte. »Es hat alles damit zu tun, Thorn«, flüsterte er und beugte sich näher zu mir. »Ich war leichtsinnig, wollte dich beeindrucken, weil ich … weil ich dich mag.« Kurz schloss er die Augen, dann sah er mich wieder an. »Ich weiß, ich bin ein verkrüppelter Silberschwingen-Rebell ohne Zukunft. Und du bist Luciens Versprochene. Aber ich wollte trotzdem, dass du das weißt.«

Der sanfte Kuss, den er mir auf die Lippen hauchte, war vorbei, noch ehe ich reagieren konnte. Riley zog sich zurück, nahm seinen Arm von meiner Schulter und rückte etwas von mir ab. Er schien keine Antwort zu erwarten, trotzdem fühlte es sich so an, als müsste ich etwas darauf sagen.

Aber was? Wie sollte ich ihm gestehen, dass ich seine Gefühle nicht erwiderte? Und dass mein Herz ausgerechnet für denjenigen schlug, der ihn so grausam bestraft und ihm dadurch seine Schwingen genommen hatte? Wie sollte er verstehen, dass ich mich entgegen aller Vernunft in den Mann verliebt hatte, der uns nun jagte?

»Riley, ich …«

Er hielt mir erneut den Mund zu. »Sag jetzt nichts. Nimm das, was ich gesagt habe, einfach als Wahrheit hin. Oder als Dank für meine Rettung.« Langsam löste er seine Finger von meinen Lippen. »Ich hätte nie gedacht, dass ich dir wichtig genug bin, so viel für mich zu riskieren.«

»Du bist mein Freund!«, erinnerte ich ihn. »Für seine Freunde riskiert man so einiges, aber wenn uns nicht bald einfällt, wohin wir gehen könnten, dann haben wir mit diesem Fluchtversuch einen Riesenfehler gemacht.«

Er nickte. »Ja, ich nehme nicht an, dass Lucien sich noch einmal für meine Bequemlichkeit in der Zelle einsetzt.«

Ich horchte auf. »Von was redest du? Welche Bequemlichkeit?« Ich erinnerte mich an meine Verwunderung über die Möbel in Rileys Kellerverlies, aber nach unserer aufregenden Flucht hatte ich das schon wieder total vergessen.

»Nachdem ihr beide bei mir in der Zelle wart – und Lucien und ich uns geprügelt …«

»Ich erinnere mich an euren dämlichen Kampf! Erzähl mir lieber, was es mit den Möbeln auf sich hat!«

Riley hob abwehrend die Hände. »Schon gut, schon gut. Du hast ja recht. Der Kampf war dumm. Ich hab mir den spärlichen Überrest meiner Schwingen dabei übel zugerichtet.« Er zwinkerte mir zu und ließ eine riesige Kaugummiblase platzen. »Aber es hat gutgetan, das kannst du mir glauben. Ich hab ihm doch ordentlich eine mitgegeben, oder nicht?«

Der Anblick von Luciens dunklem Bluterguss stand mir noch deutlich vor Augen. Die Erinnerung daran, wie er mich gezwungen hatte, seine eingerissene Silberschuppe zu verarzten … der

Duft seiner Haut, sein Blick, als ich dabei unnötig grob vorgegangen war …

»Du hast ihn verletzt«, gab ich zu und versuchte, die Bilder aus meinem Kopf zu vertreiben. »Bist du nun zufrieden?«

»Ein wenig.« Er streckte sich und verschränkte die Hände hinter dem Kopf. »Aber ich glaube, Lucien hat sich nach dem Kampf so richtig schlecht gefühlt, denn warum hätte er mir sonst plötzlich Bett, Tisch und Stuhl bringen lassen sollen? Ich habe sogar einige Bücher und Kaugummis bekommen. Damit hatte ich echt nicht gerechnet.«

Ich atmete tief ein. Mit einem Mal kam mir das Baumhaus zu eng vor. Ich brauchte Luft, musste kurz allein sein. Musste nachdenken. Konnte es sein, dass Lucien mir zuliebe für Riley gesorgt hatte? War es ihm ernst gewesen, als er mir versichert hatte, für dessen Sicherheit zu sorgen?

Ich kämpfte mich vom Boden hoch und knetete meine Hände. Ich musste hier raus!

»Thorn? Was …?«

Als Riley die Hand nach mir ausstreckte, wich ich zurück.

»Wir hatten einen Deal«, murmelte ich und stolperte zur Tür. »Lucien und ich, meine ich. Mein Gehorsam – für deine Sicherheit.«

Ich riss die Tür auf und spreizte die Schwingen.

»Thorn!«, warnte mich Riley und versuchte, mich zu fassen zu bekommen. »Komm wieder rein!«

In meinem Kopf wirbelten tausend Gedanken. Und alle galten Lucien. Erinnerungen an ihn vermischten sich mit der Vorstellung, was er mir für meinen Verrat antun würde. Ich legte den Kopf in den Nacken, atmete erleichtert durch, als der Wind angenehm meine im Nacken verschwitzten Haare kühlte.

Hatte Lucien Wort gehalten? Hatte er wirklich für Rileys

Schutz sorgen wollen? Und selbst wenn, hätte er sich in dieser Sache gegen seinen Vater durchsetzen können?

Ich rieb mir die müden Augen. Das alles war so sinnlos! Es war zu spät, sich diese Fragen zu stellen. Ich hatte meine Wahl getroffen. Hatte Lucien verraten, hintergangen und seinem Clan den Rebellen entwendet. Das würde er mir nie verzeihen. Denn mein Gehorsam war der Preis, den er gefordert hatte. Für meine und Rileys Sicherheit. Ein Preis, den zu zahlen ich nicht bereit gewesen war.

Ich spürte die Träne, die mir heiß wie Feuer über die Wange rann. Schmeckte ihr Salz auf meiner Lippe. Mir war kalt, und ich hob meine Schwingen der aufgehenden Sonne entgegen. Ihr rotes Glühen würde für jeden, der kein Mensch war, weit zu sehen sein, doch das war mir egal. Ich brauchte die Wärme, denn eine dicke Eisschicht hatte sich um mein Herz gebildet.

»Sind die Schwingen deiner Brüder genauso auffällig wie deine?«, kam Rileys Stimme aus der Hütte. Ich spürte, dass er näher kam. Spürte, dass er die Arme nach mir ausstreckte, noch ehe er mich wirklich berührte. Trotzdem zuckte ich zusammen, als seine Körperwärme mich durchströmte. Wärme, die ich zu gerne genossen hätte, die mich aber schmerzlich an die tröstliche Umarmung einer ganz anderen Silberschwinge erinnerte.

»Ich habe nur einen von ihnen gesehen«, flüsterte ich, denn unter uns trat gerade Anhs Vater vor die Haustür, um die Zeitung zu holen. Wie von selbst schlossen sich meine Schwingen schützend um uns, damit wir vor menschlichen Blicken verborgen waren. »Er hat ebenfalls rötliche Schwingen. Er hat gesagt, sein Name wäre Niklas Chrome.«

Ohne zu uns hochzusehen, verschwand Anhs Vater mit seiner Zeitung im Haus. Ich öffnete die Schwingen und trat zurück. Rileys Nähe schmerzte mich, denn sie machte mir deutlich, was ich aufgegeben hatte.

»Niklas Chrome …«, murmelte Riley und strich sich die Haare aus der Stirn. Er spuckte seinen Kaugummi achtlos in das sauber gerechte Kiesbeet unter uns und nahm sich einen neuen. »Denkst du, Niklas Chrome würde uns helfen?«, schlug er vor und steckte sich den nach Pfefferminz duftenden Kaugummi in den Mund.

»Vielleicht. Aber wie sollen wir ihn finden?«

Riley runzelte die Stirn und ploppte eine Kaugummiblase.

»Wir könnten uns von ihm finden lassen«, schlug er nachdenklich vor.

»Uns finden lassen? Wir sollen uns also zeigen?« Die Idee war doch dämlich! »Und wie kommst du darauf, dass uns die Silberschwingen nicht zuerst finden?«

Riley grinste und zwinkerte mir zu. »Manchmal … braucht man einfach etwas Glück!«

Kapitel 2

Mit nacktem Oberkörper stand Lucien vor dem Spiegel. Er biss die Zähne so fest zusammen, dass seine Kiefermuskeln zuckten.

»Du solltest sie hinrichten lassen, dafür, dass sie dir das angetan hat«, zeterte Nyx und strich Lucien zaghaft mit einem feuchten Tuch über die Wunden. Ihr silbernes Haar schillerte regenbogenfarben im Licht der aufgehenden Sonne, und ihre helle Haut wirkte vor Sorge noch blasser.

Lucien hob den Arm, um ihr den Zugang zur nächsten Verbrennung zu erleichtern. Etliche blutrote Male verunstalteten seine Haut und breiteten sich wie Wurzeln über seinen Oberkörper aus. Es würde lange dauern, bis diese Narben verblassen würden, das wusste er.

Er zuckte leicht, als Nyx die heilende Tinktur auftrug. Der Geruch von Aloe und Alkohol stieg ihm in die Nase, als die wässrige Flüssigkeit sein Fleisch berührte.

Nyx hielt in der Bewegung inne. »Ich weiß, es brennt, aber …«

»Ich halte es aus!«, brummte Lucien und bedeutete ihr mit einem Nicken weiterzumachen. Und tatsächlich war es nichts gegen den Schmerz, der tief in seinem Innersten wütete. Nie hätte er gedacht, dass seine Gefühle für Thorn so stark waren, dass ihr Verrat ihn derart in die Knie zwang. Wut und Zorn loderten in ihm. Er sann auf Rache. Er wollte sie sich unterwerfen, bis ihre

Lippen vor Angst zittern würden. Und zugleich sehnte er sich danach, diese Lippen zu küssen. Mit seiner Zunge ihren Mund zu erobern, bis er ihre Hingabe schmecken konnte.

Wieder zuckte er zusammen, als Nyx die Tinktur direkt unter seiner kraftlosen Schwinge auftrug.

»Entschuldige«, flüsterte sie und sah ihn mitleidig an.

Lucien riss ihr das Tuch aus der Hand und griff selbst zur Flasche mit der Tinktur. »Hör auf, dich zu entschuldigen. Ich will hier fertig werden!« Achtlos rieb er sich die Medizin über die Wunden und sog dabei zischend die Luft ein, als das Brennen bis in die Haarwurzeln zu spüren war.

»Lass deine Wut nicht an mir aus!«, fuhr Nyx ihn schmollend an und setzte sich mit verschränkten Armen auf sein Bett. Sie strich sich das feine Silberhaar auf den Rücken und musterte ihn.

Lucien wusste, dass er gerade nicht fair war. Aber niemand zwang Nyx, hier bei ihm zu sein. Genau genommen wäre er gerne allein gewesen, doch Nyx machte keinerlei Anstalten zu gehen. Sie betrachtete ihn wie immer ohne Scheu, als wäre sie nach wie vor seine Versprochene.

»Sag doch mal was, Lucien!«, forderte sie nun und schob ihre Unterlippe nach vorne. »Seit dieses verfluchte Halbwesen vom Balkon geflogen ist, schweigst du mich an. Was hast du jetzt vor? Warum hast du nicht längst Kanes Männer hinter ihr hergeschickt?«

»Ich schicke niemanden hinter ihr her«, erklärte er kühl und streifte sich ein dunkles Hemd über, obwohl schon diese leichte Berührung auf seinen Wunden scheuerte.

»Du lässt sie einfach davonkommen?« Nyx stand auf, strich sich die hellsilbrigen Schwingen glatt und trat hinter ihn. Sie begutachtete ihr gemeinsames Bild im Spiegel und legte ihm die Arme um die Hüfte.

Entschieden schob Lucien sie von sich. Sein Blick war eisig und seine Züge verhärtet. »Ich lasse sie nicht entkommen, Nyx. Aber wenn jemand hinter Thorn herjagt, dann werde *ich* das sein!«

»Du nimmst das alles zu persönlich …«

»Zu persönlich?«, unterbrach er sie und funkelte sie warnend an. »Du vergisst, dass Thorn meine Versprochene ist!«

Nyx lachte hell auf. »Deine Versprochene? Du meinst: Sie *war* deine Versprochene, richtig? Du kannst unmöglich vorhaben, dieses Bündnis nach dieser Nacht noch einzugehen. Du kannst sie nicht zu deiner Gefährtin machen!«

»Was ich tue, geht niemanden etwas an!«

Nyx stampfte mit dem Fuß auf. »Lucien! Du kannst kein Mädchen, das unsere Feinde aus der Gefangenschaft befreit, an deine Seite nehmen! Du wirst irgendwann den Clan führen. Meinst du, die Silberschwingen folgen einem Mann, der sich von einem Halbwesen den Kopf verdrehen lässt?«

Mit zwei schnellen Schritten war Lucien bei Nyx und packte ihre Kehle. Ihr Stöhnen ging in seinem zornigen Knurren unter.

»Niemand verdreht mir den Kopf!«

»Du lügst! Ich habe euch gesehen! Du hast sie geküsst!« Nyx umklammerte seine Finger, um seinen Griff zu lockern. »Im Pavillon! Du warst bei ihr – und ich habe euch gesehen, also lüg mich nicht an!«

Lucien sah den Zorn und die Enttäuschung in Nyx' blaugrau schimmernden Augen. Und obwohl er bisher immer darauf Wert gelegt hatte, dass es ihr gut ging, überwog diesmal seine Wut.

»Du schleichst mir nach? Beobachtest mich? Was geht es dich an, wen ich küsse? Was geht es dich an, wen ich liebe?«

»Du liebst sie nicht!«, kreischte Nyx und schlug nach ihm. »Du kannst dieses Halbwesen nicht lieben, Lucien! Du warst *mir* versprochen! Schon immer! Der Platz an der Spitze des Clans gehört mir! Und *ich* habe dich nie hintergangen! *Ich* hätte dich nie verlassen!«

Das Flehen in ihrer Stimme drang langsam in Luciens zornumnebelten Verstand. Er löste seinen Griff, ohne sie freizugeben. »Es tut mir leid, Nyx«, flüsterte er und fuhr zärtlich über die Stelle an ihrem Hals, an der er gerade noch zugepackt hatte. Er ließ seinen Blick über ihre zierliche Gestalt wandern, ehe er ihr in die schönen Augen sah. »Ich wünschte, die Dinge zwischen uns wären nie aus dem Ruder gelaufen. Ich wünschte wirklich, Riley wäre nie mit Thorn hier aufgetaucht. Dann hätte ich mir mein Leben lang einreden können, an deiner Seite glücklich zu sein. Und ja, das wäre ich wohl auch gewesen.«

Nyx hob ihre Hand an seine Wange, dabei rannen Tränen über ihr Gesicht. »So kann es immer noch sein«, wisperte sie.

Lucien schüttelte den Kopf. »Nein. So kann es nie wieder sein.« Er griff nach ihrer Hand, um ihre Berührung zu unterbinden. »Thorn ist meine Versprochene. Jetzt und für immer. Ich weiß, dass dir das wehtun muss, aber ich kann es nicht ändern. Und ich will es nicht ändern. Thorn ist immer noch wichtig für uns Silberschwingen. Ein Bündnis mit ihr kann Frieden bringen. Du weißt, wie sehr ich mir Frieden für unser Volk wünsche. Die Fehde zwischen Kane und Aric, zwischen Halbwesen und Silberschwingen, zwischen Rebellen und Gesetzestreuen – zwischen den Clanoberhäuptern und den Oberen … das alles muss aufhören.«

Nyx zog ihre Hand zurück, als hätte sie sich verbrannt. Ihre Augen wurden zu schmalen Schlitzen, und ihre Tränen versiegten. »Du willst mir also erzählen, du hättest sie nur um des lieben Friedens willen geküsst?«

Lucien stellte sich ihrem Blick. Er drückte den Rücken durch, und obwohl seine Schwingen noch immer kraftlos herabhingen, wusste er, dass er imposant wirken musste. Er hatte nicht vor, über seine Gefühle zu sprechen.

»Ich schulde dir keine Rechenschaft, Nyx«, erklärte er knapp, wandte sich ab und begann, sein Hemd zuzuknöpfen, als wäre das Gespräch vorüber. Er hörte ihr Schnauben, spürte ihr Zögern und lauschte ihren zornigen Schritten, als sie schließlich wortlos seine Gemächer verließ. »Ich schulde niemandem Rechenschaft«, murmelte er, trat auf den Balkon und ließ seine verletzten Schwingen kreisen. Die Sonne ging auf und malte einen rotgoldenen Teppich aus Licht auf den Stein. Rotgolden wie Thorns Schwingen. Er blickte hinunter auf das von Efeu umrankte Dach des Pavillons, bis eine der steinernen Figuren sich nach ihm umwandte. »Ich küsse, wen immer ich will«, flüsterte Lucien, als spräche er zu der Skulptur. »Und ich liebe, wen immer ich will!«

~

»Du hast versagt!« Die Worte hallten durch den großen Saal wie ein Donnerschlag, der alle Anwesenden zusammenzucken ließ. Die verschlossenen Gesichter der Ratsmitglieder bildeten eine Mauer des Schweigens, die dennoch angenehmer zu ertragen war als die vorwurfsvollen Blicke der Oberen. In ihren schwarzen Roben mit den schweren Goldketten um den Hälsen standen die sieben mächtigen Silberschwingen da, als hielten sie Gericht. Gericht über ihn. Lucien York stand hocherhobenen Hauptes seinem Vater gegenüber und ließ die Schimpftirade klaglos über sich ergehen. Er wusste, jedes Widerwort würde Kanes Zorn nur noch weiter anheizen.

»Der Rebell ist weg, das Halbwesen geflohen und Magnus Moore vom Erdboden verschluckt! Und London ist umringt von einer unbestimmten Anzahl von Aric Chromes Bastarden, die es allesamt auf uns abgesehen haben könnten!« Kleine Speicheltröpfchen flogen Kane aus dem Mund. »Wir stehen da wie Idioten!«

Die Oberen nickten mit unverhohlener Geringschätzung, was Kanes ohnehin zornrotes Gesicht noch dunkler färbte.

»*Du* lässt uns dastehen wie Idioten!«, brachte Kane seine Anklage auf den Punkt und rammte Lucien seine Schwingenkante gegen die Brust.

Lucien steckte den Hieb mit einem Zähneknirschen ein, ohne auch nur einen Millimeter zurückzuweichen.

»Der Rat – und die Oberen – haben entschieden, dich für deine Pflichtverletzung zu strafen«, erklärte Kane etwas ruhiger und strich sich über den Bart, als könne er dadurch seinen inneren Aufruhr besänftigen. Er sah seinem Sohn ins Gesicht, ohne jedes Anzeichen väterlicher Zuneigung. »Nimmst du diese Entscheidung an – oder müssen wir …« Er neigte leicht den Kopf, um auf die Ratsmitglieder zu deuten, die bereit schienen, Lucien auch mit Gewalt seiner Strafe zuzuführen.

»Ich beuge mich dem Urteil.« Lucien nickte erst dem Rat zu, dann den Oberen. Das falsche Lächeln kostete ihn alle Überwindung, doch er wusste, dass Kane genau dies von ihm erwartete.

»So sei es!«, mischte sich Sir Percy Raglan, einer der goldbehängten Oberen, ein und machte eine einladende Geste in Richtung des Pfahls. Als bat er Lucien, sich an einen reich gedeckten Tisch zu setzen. Doch ihn erwartete nichts Gutes. Nur Schmerzen und Schmach.

Trotzdem trat er, ohne zu zögern, an den Pfahl. Mit wild klopfendem Herzen betrachtete er den mit feinster Schnitzerei verzierten Schandpfahl. Er roch die Angst all jener, deren Urteile hier vollstreckt worden waren. Das glänzende Holz mit der dunklen Maserung schien die Essenz dieser Qualen regelrecht inhaliert zu haben. Eine Gänsehaut überzog Luciens Körper, obwohl ihm der

Schweiß den Rücken hinablief. Mit aller Kraft unterdrückte er das Zittern, das in seiner Brust brannte.

Dies war kein Moment der Schwäche!

Er hörte die schweren Stiefelschritte der beiden Ratsmitglieder näher kommen, die ihn an den Pfahl ketten wollten. Er spürte den Luftzug ihrer Bewegung, hörte das Raunen der übrigen Räte, als die schweren Ketten rasselten.

Lucien wandte sich um und blickte in die Gesichter der beiden Männer. Einer von Ihnen war Nyx' Vater. Torr von Orlys schütteres Haar war so hell wie das seiner Tochter. Und sein Zorn auf Lucien wohl ebenso groß wie der ihre. Luciens Kiefermuskel zuckte vor Anspannung. Welchem Urteil auch immer er sich zu beugen hatte, Torr von Orly würde es mit aller Härte vollstrecken, davon war er überzeugt.

Gerade wollte Torr nach seiner Hand greifen, um ihm die Ketten anzulegen, doch Lucien entwand sich ihm. Sofort rückten die anderen Räte dichter zusammen. Ein Zeichen für ihn, keine Dummheiten zu machen. Auch Kanes Blick verfinsterte sich.

All das bemerkte Lucien am Rande. Er atmete tief ein und griff dann entschlossen nach den Ketten. Er durfte nicht zögern, weil ihn sonst der Mut verlassen würde. Darum beeilte er sich, die schweren Eisen selbst an seinen Handgelenken zu befestigen. Als sich der zweite Ring um seine Haut schloss, kam es ihm vor, als würde sich der Boden unter seinen Füßen auftun und ihn verschlingen. Er riss an den Ketten, um allen Anwesenden ihre Festigkeit zu demonstrieren, und auch ihm selbst wurde nun klar, wie hilflos er sich dadurch gemacht hatte. Er zwang sich, gleichmäßig zu atmen und den Kopf zu heben. Die Spannung in der Luft war beinahe greifbar, und Kanes Räuspern klang in Luciens Ohren unnatürlich laut.

»Lucien York, die Oberen und der versammelte Rat haben

dich wegen deiner Pflichtverletzung verurteilt«, richtete Kane noch einmal das Wort an ihn. Das Oberhaupt der Silberschwingen trat unbeeindruckt näher, ohne sich in irgendeiner Form anmerken zu lassen, wie er darüber dachte, seinen Sohn an den Schandpfahl gekettet zu sehen. Er trat ihm gegenüber wie einem Fremden.

»Ich nehme mein Urteil an, Vater.« Lucien lehnte fügsam die Stirn gegen den Pfahl, als wäre er bereit für seine Strafe, wie immer sie auch ausfallen mochte. Doch in Wirklichkeit brauchte er den Pfahl, um seine Angst zu verbergen. Kalter Schweiß rann ihm den Rücken hinunter und hinterließ feuchte Flecken auf seinem Hemd. Es war nicht so sehr der Schmerz, den er fürchtete, vielmehr die Ungewissheit. Was für eine Strafe erwartete ihn dafür, Thorn nicht aufgehalten zu haben? Und würde es mehr schmerzen als der Moment, in dem er dachte, sie für immer verloren zu haben? Der Moment, in dem sie sich mit ihren noch viel zu schwachen Schwingen in die Tiefe gestürzt hatte, nur um *ihm* zu entkommen? Der Moment, als er glaubte, sie würde seinetwegen sterben …

»Der Rat hat über dein Strafmaß entschieden«, klärte Kane ihn auf und stellte sich neben ihn. Er winkte seinen treuen Gefolgsmann Torr näher, und nachdem sich beide noch einmal von der Festigkeit der Ketten überzeugt hatten, fuhr Kane fort: »Du bist bereits verwundet. Und du hast Pflichten, von denen ich dich nicht entbinden werde. Deshalb wirst du deine Schwingen behalten.« Kane wandte sich an Percy Raglan, der zustimmend nickte. »Ich brauche einen würdigen Nachfolger. Mein Sohn ist würdig. Auch wenn er diesmal versagt hat. Das künftige Oberhaupt dieses Clans braucht Schwingen. Mächtige Schwingen.« Kane breitete seine eigenen Schwingen zur Demonstration aus. Dann stellte er sich wie ein dunkler, unheilvoller Schatten hinter Lucien und riss ihm mit einem kräftigen Ruck das Hemd vom Leib. »Was ein Oberhaupt aber nicht braucht, ist makellose Haut.«

Lucien presste seine Stirn fester gegen den Pfahl. Ohne Hemd fühlte er sich verletzlich. Schwach wie eine Silberschwinge in dem Moment, wenn das Erbe des Lichts aus ihr herausbrach. Obwohl seine Schwingen noch taub von den Stromstößen waren, die Thorn ihm zugefügt hatte, spürte er, wie die beiden Ratsmitglieder sie auseinanderfalteten. Sie spannten sie auf und legten damit Luciens Rücken frei. Mit Lederriemen banden sie sie nach oben. Die schon bestehenden Wunden an seinem Körper protestierten schmerzhaft bei dieser Prozedur, dennoch versuchte Lucien, sich nichts anmerken zu lassen. Er würde seine Schwingen behalten. Das war alles, was zählte. Er biss die Zähne zusammen, als sie seine Schwingen mit den Riemen fixierten, damit er sich nicht wehren konnte. Dabei hatte er das ohnehin nicht vor. Sein Vater erwartete, dass ein York stets nur Stärke zeigte. Schwäche verachtete Kane. Und vielleicht hatte Lucien dies ja von seinem Vater geerbt. Er selbst wollte vor all den Gaffern hier in der Halle ebenfalls keine Schwäche zeigen.

Kane nickte und trat zurück zu seinem Platz. Er setzte sich und legte die Arme auf die Lehnen, wie immer, wenn er entspannt war.

»Zwei Dutzend Hiebe mit der Silberkatze«, rief Percy Raglan und verschränkte abwartend die Hände über den goldenen Ketten vor seiner Brust, als freue er sich auf das Spektakel. »Zwei Dutzend, gegeben ohne Unterbrechung!«

Lucien wurde blass. Die Silberkatze war eine Abwandlung der Elektrostäbe. In Anlehnung an die Peitsche, die man neunschwänzige Katze nannte, schnitt einem die Silberkatze mit jedem Hieb nicht nur ins Fleisch, sondern sandte zudem bei jeder Berührung Stromschläge aus. Üblicherweise wurden damit zur Strafe die

Schwingen der Silberschwingen verletzt, denn der Strom lähmte die Schwingen, hinterließ an den Silberschuppen dauerhafte Schäden, wobei er zugleich Schmerzen zufügte. Welche Wirkung die Silberkatze jedoch auf sein Fleisch haben mochte, wollte sich Lucien besser nicht vorstellen.

Er biss die Zähne zusammen und ballte die Hände zu Fäusten. Die Ketten schnürten ihm das Blut ab, so fest stemmte er sich in sie hinein, als Torr von Orly mit der blau-blitzenden Waffe in der Hand hinter ihn trat. Torr ließ die losen Enden der Silberkatze über den Boden schleifen. Lichtbögen entluden sich dabei, und das leise Knistern des Stroms war das einzige Geräusch in der ansonsten atemlos stillen Halle.

Die Ketten über Luciens Kopf rasselten gegen das Holz des Schandpfahls, als er versuchte, eine Position einzunehmen, in der er Torrs Hieben standhalten konnte. Er spreizte die Beine, kniff die Augen zusammen und spannte die Muskeln an.

Dann sauste die Silberkatze auf ihn herab.

Der erste Hieb kam überraschend, obwohl Lucien ihn erwartet hatte. Der Schmerz war heftiger als gedacht, und der Strom fraß sich wie glühendes Eisen in sein Fleisch. Ihm sackten die Beine weg, weshalb er kraftlos in die Ketten krachte. Sein raues Stöhnen vermischte sich in seinem Ohr mit dem Keuchen seines Peinigers, der schon zum nächsten Schlag ausholte. Diesmal hörte Lucien das Surren der Silberkatze in der Luft. Ihr Schlag kam schnell, noch ehe Lucien den ersten verarbeitet hatte. Er schnappte nach Luft als einzige Reaktion auf den erneuten Schmerz, der ihn zugleich lähmte und zu zerstören drohte. Sein Fleisch riss auf und bahnte der glühenden Hitze des Stroms noch tiefer in seinen Körper den Weg. Lucien riss an den Ketten. Wie von selbst wollten sich seine Schwingen schützend um ihn legen, doch sie waren zu fest gebunden. Vor dem nächsten Hieb kam Lucien wenigstens wieder auf die Beine. Er presste seine Stirn so fest gegen den Pfahl, dass er glaubte, das Holz müsse darunter nachgeben. Keuchend stemmte er sich in die Fesseln und hielt mit aller Kraft dem Schlag stand. Es fühlte sich an, als stünde sein Rücken in Flammen. Er sah das blaue Blitzen der Silberkatze, wann immer sie ihn berührte. Roch seine verbrannte Haut, wenn der Strom sich in ihn hineinfraß und ihm nie gekannte Schmerzen verursachte. Seine Haut war feucht von seinem Schweiß und rot von seinem Blut.

Immer wieder ließ Torr die Silberkatze auf ihn los. Er wurde der Schläge nicht müde, die er Lucien zufügte. Wenn überhaupt möglich, hatte Lucien das Gefühl, dass Torr sich mit jedem Hieb nur noch mehr ins Zeug legte. Vielleicht war aber auch sein Rücken einfach schon so wund, dass es ihm nur so vorkam, als wäre jeder neue Schlag noch schlimmer als der vorhergehende. Sein Keuchen wurde jedes Mal lauter. Längst hatte er aufgegeben, sich seine Qual nicht anmerken lassen zu wollen. Jeder hier im Raum sah ihn leiden. Sah ihn bluten.

Das Haar klebte ihm nass am Kopf, in den Armen hatte er jedes Gefühl verloren, und sein restlicher Körper krampfte unter den Stromstößen, die ihm in die Muskeln fuhren. Sämtliche Nerven vibrierten und sandten qualvolle Schauer durch seinen Leib.

Ohne den Pfahl wäre er zusammengebrochen. Beinahe war er dankbar um die Ketten, die ihn wenigstens aufrecht hielten, obwohl ihm die Beine den Dienst versagten.

Die Spannung auf seinen Rücken, auf seine Arme und Schwingen wuchs, als er kraftlos mit seinem ganzen Gewicht in den Ketten hing. Der Zug an den Schwingen nahm ihm den Atem, und in seinen Ohren rauschte es.

»Zwanzig!«, hörte er die Ratsmitglieder laut mitzählen.

Zwanzig! Er hatte es fast überstanden. Doch vier weiteren

Schlägen standzuhalten, wo ihm der Rücken schon in Fetzen hing, ihm das Blut an den Beinen hinablief und er kaum mehr atmen konnte, schien ihm unmöglich. Er öffnete die Augen einen Spalt. Sah Torr an, der, Luciens Blut an seinen Händen, breitbeinig und stolz neben ihm stand und schon ein weiteres Mal zum Schlag ausholte. Er las die Wut in Torrs Blick und wusste, dass er ihn auch dafür bezahlen ließ, das Bündnis mit Nyx aufgehoben zu haben. Torr selbst wäre im Ansehen der Silberschwingen noch weiter gestiegen, hätte der Sohn des Clanoberthauptes seine Tochter zu seiner Gefährtin gemacht.

Torr bemerkte seinen Blick und bleckte die Zähne. Er hob den Arm und ließ die Silberkatze mit aller Kraft auf Lucien los. Die losen Enden blitzten, als sie sich tief in seinen Rücken fraßen. Wie der giftige Biss einer Viper drang der Schmerz über Luciens Schwingenansätze direkt in seine Wirbelsäule.

Torr platzierte seine Hiebe nun gezielt auf diese empfindlichen Teile seines Rückens. Dort, wo die Schwingen aus dem Rücken ragten, zentrierten sich die Nerven und Muskeln. Hier fand der Zauber statt, wann immer die Silberschwingen sich in die Lüfte erhoben. All ihre Kraft stammte aus dieser verwundbaren Stelle. Und Torr war darauf aus, Lucien hier größtmöglichen Schaden zuzufügen.

Lucien biss die Zähne so fest aufeinander, dass er sie knacken hörte. Er spannte alle Muskeln an, als könne er so den nächsten Hieb abwehren. Doch wieder bohrten sich die losen Enden der Silberkatze blitzend in sein Fleisch. Wieder entstieg seiner Kehle ein bitteres Keuchen, das dem Schmerz entstammte, den er kaum ertragen konnte. Lucien schloss die Augen und erwartete hilflos zitternd den nächsten Schlag.

Kapitel 3

Ich versteckte mich. Zum ersten Mal in meinem Leben versteckte ich mich vor meinen Mitmenschen. Vor den Menschen, von denen ich immer dachte, zu ihnen zu gehören. Doch die roten Schwingen auf meinem Rücken machten mir meinen Irrtum in dieser Sache recht eindrucksvoll deutlich.

Der Blick durch Anhs Zimmerfenster kam mir vor wie ein Blick in die Vergangenheit. Die Normalität hinter der Scheibe würde in mein Leben nie wieder einkehren. Ich beneidete Anh um die Einfachheit ihres Ferienalltags. Sie lag auf ihrem Bett, blätterte durch ein Modemagazin und hörte Musik. Ich konnte es bis hinauf zu mir ins Baumhaus hören. Am liebsten würde ich einfach zu ihr gehen. Ihr alles erzählen und dann mit ihr gemeinsam darüber lachen, dass ich mir das alles nur ausgedacht hatte.

»Ohne die Federschuppen an meinen Schwingen sehen mich die Menschen als das, was ich bin«, riss mich Riley aus meinen Träumen. »Ich kann die Schwingen nicht verbergen. Und das bedeutet, dass ich tagsüber unmöglich das Versteck verlassen kann. Selbst nachts …«

Ich fasste mir an die Stirn. Es fiel mir unheimlich schwer, einen klaren Gedanken zu formen. Mein Rücken schmerzte, weil ich meinen neuen Schwingen zu viel zugemutet hatte, und hinter meinen Schläfen hämmerte es. Rileys Situation war schwieriger als gedacht. Mir war nicht klar gewesen, dass es ihm unmöglich war, das knöcherne Schwingengerüst und die Schwingenkanten ohne die Silberschuppen vor den Menschen zu verheimlichen. Beim Brennen der Schwingen waren alle Federschuppen zerstört worden. Das Gerüst seiner Schwingen bis hin zu den knöchernen Schwingenansätzen war aber erhalten geblieben. Lucien hatte Riley mit dieser Strafe nicht nur aus dem Kreis der Silberschwingen ausgeschlossen, er machte es ihm damit auch unmöglich, weiterhin unbemerkt unter den Menschen zu leben. Er hatte ihn quasi zur Einsamkeit verdammt. Zu einem Leben im Geheimen.

Erst jetzt wurde mir bewusst, wie grausam diese Strafe in Wirklichkeit war. Riley war nicht nur gezeichnet. Er war verstoßen! Kurz sah ich zu ihm hinüber, aber ich wollte nicht, dass er bemerkte, wie sehr ich ihn bemitleidete. Mitleid war etwas, das ihm nicht helfen würde. Aber wie ich ihm stattdessen helfen konnte, war mir ein Rätsel.

»Ich werde allein gehen. Du wartest hier«, gab ich mich mutiger, als ich in Wahrheit war. Wir hatten uns darauf geeinigt, dass ich bei Anbruch der Dunkelheit – also dann, wenn meine Schwingen für alle Nicht-Menschen gut zu sehen wären – einen Streifzug durch London unternehmen würde. Und dabei im besten Fall meinen Brüdern in die Arme … oder in die schützenden Schwingen laufen würde.

Nur mit deren Hilfe konnte ich Riley in Sicherheit bringen. Wir mussten London verlassen. Wir mussten Distanz zwischen uns und die Silberschwingen bringen, damit sie uns nicht mehr erspüren konnten.

»Ich würde dir gerne widersprechen, Thorn, aber ich fürchte, ich kann dich wirklich nicht begleiten«, murrte Riley und hob seine mageren Schwingenknochen. Winzige quecksilberfarbene Schuppen verliehen den ansonsten von Narben überzogenen Überresten einen sanften Glanz.

»Ist schon okay. Wirklich. Ich …«, müde riss ich mich vom Blick in Anhs Zimmer los und setzte mich zurück zu Riley auf den Boden des Baumhauses, »… ich freue mich fast darauf, mal einen Moment allein zu sein«, gestand ich. »Nichts gegen dich, aber …«

Er lachte und warf mir das Kaugummipäckchen zu. »Ich weiß. Geht mir auch so. Dabei hatte ich gedacht, nach den vielen Tagen in meiner einsamen Zelle nie wieder allein sein zu wollen.« Er strich sich die Strähnen aus dem Gesicht und zwang sich zu einem Lächeln. »Offenbar habe ich mich daran gewöhnt. Und solange ich weggesperrt war, musste ich mir auch keine Gedanken um die Wirkung meiner zerstörten Schwingen machen.« Er zuckte mit den Schultern. »In so einer kleinen Zelle ist es relativ egal, ob man welche hat – oder eben nicht.«

»Mir ist es auch egal, ob du Schwingen hast oder nicht. Das ist für mich nicht wichtig, Riley. Ich will nur diesem Wahnsinn entfliehen. Ich habe das Gefühl, seit Tagen oder sogar Wochen nicht mehr geschlafen zu haben. Ich komme mir vor, als säße ich auf Dynamit. Ich verliere noch den Verstand, wenn ich nicht bald mal wieder tief durchatmen kann.« Ich fasste ermutigend nach seiner Hand. »Und bestimmt finden wir dann einen Weg, auch dir zu helfen. Es muss einen Weg geben!«

Riley blies eine Kaugummiblase. »Ich habe davon gehört, dass Silberschwingen, denen die Schwingen gebrannt wurden, sich die Schwingen abnehmen lassen, um zumindest ein Leben unter den Menschen führen zu können. Vielleicht … vielleicht mache ich das.« Eine hasserfüllte Kälte schlich sich in seinen Blick. »Und dann lasse ich Lucien endlich für das bezahlen, was er mir angetan hat!«

Und dann lasse ich Lucien bezahlen, hallten mir Rileys Worte seit Stunden im Kopf. Nichts schaffte es, die Erinnerung an diese Worte zu verdrängen. Nicht die vom Regen nasse Straße, der ich folgte. Nicht die Dunkelheit, die mich zwang, langsamer zu gehen, als ich eigentlich wollte. Ich fühlte mich gejagt. Gehetzt. Am liebsten wäre ich gerannt. Stattdessen schlich ich durch die Straßen, in der Hoffnung, gefunden zu werden – und doch ungesehen zu bleiben.

Es war verrückt! Wie sollten die Halbwesen, die vorgaben, meine Brüder zu sein, mich finden, wenn ich mich doch mit aller Macht zu verstecken versuchte? Ich stand am Ufer der Themse, blickte hinauf in den Himmel und gönnte mir den Moment, die schmale Sichel des Mondes zu bewundern. Sie sah aus wie eine Waffe.

Eine Waffe? Mich fröstelte, und ich schlug die Schwingen um mich. Kein Mensch würde mich jetzt sehen. Meine Feinde aber schon.

Sie waren mir gegenüber im Vorteil. Mit ihren dunklen Silberschwingen würde ich sie erst wahrnehmen, wenn sie vor mir standen, wohingegen ich wie eine Signalfackel leuchtete. Ich duckte mich unter einen Baum und hoffte, die dichte Krone würde mich vor feindlichen Blicken abschirmen. Zwar musste ich von den Halbwesen gefunden werden, aber zuerst brauchte ich einen Moment für mich. Seit ich Riley aus der Zelle befreit hatte, war schließlich nichts mehr wie zuvor. Und ich wusste noch immer nicht, wie ich das fand. Kanes Herrschaft entkommen zu sein, fühlte sich gut an. Erleichternd. Und doch hatte ich Angst vor dem Ungewissen. Meine Brüder – die Halbwesen. Sie waren mir fremd. Vollkommen unbekannt. Was, wenn sie wirklich so grausam waren, wie Lucien behauptet hatte? Was, wenn sie tatsächlich nur auf Zerstörung aus waren? Warum waren sie hier? Nur wegen mir?

All diese Fragen machten mich unruhig. Ich hatte keine Ahnung, worauf ich mich einließ, indem ich mich ihnen zu erkennen geben würde. Aber um Rileys willen musste ich es tun.

Ich blickte in die Nacht. Suchte den Himmel nach rot glühenden Schwingen ab. Nach einem Lebenszeichen anderer Halbwesen. Vielleicht war es gar nicht so schlecht, mich ihnen anzuschließen. Sie würden mir endlich all meine Fragen beantworten können. Sie würden genau wissen, wie ich mich fühlte – und sie konnten mich endlich zu meinem Vater bringen.

Mein Vater … kurz schmerzte dieses Wort. Mein Adoptivvater Harry würde sicher traurig sein, wenn er hören würde, dass ich einen Fremden mit diesem Wort bedachte. Und doch war Aric Chrome genau das. Mein biologischer Vater. Eine Silberschwinge, die vermutlich aus Liebe zu einer Menschenfrau alles verloren hatte.

Als der Wind auffrischte und die Blätter über meinem Kopf wisperten, versuchte ich, mir das Gesicht meiner Mutter vorzustellen. Tessa. Ob sie mir ähnlich war? Ob sie mich vermisste? Warum hatten weder sie noch Aric je probiert, Kontakt zu mir aufzunehmen? Wenn das Halbwesen Niklas die Wahrheit sagte, hatten sie neben mir noch weitere Kinder. Hatten sie mich also einfach ersetzt? Und wenn dem so war, warum drängten sie sich dann jetzt mit solcher Macht in mein Leben?

Ich schüttelte den Kopf, um meine wirren Gedanken loszuwerden. Ich musste wachsam bleiben. Das Rauschen der Blätter im Wind verschmolz zu einem leisen Lied, in dessen Hintergrund ich glaubte, noch etwas anderes zu hören.

Das Rascheln von Schwingen.

»Lucien?« Ich drehte mich im Kreis. Versuchte, die Dunkelheit mit meinem Blick zu durchleuchten, und verfluchte erneut, dass mir gerade diese Fähigkeit fehlte. »Ist da jemand?«

Die nächtlichen Schatten waren undurchdringlich, und ich wandte mich instinktiv dem Stadtzentrum zu. Im Licht der Straßenlaternen würde ich mir hoffentlich nicht mehr so verloren vorkommen. Meine Schritte wurden schneller, als ich mich, meine Schwingen noch immer wie ein Schutzschild um mich geschlagen, unter die Passanten mischte. Das Londoner Nachtleben erwachte gerade zum Leben, und trotz meiner Schwingen war ich nicht das Kurioseste, was diese Nacht zu bieten hatte. Das schillernde Partyvolk mit seinen bunten Haaren, den kurzen Paillettenkleidern und knallenden Sektkorken vor den Clubs war weit auffälliger als ich, und das entspannte mich allmählich. Vielleicht war ich doch nicht so leicht zu finden.

Ich setzte meine ziellose Wanderung fort und wollte dabei die Geräusche der Nacht ergründen. Hatte ich mir vorhin das Rascheln der Schwingen nur eingebildet? Immer wieder sah ich mich um. Ich glaubte schon, überall dunkle Schwingen zu sehen. In den Schaufenstern, auf den Dächern, hinter der nächsten Straßenecke und im Schatten der Mülltonnen. Mein Herz schlug so laut wie der Beat aus den Clubs, als ich an einem steinernen Denkmal vorüberging. Die Augen der Skulptur folgten meinen Bewegungen, und ich bekam eine Gänsehaut.

An der nächsten Hausecke blieb ich stehen und spreizte die Schwingen. Ich presste mich flach an die Wand, in der Hoffnung, nicht gesehen zu werden. Mein Atem ging schnell, als wäre ich gerannt, und kalter Schweiß rann mir den Rücken hinab. Ich hatte Angst. Gnadenlos fraß sie sich durch meinen Körper. Ich wollte rennen, so schnell wie beim Staffellauf, und mich irgendwo verkriechen. Stattdessen lief ich wie eine Zielscheibe durch die Stadt.

Das war doch verrückt!

Es musste eine andere Möglichkeit geben. Eine, die mich nicht direkt zurück in Luciens Gewalt bringen würde.

~

Ich kam mir wie eine Versagerin vor, als ich mich schließlich zurück in Anhs Garten schlich. Riley würde enttäuscht von mir sein. Seine Sicherheit hing davon ab, dass ich ihn aus London fortschaffen würde.

Ich blickte hinauf zum Baumhaus. Es lag in absoluter Dunkelheit. Nichts regte sich oder deutete auf Rileys Anwesenheit hin. Kurz überkam mich der Gedanke, er könne fort sein. Er könne mich allein gelassen haben.

Ich spreizte die Schwingen und stieß mich hinauf. Diesmal landete ich etwas kontrollierter, und schon öffnete er mir die Tür.

»Du bist zurück«, stellte er unnötigerweise fest und spähte neugierig hinter mich in die Nacht. »Bist du allein? Oder hast du einen deiner Brüder gefunden?« Er suchte noch immer den Himmel ab, als erwartete er, die Antwort auf seine Frage dort draußen zu finden.

»Ich bin allein!«, murrte ich und zog ihn zurück in die Hütte. »Ich weiß, dass das anders geplant war, aber ich … ich konnte mich einfach nicht zeigen.« Frustriert setzte ich mich, denn die Schwingen machten es unmöglich, in dem kleinen Baumhaus zu stehen. »Ich habe überall Geister gesehen, Riley. Es war, als würden überall Silberschwingen lauern. Es ist einfach zu gefährlich!«

Riley rieb sich den Nacken. Dann schloss er langsam die Tür. Ich spürte seinen Blick auf mir, auch wenn ich nur noch seine Umrisse erkennen konnte. »Ich will dich keiner Gefahr aussetzen. Das weißt du«, murmelte er ratlos.

»Ja, ich weiß. Ich habe ja auch gedacht, dass das eine Möglichkeit wäre. Aber dann dort draußen zu stehen – mit diesen verflucht leuchtenden Schwingen … das ist einfach zu riskant. Lucien ist ja nicht dumm. Er wird wissen, dass wir noch in der Nähe sind. Er weiß, dass du dich bei Tageslicht nicht sehen lassen kannst und ohne deine Schwingen nicht so leicht davonkommst.«

Auch Riley setzte sich und streckte die Beine von sich. »Heute Nacht können wir ohnehin nichts mehr ausrichten. Und für morgen Nacht machen wir einen neuen Plan.«

Ich schüttelte den Kopf. »Und bis dahin? Sitzen wir einfach hier und drehen Däumchen?« Wie konnte er sich so passiv verhalten, wo doch unser beider Leben davon abhing, hier so schnell wie möglich zu verschwinden? »Was ist mit Garret, Conrad und Sam? Denkst du, sie sind noch hier in der Stadt? Meinst du, wir könnten sie finden?«

»Kann schon sein, dass sie noch hier sind«, überlegte er laut. Ich hörte ein Kaugummipapier rascheln. »Conrad ist der Zusammenhalt schon immer wichtig gewesen. Er ist stur genug, wegen mir zu bleiben, auch wenn er damit seinen Hals riskiert.«

Ich horchte auf. »Wenn sie noch hier wären – wo würden sie sich verstecken?« Neue Energie durchfuhr mich bei der Vorstellung, mich schon bald der Führung der Shades zu überlassen. Endlich meine Sorgen in ihre Hände zu legen und darauf zu vertrauen, dass sie uns schon irgendwie heil hier rausbringen würden.

»Wenn der Buchladen nicht infrage kommt, dann vielleicht die Docklands.« Rileys Stimme klang rau in der Dunkelheit. »Es gibt eine verlassene Lagerhalle nahe des alten Frachthafens.«

Ich lachte. »Nahe des alten Frachthafens? Geht's noch ungenauer?« Der Hafen von London war schließlich einer der größten Häfen der Welt. Als er zu klein für die immer weiter anwachsende Containerschifffahrt wurde, hatte man anstelle der ehemaligen Docks einen ganz neuen und supermodernen Stadtteil aus der Erde gestampft. Die Docklands. Ein Bankenviertel, dem der Charme und die historische Bedeutung des alten Hafens stellenweise noch anzusehen war. Riesige Kräne aus längst vergangenen Zeiten bildeten heute einen wichtigen abstrakten Bestandteil der ansonsten hochmodernen Architektur. Denkmalgeschützte Stahlriesen neben neu errichteten Gebäuden. Und im Schatten dazwischen, beinahe ungesehen, alte Lagerhallen hinter hohen, neu gestalteten Industriezäunen.

Riley zuckte mit den Schultern. Das Licht, das durch die Seidenbespannung der Hütte drang, hatte sich verändert. Sein markantes Profil schimmerte bläulich im Schein des nahenden Tages. »Ich muss es dir nicht genauer erklären. Ich werde es dir morgen Nacht einfach zeigen«, erklärte er und streckte sich gähnend. »Und bis dahin ruhen wir uns mal ordentlich aus.«

»Du kannst mich nicht begleiten!«, protestierte ich. »Denk an deine Schwingen.«

»Wir werden gehen, wenn es dunkel ist. Im besten Fall halten die Leute mich für einen Spinner im Batman-Kostüm.«

»Und im schlimmsten Fall? Da sezieren sie dich wie einen Frosch!«

Riley grinste und legte sich auf den Holzboden. Er wischte den Staub neben sich beiseite und klopfte sanft auf die Bretter, damit ich mich zu ihm legte. »Ich wäre ein feiger Frosch, wenn ich dich schon wieder allein losschicken würde«, witzelte er und sah mich erwartungsvoll an. »Und jetzt leg dich hin. Wir brauchen beide dringend etwas Schlaf.«

Ich blickte auf ihn hinab. Ich sehnte mich danach, einfach die Augen zu schließen und mich von meinen Träumen davontragen zu lassen. Ich sehnte mich danach, mich an Riley zu kuscheln und die Nähe und Geborgenheit zu spüren, die nur eine freundschaftliche Umarmung einem geben kann. Doch eine Sache ersehnte ich noch viel mehr als das. Und diese Sache trieb mich zurück auf die Beine.

»Was machst du?«, wollte Riley wissen.

Ich trat an die Tür und spähte hinaus. Der Morgen graute, und dichter Nebel hing über der noch schlafenden Stadt.

»Ich bin bald zurück«, erklärte ich und spreizte die Schwingen. »Ich muss noch etwas erledigen.«

Kapitel 4

Mit geradem Rücken und erhobenem Haupt schritt Lucien aus der großen Halle. Die Blicke sämtlicher Silberschwingen folgten ihm. Er hörte ihr Flüstern, doch was sie sagten, war ihm egal. Er spürte ihre Achtung. Sie achteten ihn, weil er das Urteil klaglos angenommen hatte. Weil er die Hiebe eingesteckt und sich danach bei Torr von Orly für dessen Pflichterfüllung bedankt hatte.

Trotz seiner Schmerzen verzog er die Lippen zu einem Lächeln. Torr wären fast die Augen aus dem Kopf gefallen, als er sich bei ihm für die Hiebe bedankt hatte. Nicht dass er wirklich dankbar gewesen wäre – nur dafür, dass es ihm damit gelungen war, Torr das selbstgefällige und schadenfrohe Grinsen aus dem Gesicht zu treiben.

Und auch all jene, die zuvor während der Urteilsvollstreckung Mitleid mit ihm empfunden hatten oder gar dachten, er hätte die Strafe verdient, sahen ihm nun mit Bewunderung hinterher. So etwas hatten sie noch nicht erlebt.

Mit großen Schritten nahm Lucien die Stufen hinauf in seine Gemächer, denn er spürte, wie die Kraft ihn endgültig verließ. Einzig das Adrenalin hielt ihn noch auf den Beinen, während ihm das Blut über den misshandelten Rücken rann. Die Schwingen, die ihm sonst Eleganz und Leichtigkeit verliehen, hingen kraftlos an ihm herab. Selbst seine Arme waren schwer wie Blei, nachdem er so lange in den unnachgiebigen Ketten des Schandpfahls gehangen hatte.

Trotzdem hatte er Glück gehabt.

Glück, weil er seine Schwingen noch trug. Und damit stand es ihm offen, diejenigen zu finden, die verantwortlich für das waren, was ihm heute widerfahren war.

Er erreichte sein Zimmer, trat die Tür hinter sich ins Schloss, und zum ersten Mal, seit man ihn losgebunden hatte, ergab er sich seiner Schwäche. Er merkte kaum, wie der Schmerzensschrei aus seiner Kehle drang oder wie er auf die Knie sackte. Das Feuer in seinem Rücken, die glühende Qual der Elektrohiebe, seine zuckenden Muskeln – es überfiel ihn mit einer Wucht, die nicht einmal Torr von Orly aufgebracht hatte.

Wie ein Tier bäumte er sich auf, um irgendwie den Schmerz abzuschütteln. Er hämmerte aufs Parkett, ehe er wild atmend vollends zu Boden sank.

Eine einzelne Träne stahl sich aus seinem Augenwinkel. Nicht aus Schmerz, sondern aus Wut, weil das Urteil der Oberen, die Misshandlung seines Rückens und seiner Schwingen, es ihm im Moment unmöglich machte, seine Rache zu bekommen. Er würde mehrere Tage nicht in der Lage sein, Thorn zu verfolgen. Sie zu jagen. Sie und den Verräter Riley Scott.

Tage, in denen er sich fragen würde, was zwischen den beiden lief. Tage, in denen er sich nur ausmalen konnte, wie er sie dafür bluten lassen würde, was sie ihm angetan hatten.

Als Lucien erwachte, umgab ihn Dunkelheit. Er schärfte seine Sinne, und schon nahm die Welt wieder Kontur an. Ächzend stützte er sich auf die Arme. Wie lange hatte er hier gelegen? Einen Tag? Zwei? Er wusste es nicht, aber seinen Schmerzen nach zu urteilen, definitiv zu lange. Der harte Boden war nicht die beste Wahl, um schnell wieder zu Kräften zu kommen.

»Verdammter Torr von Orly!«, knurrte er und kämpfte sich auf die Beine. Das Blut auf seinem Körper war getrocknet, sein Haar verklebt und seine Schwingen in einem erbärmlichen Zustand.

Ohne Licht anzuschalten, schleppte er sich ins Badezimmer und stellte sich unter die Dusche. Er drehte das Wasser heiß, denn obwohl die Körper der Silberschwingen mehr Wärme als die der Menschen produzierten, war ihm kalt. Er lehnte den Kopf an die Wand und ließ das Wasser über seine Haut fließen. Minutenlang genoss er nur die Wärme, die seine gemarterten Muskeln entkrampfte. Als das Blut anfing, sich zu lösen und die Lache in der Duschwanne blutig färbte, schlüpfte er aus seiner Hose. Achtlos schob er das nasse Knäuel mit dem Fuß beiseite. Er konnte sich nicht bücken. Er konnte ja kaum seine Schwingen weit genug spreizen, um das Wasser zwischen seine Schuppen strömen zu lassen. Er spülte die Demütigung hinfort, wusch sich den Schmerz und die Qualen ab und fühlte sich tatsächlich etwas besser, als er schließlich nackt und nass, nur ein Handtuch um die Hüften, zurück in sein Schlafzimmer ging. Die Tropfen perlten von seiner Haut und aus seinen Schuppen. Kurz überlegte er, ein Feuer im Kamin zu schüren, doch er verwarf den Gedanken wieder. Er wollte es nicht gemütlich haben. Insgeheim war er sogar dankbar für den Schmerz, denn der erinnerte ihn daran, seine Rachegedanken aufrechtzuerhalten.

Nein, er wollte es nicht gemütlich. Nicht dass sich sein Körper erholen würde und er am Ende sein gebrochenes Herz würde spüren müssen.

Da bevorzugte er doch den Schmerz. Und die Kälte. Er öffnete die Balkontür und trat in die Nacht. Die Sterne waren hinter

Wolken verborgen und London in der Ferne kaum auszumachen. Das Wasser bildete zu seinen Füßen Pfützen, und jeder Schritt hinterließ einen Abdruck auf den Steinplatten. Er fuhr sich durchs Haar und berührte dann die Narbe an seinem Arm. Den inzwischen gut verheilten Schnitt, den Thorn Blackwell ihm bei ihrer ersten Begegnung zugefügt hatte. Schon da hatte er gespürt, dass es für sie und ihn nicht gut ausgehen würde. Er hatte geahnt, dass dieses Mädchen mit den smaragdgrünen Augen Ärger bringen würde. Und doch hatte er sich in sie verliebt. Dabei war in seiner Welt Liebe keine Option. Besonders nicht, wenn man ihn oder seinen Clan verriet.

Er hob den Blick in den Himmel und schäfte seine Sinne.

Der Wind fuhr ihm unter die nassen Schwingen, als würde er ihn einladen, sich zu erheben. Doch das konnte er nicht. Nicht heute – und ganz sicher nicht morgen.

Er ballte die Hände zu Fäusten, und seine Kiefermuskeln zuckten. Nicht heute – und nicht morgen. Doch schon bald würde seine Kraft zurückkehren. Und dann würde er dafür sorgen, dass kein Halbwesen jemals mehr seine flammenden Schwingen unter dem Himmel Londons spreizen würde.

Ich war leichtsinnig. Was ich tat, war riskant. Ich zitterte, denn ich fürchtete, dass jeden Moment meine Feinde aus dem Nichts auftauchen würden. Trotzdem konnte ich nicht anders. Ich hatte meine Schwingen wie einen Schutzschild um mich geschlagen, um mich vor den Augen der Menschen zu verbergen. Doch im Grunde war das unnötig. Niemand begegnete mir, und die Fahrer der wenigen Autos, die um diese frühe Stunde an mir vorbeikamen, konzentrierten sich auf den Verkehr.

Erleichtert stellte ich fest, dass im Osten die Sonne mit einem roten Glühen den Himmel entflammte. Das Farbenspiel verlieh mir kurzzeitig Deckung. Denn dort, wo die Sonne den Nebel auflöste, schillerte sogar der nasse Boden wie flüssiges Gold.

Ich musste lächeln, als ich daran dachte, wie mühelos sich Lucien mit seinen schwarzglänzenden Schwingen in der Nacht bewegte. Er war die Dunkelheit – und ich das Licht. Jetzt, wo die Sonne ihre Strahlen aussandte, fühlte ich mich sicherer. Würde ich mich nun in die Luft erheben, würde ich mit ihrem Leuchten verschmelzen und beinahe ungesehen bleiben können. Trotzdem sah ich mich vorsichtig um, ehe ich die Fahrbahn überquerte und in die Straße zu meinem Elternhaus einbog.

Die Fenster waren schwarz, nirgends brannte Licht. In den Ferien schliefen wir gerne etwas länger. »Wir …« Gehörte ich überhaupt noch zu diesem Wir? Im Moment fühlte es sich so an, als gehöre ich nirgendwo hin. Und genau deshalb war ich hergekommen. Um mir einen kleinen Rest meines früheren Lebens zu nehmen.

Ich zog den Haustürschlüssel aus meiner Hosentasche und schlich leise in den Flur. Das goldene Morgenlicht erhellte die Familienfotos an den Wänden, aber anstatt mich in der Vergangenheit zu verlieren, stieg ich langsam, um keine Geräusche zu machen, die Treppe hinauf. Die Schlafzimmertür meiner Eltern war angelehnt, und ich spähte hinein. Dad hielt Mom liebevoll im Arm, aber sie sahen dennoch beide so aus, als schliefen sie unruhig. Ich legte meine Hand auf die Türklinke, um mich davon abzuhalten, einfach zu ihnen ins Bett zu kriechen. Das hatte ich seit Jahren nicht mehr gemacht, doch ich erinnerte mich nur zu gut daran, wie gemütlich und geborgen es dort immer gewesen war.

Als Mom sich auf die andere Seite drehte, hauchte ich ihr einen

Kuss zu und ging weiter. Jakes Tür stand weit offen. Seine Vorhänge waren nicht zugezogen, und die Pastelltöne der Morgensonne verliehen seinem Detektivzimmer Wärme. Leise trat ich an das Bett meines Bruders. Jake hatte den Mund leicht geöffnet, und ich entdeckte eine neue Zahnlücke. Meine Kehle wurde eng. Ich hatte verpasst, wie ihm ein Zahn ausgefallen war. Bestimmt hatte er ihn ganz stolz überall herumgezeigt. Ich legte meine Hand behutsam auf seine kurzen blonden Haare und streichelte seine Stirn. Er fühlte sich so vertraut an. Ich wollte ihn wecken und mit ihm spielen. Mir von ihm sein neuestes Fernrohr vorführen lassen oder mir die neuesten Schuhabdrücke ansehen, die er irgendwo mit Gips ausgegossen hatte. Ich wollte einfach noch einmal Teil seiner unschuldigen Welt sein.

Schweren Herzens riss ich mich los und trat zurück. Dabei stieß ich mit meiner Schwingenspitze an seinen Schreibtisch, und das Notizbuch, in dem er sämtliche seiner Detektivfälle löste, fiel raschelnd zu Boden. Ich erstarrte mitten in der Bewegung, denn Jake rieb sich gähnend die Augen. Er schlug die Decke zurück und setzte sich blinzelnd auf. Sein Blick fiel auf das am Boden liegende Buch, und er runzelte die Stirn. Seine nackten Füße tappten über den Boden, als er es aufhob. Dann legte er es nur wenige Zentimeter neben mir zurück auf den Tisch. Ich spürte die Wärme, die noch vom Schlaf an ihm haftete, roch seinen kindlichen Duft und hätte am liebsten die Hände nach ihm ausgestreckt und ihn fest in meine Arme geschlossen. Stattdessen hielt ich die Schwingen dicht um mich geschlagen, um ja nicht gesehen zu werden. Das Herz hämmerte mir wie wild in der Brust, und ich hielt gespannt den Atem an. Ohne mich zu bemerken, drehte Jake wieder um und tappte zurück zu seinem Bett. Doch er legte sich nicht wieder hin. Etwas ließ ihn innehalten. Er drehte sich um und sah mich direkt an. Kein Zeichen der Überraschung erschien auf seinem Gesicht. Trotzdem kam er erneut auf mich zu. Ich bemerkte erst, dass er gar nicht mich wahrnahm, gar nicht auf mich zusteuerte, als er die Hände nach dem Fernglas neben mir ausstreckte und damit zum Fenster trat.

Um nicht bemerkt zu werden, wich ich bis zu seiner Zimmertür zurück, während ich ihm zusah. Er öffnete das Fenster und beugte sich weit übers Fensterbrett. Dann hielt er sich das Fernglas vor die Augen und spähte in den Himmel.

In den Himmel? Was suchte er denn da? Normalerweise spionierte er die Straße, die Nachbarsgärten und den Hund von gegenüber in seiner Hütte aus.

Ohne das Fernglas abzulegen, tastete Jake nach dem Diktiergerät auf seinem Schreibtisch. Ich schmunzelte. Er und seine Detektivleidenschaft. Fingerabdrücke, Spuren lesen, Rätsel lösen – das war schon immer genau Jakes Ding. Deshalb hatte er es sich zum Geburtstag gewünscht, um die Fortschritte seiner Ermittlungen immer und überall festhalten zu können. Ein echter Sherlock eben …

»Erneut keine verdächtigen Aktivitäten«, hörte ich Jake in sein Diktiergerät flüstern. »Der Himmel im Osten ist unauffällig. Ich werde nach dem Frühstück die anderen Himmelsrichtungen auskundschaften.« Damit legte er das Aufnahmegerät beiseite, schloss das Fenster und schlurfte, das Fernglas noch immer um den Hals hängend, zurück zum Bett. »Menschen können ja auch eigentlich nicht fliegen«, murmelte er, als er sich die Decke über die Brust zog.

»Nein, Menschen können nicht fliegen!«, presste ich zitternd heraus, nachdem ich die Tür meines Kinderzimmers hinter mir geschlossen hatte. Ich öffnete meine Schwingen und schlug mir die Hände vors Gesicht. Wovon zum Teufel redete Jake da? Warum suchte er den Himmel ab? War das alles nur Teil seines Spiels? Waren ihm die Gärten einfach zu langweilig geworden? Oder hatte er irgendetwas mitbekommen? Das war unmöglich. Ich hatte mit meinen Eltern nur dann über diesen ganzen Silberschwingen-Wahnsinn geredet, wenn Jake nicht dabei gewesen war.

Ich löste meinen Zopf und massierte meine Kopfhaut. Ich war müde. Meine Nerven überreizt. Nur deshalb regte mich Jakes bestimmt vollkommen harmloses Spiel so auf. Er war ein Kind. Hatte Fantasie. Das war schon alles.

Ich ließ mich auf meine Matratze sinken und griff nach meinem Stoffhasen. Obwohl ich zu alt für Kuscheltiere war, hatte ich mich nie von ihm trennen können. Wie so oft drückte ich ihn an mich und wartete darauf, dass alles gut werden würde. Bisher hatte er jedes meiner Probleme in Luft aufgelöst. Doch diesmal brachte der Hase mir keine Erleichterung. Traurig sah ich ihn an. Ein Zeichen kindlicher Unschuld. Vermutlich hatte ich seinen Zauber zerstört, als ich Lucien York mit dem Elektrostab brutal und mit voller Absicht Schmerzen zugefügt hatte. Vermutlich konnten einem Kuscheltiere nicht mehr helfen, wenn man so etwas getan hatte. Ich legte ihn zurück aufs Bett und packte einige Klamotten in meinen Rucksack.

Vermutlich konnte einem dann niemand mehr helfen …

Kapitel 5

»Wir haben sie gefunden«, erklärte einer von Kanes Männern stolz. Die Oberen nickten ihm wohlwollend zu. Nur Lucien biss die Zähne zusammen. Er war noch nicht in der Lage, die Rache zu üben, die ihm vorschwebte. Aber es seinem Vater oder dessen Männern zu überlassen, kam ebenfalls nicht infrage. »Sie hat im Morgengrauen Kontakt zu ihrer Familie aufgenommen«, fuhr die Silberschwinge fort. »Liam folgt ihr nun.«

Ein kaltes Lächeln erschien auf Kanes Gesicht. Er strich sich nachdenklich über den grauen Bart. »Bringt die Familie her. Wir müssen erfahren, was diese Halbwesen und Verräter vorhaben«, entschied er.

Lucien hob die Hand, um das zustimmende Murmeln der Ratsmitglieder zu unterbrechen. »Das sollten wir nicht tun, Vater«, widersprach er und erntete dafür einen ungläubigen Blick von Kane.

»Wie kommst du darauf, meine Entscheidung anzuzweifeln?«

Lucien straffte die Schultern, was dank der Wunden auf seinem Rücken schmerzhaft war. »Vielleicht weiß die Familie nichts von Thorns Plänen. Wenn wir sie nun in die Sache hineinziehen, verkompliziert das nur alles. Es sind Menschen. Wir können uns ihnen schließlich nicht einfach zeigen.«

Kanes Blick wurde immer finsterer. Die Widerworte seines Sohnes missfielen ihm.

»Wir wissen jetzt, wo sie ist. Bestimmt ist Riley ganz in ihrer Nähe«, brummte Lucien mit unterdrückter Eifersucht. »Wenn wir ihnen unauffällig folgen, führen sie uns vielleicht direkt zu Aric und seiner Brut von Halbwesen.«

Kane schüttelte den Kopf. »Ich sage, lasst uns die Familie befragen. Dann erfahren wir ebenfalls, wohin sich die beiden wenden werden.«

Schnaubend erhob sich Lucien vom Platz neben seinem Vater. Die Augen der Ratsmitglieder folgten ihm. Sie studierten jede seiner Bewegungen genau. Besonders Torr von Orly schien nach einem Zeichen des Schmerzes oder der Schwäche zu suchen. Die Bestrafung durch den Rat war erst zwei Tage her. Trotzdem stand Lucien aufrecht vor ihnen, als wäre nichts gewesen. Bei seinem Erscheinen in der Halle hatte er einige Silberschwingen flüstern hören, Torr von Orly habe wohl seinen Biss verloren, wenn seine Hiebe so wenig ausrichteten. Das musste dem Alten sicher bitter aufstoßen.

Dabei konnte sich Lucien über fehlenden Biss bei seinem Peiniger nun wirklich nicht beklagen. Es kostete ihn sämtliche Beherrschung, sich stark zu geben, wo ihm doch schon der leichte Stoff seines Hemdes den Schweiß auf die Stirn trieb. Jede Berührung war eine Qual, jede Bewegung die reinste Folter. Trotzdem – oder gerade deshalb – war es so wichtig, sich heute keine Schwäche anmerken zu lassen.

»Du schreckst sie auf, Vater!«, beharrte Lucien auf seiner Meinung und stellte sich in die Nähe der Oberen, als suche er ihre Unterstützung. »Sie werden erfahren, dass du ihre Familie in deiner Gewalt hast. Das treibt sie in die Enge und verschärft womöglich den Konflikt.«

»Das will ich doch hoffen!«, donnerte Kane und knallte die Fäuste auf die Lehnen seines Throns. »Ich will diese Familie hier haben. Will dieser Göre von einem Halbwesen zeigen, dass man sich mit uns besser nicht anlegt!«

»Wir sind im Vorteil, Vater!«, blieb Lucien hart. »Wir können ihnen folgen, ohne dass sie das mitbekommen. Wir können einen Angriff planen, der uns womöglich sogar Aric Chrome in die Hände spielt.« Er wandte sich an die Oberen und nickte ihnen ergeben zu. »Lass sie doch in dem Glauben, alles im Griff zu haben. Das Überraschungsmoment wird unser Vorteil sein. Doch wenn wir jetzt die Familie hineinziehen, warnen wir Aric, davon gehe ich aus.« Lucien suchte in Percy Raglans Gesicht nach Zustimmung.

»Dies ist in der Tat zu bedenken«, stimmte ihm überraschend Sir Alexander Duff, ebenfalls einer der Oberen, zu. Dessen goldene Ketten hingen ihm um den fleischigen Hals bis über den dicken Bauch. Die goldgeschmückten Spitzen seiner Schwingen funkelten unter dem Licht der Leuchter, was seinen Worten zusätzlich Gewicht verlieh.

Lucien bemerkte, dass sein Vater vor Wut die Fäuste ballte.

»Wir vergeuden Zeit!«, protestierte Kane schmollend.

»Die Familie läuft uns nicht davon, Vater. Wir können den Versuch wagen und …«

»Schweig!«, herrschte der Laird ihn an und stemmte sich aus seinem Thron. »Zuletzt war auf dich wenig Verlass, Sohn! Ich werde nicht schon wieder den Fehler machen, deinem Urteil zu vertrauen.«

Luciens Kiefermuskeln zuckten, so sehr musste er sich eine bittere Erwiderung verkneifen. Stattdessen neigte er fügsam den Kopf. »Du bist zu Recht enttäuscht«, stimmte er ihm widerwillig zu. »Aber diesmal wäre …«

Charles Manners, eine Silberschwinge aus den Reihen der Oberen, unterbrach Lucien, indem er ihm die Hand auf die Schulter legte. Lucien zuckte unter der Berührung zusammen, denn der Schmerz schoss ihm wie ein Blitz durch die Wirbelsäule. Dieser Moment reichte aus, um Torr von Orly zufrieden lächeln zu lassen. Zum Glück waren nicht alle so aufmerksam. Viel spannender war die Frage, ob sich der Sohn vor den Oberen gegen den Vater und Laird würde durchsetzen können.

Das Schweigen in der Halle schwoll an. Alle Augen waren auf Charles Manners gerichtet. Sein Räuspern klang, als würde ein Zug durch die Halle fahren, so still war es ringsum. Der schien seinen Auftritt zu genießen, denn er richtete sich zu seiner vollen Größe auf, wobei er auch seinen Wanst herausdrückte. Er legte die Hände an die goldenen Ketten und blickte von Kane zu Lucien.

»Du wurdest hart bestraft.« Das war keine Frage, sondern eine Feststellung. Dabei verstärkte er den Druck auf Luciens Rücken.

Lucien nickte, ohne dem Griff des Oberen auszuweichen. »Das wurde ich.«

»Bist du dennoch in der Verfassung, die Flüchtigen zu beschatten? Kannst du ihnen folgen? Dich im Kampf gegen sie durchsetzen?« Im Blick von Manners standen Zweifel geschrieben.

Lucien biss die Zähne zusammen. Er spreizte die Schwingen, sodass die Ratsmitglieder ein Stück zurückweichen mussten. Der Schmerz fraß sich wie Feuer in seinen Leib. Dennoch setzte er zum Sprung an und erhob sich bis unter die hohe gewölbte Decke. Er hörte das Murmeln der Silberschwingen unter sich, obwohl ihm das Blut qualvoll in den Ohren rauschte. Langsam sank er zu Boden und drehte sich einmal um sich selbst. »Reicht das? Oder muss ich mich auch noch mit jemandem prügeln, um euch davon zu überzeugen, dass ich bereit bin?« Er wusste, seine ausgebreiteten Schwingen wirkten auf Manners wie eine Drohgebärde. Trotzdem trat er noch näher an ihn heran. Er sah ihm direkt in die Augen.

»Das reicht!«, mischte sich Kane wieder ein. Ihm gefiel es offenbar nicht, in den Hintergrund geraten zu sein. Er trat an Luciens Seite und bedeutete ihm, die Schwingen zurück auf den Rücken zu falten. Obwohl Lucien tat, was er verlangte, musterte er ihn kalt. »Tu, was du nicht lassen kannst, Sohn. Nimm dir so viele Männer, wie du brauchst. Aber solltest du erneut scheitern und damit mich und den ganzen Clan der Lächerlichkeit aussetzen, werde ich dir höchstpersönlich die Schwingen brennen.« Kane drehte sich zu seinem Rat um. Er war umgeben von all seinen treuen Gefolgsleuten. Sein Wort war Gesetz. »Komm also besser nicht ohne dieses Mädchen zurück!«

Lucien hatte keine Zeit zu verlieren, denn Kane war nicht gerade die geduldigste Silberschwinge. Und er selbst auch nicht. Er sann auf Rache und wusste, er musste den Oberen Ergebnisse liefern. Würde ihm das nicht schnellstmöglich gelingen, würde Kane nicht zögern, Thorns Menschenfamilie in die Sache hineinzuziehen. Ungeduldig schlüpfte er in seine Lederjacke.

Im Grunde konnte ihm das ja egal sein. Er kannte die Blackwells nicht. Aber ein Konflikt konnte nicht nur für ihn und seinen Clan, sondern für alle Silberschwingen gefährlich werden.

Mit einem letzten Blick auf das Bett, in dem er Thorn so nahegekommen war, stampfte er aus dem Zimmer und eilte die Treppen hinunter. Es war Zeit, sich seine Rache zu holen und damit hoffentlich diese furchtbare Sehnsucht abzuschütteln, die ihn mehr schwächte als sein Rücken.

Nyx von Orly verbarg ihr Zittern, als sie die Hand hob, um an Kane Yorks Tür zu klopfen. Sie fürchtete den Laird, doch noch mehr fürchtete sie ihre ungewisse Zukunft.

»Komm herein«, scholl es durch die Tür, und Nyx atmete noch einmal tief durch, ehe sie der Aufforderung folgte. Erschrocken bemerkte sie, dass Kane nicht, wie erwartet, allein war. Sämtliche Oberen waren da und blickten ihr neugierig entgegen.

»Schließ die Tür hinter dir«, erklärte Kane und erhob sich von einem mit dunkelrotem Samt bezogenen Sofa. Auf einem ebensolchen Möbelstück ihm gegenüber saßen zwei Obere, während die Übrigen es sich auf hochlehnigen Stühlen um einen großen Tisch bequem gemacht hatten. Der süßliche Qualm einer Zigarre schwängerte die Luft. Scheu hielt Nyx die Schwingen dicht an ihrem Rücken, als Kane ihr entgegenkam und die Hand reichte.

»Was führt dich zu mir?«, fragte er sanft, auch wenn seine Augen sie berechnend musterten. Er führte sie zu dem Sofa, auf dem er eben noch gesessen hatte, und bot ihr einen Platz an.

»Ich ...« Nyx fühlte sich unwohl. Sie hatte gehofft, Kane allein anzutreffen. »Ich wollte nicht stören«, flüsterte sie und faltete die Hände in ihrem Schoß.

»Nur zu. Sprich«, forderte Kane sie ungeduldig auf. »Sag uns, was dich herführt. Schickt Torr dich?«

Nyx schüttelte den Kopf. »Nein. Mein Vater weiß nicht, dass ich hier bin. Ich ... ich bin aus freien Stücken gekommen«, erklärte sie und räusperte sich. Dann reckte sie ihr Kinn vor und sah Kane an. »Ich bin ... wegen Lucien hier.«

»Wegen Lucien?« Kane runzelte die Stirn. »Du wirst etwas genauer werden müssen.«

Der Blick aller ruhte auf ihr, und sie knetete ihre Finger. »Was ich sagen will ... also, ich ...« Wieder räusperte sie sich. »Mein Vater hat mir erzählt, was sich während der Versammlung zugetragen hat. Er sagt, Lucien jagt nun diese Halbwesen.«

Kanes Blick verfinsterte sich. »Torr von Orly ist einer meiner treuesten Gefolgsleute. Er müsste wissen, dass Ratsangelegenheiten vertraulich zu behandeln sind!«, brummte er, was Nyx dazu brachte, schnell weiterzusprechen.

»Mein Vater ist in Sorge. Nur deshalb wandte er sich an mich. Wie ihr wisst, kenne ich Lucien seit unserer gemeinsamen Kindheit. Ich weiß, was er denkt – und was er fühlt.« Nyx rückte auf dem Polster ganz nach vorne. »Und ich glaube, er hat sich in Thorn Blackwell verliebt. Er wird sie vielleicht suchen – aber ich glaube nicht, dass er akzeptieren wird, sie und ihresgleichen zu vernichten.« Sie sah einen nach dem anderen an. »Ich fürchte, er könnte sich gegen seine Familie stellen.«

»Wie kommst du darauf?«, hakte der Obere ihr gegenüber nach. Nyx suchte im Geiste nach seinem Namen. August Duff? Nein … Alexander. Sir Alexander Duff. Nicht dass die Oberen den Titel »Sir« wirklich trugen, sie verlangten nur, so angesprochen zu werden. Aber Nyx war nicht hier, um das zu hinterfragen. Sie senkte demütig den Blick. »Er ist allein losgezogen, Sir. Hat keine Männer mitgenommen.« Sie presste ihre Hände aneinander. »Wie will er sie und Riley ohne Verstärkung zurückbringen? Er schafft viel, aber das?«

»Er ist allein gegangen?«, fragte Kane leise, was seinen Zorn aber nicht verbergen konnte. Er krallte seine Hände in die Lehne des Sofas und tippte nachdenklich mit den Fingern auf den Samt. Ihr Nicken schien er schon nicht mehr zu bemerken.

Doch Nyx war nicht hergekommen, um unbemerkt zu bleiben. Sie nahm ihren Mut zusammen und stand auf. »Ich möchte die Erlaubnis, ihm zu folgen«, wandte sie sich direkt an Kane. »Im Gegensatz zu Lucien hasse ich dieses Halbwesen. Ich werde es euch mit Freuden ausliefern.«

Kane rieb sich den Bart. »Warum sollten wir gerade dich schicken? Wir haben genug Männer. Und wenn ich ein Kopfgeld, eine Belohnung für die Ergreifung aussetze, wird es nicht lange dauern …«

»Ich will Lucien zurück!«, unterbrach Nyx den Laird kühn. »Ich will, dass ihr das Halbwesen vernichtet und mir Lucien als meinen Versprochenen zurückgebt. Dafür serviere ich euch Thorn Blackwells Kopf auf einem Silbertablett.«

Ein kaltes Lächeln erschien auf Kanes Gesicht. »Ich habe Lucien mein Wort gegeben, dass er über das Schicksal des Halbwesens verfügt – als Lohn für seine Bereitschaft, mit ihr eine Verbindung einzugehen.« Er schritt durch den Raum und nahm sich ein Glas vom Tisch. Erst nachdem er einen Schluck getrunken hatte, fuhr er fort: »Lucien glaubt, diese Verbindung wäre noch immer gut für den Clan.«

»Brecht euer Wort!«

Kane hob überrascht die Augenbrauen. »Meine liebe Nyx von Orly, ich verstehe deine Beweggründe, aber …«

»Brecht euer Wort!«, wiederholte sie ihre Forderung. »Und gebt ihn mir zurück. Sonst wird das Halbwesen den Clan spalten. Lucien weiß nicht, was er tut! Er lässt sich von seinen Gefühlen leiten!«

»Was das Mädchen sagt, könnte stimmen«, fiel Charles Manners ins Gespräch ein.

Verärgert wandte Kane sich nach dem Oberen um. »Wirklich?«, knurrte er. »In der Ratsversammlung wolltet ihr, dass Lucien seinen Willen bekommt! Ich hätte eine andere Strategie verfolgt«, hielt er dem Robenträger vor.

Nyx zuckte unter seinem bitteren Ton zusammen. Kane mochte zwar der Herr in diesem Haus sein, aber dennoch bewegte er sich auf dünnem Eis, so mit den gesandten Oberen zu sprechen.

»Wir wollen Lucien an eurer Seite den Clan führen sehen. Wie ihr wisst, könnte sich unsere Institution eine Silberschwinge wie

Lucien in einigen Jahren, wenn er sich bewiesen hat, sogar als künftigen Oberen vorstellen. Aber dazu müssen wir ihm Verantwortung übertragen. Wir müssen ihn auf die Probe stellen. Doch wenn das Mädchen glaubt, er könne sich als unzuverlässig erweisen …«

»Lasst mich ihm folgen«, bat Nyx erneut. »Er wird mich nicht bemerken … er hat seine Sinne schon lange nicht mehr auf mich gerichtet.« Die Bitterkeit, die diese Worte begleitete, entging keinem im Raum.

Kane nickte langsam. Er griff nach der Karaffe und goss ein weiteres Glas ein. Dann reichte er es Nyx und prostete ihr zu. »Na schön. Du wirst ihm unauffällig folgen und mir Bericht erstatten.«

»Sie hat noch nicht einmal ihre Prüfung gemeistert«, widersprach Sir Percy Raglan. Seine Schwingen waren von einem matschigen Silber, und die scharfkantige Nase ließ ihn wie einen Aasgeier aussehen.

Kane leerte sein Glas. Dann sah er Nyx wieder an. »Falls sie erfolgreich ist, werden wir den Clan zusammenkommen lassen«, erklärte er und strich sich über die Schwingen. »Es wird ein großer Tag werden, wenn wir Arics Halbwesen verurteilen, Nyx ihre Prüfung nachholt und am Ende ihre Verbindung mit Lucien vor den Oberen besiegelt wird.«

~

Lucien fuhr sich durchs Haar und streckte den Rücken durch. Der Weg hierher hatte seine Wunden aufplatzen lassen. Er spürte die warme Feuchte von Blut an seiner Haut. Trotzdem ging er weiter die Straße entlang. Eine Wohnsiedlung mit Häusern der gehobenen Mittelschicht. Anhs Elternhaus war nicht mehr weit, und zu den Schwingungen, die Liam aussandte, kam das ihm inzwischen Vertraute Gefühl für Thorn hinzu. Sie war hier irgendwo.

Sein Puls beschleunigte sich, und wie von selbst erwärmten sich seine Muskeln. Das Blut floss schneller durch seine Adern, wie immer, wenn seine nichtmenschlichen Fähigkeiten die Kontrolle übernahmen. Er verfluchte das Blut an seinem Rücken, wusste, dass er heute noch nicht würde fliegen können. Seine Kräfte hatten kaum ausgereicht, die Oberen in der großen Halle vom Gegenteil zu überzeugen. Doch diese Demonstration angeblicher Stärke hatte seine Wunden erneut aufbrechen lassen und ihn nur noch mehr geschwächt. Deshalb durfte er sich Thorn vorerst auch nicht weiter nähern.

Zaghaft ließ er die Schultern kreisen und verzog dabei gequält das Gesicht. Er war noch nicht bereit für eine Konfrontation, auch wenn er es nicht abwarten konnte, Thorn Blackwell wieder gegenüberzustehen. Seine Hände nach ihr auszustrecken und ihr in die grünen Augen zu sehen. Ob er wohl Angst darin lesen würde? Oder Wut und Hass? Er lächelte. Oder womöglich eine Sehnsucht, die der seinen ähnlich war?

Um die Gedanken an ein Wiedersehen zu vertreiben, beschleunigte er seinen Schritt und trat auf Liam zu. Der Gefolgsmann seines Vaters war kaum älter als er, Kane allerdings pflichtbewusst ergeben. Lucien konnte sich nicht erinnern, Liam auch nur einmal seine eigene Meinung äußern zu hören. Ein treuer Mann, würde Kane sagen.

»Lucien«, grüßte Liam leise. »Kommst du zur Verstärkung?«

»Nein. Ich bin die Ablöse. Du kannst zurück nach Darlighten Hall.«

Liam schien überrascht. »Aber du wurdest …« Offenbar wollte er Lucien nicht auf die Hiebe mit der Silberkatze ansprechen. »Bist du sicher, dass du allein klarkommst?«

»Ich bin mir sicher!« Luciens Kiefermuskeln zuckten. »Geh jetzt, bevor uns noch jemand bemerkt.«

Immer noch unsicher, blickte Liam zur Krone des rotlaubigen Ahorns ein ganzes Stück die Straße entlang. »Na schön. Wie du meinst. Der Rebell und das Halbwesen sind dort drü…«

»Ich weiß!«, herrschte Lucien ihn an und gab ihm einen Stoß, um ihn in Bewegung zu bringen. »Ich kann sie fühlen!«

Als Liam endlich ging, schloss Lucien die Augen. »Ich kann sie fühlen«, flüsterte er noch einmal und überließ sich der Gewissheit, Thorn nahe zu sein. Und doch war ihm bewusst, dass weder sie noch Riley ihn erspüren konnten. Thorns Fähigkeiten waren noch nicht stabil genug. Noch nicht trainiert genug, um ihn aus dieser Entfernung wahrzunehmen, und Riley – nun, Rileys Sinne waren ohne seine empfindlichen Schwingen kaum mehr existent. Von ihm drohte in dieser Hinsicht keine Gefahr.

Kapitel 6

Die Docklands lagen in geisterhafter Stille vor uns. Nur unsere Schritte hallten laut von den Wänden wider. Die alten Backsteinfassaden der ehemaligen Hafengebäude waren aus Denkmalschutzgründen erhalten, aber modernisiert worden. Stahl und Beton zur Kunstform veredelt. Wo früher Hunderte Container gelagert worden waren, erstreckten sich nun neue Bürogebäude, so weit das Auge reichte. Doch um diese Zeit – es ging auf Mitternacht zu – war von dem geschäftigen Treiben des Tages nichts mehr zu spüren. Die Backsteinfassade zu unserer Linken wirkte wie eine Gefängnismauer, und das leise fließende Gurgeln der Themse rechts von uns zeigte, wie nahe wir dem Hafenbecken waren. Wie dunkle Skelette eines Dinosauriers ragten die stählernen Kräne in die Höhe, und kurz überkam mich der Impuls, meine Schwingen zu spreizen und hinauf zur Kranspitze zu fliegen.

Meine Rückenmuskulatur spannte sich an, als würden meine Schwingen selbst die Entscheidung über mein Handeln treffen. Aber ich würde nicht dort hinauffliegen. Ich würde überhaupt nicht fliegen, denn meine glühenden Schwingen würden im nächtlichen Schwarz des Himmels wie ein Leuchtfeuer erstrahlen. Ich war mir nicht sicher, ob die Gesetze der Silberschwingen für mich eine Bedeutung hatten, aber in einem Punkt waren wir uns einig: nur keine Aufmerksamkeit erregen.

»Ist es noch weit?«, flüsterte ich, packte meinen Rucksack fester und ging etwas schneller, um zu Riley aufzuschließen. Der Elektrostab blitzte in seiner Hand, und das Gerippe seiner Schwingen malte dämonische Schatten an die Wand, als er sich nach mir umdrehte.

»Nein. Es ist gleich da vorne.« Er deutete mit dem Stab auf eine der alten Ziegelhallen, die beinahe bis in die Themse hineingebaut war. Hinter dem Stahlzaun davor waren einige alte Frachtcontainer zu modernen Büroräumen ausgebaut worden. Mit buntem Graffiti besprüht und einseitig verglast boten sie nun Raum für die kreativen Köpfe von *Rebell-Design* – wie das Schild am Zaun behauptete.

»Ernsthaft?«, fragte ich und starrte auf das Schild. »Das seid ihr? Rebell-Design?«

Riley grinste. Trotzdem kam er mir nervös vor – was vielleicht daran lag, dass ihm die Kaugummis ausgegangen waren.

»Nicht *wir* – wenn du damit mich, Conrad, Sam und Garret meinst. Aber ja, Rebell-Design wurde von Silberschwingen gegründet, die sich vom Clan abgewandt haben. Sie leben unter den Menschen, aber nach den Silberschwingengesetzen, deshalb lässt Kane sie in Ruhe. Offiziell haben sie sich von ihm losgesagt. Es ist nur eine Frage der Zeit, bis man auch sie verfolgt, um sie erneut der Herrschaft der Oberen zu unterwerfen.«

»Ich wusste nicht, dass Silberschwingen … arbeiten«, wunderte ich mich.

Riley lachte leise. »Nicht alle sind mit dem goldenen Löffel im Mund geboren wie Lucien.« Er griff in seine Manteltasche, als suche er nach Kaugummis. »Unsere Vorfahren waren größtenteils Diebe.«

»Diebe?« Hatte er das echt gesagt?

Er gab die Suche nach einem Kaugummi auf und grinste mich

an. »Wer die Fähigkeit besitzt, nicht gesehen zu werden, macht es sich selten schwerer als nötig, an die Dinge zu kommen, die gebraucht werden.« Er zwinkerte. »Ich würde auch mal 'nen Apfel mitgehen lassen, wenn ich gerade kein Geld in der Tasche hätte.«

»Das glaub ich nicht! Das … das ist doch …«

»Beruhig dich. Ich habe gesagt, wir *waren* Diebe – nicht dass wir es jetzt noch sind. Das mit dem Apfel war ein Scherz. Oder hast du mich schon mal einen Apfel essen sehen?«

Ich schüttelte den Kopf.

Riley steckte sich den Elektrostab in den Gürtel und legte mir freundschaftlich den Arm um die Schultern. Die Überreste seiner Schwingen streiften meine, und sein langes Haar kitzelte mich am Hals. »Deshalb gehen wir, wenn wir nicht gerade Halbwesen bewachen, zur Schule und arbeiten als Designer … na, zumindest manche.«

»Aber wird Kane nicht vermuten, dass wir hier sind?« Rebellierende Silberschwingen schienen mir jetzt nicht gerade das sicherste Versteck zu sein.

Er schüttelte den Kopf. »Nein. Es gibt viele Aussteiger. Er kann seine Augen nicht überall haben.«

»Ich dachte, die Silberschwingen sehen alles. Durch die Augen all der Statuen, oder …«

»Hast du auf unserem Weg hierher welche gesehen?«, unterbrach Riley mich.

Ich dachte nach. Tatsächlich konnte ich mich nicht erinnern, eine gesehen zu haben.

»Die Rebellen haben schon darauf geachtet, hier möglichst sicher zu sein. Das ist der Vorteil von moderner Architektur. Stahl, Beton und Glas haben im Gegensatz zu alten Hölzern und Gestein keine Seele, die man lesen könnte.«

Eigentlich hätte mich Rileys Erklärung beruhigen sollen, doch ich fühlte mich dennoch verfolgt. Immer wieder wandte ich mich um, wissend, dass meine leuchtenden Federschuppen für alle Silberschwingen gut sichtbar waren. Ich wollte endlich von der Straße runter!

Das Tor von Rebell-Design glitt lautlos auf, als Riley sich daran zu schaffen machte. Er schien den Weg gut zu kennen, denn er führte mich zielstrebig an den Containerbüros vorbei in den hinteren Teil des Geländes, direkt auf die Backsteinhalle zu.

Neben dem großen Hallentor raschelte etwas, und ich fuhr erschrocken herum.

»Das sind nur Ratten«, erklärte Riley unbeeindruckt. »Hier, so nahe der Themse, sind die überall.«

»Na toll! Das ist ja beruhigend!«

»London ist ein Rattenloch«, scherzte er und hielt mir das Tor auf. »Aber keine Sorge, ich bin ja bei dir. Ich pass schon auf, dass deine hübschen Schwingen nicht angenagt werden.«

Ich stieß ihn in die Seite und folgte ihm in die Finsternis. »Wie gesagt: sehr beruhigend!«

Es war nicht schwer, ihnen zu folgen. Lucien hielt genügend Abstand, um nicht bemerkt zu werden. Trotzdem hatte er keine Mühe, sie hier in den Docklands vor sich in der Dunkelheit auszumachen. Der silberne Schimmer des Mondlichts reichte aus, ihn alles taghell sehen zu lassen. Das Erbe des Lichts machte es ihm leicht. Als Riley und Thorn vor ihm stehen blieben, wartete er, bis sie weitergingen. Immer wieder ließ er seine Schultern kreisen, um die geschundenen Muskeln zu lockern. Er folgte ihnen ungesehen auf das Gelände einer der früheren Lagerhallen.

Es gefiel ihm nicht, wie selbstverständlich sein ehemals bester Freund Riley seinen Arm um Thorns Schultern legte. Es gefiel ihm nicht, wie vertraut die beiden miteinander waren. Er ballte die Hände zu Fäusten und ging näher heran. Folgte ihnen zum Tor, das in die Lagerhalle führte. Er wollte hören, was sie redeten.

Ich spürte, wie schmutzig der Boden war. Roch den Staub, der durch unsere Schritte wie weißer Dunst aufgewirbelt wurde. In dem wenigen Licht, das durch das geöffnete Tor hereinfiel, konnte ich kaum etwas erkennen. Ich griff nach Rileys Hand und folgte ihm zögernd. »Ich sehe nichts!«, raunte ich ihm zu und drückte seine Hand noch fester.

»Ach so?« Er blieb stehen. »Sorry, ich habe gedacht, du hast schon alle deine Fähigkeiten.«

Ich zuckte mit den Schultern. »Keine Ahnung. Das mit dem Sehen in der Dunkelheit ist wohl nicht so mein Ding. Lucien hat versucht …« Ich drängte die Erinnerung an Lucien zurück. Ich wollte nicht daran denken, wie mein Herz in seiner Umarmung gepocht hatte. Wie gut er gerochen hatte und wie wundervoll sich seine Hände angefühlt hatten, als er mir das Sehen in der Dunkelheit hatte beibringen wollen.

»Ich kann es jedenfalls nicht«, stieß ich frustriert aus und zupfte an meinen Federschuppen herum.

»Schon okay. Weiter hinten in der Halle sind Oberlichter in der Decke. Da ist es heller. Komm einfach weiter. Ich führe dich, auch wenn ich ohne meine Schwingen kaum noch was sehen kann. Aber ich kenne mich hier aus.« Er lachte kaum hörbar. »Steig nur nicht auf die Ratten.«

»Idiot!«, knurrte ich, setzte aber vorsichtshalber trotzdem meine Füße ganz behutsam auf.

Wir umrundeten eine Wand aus übereinandergestapelten Kisten, und tatsächlich: Durch einige Glaseinsätze in der Gebäudedecke fielen hier dicke Balken blassen Mondlichts herein. Sie beleuchteten den Gipfel des Kistenbergs, auf dessen Spitze nun ein großer dunkler Schatten erschien.

Ich schrak zurück, stolperte beinahe und starrte panisch in den Lichtkegel.

»Lucien!« Ich fasste mir ans Herz. Meine Welt geriet aus den Angeln, und wie von selbst spreizten sich meine Schwingen abwehrend.

Der Schatten trat ins Licht – und … verwandelte sich in Conrad Shriver.

»Hey, Conrad!«, rief Riley und riss erleichtert die Arme nach oben. »Du hast uns zu Tode erschreckt!«

Der dunkle Dämon hoch über uns war nicht Lucien. Es war Conrad. Meine Sinne hatten mir einen Streich gespielt, ich glaubte sogar, Lucien zu fühlen. Das war doch verrückt! Ein Zittern durchlief meinen Körper, und ich fragte mich, warum ich plötzlich Enttäuschung verspürte. Enttäuschung, die sich natürlich auch mit Erleichterung vermischte, als mir klar wurde, dass Riley und ich es wirklich geschafft hatten. Wir waren nicht länger allein. Unsere Chancen, diesen ganzen Albtraum zu überleben, waren immens gestiegen. Und doch … war da eben dieser Moment gewesen, als ich dachte, Lucien zu sehen … Ein Teil von mir hatte sich gewünscht, er wäre es. Er wäre gekommen, nicht weil er mich jagte, sondern weil er etwas für mich empfand. Etwas anderes als Abscheu …

Mit einem Hüsteln versuchte ich, meine Fassung wiederzuerlangen. Neben Conrad tauchten nun auch die übrigen Shades aus ihren Verstecken zwischen den Kisten auf. Gemeinsam wie ein

Schwarm dunkler Vögel spreizten sie die Schwingen und schwebten zu uns herunter.

»Scheiße, Riley!«, rief Garret und landete knapp vor uns. »Wir haben echt gedacht, wir sehen euch nie wieder!«

»Geht es euch gut?« Der schmächtige Sam kam direkt neben mir zum Stehen. Er starrte erschrocken auf Rileys verkrustetes Schwingengerippe. Trotz des fahlen Lichts sah ich, wie er blass wurde. »Verdammt, diese Schweine!«, brummte er mit der für seine Körpergröße viel zu tiefen Stimme.

Er sprach damit auch Conrad aus der Seele. Der schwieg, klopfte Riley aber mitfühlend auf die Schulter.

Der fühlte sich sichtlich unwohl, denn er legte die Überreste seiner Schwingen eng an seinen Rücken, als wollte er sie verstecken.

»Ist halb so wild – wir leben noch«, tat er es ab und deutete auf mich. »Dank Thorn. Sie hat …«

»… verdammt rote Schwingen!«, beendete Garret mürrisch den Satz und trat auf mich zu. Wie immer wirkte er nicht gerade erfreut über meine Anwesenheit. Zumindest glaubte ich das, denn ich hatte ihn noch nie lächeln gesehen.

»Und verdammt schwer, damit durch London zu kommen.« Riley zwinkerte mir zu. »Aber dafür sieht es auch verdammt geil aus, oder nicht?«

Seine Freunde sparten sich eine Antwort. Stattdessen führten sie uns zwischen den Kisten zu ihrem Versteck. Die ausgebaute Rücksitzbank eines Autos stand vor einem Stapel alter Paletten. Daneben auf dem staubigen Boden ein einfaches Lager aus Matratzen.

»Wir sind seit Tagen hier. Haben aber schon fast die Hoffnung aufgegeben, euch zwei noch mal lebend wiederzusehen. Wie seid ihr denn entkommen?« Sam bot uns den Platz auf dem Rücksitz an und setzte sich selbst im Schneidersitz auf den Boden.

Riley zog den Elektrostab aus seinem Gürtel, ließ sich auf den Sitz fallen und streckte die Beine auf den Palettenstapel, als wäre dies schon immer sein Zuhause. »Thorn hat mich befreit.« Er warf die Waffe auf den provisorischen Tisch und verschränkte die Arme hinter dem Kopf. »Wir haben uns bei Anh versteckt und gehofft, euch hier zu treffen. Wirklich ausruhen können wir uns aber nicht. Sämtliche Silberschwingen sind sicher längst hinter uns her. Einige der Oberen sind in der Stadt – und ich wette, Kane kocht vor Wut.« Er wandte sich an Conrad. »Hat eigentlich jemand ’nen Kaugummi für mich – ich bin echt auf Entzug.«

Sam lachte und warf ihm ein Päckchen zu. Dann wandte er sich an mich. »Gut gemacht, Thorn. Ehrlich gesagt hätte ich dir das nicht zugetraut. Sich gegen Lucien York aufzulehnen … erfordert Mut.«

Ich schüttelte den Kopf und stellte langsam den Rucksack neben mir ab. Ich hatte ihr Lob nicht verdient. Immerhin hatte ich Lucien verraten. Ich hatte den Mann verletzt, in den ich mich verliebt hatte. Das war nicht mutig, sondern feige. Mutig wäre es gewesen, ihm zu vertrauen. Darauf zu vertrauen, dass Lucien zu seinem Wort stehen und sowohl mich als auch Riley schützen würde. Doch das hätte bedeutet, darauf zu vertrauen, dass er genug für mich empfand, um sein Wort auch halten zu wollen. Und da war ich mir einfach nicht sicher gewesen.

»Ich will nicht mehr darüber reden!«, beendete ich das Thema. »Ich bin froh, dass wir hier sind. Aber was machen wir jetzt? Habt ihr einen Plan? Eine Idee? Oder verschanzen wir uns für immer hier zwischen den Kisten?«

Ich war müde und hungrig, und am liebsten hätte ich mich auf dem Autositz ausgestreckt und ein Jahr geschlafen. Ich wollte die Angst hinter mir lassen und endlich einen Ausweg entdecken.

»Wir warten auf Magnus«, erklärte Conrad ernst. »Er holt uns schon bald hier raus.«

»Wie denn?«

Riley ploppte eine Kaugummiblase und legte den Arm um mich. »Wie, ist nicht wichtig. Wenn Conrad sagt, Magnus holt uns, dann holt er uns auch.« Er lächelte mich an. »Entspann dich, Thorn. Du hast genug getan. Wir sind jetzt in Sicherheit.«

Luciens Kiefermuskeln zuckten. Von seinem Platz hinter einem Kistenstapel aus hatte er die Rebellen genau im Blick. Er konnte unmöglich näher heran, sonst hätten sie seine Anwesenheit gespürt. Doch sie rechneten nicht mit ihm, darum waren ihre Sinne nicht auf ihn gerichtet. Fühlten sie sich wirklich so sicher?

Er ballte die Fäuste, als er sah, wie Thorn ihren Kopf auf Rileys Schoß bettete. Sie schloss die Augen und ließ es zu, dass der Rebell ihr wieder und wieder sacht übers Haar strich.

Ja, sie fühlten sich wirklich sicher. Zu sicher!

Ich hielt die Augen geschlossen. Versuchte, mich zu entspannen. Mir war angenehm warm, denn Riley hatte seinen Mantel über mich gebreitet. Ich benutzte seine Beine als Kopfkissen, und die Art, wie er mir über den Kopf strich, erinnerte mich an meine Mutter. *Meine Adoptivmutter,* verbesserte ich mich im Geiste. Und obwohl meine Glieder schwer wie Blei waren, ich vor Hunger kaum noch denken konnte und der Schlaf regelrecht nach mir schrie, brodelte es in meinem Inneren. Das sanfte blaue Zucken des Elektrostabes neben Rileys Füßen schien die Luft mit Spannung anzureichern. Meine Sinne kochten jedenfalls. Meine Nerven vibrierten, und mir war, als müsste ich etwas spüren. Etwas, das wichtig war …

Das leise Flüstern der Shades plätscherte wie ein Wasserfall nebenher. Sie sprachen über Rileys Verurteilung. Über das Brennen seiner Schwingen – und Luciens Beteiligung dabei. Ich hörte weg. Ich wollte wirklich nicht an diesen schrecklichen Tag erinnert werden.

Dieser Tag, an dem ich Lucien zum ersten Mal begegnet war. Der Tag, an dem er mir sowohl das Monster in sich gezeigt hatte, als auch den fürsorglichen Mann, in den ich mich verliebt hatte.

Verdammt!

An Schlaf war nicht zu denken! Ich setzte mich auf und gab Riley den Mantel zurück.

»Was ist los?« Alle Augen waren auf mich gerichtet.

»Nichts«, versicherte ich ihnen. »Ich … kann nur nicht …« Ich löste meinen Zopf und massierte meine Kopfhaut. »Ich vertrete mir mal die Beine.« Ich stand auf, und sofort war Sam an meiner Seite.

»Soll ich mitkommen?«, bot er an und deutete in die finsteren Ecken der Halle. Obwohl ich nicht erkennen konnte, was dort lauerte, schüttelte ich den Kopf. »Nein, danke. Ich brauch einfach einen Moment für mich.«

Garret nickte, als würde er mir die Erlaubnis erteilen, wobei ich ihn »vielleicht mal zur Toilette« flüstern hörte.

Mir war egal, was sie dachten. Ich war nur froh, nicht länger zuhören zu müssen, wie Riley seine Qualen schilderte.

Vorsichtig tastete ich mich durch die dunkle Halle. Das Rechteck der Eingangstür hob sich bläulich von den tiefschwarzen Wänden ab, und ich steuerte geradewegs darauf zu. Ein Rascheln hinter mir ließ mich nach Luft schnappen. Ich drehte mich um, aber abgesehen von einem Huschen über den Boden blieb alles still.

»Scheißratten!«, murrte ich und ging weiter. Wieder raschelte es, doch diesmal hielt ich nicht an. Ich brauchte frische Luft, um meine angespannten Nerven zu beruhigen. Meine Sinne spielten verrückt, und sämtliche Alarmglocken meines Körpers dröhnten wie das Mittagsläuten des Big Ben. Dabei war ich doch endlich in Sicherheit.

~

Lucien durfte sich nicht zeigen. Er hatte den Auftrag, Thorn zu folgen. Sie unbemerkt zu bespitzeln, bis sie ihn zu ihrem Vater und den Halbwesen führte. Er musste Kane und den Oberen Ergebnisse liefern. Die Wunden auf seinem Rücken ließen ihn bei jedem schmerzlichen Atemzug daran denken. Und doch, als sie nun nur wenige Meter an ihm vorbeiging, ihr Duft nach Vanille ihn erreichte und das rötliche Leuchten ihn an die Küsse in der Nacht der Geburt ihrer Schwingen erinnerte, da wollte er nur eines: sie berühren. Seine Wut verrauchte schlagartig und hinterließ diese unbeschreibliche Sehnsucht …

Ganz langsam trat er aus dem Schatten hinter ihr. Er brauchte nur den Arm auszustrecken, dann konnte er sie erreichen. Er konnte sie festhalten, sie in seine Arme reißen – zärtlich, oder grob, ganz wie es ihm gefiel.

Beinahe, als wollte er, dass sie ihn bemerkte, knackste er mit den Fingerknöcheln.

~

Das war keine Ratte! Ich fuhr herum und blickte in zwei silbergraue Augen. Ein Schrei entfuhr mir, genau in dem Moment, als das Röhren von Motoren die nächtliche Stille durchbrach.

»Verdammt!« Luciens Fluch riss mich aus meiner Trance. Er packte meinen Arm, zerrte mich mit sich in eine der Ecken, die so mit Schwärze gefüllt waren, dass nicht einmal der Teufel etwas hätte sehen können.

»Lass mich los!«, japste ich und erhob meine Stimme noch weiter. »Hiiilfe! Riley!«

Lucien hielt mir den Mund zu. »Sei still!«, fuhr er mich an und presste mich mit seinem ganzen Gewicht gegen die Mauer. Sein Körper drängte sich an mich, doch er sah mich nicht an. Er starrte zum Tor, wo mindestens fünf Motorräder kreisten. Ihre Lichtkegel bildeten ein grelles Netz über dem Boden, die Motoren brüllten wie Löwen, und durch die teilweise rot glühenden Schwingen der Fahrer schienen die Biker direkt aus der Hölle zu kommen.

»Halbwesen!«, knurrte Lucien und riss mich mit sich. Der Platz neben der Tür war nicht länger sicher für ihn, denn schon bretterten die Bikes nacheinander in die Halle.

Ich war so überrumpelt, so geschockt von Lucien, von den Halbwesen, davon, wie sich die Dinge gerade überschlugen, dass ich mich kaum zur Wehr setzte, als er mich tiefer zwischen Paletten mit metallenen Fässern darauf schleifte.

Noch immer hielt er mir den Mund zu, doch wenigstens schaute er mich nun an.

»Wie es aussieht, bleibt uns keine Zeit, unser Wiedersehen gebührend zu feiern, kleine Dorne«, zischte er mir ins Ohr, als das Bersten von Glas über uns Millionen im Mondlicht schimmernde Scherben herabregnen ließ. Fluchend schirmte Lucien uns mit seinen Schwingen ab, indem er diese über uns schlug. Schmerz zeichnete sich in seinen Zügen ab. Doch vielleicht hatte ich mich getäuscht, denn schon wandte er sich um, hielt mich wie eine Geisel vor sich und hob uns beide mit einem kräftigen Sprung hinauf auf die Fässer. Erst jetzt erkannte ich, warum es Scherben regnete. Wo eben noch die gläsernen Oberlichter gewesen waren, klafften nun dunkle Löcher in der Decke. Silberschwingen mit weit gespreizten Schwingen flogen herein und kreisten über uns, während unter uns die geflügelten Wesen von ihren Motorrädern stiegen und einem alten Militär-Pick-up mit Plane über der Ladefläche Platz machten.

Luciens Griff wurde fester.

»Du hast mich in eine Falle gelockt«, knurrte er, und seine Finger gruben sich schmerzhaft in meinen Arm. Erst jetzt wurde mir klar, dass diese Silberschwingen nicht zu ihm gehörten. Es mussten Rebellen sein, sonst hätte er sicher nicht so reagiert.

»Das habe ich nicht! Ich …«

»Du hast gewusst, dass ich dir folgen würde!«

Ich riss meinen Arm zurück, aber Lucien gab mich nicht frei. Wütend funkelte ich ihn an. »Du hättest mir nicht folgen müssen!«, verteidigte ich mich. »Lass mich einfach gehen! Lass mich in Ruhe und …«

»Das kann ich nicht. Du hast mich und meinen Clan verraten. Hast einem gefangenen Rebellen zur Flucht verholfen, obwohl du mir versprochen bist.«

»Du willst mich doch überhaupt nicht, Lucien!«

Er spannte die Schwingen an, und sein Gesicht verzog sich gequält. Was wusste sie schon? Sie ahnte ja nicht, wie oft sie sich in den letzten Nächten in seine Träume geschlichen hatte. Wie oft er sich ausgemalt hatte, sie für ihren Verrat zu bestrafen, nur um dann mit dem unbeschreiblichen Gefühl ihrer Lippen auf seinen aufzuwachen. Aufzuwachen mit der Erkenntnis, dass sein Verlangen nach ihr größer war als sein Rachedurst.

Wie von selbst zog er sie näher an sich. Sie fühlte sich so gut an. Als wäre sie für ihn allein gemacht. Ihre beiden Körper passten so gut zusammen, dass er trotz ihrer Schwingen glaubte, jeden Zentimeter ihres Körpers zu berühren. Ihr Duft stieg ihm zu Kopf, und er neigte sich näher an ihren Nacken, denn er wollte nichts sehnlicher, als sie dort zu küssen. Seine Lippen strichen schon fast über ihren Hals, als ein lautes Hupen ihn zur Vernunft brachte. Thorn Blackwell war nicht für ihn gemacht! Im Gegenteil. Es sah vielmehr so aus, als wäre sie sein Untergang!

Du willst mich doch überhaupt nicht, hallten ihre Worte in seinem Ohr, dabei musste die Reaktion seines Körpers ihr doch verraten, wie falsch sie damit lag.

»Das tut nichts zur Sache, kleine Dorne«, flüsterte er mir ins Ohr, ehe er sich kampfbereit aufrichtete. Noch immer hielt er mich wie einen Schild vor sich und zeigte damit allen Angreifern um uns herum, dass er sich nicht einfach ergeben würde.

»Lass sie los, Lucien!«, scholl Rileys Stimme zu uns herauf. Er trat zwischen den Motorradfahrern hervor. Hinter ihm hatte Conrad die Schwingen schon gespreizt, als wolle er mich holen kommen. Der einzige Grund, warum er sich zurückhielt, war die Pranke von Magnus Moore, die auf seiner Schulter lag.

Magnus war hier. Er war gekommen, um die Rebellen aus London herauszuholen. Und zwar nicht allein. Ihn so selbstverständlich zwischen zwei Halbwesen zu sehen, warf tausend Fragen auf. Wie stand Magnus zu den Halbwesen? Hatte er von ihrer Existenz gewusst? Als Freund und Vertrauter meines biologischen Vaters Aric Chrome konnte ich mir das durchaus vorstellen, doch wenn dem so war, warum hatte er mich dann nicht schon viel früher zu ihm gebracht? Warum dieses jahrelange Versteckspiel? Warum hatte Aric mich nicht einfach mit in die Verbannung genommen, wenn er nun extra hierherkam, um mich zu sich zu holen? Oder war er nicht meinetwegen hier? War er hier, um Rache zu nehmen für seine Entmachtung und Verbannung? Und welche Rolle spielte ich in seinen Plänen?

Verwirrt fasste ich mir an die Stirn. Wie schon so oft zuvor wusste ich nicht, wohin ich gehörte.

»Du bist umgeben von Halbwesen und Rebellen«, erhob nun Magnus das Wort. Seine Stimme war kraftvoll, so wie alles an ihm. Und sie scholl laut durch die Lagerhalle. »Nimm also deine Finger von Arics Tochter und ergib dich. Sonst müssen wir andere Maßnahmen ergreifen.«

Lucien hinter mir versteifte sich. Er haderte offenbar mit sich selbst.

»Es sind zu viele, Lucien«, flehte ich. »Sie werden dich verletzen, wenn du nicht tust, was sie sagen.«

Er zog mich näher an seine Brust. Meine Schwingen waren zwischen unseren Körpern gefangen, und ich spürte seinen Atem an meinen Silberschuppen. »So wie du mich verletzt hast?«, flüsterte er. »Tu nicht so, als würde dich mein Schicksal kümmern.«

»Verdammt, Lucien!«, presste ich leise zwischen den Zähnen hervor. »Du willst es nicht verstehen, oder? Ich hatte keine Wahl! Ich musste Riley …«

»Ich will es nicht hören!«, fauchte er und ließ seine Hand zurückschnellen, als hätte er sich an mir verbrannt. »Geh zu deiner Sippe, Halbwesen! Geh zu den Rebellen, zu deinem Riley, und sei stolz auf deine schauspielerische Leistung.« Er sah mich an, mit seinen silberglänzenden Augen, die so kalt schimmerten wie polierter Stahl. »Ich habe an unsere Verbindung geglaubt. Deine Küsse … waren wirklich überzeugend.« Er stieß mich von sich und spreizte die Schwingen.

Ich fiel. Aber die Fässer waren nicht hoch genug, als dass ich noch Zeit gehabt hätte, den Sturz mit den Schwingen zu bremsen. Ich versuchte, sie zu öffnen, befahl meinen Muskeln, es zu tun, doch noch ehe ich es schaffte, rissen mich starke Arme in die Höhe. Ich verrenkte mir fast den Hals, denn ich wollte sehen, was Lucien tat. Ich sah ihn durch die Halle gleiten, aber irgendetwas schien nicht zu stimmen. Seine Schwingen zitterten, gaben nach, und als er in der Luft mit Conrad zusammentraf, krachte er wie ein Sack zu Boden.

Ich schnappte nach Luft und klammerte mich fester an meinen Retter.

»Hi!«, sagte der und stieg höher.

Ich blinzelte. Vom Schreck wurde mir schwindelig, genauso wie von dem eleganten Flugbogen, den mein Retter vollführte. Das Gesicht, das auf mich herablächelte, war attraktiv. Die Schwingen auf seinem Rücken von einem leuchtend flammenden Rot. Sein Haar war dunkel, seine Augen grün – wie meine. Und sein Lächeln kam mir vor, als blicke ich in den Spiegel.

»Ich bin Niklas. Wir kennen uns ja schon«, stellte er fest und trug mich dabei bis hoch an die Hallendecke. »Aber alle nennen mich Nick.«

»Du bist mein Bruder«, erinnerte ich mich an seine Behauptung – und nun, so aus der Nähe betrachtet, fiel es mir nicht schwer, ihm das zu glauben. Mein Herz hämmerte wild. Mein Bruder! Das fühlte sich unglaublich an. Ohne ihn zu kennen, spürte ich sofort eine Verbindung.

»Sieht so aus.« Wieder lächelte er mich mit meinem eigenen Lächeln an, während unter uns die Motoren erneut aufheulten.

»Was passiert hier? Wo kommt ihr auf einmal her?«

Automatisch suchte ich nach Lucien. Was war mit ihm geschehen?

Niklas deutete meinen Blick. »Keine Sorge, er kann dir nichts mehr tun. Wir haben ihn überwältigt.«

Überwältigt? Tatsächlich sah ich jetzt, wie eine ganze Gruppe von Rebellen ihn umringt hatte. Er kniete am Boden, Riley gegenüber, in dessen Hand sich der zuckende Elektrostab befand.

Mir wurde schlecht. »Lass mich los!« Ich wollte mich aus Nicks Armen befreien. »Das ist doch verrückt!«

»Wir können ihn nicht gehen lassen, Schwester. Er würde immer wieder Ärger machen.«

Nur zögernd ließ er mich los, doch es war zu spät, noch etwas auszurichten. Aus der Luft musste ich hilflos mit ansehen, wie Lucien auf die Ladefläche des Jeeps gezogen und die Plane hinter ihm herabgelassen wurde. Das Einzige, was noch zu erkennen war, waren die blauen Lichtbögen, der eben zum Einsatz gekommenen Waffe.

»Bist du bereit, deine Familie zu treffen?«, fragte Nick und bedeutete mir, mit ihm zu Boden zu gleiten.

Ich ignorierte ihn. Wut stieg in mir auf. Wut auf Lucien, aber auch auf Riley, der seine Rache sichtlich genossen zu haben schien, denn er lachte laut auf eine Bemerkung von Sam hin. Sie blickten dem Transporter mit Lucien an Bord zufrieden hinterher.

Ich veränderte meine Schwingenhaltung und segelte zu Riley hinunter. Magnus machte mir Platz, nickte mir nur kurz zum Gruß zu.

»Was hast du getan?«, fuhr ich Riley an und schlug ihm den Elektrostab aus der Hand. »Ist es denn niemals genug?«

Er blies eine Kaugummiblase und sah mich nachdenklich an.

Er schwieg mir zu lange. »Sag schon was!«, forderte ich. »Musste das sein? Ich habe gesehen, wie er gestürzt ist. Er war verletzt. Und überhaupt nicht in der Lage, sich gegen so eine Überzahl zu wehren.« Ich deutete auf den Elektrostab. »*Das* … war nicht nötig!«

»Es war nötig!«, gab Riley schroff zurück. »Gerade du müsstest das doch verstehen!« Er drehte sich um und reckte mir die Überreste seiner Schwingen entgegen. »Du warst dabei, als er das getan hat! Jetzt drehen wir den Spieß um!«, rief er und bückte sich nach der Waffe. Er drückte sie mir in die Hand und sah mich aus zusammengekniffenen Augen an. »Ich bin immer da gewesen, um dich zu schützen, Thorn. Aber du solltest dich mir nicht in den Weg stellen, wenn ich Vergeltung für das fordere, was er mir angetan hat.«

Zustimmung spiegelte sich in den Gesichtern der Rebellen.

»Du bist nicht so ein Monster wie Lucien«, erinnerte ich ihn, doch der spuckte nur verächtlich seinen Kaugummi aus.

»Lucien York hat mich zu einem verfluchten Monster gemacht«, widersprach er mir, ehe er sich hinter dem zweiten Halbwesen aufs Motorrad schwang und davonfuhr.

KAPITEL 7

Das Röhren der anderen Motorräder war schon verklungen, während ich mich schließlich daranmachte, hinter Nick auf dessen Maschine zu steigen.

»Wir stehen auf Bikes«, erklärte er, drückte mir seinen Helm in die Hand und drehte am Gas. »Das ist allemal besser, als sich mit Schwingen in ein Auto zu quetschen. Außerdem ist es fast wie Fliegen.«

Ich hatte schon mit Magnus in einem Auto gesessen. Tatsächlich hatte er sich mit seiner beeindruckenden Körpergröße und den mächtigen Schwingen dabei nicht wirklich wohlgefühlt. Jetzt, wo ich meine eigenen Schwingen hatte, konnte ich das durchaus verstehen.

Trotzdem fühlte ich mich nicht gerade sicher, als die Maschine unter mir einen ersten kraftvollen Satz nach vorne machte. Ich klammerte mich um Nicks Taille und drückte mich in seine blutroten Federschuppen. »Wo fahren wir hin?«, rief ich gegen den Fahrtwind, die gläsernen Fassaden der Gebäude an den Docks zogen rasant an uns vorbei. Wir fuhren schnell. Zu schnell. Doch Nick schlängelte sich mühelos durch den nächtlichen Londoner Stadtverkehr.

»Raus aus der Stadt«, antwortete er, ehe er mit zwei riskanten Spurwechseln vor ein hupendes Auto einscherte.

»Pass auf!«, kreischte ich und krallte mich fester an ihn.

Das war Wahnsinn! Ich hatte doch in den letzten Wochen nicht so verzweifelt um mein Leben gekämpft, nur um jetzt unter die Räder zu kommen!

»Ich will hier schleunigst weg, ehe uns die Silberschwingen folgen. Aber wenn wir aus London raus sind, kannst du gerne absteigen – und fliegen.«

Fliegen … wie das klang. Obwohl ich die Schwingen jetzt seit über einer Woche mit mir herumtrug, kam es mir immer noch verrückt vor, sie zum Fliegen zu verwenden. Ich war ja kein Vogel!

»Wo fahren wir denn nun hin?« Ich kniff die Augen zusammen, um nicht sehen zu müssen, in welch halsbrecherischem Tempo Nick fuhr. Silberschwingen hatten eine erhöhte Reaktionsfähigkeit, das hatte mir Riley einmal gesagt. Ich konnte bloß hoffen, dass das bei Halbwesen auch so war. Dann überlebten wir diese Fahrt vielleicht.

»Glastonbury«, antwortete Nick, ehe er am Somerset House vorbei und mit lautem Röhren unter der Waterloo Bridge hindurchpreschte.

»Glastonbury?« Das war ja ewig weit weg. Was sollten wir denn dort? »Das Glastonbury, wo das Musikfestival stattfindet?«, hakte ich ungläubig nach. Vielleicht gab es ja auch ganz in der Nähe ein Hotel mit dem Namen …

Nick lachte. »Ist das Glastonbury-Festival das Einzige, das dir zu dem Ort einfällt? Du schaust offenbar zu viel MTV«, scherzte er, ohne mir eine richtige Antwort zu geben. Dann bog er von der Hauptstraße ab und nahm stattdessen Nebenstraßen.

»Das soll der schnellste Weg aus London raus sein?«, fragte ich, denn auf der Hauptstraße herrschte um diese Uhrzeit nicht gerade viel Verkehr.

»Zu viele Statuen«, trug der Wind seine Worte an mein Ohr. »Wir wollen doch nicht, dass die Silberschwingen sehen, wohin wir gefahren sind.«

Natürlich. Die Statuen. Rings um den Buckingham Palace gab es Dutzende von marmornen Monumenten und Skulpturen, die unsere Flucht aus London verfolgen würden. Und jede Silberschwinge konnte diese Information aus deren Seele wieder herauslesen. So weit hatte ich nicht gedacht.

»Entspann dich jetzt, Thorn. Wir sind noch eine ganze Weile unterwegs.«

Das war leichter gesagt als getan, doch mit jeder Meile, die wir hinter uns brachten, mit jeder Meile, die mich weiter von meiner Familie und meinen Freunden entfernte, ergab ich mich mehr in mein Schicksal. Offenbar hatte ich die Kontrolle über mein Leben verloren. Jetzt musste ich mich von den Fluten meines neuen Lebens mitreißen lassen und auf ein rettendes Ufer hoffen. Gegen den Strom anzuschwimmen war jedenfalls unmöglich. Zumindest war ich nun nicht länger umgeben von Feinden. Hier würde mir keiner mehr mit Vernichtung drohen.

Müde lehnte ich den Helm gegen Nicks Schwingen und versuchte, mich zu entspannen. Erst zog die Stadt wie im Flug an mir vorbei, dann die Landschaft, als wir London langsam hinter uns ließen. Die Nacht war dunkel, und die wenigen entgegenkommenden Fahrzeuge blendeten mich. Ich wollte die Augen schließen, aber ich hatte Angst davor. Seit ich Riley aus Darlighten Hall befreit hatte, hatte ich nicht mehr richtig geschlafen. Das aber hinten auf einem Motorrad nachzuholen, schien mir doch zu gefährlich. Also zwang ich mich wach zu bleiben, obwohl die Nacht immer weiter fortschritt.

Zwei Stunden nachdem wir den Flughafen von Heathrow passiert hatten, drosselte Nick das Tempo. Er wandte sich etwas zu mir um und deutete in den sich langsam aufhellenden Himmel. »Ich glaube, sie warten schon auf uns.«

Als ich den Kopf hob, konnte ich nicht glauben, was ich sah. Silberne Schwingen, mindestens ein Dutzend, zogen über uns ihre Kreise. Wie ein Feuerwerk schillerten die Federschuppen bei jedem Flügelschlag.

Niklas bog auf eine Nebenstraße ab, der er noch ein kurzes Stück folgte, ehe er das Motorrad auf einen Parkplatz steuerte und abstieg. Er reichte mir die Hand und half mir herunter. Meine Beine waren eingeschlafen, mein Rücken unter dem ungewohnten Gewicht meiner Schwingen ganz steif. Ich ließ die Schultern kreisen und blickte den Wesen über mir nach. Dabei fielen mir die rot leuchtenden Schwingen eines weiteren Halbwesens auf.

»Ist das … noch einer meiner …«, murmelte ich unsicher, denn Nick stand grinsend neben mir.

»Unser Bruder«, erklärte er, als der auch schon neben ihm landete. »Aric hat drei Kinder. Uns zwei. Und dich.«

»Wo ist … Aric?« Ihn »Vater« zu nennen, wollte mir einfach nicht über die Lippen gehen.

»Du wirst ihn treffen, wenn wir in Glastonbury sind. Doch jetzt ist erst mal Zeit für eine kurze Verschnaufpause.«

Er deutete zu der Gruppe Silberschwingen, die sich inzwischen ein Stück abseits versammelt hatten. Erst jetzt sah ich, dass dort noch weitere Motorräder sowie der Militärjeep geparkt waren.

»Wo sind wir hier?« Ich sah mich um. Als mein Blick auf die riesigen Steinblöcke fiel, die auf eine unverwechselbare Art kreisrund angeordnet waren, wusste ich es.

»Stonehenge!«, flüsterte ich ehrfürchtig.

»Ein guter Ort für ein Frühstück, findest du nicht?« Mein zweiter Bruder kam an meine Seite. »Ich bin Jax«, erklärte er und lächelte mich gut gelaunt an. »Und ich wollte immer eine Schwester haben.« Er sah nur wenig älter aus als ich selbst, und seine Schwingen waren nicht wirklich rot. Eher violett. Eine schillernde Mischung aus Magenta und dunklem Silber.

Ich schüttelte den Kopf. Ich wusste gar nicht, was ich darauf sagen sollte.

»Das muss ganz schön viel für dich sein, oder?« Er machte eine Bewegung, die alles einschloss. »Die Silberschwinge sagt, du hast dich erst vor Kurzem verwandelt? Bei mir liegt es jetzt doch schon eine Weile zurück.«

Ich horchte auf. »Lucien? Meinst du Lucien?«

»Der Gefangene. Ich glaube, er ist Kane Yorks Sohn.«

»Ja. Sein Name ist Lucien«, bestätigte ich und folgte ihm über eine Absperrung, die tagsüber Touristen von dem monumentalen archäologischen Wunderwerk abhalten sollte. »Ist er hier?«

Jax nickte und deutete auf den Jeep. »Er wird bewacht. Dir kann also nichts passieren.«

Ich kniff die Lippen zusammen und zwang mich, nicht zurück zum Parkplatz zu schauen. Ich wollte mir vor meinen Brüdern nicht anmerken lassen, dass es nicht nur Angst war, die ich empfand, wenn ich an Lucien dachte. Zumindest, solange ich nicht wusste, was sie mit ihm vorhatten.

Jax führte mich über die Wiese bis hin zu den großen Steinblöcken. Dort hatten sich sowohl mir unbekannte Rebellen als auch die Shades mit Magnus an ihrer Seite versammelt. Sie lachten gelöst, und die Anspannung aus der Lagerhalle schien von ihnen abgefallen zu sein. Immer wieder legte einer von ihnen die Hand an die alten Steine. Ich fragte mich, was der Blick in den Stein ihnen wohl offenbarte …

»Da bist du ja endlich. Ich habe mir schon Sorgen gemacht.« Riley kam aus dem Schatten eines der Megalithen auf mich zu. »Sorry, wenn ich in der Halle etwas ausgeflippt bin. Ich wollte dich nicht erschrecken«, erklärte er schuldbewusst und zuckte mit den Schultern. »Als ich dich dort mit Lucien gesehen habe – wie er dich rücksichtslos von den Fässern gestoßen hat … da ist eine Sicherung bei mir durchgebrannt.«

»Ich hatte eher den Eindruck, dass es dir dabei hauptsächlich um dich selbst ging.« So ganz kaufte ich ihm seine Entschuldigung nicht ab.

Riley grinste und fuhr sich durch die zu langen Haare. Dann schlang er die Arme um mich und sprang mit mir zusammen auf einen der Decksteine, der zwei Pfeilersteine miteinander verband. Er stellte mich neben sich, hielt aber weiterhin meine Hand. »Lass uns nicht von Lucien reden. Die Sonne geht auf, und wir sind an einem der magischsten Orte Englands. Seit ich meine Schwingen verloren habe, habe ich mich nicht mehr so frei gefühlt.« Ohne mich loszulassen, setzte er sich auf den Stein und ließ die Beine baumeln. Er griff in seine Manteltasche und holte ein in Papier geschlagenes Sandwich hervor.

»Frühstück?«, fragte er und reichte mir das Päckchen. Dankbar streckte ich die Hand danach aus, nahm neben ihm Platz und blickte in den Himmel. Dort, vor dem leuchtenden Sonnenaufgang, zogen noch immer Silberschwingen ihre schimmernden Kreise. Der violette Morgenhimmel sah aus, als hätte jemand Glitter über ihn gestreut.

Auch Riley schaute in den Himmel. Er wirkte wehmütig. Ob er sich wohl selbst gerne in die Lüfte erheben würde?

Tröstend lächelte ihn an und knüllte das Papier zu einem kleinen Ball. Den warf ich ihm zu, und er steckte ihn zurück in seine Tasche. »Zwar knurrt mein Magen jetzt nicht mehr, dafür bin ich unendlich müde«, gestand ich, auch wenn meine Schwingen sich beim Anblick der kreisenden Silberschwingen beinahe sehnsüchtig anspannten.

»Wenn du dich hinlegen magst …«, Riley klopfte sich auf die Oberschenkel. »Ich bleibe bei dir, wenn du möchtest.«

Das klang herrlich. Keine Ahnung, wie viel Zeit wir an diesem Ort verbrachten. Ich wollte nicht wissen, wie lange die Reise danach noch gehen würde. Ich wollte mich einfach nur ausruhen. Den Moment nutzen, in dem es für mich nichts weiter zu tun gab, als die funkelnden Schwingen am Himmel zu bestaunen. Also legte ich mich auf den uralten Megalithen, bettete meinen Kopf in Rileys Schoß und beobachtete unter halb gesenkten Lidern heraus, wie die Sonne diesen magischen Ort langsam, aber sicher mit Licht flutete, während am Himmel über uns nun auch zwei Wesen kreisten, die eigentlich nicht existieren durften. Wesen wie ich.

Rileys gelegentliches Kaugummiploppen und der sanfte Wind, der mir unter die Schwingen fuhr, machten mich schläfrig. Es dauerte nicht lange, da übermannte mich endgültig die Erschöpfung.

Stonehenge. Lucien war nicht das erste Mal hier. Er liebte den Ort, der so viele Geheimnisse barg. Die Seele dieser Megalithen war angefüllt mit den Geschichten und Schicksalen aus vielen Tausend Jahren. Bei seinem letzten Besuch hatte der Blick in die Seele der Steine ihm einen Tag gezeigt, der weit zurücklag. Einen Tag, an dem sein Vater Kane, Magnus Moore und Aric Chrome hier gewesen waren – als Freunde. Der Clan der Silberschwingen in London war noch jung gewesen. Sie waren etwa in seinem Alter gewesen. Junge Männer, mit einer Vision für ihr Volk. Mit einem Laird namens Aric Chrome.

Und nun war er auf dem Weg zu ihm. Zu der Silberschwinge, die wie kein anderer Grund hatte, ihn und seine Familie zu hassen.

Er riss an seinen Fesseln, doch die gaben keinen Millimeter nach. Selbst seine Schwingen hatten diese verfluchten Rebellen ihm gebunden. Zwar kehrte nach Rileys Angriff mit dem Elektrostab langsam wieder Gefühl in sie zurück, bewegen konnte er sie dennoch nicht. Er stieß einen Fluch aus, trat gegen die Heckklappe des Jeeps und kniff die Augen zu Schlitzen zusammen. Er war dazu verdammt, hier zu sitzen, während Riley Scott keine Gelegenheit ausließ, Thorn anzubaggern. Wollte Riley ihm damit eine weitere Wunde zufügen? Ihn damit dafür bestrafen, ihm die Schwingen gebrannt zu haben? Oder war er am Ende vielleicht in Thorn verliebt?

Lucien wusste es nicht – und das machte ihn wütend. Thorn war seine Versprochene. Und trotz allem, was inzwischen geschehen war, war er der Einzige, der daran etwas ändern durfte – oder eben nicht. Es war seine Entscheidung. Nicht die des Rebellen oder irgendeines Halbwesens! Egal was Aric Chrome davon halten mochte!

Wieder riss er an den Fesseln. Mit dem gleichen ernüchternden Ergebnis.

~

»Wir brechen auf«, flüsterte Riley und strich mir eine meiner schwarzen Haarsträhnen aus dem Gesicht. Sein Blick war sanft, und ich hatte das Gefühl, als würde er gerne noch länger in dieser Position verharren. »Aber Jax sagt, wir können im Jeep mitfahren. Das ist nicht so anstrengend wie hinten auf dem Motorrad.«

Im Jeep? Automatisch schaute ich zum Parkplatz zurück. Lucien war im Jeep. Mein Herz schlug schneller, und ich setzte mich verlegen auf. Plötzlich war mir die Nähe zu Riley zu viel. Schuldgefühle überkamen mich, denn ich kam mir bei ihm sicher vor. Ich konnte mich ihm anvertrauen. Doch wenn er wüsste, wie sehr mein Herz für Lucien schlug, würde er es nicht verstehen können.

Er bemerkte meinen Blick. »Keine Sorge, du bist ja nicht allein mit ihm. Ich bin bei dir. Und wenn er dich blöd anmacht, dann …«, deutete er mein Verhalten falsch.

»Das ist es nicht. Ich habe keine Angst vor ihm. Sie haben ihn gefesselt und …« Ich zuckte mit den Schulten, erhob mich und strich mir fahrig über die Schwingen. »Ich glaube, ich muss mal allein mit Lucien reden.«

Die Morgensonne hatte ihr Bett hinter dem Horizont verlassen und kletterte langsam höher. Noch immer zauberte sie einen Hauch von Pastell an den Himmel und ließ den Steinkreis in warmen Goldtönen strahlen. Ich sah mich um und konnte kaum glauben, dass dies wirklich von Menschenhand errichtet worden sein sollte. Es strahlte eine himmlische Ruhe aus. Ich tat einen tiefen Atemzug und versuchte, etwas von dieser Ruhe in mich aufzunehmen. Es gab keinen Grund mehr, nervös zu sein. Ich wusste, was ich wollte. Diesmal wandte ich mich ganz bewusst zum Parkplatz um und suchte mit den Augen nach dem Jeep. »Ich schulde ihm eine Erklärung.«

»Du schuldest ihm nichts, Thorn. Du bist jetzt frei. Frei zu tun, was immer du willst.«

»Das ist gut«, stimmte ich ihm zu und spreizte die Schwingen. »Denn ich *will* mit Lucien sprechen. Und niemand wird mich davon abhalten.«

Als mir der Wind unter die Federschuppen fuhr, wusste mein Körper instinktiv, was ich zu tun hatte. Ich spannte die Muskeln an und sprang von dem meterhohen Deckstein. Meine Schwingen entfalteten sich wie die Flügel eines Schmetterlings in der Sonne. Die Kraft, die ich dafür aufbringen musste, brach aus mir heraus. Mir entstieg ein überraschtes Keuchen, als der Auftrieb mich erfasste und ich schnell an Höhe gewann.

»Verdammte Höhenangst!«, murmelte ich und zwang mich, ruhig zu bleiben. Das war nicht das erste Mal, dass ich flog. Doch das erste Mal, dass ich es freiwillig tat.

Der Himmel schien hier mehr Weite zu haben als über der Stadt. Die nächsten Häuser gehörten zu dem Städtchen Amesbury und waren ein ganzes Stück weit weg. Ich fühlte mich unbeobachtet, als ich, gegen meine Angst ankämpfend, noch ein kleines Stückchen höher flog. Von oben erkannte man die hufeisenförmige Anordnung im Inneren des prähistorischen Steinkreises viel besser als vom Boden aus. Und auch die vielen kleineren Nebenkreise, die selbst durch die Grasnarbe hindurch erkennbar waren, sah man aus der Luft ganz deutlich. Ich fragte mich, warum sie errichtet worden waren. Wer hatte diese Anlage erschaffen? Und zu welchem Zweck?

Ich senkte die Schwingenspitzen und sank tiefer. Vielleicht sollte ich in Zukunft mal eine Touristenführung mitmachen – oder die Seele der Steine lesen, wenn ich irgendwann diese Fähigkeit zuverlässig beherrschen würde. Ich drehte meinen Kreis enger und steuerte wieder das Zentrum dieser großflächigen Anlage an. Obwohl mich die Aussicht faszinierte, zog es mich zum Boden. Ich spürte die Blicke meiner Brüder, als ich mich dem Parkplatz näherte. Sie warteten darauf, mich besser kennenzulernen. Doch nicht ihretwegen kam ich zurück.

Sie war so schön. Lucien hatte es immer gewusst. Er hatte immer geahnt, dass ein Mädchen, das schon ohne Schwingen so faszinierte, erst recht unbeschreiblich sein würde, wenn das

Licht aus ihr herausgebrochen war. Er hatte sich nicht geirrt. Sie jetzt allerdings mit weit ausgebreiteten Schwingen am purpurfarbenen Morgenhimmel zu sehen, übertraf all seine Erwartungen. Er verspürte unendliche Wut über ihren Verrat. Trotzdem konnte er nicht anders, als sie zu bewundern. Als würde sie spüren, dass er sie beobachtete, wandte sie sich zu ihm um. Sie kam näher, und Lucien verfluchte erneut seine Lage. Es war würdelos, ihr mit gebundenen Schwingen und gefesselten Händen zu begegnen, während noch das Blut von Rileys Stiefeltritt an seiner Lippe klebte.

Ihre Landung war noch wenig elegant, und sie stolperte beinahe über ihre eigenen Füße, während sie schimpfend die Schwingen wieder zurück auf den Rücken nahm.

Lucien schmunzelte. Er entspannte sich etwas. Es war gut zu sehen, dass in diesem wunderschönen und mächtigen Halbwesen noch etwas von dem unerfahrenen Mädchen steckte, in dessen grüne Augen er sich verliebt hatte.

Sie war zwar jetzt in der besseren Position, doch sie hatte noch immer Schwächen. Das machte es leichter, gerade jetzt, wo von seiner eigenen Stärke kaum noch etwas übrig war.

»Lucien?« Sie duckte sich unter der nach oben gerollten Heckplane hindurch und kletterte auf die Ladefläche. Er merkte, dass es einige Sekunden dauerte, bis ihre Augen sich an das hier drinnen herrschende Dämmerlicht gewöhnt hatten.

»Welch unerwarteter Besuch«, grüßte er sie und zog die Beine an, damit sie nicht darübersteigen musste.

»Geht es dir gut?« Sie schien unsicher, ob sie sich ihm nähern sollte. Sie entdeckte seine blutige Lippe.

Er lachte bitter. »Lassen wir das«, raunte er und hob ihr die gefesselten Hände entgegen. »Du willst nicht wirklich wissen, wie es mir geht, kleine Dorne.«

»Doch. Das will ich. Es tut mir leid, dass …«

»Bist du hier, um dein Gewissen zu erleichtern? Oder wolltest du einfach nur sehen, welche Wunden du mir bei deiner Flucht verpasst hast?« Er schüttelte den Kopf. »Ehrlich, ich hätte nicht gedacht, dass … dass du so … entschlossen sein kannst. Du warst richtig gut im Umgang mit dem Elektrostab.«

~

Die Bitterkeit in seiner Stimme machte mich wütend.

»Herrgott, Lucien!« Ich setzte mich zu ihm und stellte mich seinem Blick. »Hör schon auf! Du hast mir oft genug gesagt, dass es Dinge gibt, in denen man keine Wahl hat«, erinnerte ich ihn. »Du hast dich mehr als nur einmal Kanes Befehlen gebeugt, und wer weiß, was du getan hättest, wenn die Oberen erst etwas gefordert hätten.«

»Das ist nicht fair, Thorn«, flüsterte er. »Ich habe dich immer beschützt.«

»Du hast mich doch nur beschützt, weil du gedacht hast, ich *gehöre* dir. Und dabei musste dein Vater mich dir regelrecht aufzwingen.«

Luciens Kiefermuskeln zuckten. Sein wütender Blick durchbohrte mich. »Mir zwingt niemand etwas auf!«, widersprach er gefährlich leise. »Ich wollte dich!«

»Lügner!« Ich ballte die Hände zu Fäusten, um gegen die Gefühle anzukämpfen, die seine achtlos dahingesagten Worte in mir weckten. »Du wolltest mich nicht! Ich war dabei, Lucien. Und ich erinnere mich an jede einzelne Sekunde dieses Tages!«

Trotz seiner Fesseln packte Lucien mich am Arm und riss mich an sich. »In jeder einzelnen Sekunde wollte ich dich! Aber Kane gibt niemandem, was er will. Hätte ich ihm die Wahrheit gesagt, hätte er dich einem anderen gegeben, oder umgebracht. Ich kenne ihn, Thorn. Und ich weiß genau, wie ich von ihm bekomme, was ich will. Und ich wollte dich!«

Sein stürmischer Kuss vertrieb jeden klaren Gedanken. Lucien York wollte mich. Was bedeutete das? Sprach er von Gefühlen?

Meine Gefühle fuhren jedenfalls Achterbahn, als seine Zunge meine Lippen teilte und meinen Mund eroberte. Ich schmeckte das Blut seiner aufgeplatzten Lippe, fühlte seine Hitze und das Brennen seiner Wut, selbst in diesem Moment. Kraftlos sank ich gegen seine Brust. Zu schwach, mich ihm zu entziehen. Und vielleicht wollte ich das auch überhaupt nicht.

»Du gehörst mir, kleine Dorne«, raunte er gegen meine Lippen und blickte auf mich herab. »Vergiss das besser nicht.«

Die Ohrfeige, die ich ihm versetzte, überraschte mich beinahe so sehr wie ihn. Die Wucht meines Schlags hallte in meinem Ellbogen wider, und meine Handfläche kribbelte. Zitternd starrte ich den Abdruck auf seiner Wange an, der sich schlagartig rot verfärbte.

»Vergiss *du* besser nicht, wo du bist«, erinnerte ich ihn, als sich die Plane hob und Riley hereinkletterte.

»Jakob will weiter«, erklärte der und sah von mir zu Lucien und zurück. Er hob fragend die Augenbraue, aber mir war nicht länger nach reden. Ich drängte mich an den beiden Silberschwingen vorbei und sprang von der Ladefläche.

»Scheiß Gefühle!«, murrte ich und kickte einen Kiesel. Wenn Anh wüsste, welchen Ärger einem Jungs bereiteten, dann würde sie sich nicht ständig einen Freund wünschen. Mir jedenfalls wäre es lieber, keinem von beiden jemals begegnet zu sein.

Kapitel 8

Lucien war froh, dass die Rebellen vor der Weiterfahrt die Plane des Jeeps abgenommen hatten. Der Morgen war sonnig, und er genoss die frische Luft, die ihm durchs Haar fuhr. Zwar hatte Riley ihm gegenüber wegen des Windes mit seinen langen Haaren zu kämpfen, schien aber ansonsten ebenfalls dankbar darüber, der stickigen Plane entkommen zu sein. Riley starrte stur nach hinten, wo Thorn mit einem ihrer Brüder auf dem Motorrad saß. Seit er eingestiegen und damit das Gespräch zwischen Lucien und Thorn beendet hatte, ignorierte er Lucien total.

Und das war Lucien ganz recht. Er musterte seinen ehemals besten Freund unauffällig. Riley Scott hatte sich verändert, seit dem Tag, als er nach einem Streit mit Kane dem Clan den Rücken zugekehrt hatte. Er war älter geworden. Was kein Wunder war, schließlich lag das bereits vier Jahre zurück. Aus dem schlaksigen Jungen war inzwischen ein groß gewachsener Mann geworden. Lucien erinnerte sich nur zu gut an den unvergleichlich quecksilberfarbenen Schimmer von Rileys Schwingen. Schwingen, von denen nun kaum noch etwas übrig war. Seinetwegen.

Dabei hatte er ihn nie ernsthaft verletzen wollen. Er dachte an seine eigene Bestrafung. An die Schmerzen, die er selbst hatte ertragen müssen, und stellte sich vor, um wie viel schlimmer es für seinen Freund gewesen sein musste, an diesem Pfahl zu stehen.

Seine Nackenhärchen richteten sich auf, als ihm die Erinnerung den Gestank verbrannter Schuppen in die Nase trieb.

Dieser Pfahl gehörte abgeschafft. Diese Urteile, die Verfolgung des eigenen Volkes … das war alles so … wie hatte Thorn gesagt? Mittelalterlich?

Lucien schmunzelte. Ja, sie hatte recht. Der Pfahl, die Urteile und die Art der Bestrafungen waren mittelalterlich.

Ein Tritt von Rileys Stiefel störte seine Gedanken.

»Dir geht's wohl zu gut!«, maulte der ihn an. »Sitzt da und grinst, als wäre das hier ein Sonntagsausflug!«

Lucien hob demonstrativ seine gefesselten Hände. »Wohl kaum. Und es wundert mich, dass du mich überhaupt wahrnimmst, wo du doch nur nach da hinten glotzt, um meine Versprochene anzuhimmeln.«

»Deine *Versprochene*?« Riley lachte ungläubig und spuckte seinen Kaugummi über die olivfarbene Bordwand. Er streckte die Arme auf den kaum gepolsterten Rückenlehnen aus und stierte Lucien streitwütig an. »Du hast wohl was nicht mitbekommen. Thorn untersteht nicht mehr deinen Befehlen. Oder denen von Kane. Denn wir wissen ja beide, wer von euch das Sagen hat. Du bist es nicht.«

»Wenn ich mich richtig erinnere, wollte Kane dich umbringen. Trotzdem sitzt du jetzt hier. Wem hast du das zu verdanken?«

Riley schüttelte fassungslos den Kopf. »Du glaubst doch nicht ernsthaft, dass ich dir dankbar bin – für deinen ach so noblen Gnadenbeweis?« Er sprang auf und spreizte das, was von seinen gebrannten Schwingen noch übrig war. Vernarbtes Gewebe über dem kahlen Knochengerüst. Dazwischen einzelne Silberschuppen – kaum dicht genug, um die ehemals schöne Farbe zu erkennen.

»Du hast mich verstümmelt, Lucien!«, keuchte Riley und rang

mit seinen Gefühlen. »Du hast alles zerstört, was ich mal war.« Er schlug sich die Hände vors Gesicht und sank matt zurück auf die Sitzbank.

»Ich habe dein verfluchtes Leben gerettet, Riley!«, fuhr Lucien ihn schroff an.

»Du hast es genossen!«, widersprach Riley bitter. »Du hast dich doch um diese Scheißfackel gerissen! Tu nicht so, als wärst du ein Heiliger!«

»Begreifst du das nicht? Kane wollte den Oberen deinen Kopf auf einem Silbertablett überreichen! Sich deine Schwingen wie eine Trophäe übers Bett hängen! Hätte *er* dich gebrannt, dann wäre der Schaden viel schlimmer ausgefallen! Die Knochen, dein Rücken – das alles wäre zerstört. Das weißt du!«

»Du hättest mich besser sterben lassen.« Riley drehte ihm die kalte Schulter zu und blickte zurück auf die Straße. Dorthin, wo Thorn auf dem Motorrad saß.

»Du hast recht. Das hätte ich tun sollen. Dann würde mich nicht alle Welt für ein Monster halten!«

»Für ein Monster? Wer hält dich denn für ein Monster? Ich denke, dein Clan feiert dich für deine Tat.«

Nun war es Lucien, der zurück zu Thorn schaute. Als würde sie das spüren, hob sie den Kopf und begegnete seinem Blick. Dann spreizte sie die Schwingen, sodass der Fahrtwind sie vom Motorrad riss und direkt in den Himmel trug.

Ich konnte Luciens Blick nicht standhalten. Seine Worte hämmerten in meinem Kopf. *Ich wollte dich!*, hatte er gesagt. Seitdem schien dies der einzige Gedanke, zu dem ich fähig war. Ich veränderte meine Schwingen und stieg höher. Ich musste Abstand zu ihm gewinnen. Da war fliegen zur Abwechslung ja doch mal ganz praktisch. Ich atmete tief durch und spürte, wie der Druck, der auf mir lastete, leichter wurde. Ich war frei. Nur warum fühlte ich mich dann so schlecht? Warum bedauerte ich es, dass Lucien gefangen genommen worden war? Immerhin war er mir gefolgt. Er hatte versucht, mich zu überwältigen. Wer weiß, was er mir angetan hätte? Er oder sein Vater? Ich sollte froh sein, ihnen entkommen zu sein. Ich sollte mich freuen.

Dann schaute ich nach vorne über die Straße. Eine ganze Bikergang – geschmückt mit ausladenden Schwingen in unterschiedlichsten Silbertönen. Irgendwie störte mich diese Masse an Rebellen. Ich kannte mich mit den Gesetzen der Silberschwingen nicht aus, aber dass so viele rebellierten, wunderte mich doch. Um was ging es dabei? Ich musste mehr erfahren.

Mein Blick glitt weiter zu meinen Brüdern. Sie waren mir vollkommen fremd. Nicht dass es sich für mich als Adoptivkind nicht auch irgendwie gut anfühlte, plötzlich leibliche Geschwister zu haben, aber dennoch fragte ich mich, ob ich sie je als meine wirkliche Familie ansehen würde. Uns trennten doch ganze Welten. Schließlich war ich noch vor wenigen Wochen vollkommen normal gewesen.

Ich lachte. Was war schon normal? Ich *flog* über die weitläufige Landschaft von Somerset, und mein Herz gehörte einem Mann, der zugleich mein schlimmster Feind war. Egal was er sagte. Das war ja wohl alles andere als normal!

Beinahe war ich froh, als die ersten Häuser von Glastonbury am Horizont erschienen. Das zwang mich zwar, meinen luftigen Ausflug zu beenden, aber es lenkte mich auch von meinen vollkommen queren Gefühlen ab.

Der saftig grüne Hügel des Glastonbury Tors erhob sich in der Ferne, und der steinerne Turm darauf schien uns zu erwarten.

Aus der Luft war die Terrassierung des Berges deutlich zu erkennen, und ich fragte mich, was diese ungewöhnliche Struktur verursachte.

Ich blieb nördlich der A361, auf der der Motorradkonvoi fuhr, denn anders als die Biker musste ich mit meinen gespreizten Schwingen aufpassen, nicht gesehen zu werden.

Also suchte ich aus der Luft nach einem Ort, an dem ich unbemerkt landen und wieder bei Nick aufsteigen konnte, aber da bogen die Bikes auch schon eines nach dem anderen von der Hauptstraße ab und steuerten auf einem Weg, der immer schmäler wurde und schließlich kaum noch als Feldweg zu bezeichnen war, auf ein Wäldchen zu. Nur der Jeep hielt weiterhin geradewegs auf Glastonbury zu.

Ich hielt es für ungefährlicher, am Waldrand zu landen, deshalb folgte ich den Motorrädern und ging tiefer.

Irgendwie war das mit der Landung nicht so mein Ding, und ich krachte mit viel zu viel Schwung auf den Boden und überschlug mich glatt.

Verdammt! Ich musste das echt noch etwas üben. Das sollte mir wohl auch das leise Kichern meiner Brüder sagen, das ich trotz meines brummenden Schädels hörte.

»Alles ganz?«, fragte Jax mit frechem Grinsen und reichte mir die Hand zum Aufstehen.

»Geht schon.« Ich klopfte mir die Erde vom Hosenboden und versuchte, mir meine verlegene Röte nicht allzu sehr anmerken zu lassen. »Sag mir lieber, was wir hier machen?«

Ohne mir zu antworten, führte er mich an den ersten Bäumen vorbei, zu einem recht unauffälligen Schuppen. Darin wurden die Motorräder geparkt, ehe Nick hinter ihnen abschloss.

»Bereit für die Tafelrunde?«, fragte er und deutete auf den Glastonbury Tor.

Ich runzelte die Stirn. »Was meinst du? Was haben wir vor?« Es wäre echt nett, endlich zu erfahren, was eigentlich auf mich zukam.

»Der Tor, so nennt man den Berg, birgt ein Geheimnis. Schon aus Zeiten von König Artus. Du hast doch sicher schon von König Artus gehört, oder? Von Merlin dem Zauberer, den Rittern der Tafelrunde und so? Heute lüften wir dieses geschichtshistorische Geheimnis für dich, okay?«

»Ein geschichtshistorisches Geheimnis?« Das klang furchtbar mysteriös. Und klar hatte ich schon von der Artussage gehört. Erst jetzt brachte ich sie allerdings mit Glastonbury in Verbindung. Dabei konnte ich mir kaum vorstellen, dass es an diesem Ort noch Unentdecktes gab. Bestimmt hatte jeder Hobbyarchäologe sich hier in der Gegend auf der Suche nach dem Heiligen Gral ausgetobt.

»Ein Geheimgang«, kam mir Jax mit einem verschwörerischen Augenzwinkern zu Hilfe.

»Ihr verarscht mich doch, oder?« Ich sah zwischen meinen beiden Brüdern hin und her. »Das ist ein Scherz.«

Nick lachte und fasste kopfschüttelnd nach meiner Hand. »Kein Scherz, Schwester. Du wirst schon sehen …«

Er breitete seine Schwingen aus und zupfte an meinen Silberschuppen, damit ich es ihm nachmachte.

Obwohl ich Angst hatte, dass man uns sehen konnte, überließ ich mich seiner Führung. Wir stiegen in die Luft – nur wenige Meter über den Boden. Jax und die Rebellen folgten uns im Tiefflug. Es sah aus, als würde ein silberner Teppich über die Felder gebreitet. Ein Teppich mit drei roten Webfehlern.

Nick nahm meine Hand und lächelte mich an, als er dem Anstieg des Hügels folgte, auf dem der steinerne Turm, ein ehemaliger Kirchturm aus dem vierzehnten Jahrhundert, thronte. Mit

Nicks Hilfe gelang mir die Landung diesmal besser, und ich schaute mich neugierig um.

Wie erwartet: kein Geheimgang zu entdecken. Nur ein Fußweg führte zur Spitze hinauf. Vermutlich wimmelte es hier normalerweise von Touristen.

Aber es war früh am Tag, und der Morgennebel hing noch über der Stadt, auch wenn die Sonne den Turm schon erstrahlen ließ. Am Fuß des Berges sah ich bereits einige Wanderer in leuchtenden Windjacken, die meine Vermutung bestätigten. Sie machten den Weg frei, als der Jeep bei seiner Fahrt herauf queer über die Schafwiese an ihnen vorbeikam.

»Und jetzt?«, fragte ich mit Blick auf das Fahrzeug. Wir standen hier ehrlich gesagt ziemlich unspektakulär in der Sonne. Irgendwie hatte ich mir mehr erhofft.

»Unser Schwesterchen ist genauso ungeduldig wie Aric«, scherzte Jax und hakte sich kumpelhaft bei mir ein. Er und Nick manövrierten mich zum Turm. Ich legte den Kopf in den Nacken und bestaunte das Bauwerk. Der helle Stein verlieh dem geradlinigen Turm mit den burgähnlichen Zinnen an der Spitze einen warmen Ausdruck. Steinplatten und zwei flache Stufen führten zum kunstvollen Torbogen. Ging man hindurch und auf der anderen Seite wieder hinaus, hatte man eine gute Sicht auf die Glastonbury Abbey. Dort wurden angeblich schon vor mehreren Jahrhunderten die Gräber des sagenumwobenen König Artus und seiner geliebten Guinevere gefunden.

Eine Gänsehaut überzog meinen Körper, als ich langsam in den Turm hineintrat. Seine Spitze war offen, und es fiel mehr Licht herein als vermutet. Man konnte die Wolken treiben sehen. Der Raum im Inneren war großzügig und bot Platz für zwei an den Seiten stehende Sitzbänke aus Stein. Gleich gegenüber des Eingangs führte ein weiterer Torbogen schon wieder hinaus. Durch diesen beobachtete ich, wie Riley Lucien mit vorgehaltenem Elektrostab aus dem Jeep dirigierte. Beide zogen ein verkniffenes Gesicht. Sie kamen in unsere Richtung, aber weil ich keine Lust hatte, mich jetzt mit all den Dingen auseinanderzusetzen, die zwischen uns dreien standen, wandte ich mich wieder an meine Brüder. »Wenn das euer Geheimgang ist, dann …«

Nick lachte, und in seinen grünen Augen, die meinen so ähnlich waren, tanzten Funken. »Leg die Hand auf den Stein«, bat er und machte es vor.

Meine Gänsehaut verstärkte sich. Er wollte, dass ich in die Seele der Steine blickte. Ich zögerte. Ich erinnerte mich mit Schaudern an die wenigen Male, als ich diese Fähigkeit eingesetzt hatte. Noch nie hatten die Steine mir etwas Gutes offenbart.

»Trau dich«, forderte Jax und klatschte ebenfalls ganz cool seine Handfläche an die Mauer.

Langsam hob ich den Arm. Ich streckte meine Finger aus, strich aber nur ganz behutsam über die kalte Oberfläche. Die Anspannung in mir wuchs, denn ich wusste, dass die Rebellen mich beobachteten. Ebenso wie meine Brüder.

Die mächtige Gestalt von Magnus ragte hinter Riley auf, der noch immer Lucien in Schach hielt. Trotzdem stand Lucien mir am nächsten. Durch den Torbogen, der aus dem Turm wieder hinausführte, sah er mich an. Uns trennten nur wenige Schritte, und sofort beschleunigte sich mein Herzschlag.

»Willst du das Geheimnis lüften?«, fragte Jax ermutigend, aber ich wagte es erst, den Stein zu berühren, als Lucien vortrat und meine Hand in seine nahm. Seine Wärme durchfuhr mich, und mit einem Mal kam ich mir weniger verloren vor.

»Lass die Finger von ihr!«, drohte Nick und spreizte sofort kampfbereit die Schwingen. Riley holte mit dem Elektrostab aus, und Lucien hob ergeben die Hände.

»Schon okay«, flüsterte ich. »Lucien … er …« Ich wusste nicht, was ich sagen sollte.

»Ich bilde sie aus«, erklärte Lucien für mich. »Seit Wochen helfe ich ihr, ihre Fähigkeiten zu kontrollieren.«

»Dafür hat sie jetzt uns!«, mischte sich Jax aufbrausend ein.

Ich spürte das Misstrauen meiner Brüder. Ihren Argwohn Lucien gegenüber. Und noch deutlicher war Rileys missbilligender Blick. Trotzdem sah ich ihnen allen direkt in die Augen, ehe ich schließlich meine Hand erneut in Luciens legte. »Lucien ist ein guter Lehrer«, fühlte ich mich genötigt zu sagen. »Ich kann das nicht ohne ihn.«

Die Zeit schien stillzustehen, während Lucien auf das kaum merkliche Nicken wartete, mit dem Niklas ihm erlaubte, sich mir wieder zu nähern. Das Seil, mit dem man ihm die Hände gefesselt hatte, schnitt in sein Fleisch, auch wenn es ihm nicht viel auszumachen schien. Als spüre er die Fesseln gar nicht, nahm er meine Hand in seine. Er sah sich den Turm an und betrachtete aufmerksam die Steine, die uns umgaben.

»Die St. Michael's Kirche, die hier einst stand, existiert schon lange nicht mehr. Nur der Turm wurde restauriert. Deshalb zeigen dir nicht alle Steine, was du wissen willst«, flüsterte er, vermutlich, um eine vertrauensvollere Atmosphäre zu schaffen.

Ich atmete durch und versuchte, mich allein darauf zu konzentrieren. Auf seine Stimme, die wie ein süßes Versprechen klang.

Er lenkte meine Finger zu einem Stein, der weiter unten im Mauerwerk verbaut war. Langsam trat er hinter mich, wie um mich zu beschützen. Ich spürte seine Brust an meinen Schwingen, und sein Arm streifte meinen, als ich meine Hand über den Stein gleiten ließ. Der war wärmer und weicher unter meinen Fingern als gedacht. Wie schon in London bei der Statue wirkte das Gestein lebendig. Als würde es von einer unheimlichen Energie durchströmt, die nun direkt in meinen Körper floss.

»Spürst du es?«, raunte Lucien, sein Atem strich warm über meinen Nacken. »Schließ die Augen und lass dich fallen, kleine Dorne.«

Obwohl ich versuchte, alles andere auszublenden, entging mir Rileys Schnauben nicht. Offenbar störte ihn etwas. Vielleicht dauerte es ihm zu lange …

Ich leckte mir die Lippen und lauschte meinem Atem, der gleichmäßig in meine Lunge strömte. Dann presste ich meine Hand fester auf den Stein und verschmolz beinahe damit. Ich schnappte nach Luft, als die ersten Bilder auf mich einprasselten. Es waren undeutliche Bilder, die rasend schnell vor meinem geistigen Auge vorbeizogen. Mir wurde schwindelig, aber Lucien stützte mich.

»Ganz ruhig«, flüsterte er, und sein Daumen wanderte behutsam über meinen Handrücken. »Konzentriere dich.«

Das war ja wohl mal leichter gesagt als getan!

Ich kniff die Augen fester zusammen, als könnte ich dadurch die Bilder schärfen – und tatsächlich. Das Rad der Zeit, das ich hier beobachtete, drehte sich langsamer.

Ich sah Männer in Rüstungen. Echte Ritter, so wie ich sie mir immer vorgestellt hatte. Na ja, zugegeben, in meiner Vorstellung waren sie etwas gepflegter. Männer mit langem Haar, Bärten und Brustpanzern schwirrten durch diese magische Erinnerung. Der Turm stand noch nicht, aber die Steine waren schon hier. Sie rahmten etwas ein. Etwas Bedeutendes, wenn ich die Ehrfurcht der Männer durch all diese Jahrhunderte hindurch richtig deutete. Ihre mit metallenen Rüstungen gepanzerten Schultern bildeten beinahe eine Mauer um etwas herum, das ich nicht erkennen konnte. Königliche Banner blähten sich im Wind der Hügelkuppe, und prachtvoll geschmückte Streitrösser wurden von Knappen im Hintergrund gehalten.

Ich zitterte, so lebendig waren diese Bilder in meinem Kopf. Ich spürte den Wind an meinen Haaren reißen, hörte das Flüstern der Männer, die sich hier so geheimnisvoll um etwas versammelt hatten.

»Nun öffnet schon die Pforte, Sir Lancelot«, hörte ich einen der Ritter sagen.

Lancelot? Etwa der Lancelot, der der Sage nach der treueste Ritter an Artus' Tafelrunde war? Das war unmöglich! Ich schüttelte den Kopf und presste in dem Versuch, mehr zu erfahren, die Hand fester auf die Turmmauer.

»Nur Geduld, werter Parzival. Nur Geduld. Ihr seid ein Ignorant, wenn Ihr in so einem Moment zur Eile drängt.«

Auch der Name Parzival sagte mir etwas. Hatte er nicht auch mit der Sage zu tun? Noch während ich ungläubig versuchte, das Gesehene zu verstehen, hörte ich ein raues Schaben. Ein Geräusch, wie wenn Stein über Stein glitt. Kratzend und dumpf, ehe ein kalter Dunst über den Boden waberte.

Ein Knappe eilte herbei, eine brennende Pechfackel in der Hand. Mit einer riefen Verbeugung reichte er sie an den Mann, der offenbar der ungeduldige Parzival war. Parzival und Lancelot. Direkt vor meinen Augen. Konnte das sein? Ich fühlte mich wie in einem Film. Als würden Schauspieler eine der mystischsten Geschichten Englands nachspielen. Die Geschichte um König Artus, die Ritter der Tafelrunde und das Geheimnis des heiligen Grals.

Meine Hand auf dem Stein zitterte, als ich beobachtete, wie die Männer zur Seite traten und den Blick auf das freigaben, was vor ihnen war. Ein dunkler Schlund im Erdboden. Ein Loch, auf dem zuvor eine große Steinplatte gelegen hatte. Diese Platte sah genau aus wie die Platte, auf der ich stand. Steinerne Stufen führten in die Dunkelheit hinab.

»Das ist nicht möglich«, entfuhr es mir, und ich ließ erschöpft den Arm sinken. Die Verbindung zur Vergangenheit riss ab, taumelnd kehrte ich in die Gegenwart zurück. Lucien musste mich stützen, so sehr hatte mich dieses Erlebnis erschöpft.

»Geht es dir gut?« Seine Stimme drang sanft zu mir vor. Ich spürte seine Hände schützend um meine, als wollte er verhindern, dass ich versehentlich noch einmal etwas berührte.

»Bald wimmelt es hier oben nur so von Touris. Wir haben keine Zeit für weitere *Unterrichtsstunden*«, knurrte Riley und erinnerte mich damit fast ein bisschen an den ungeduldigen Ritter Parzival. Es war ignorant, mich in diesem Moment zu hetzen. Trotzdem hatte er natürlich recht. Ich spürte die Ungeduld auch bei meinen Brüdern. Nur waren sie zu höflich, mich zu drängen.

»Ich habe es gesehen«, sagte ich deshalb und trat ein Stück von Lucien weg, wenngleich ich seine Nähe sofort vermisste. »Den Geheimgang.« Ich deutete auf die beiden großen Steinplatten am Boden des Turms. Sie wirkten so massiv, als wäre es unmöglich, sie anzuheben oder auch nur einen Millimeter zu verschieben. »Wo führt er hin? Was … ist da unter uns?«

Nick lachte und bedeutete allen zurückzutreten. Er hatte kaum genug Platz, um seine Schwingen zu spreizen. Die rötlichen Schuppen seiner Flügel berührten schon die Wände. Obwohl ich gute drei Meter von ihm entfernt stand, nahm ich die Energie wahr, die ihn plötzlich umgab. Das Leuchten seiner Schwingen verstärkte sich. Er strahlte eine unnatürliche Hitze ab und ballte die Fäuste. Die Spannung in seinem Körper übertrug sich auf mich. Es war, als würde gleich ein Blitz neben uns einschlagen.

Leise trat Jax an meine Seite und beugte sich zu mir herüber.

»Kaum ein Halbwesen kann das«, flüsterte er und deutete auf Nick. »Es erfordert einfach zu viel Kraft.«

Gerade als ich ihn fragen wollte, was er meinte, entlud sich die Spannung, die Nick in seinem Körper konzentriert zu haben schien in einer mächtigen Druckwelle. Wie von selbst schlugen sich meine Schwingen schützend um mich, denn Staub und kleine Steinchen flogen durch die Luft. Der Turm zitterte unter der Wucht, und die beiden Steinplatten im Boden lösten sich bebend aus ihrem Fundament.

Diese Kraft. Die Art, wie sie sich entlud. Ich kannte das.

Während es nun ein Leichtes für meine Brüder war, die Platten anzuheben und beiseitezuschieben, wandte ich mich um und suchte Luciens Blick. Ob er sich ebenfalls daran erinnerte, wie ich – zufällig und ohne mir bewusst zu sein, was ich tat – so eine Druckwelle entfesselt hatte?

Dunkel ruhten seine Augen auf mir. Dunkel wie die Nacht, in der ich ihn verlassen hatte. Dunkel wie die Nacht, als ich auf der Brüstung von Darlighten Hall gestanden und mit meinen ungewohnten Kräften sämtliche Scheiben und Spiegel zum Bersten gebracht hatte.

Vorsichtig trat ich an das grabschwarze Loch und blickte in die Tiefe. Ich hatte Stufen erwartet, aber nichts führte hinab in diese bodenlose Tiefe. Nicht unbedingt der Hit, wenn man an Höhenangst litt. Zwar hatten meine Flugerlebnisse der letzten Wochen diese etwas gelindert, aber ein schwarzes Loch, in dem man den Boden nicht einmal erahnte, war doch eine ganz andere Nummer.

»Und jetzt?«, fragte ich und hockte mich sicherheitshalber auf eine der Steinbänke. Jax drängelte sich an Nick vorbei an den Rand des Lochs und setzte sich hin, die Füße furchtlos über dem Abgrund baumelnd.

»Du kannst es so machen wie ich – und einfach abtauchen …«

Er stieß sich wie vom Becken in einem Schwimmbad ab. Doch statt einen Schwimmzug zu machen, hob er die Schwingen und glitt immer tiefer. Ich hielt den Atem an und blickte ihm nach, bis er schließlich den Grund erreicht zu haben schien. Reglos strahlte mir nun das magentafarbene Leuchten seiner Schwingen aus der Tiefe entgegen.

»Willst du?«, fragte Nick und ließ derweil einen der Rebellen vorbei.

Dann drängte sich Sam an den Schlund und stupste mich in die Seite. »Wird Zeit, dass einer von den Shades da unten mal nach dem Rechten sieht«, erklärte er mit seiner viel zu tiefen Stimme. So knapp über dem Loch klang es, als spräche ein Geist. Er zwinkerte mir zu und war verschwunden, ehe ich etwas sagen konnte. Im Gegensatz zu Jax, dessen flammende Schwingen noch aus der Tiefe zu erkennen waren, wurde Sam sofort von der Finsternis verschluckt.

»Cool!«, hörte ich sein leises Echo aus dem Nichts, als auch schon Lucien von einem seiner Bewacher an das Loch gedrängt wurde.

»Ihr werdet mir die Schwingen lösen müssen«, stellte er fest und wackelte mit den Spitzen, um zu demonstrieren, dass er derart gefesselt nicht fliegen konnte.

»Das wird schon gehen«, gab der Rebell hinter ihm zurück und stieß ihn entschlossen vorwärts. »Wenn du Glück hast, bremse ich deinen Fall, bevor du aufschlägst!«

Ich konnte nicht glauben, was ich hörte. Ich wollte protestieren, aber schon der nächste Schubs beförderte Lucien in die Tiefe. Ich schrie, als die Silberschwinge mit einem selbstgefälligem Grinsen hinterhersprang.

»Ich hoffe, mich fängt auch einer«, brummte Riley und trat zusammen mit Conrad und Garret an den Geheimgang. Die beiden zwinkerten ihm zu, hakten sich bei ihm unter und verschwanden gemeinsam.

Am Ende hatten sich alle hinabgewagt, nur ich und Nick waren noch oben.

»Und jetzt, Schwester? Worauf wartest du?« Er klang nicht unfreundlich, eher neugierig.

Ich sah ihm in die grünen Augen und entdeckte darin mein ängstliches Spiegelbild. »Ich habe Angst. Nicht nur vor der Tiefe – sondern auch vor dem, was mich da sonst noch erwartet«, gestand ich und dachte dabei an meinen Vater Aric Chrome. Den Fremden, der bestimmt irgendwo in der Nähe war. Und ich dachte an Lucien, der sich nun in dessen Gewalt befand. Ich hatte ja keine Ahnung, wie Aric auf den Sohn des Mannes reagierte, der ihn nach meiner Geburt entmachtet und verbannt hatte. Und selbst um Riley machte ich mir Sorgen. Die Zerstörung seiner Schwingen schien ihm jegliche Freude geraubt zu haben. Er wirkte mehr und mehr verbittert, und ich wusste nicht, wie ich ihm helfen sollte.

Als Nick nach meiner Hand griff, hatte ich das Gefühl, er wüsste um all diese Ängste. Doch er sagte nichts, um sie zu zerstreuen. Stattdessen zeigte er hinauf zur offenen Turmspitze.

»Vater hat lange auf diesen Tag gewartet. Jetzt wo wir zusammen sind, können wir England verlassen. Dann wird uns nie wieder jemand jagen, Thorn. Wir gehen fort. Und blicken nicht zurück. Ein ganz neuer Lebensabschnitt beginnt.«

»Ihr wollt England verlassen? Warum?« Ich schüttelte verständnislos den Kopf. Bei Kane hatte es immer so geklungen, als fürchtete er Arics Rache …

»Lass dir von Aric erklären, was er vorhat. Ich bin nur hier, um dich zu ihm zu bringen.«

Ich riss mich los und funkelte Nick ungeduldig an. »Das ist

doch alles kein Spiel!«, rief ich. »Ich will endlich mal eine vernünftige Antwort hören! Ich verlasse nicht meine Familie, meine Heimat, meine Freunde, ohne dass hier mal jemand sagt, was Sache ist!«

Nick kam mir lachend nach. Mein Ausbruch schien ihn nicht zu beeindrucken. Er griff nach meiner Hand und riss mich mit sich in die Luft, weit über die Turmspitze. »Du hast recht, unser Leben ist kein Spiel – aber es macht trotzdem Spaß, Schwesterherz!« Damit zog er mich an sich und schlug seine Schwingen fest um meinen Körper. Er hüllte mich ein, wie in einer Zwangsjacke. Unsichtbar für die Wanderer, die gerade den Hügelkamm erreichten, begab sich Nick in einen Sturzflug. Wie ein Geschoss sausten wir auf den Turm zu.

»Cool bleiben«, ermahnte er mich, ehe wir durch die offene Turmspitze hindurch, zwischen den engstehenden Mauern hinab und schließlich kopfüber in das Loch jagten.

Dabei erzeugten wir einen solchen Sog, dass die Steinplatten fast von selbst zurück an ihren Platz glitten.

Kapitel 9

Das unterirdische Gewölbe war riesig. Wir glitten durch das Nichts, bis wir schließlich den Boden erreichten. Dort erwarteten uns schon alle. Inzwischen waren Fackeln entzündet worden, und ich kam mir vor, als wären wir durch die Zeit gereist. Die Mauern, die uns umgaben, waren mit Moos und Flechten bewachsen, und die Luft roch feucht und uralt. Früher hatte eine Treppe nach oben geführt, doch die war längst eingestürzt. Etliche der uralten Stufen lagen in Trümmern. Die wenigen verbliebenen sahen nicht so aus, als würden sie auch nur eine Fliege tragen. Mir wurde mulmig, denn ich stellte mir vor, wie gefährlich es hier unten wäre, sollten weitere Steinquader herabstürzen. Wie von selbst hoben sich meine Schwingen etwas an, um einen Schutzwall in meinem Rücken zu errichten. Ich fühlte mich, als wäre ich in einen tiefen Brunnen gefallen.

Ein bogenförmiges Tor verband diesen Einstieg, in dem wir gelandet waren, mit einem Gang. Stein erstreckte sich, so weit das Auge reichte, aber zumindest war es hier heller, und die zuckenden Flammen rußender Pechfackeln erhellten den unebenen Weg. Der Boden bestand aus gestampftem Lehm, festgetreten von unzähligen Füßen, die hier wohl in der Vergangenheit entlanggekommen waren. Ein kalter Lufthauch schlug uns entgegen, je weiter wir gingen. Vor mir streckte Lucien unauffällig seine

Hand aus, um die Finger über die Wände streifen zu lassen. Vermutlich wollte er in die Seele dieses geheimen Ortes blicken. Das zeigte mir, dass auch er noch nie hier gewesen war. Meine Fingerspitzen kribbelten ebenfalls. Wenn ich mich anstrengen würde, könnte ich wahrscheinlich sehen, was Lucien zu sehen versuchte. Ich konnte bestimmt herausfinden, was für ein Ort das einst gewesen war. Wozu er genutzt worden war. Andererseits wollte ich das alles zumindest im Moment überhaupt nicht wissen. Ich wollte nur endlich irgendwo ankommen. Diese Reise ins Ungewisse dauerte mir schon viel zu lange. Der Sonnenaufgang bei Stonehenge schien Tage zurückzuliegen.

Ich war so in meine Gedanken und Beobachtungen vertieft, dass mir die Stimmungsänderung erst auffiel, als ich durch eine weitere Tür in ein beinahe ebenso großes Gewölbe wie das vorherige trat. Dennoch war der Unterschied gewaltig. Dieses Gewölbe glich einer festlichen Halle. Es war hell erleuchtet. Ein Feuer brannte in einem großen Kamin und spendete angenehme Wärme. In der Mitte der Halle, unter einem großen Leuchter mit geschätzt hundert Kerzen, stand ein runder Tisch – groß genug, um ein Orchester darauf spielen zu lassen –, umgeben von Dutzenden Stühlen.

»Krasse Scheiße!«, hörte ich Sam ehrfürchtig neben mir, und Rileys dumpfes Kaugummiploppen schien das zu bestätigen.

»Was ist das?«, fragte ich Nick ungläubig, denn insgeheim glaubte ich, die Antwort darauf zu kennen. Doch was ich dachte, konnte unmöglich …

»Willkommen bei der Tafelrunde, Schwester«, rief Nick und trat an den Tisch. Er zog einen der Stühle heraus und bot mir einen Platz an. »Setzt euch, sicher hat Aric unsere Ankunft mitbekommen. Er wird uns bestimmt begrüßen wollen.«

Die Rebellen folgten sofort seiner Aufforderung, so als hätten sie das ohnehin vorgehabt, genau wie die Shades. Also setzte auch ich mich. Dabei sah ich, wie Lucien von zwei Silberschwingen im Hintergrund festgehalten wurde. Für ihn gab es an dieser legendären Tafel offenbar keinen Platz.

Als würde Nick meine Unsicherheit spüren, tätschelte er meine Hand und setzte sich neben mich. »Es ist unfassbar, hier zu sein, nicht wahr?« Seine Worte hallten leise von der gewölbten Decke wider. Ziegel aus Lehm waren fischgrätenartig miteinander verzahnt zu einer perfekten Kuppel verbaut worden. Es war kaum vorstellbar, dass dies alles tief unter der Erde lag.

Ich nickte schwach. Das traf es ganz gut. Unfassbar!

Ich saß an König Artus' Tafelrunde. Dabei hatte ich Artus für eine Sagengestalt gehalten. Es gab keinen wirklichen Beweis für seine Existenz. Niemand wusste, wer dieser legendäre König gewesen war. Und doch saß ich hier, mit der Gewissheit, dass dieser Ort – so geheimnisvoll er auch sein mochte – real und keinesfalls einer Sage entsprungen war.

»Krasse Scheiße«, wiederholte ich kaum hörbar Sams Feststellung.

»Hast du was gesagt?«, hakte Riley nach, der an meiner anderen Seite saß.

Ich schüttelte den Kopf. »Das ist doch der totale Wahnsinn!«, flüsterte ich und neigte mich näher zu ihm. »Hast du das gewusst?«

Eine kleine Kaugummiblase erschien zwischen seinen Lippen, ehe er antwortete. »Woher hätte ich das denn wissen sollen?« Er kaute zweimal. »Ich glaube nicht mal, dass Kane von diesem Ort weiß.« Er deutete unauffällig auf Magnus, der auf der anderen Tischseite Platz genommen hatte. »Sogar er sieht überrascht aus. Dabei dachte ich immer, er würde alles wissen.«

»Wie kann es denn sein, dass all die Wissenschaftler, die von hier bis Stonehenge jedes Sandkorn zweimal umgedreht haben, *das* nicht gefunden haben?«

Riley zuckte die Schultern. »Keine Ahnung. Ich meine … es gibt Silberschwingen in jeder öffentlichen Position. In der Regierung, im Königshaus, ebenso wie bei Scotland Yard. Falls jemals einer Beweise für unsere Existenz liefern würde – wir wüssten es zuerst und wären in der Lage, alles zu vertuschen und unter den Teppich zu kehren. Aber das hier …?« Auch er schien überrascht.

»Der ganze Hügel ist ein einziges unterirdisches Versteck«, flüsterte ich ehrfürchtig. Irgendwie erwartete ich, jeden Moment aufzuwachen und festzustellen, dass ich alles nur geträumt hatte.

Aber ich erwachte nicht. Stattdessen schwang eine weitere Tür auf. Der Luftzug ließ die Kerzen flackern, und ich sah auf.

Ein Mann trat ein. Ich wusste sofort, wer das war.

Aric Chrome. Mein leiblicher Vater.

Als sich unsere Blicke trafen, erstarrte er in der Bewegung, sogar die Kerzen hörten auf zu tanzen. Atemlose Stille herrschte, während er langsam den Tisch umrundete und auf mich zutrat.

Ich schob meinen Stuhl zurück und stand auf. Aric war groß. Beinahe zwei Köpfe größer als ich. Sein Kreuz war unter dem hellen Hemd so breit wie ein Schrank und sein Nacken so stark wie der eines Ochsen. Buschige Brauen betonten den Blick aus seinen moosgrünen Augen, und seine Lippen waren so voll wie meine. Auch sein kurzes Haar war von dem gleichen Schwarz wie meines. Nicht eine Spur Grau war darin zu erkennen, obwohl gerade die Haut um seine Augen von Falten gefurcht war. Lachfalten, vermutete ich, und irgendwie nahm mir dies die Angst. Mein Vater war ein Mann, der offenbar gerne lachte.

»Mein Kind«, murmelte er und griff bewegt nach meinen Händen. Ich hatte erwartet, dass er mich umarmen würde, doch er hielt mich bewusst auf Abstand und musterte mich, so wie auch ich ihn gemustert hatte.

»Das bin ich wohl«, gab ich zu, denn die Ähnlichkeit zwischen uns war nicht zu leugnen. Nur in einer Sache unterschieden wir uns wahnsinnig: Ich hatte blutrote Schwingen – und er überhaupt keine. Das machte doch keinen Sinn! Aber ehe ich mich weiter darüber wundern konnte, stand auch Nick neben mir auf.

»Ihr Name ist Thorn Blackwell«, erklärte er seinem – *unserem* Vater. »Wir haben sie offenbar gerade rechtzeitig zusammen mit den Rebellen aus London gerettet, denn die Silberschwingen waren ihr schon auf den Fersen.« Er deutete auf Lucien. »Er wollte sie gerade überwältigen. Um zu verhindern, dass er uns folgt, haben wir ihn mitgenommen.« Nick machte eine bedeutungsvolle Pause. »Er ist Kane Yorks einziger Sohn.«

Die Freude in Arics Zügen verblasste. »Ihr habt Kanes Sohn entführt?«, fragte er mit ungläubigem Blick auf Jax und Nick. »Habt ihr den Verstand verloren?«

»Es war die einzige Möglichkeit, ungehindert aus London zu verschwinden«, verteidigte Nick ihr Handeln. »Hätten wir ihn zurückgelassen, wäre er uns doch geradewegs bis hierher gefolgt!«

Aric rieb sich verzweifelt übers Gesicht. »Aber nun kennt er unser Versteck! Wir können ihn jetzt nicht mehr einfach so gehen lassen! Und wenn wir ihn hierbehalten, wird das Kane ganz sicher noch mehr veranlassen, uns zu jagen.«

»Tut uns leid, Vater«, brummte Jax beschämt. »Wir haben nicht nachgedacht.«

»Hoffentlich sind wir nicht schnurstracks in eine Falle gelaufen«, brummte Aric und wandte sich an Lucien. »Sag«, forderte er ihn auf, »muss ich damit rechnen, dass jeden Moment Kanes ganzer Rat hier eindringt und zu Ende bringt, was er damals begonnen hat?«

»Uns ist niemand gefolgt, Vater«, sagte Nick beschwichtigend. »Er war allein, als wir ihn überwältigt haben.«

»Ich habe nicht dich gefragt«, fuhr Aric Nick an, ohne seinen Blick von Lucien zu nehmen. »Ich will es von ihm hören.«

Lucien sah auf, schwieg aber, also ergriff ich das Wort.

»Ich glaube nicht, dass Kane uns gefolgt ist. Als die Rebellen in die Lagerhalle gekommen sind, hat Lucien mir vorgeworfen, ihn damit in eine Falle gelockt zu haben.« Ich sah ihm direkt in die Augen. »Was ja total bescheuert ist, schließlich hatte ich keine Ahnung, dass er uns verfolgt hat.«

»Du wusstest, dass ich dich nicht einfach so gehen lassen konnte!«, knurrte er finster.

Aric hob die Fäuste. »Wage es nicht, meiner Tochter zu drohen!«, rief er und packte Lucien am Kragen. »Ich wollte keinen Ärger machen, aber wenn du oder dein Vater glaubt, noch einmal meine Familie bedrohen zu müssen, werde ich ...« Er stieß Lucien mit dem Rücken gegen die Wand, und der zuckte gequält zusammen.

»Nicht!«, ging ich dazwischen, denn ich fürchtete, Aric könne zuschlagen. Außerdem entdeckte ich einen sich ausbreitenden Blutfleck an Luciens Hemdstoff. »Aufhören!«, schrie ich und drängte Aric zurück. Ich wischte mir die Haare aus dem Gesicht, um das Zittern meiner Hände zu verbergen. Vom Anblick des Blutes wurde mir schwindelig. Ein Bild flackerte vor meinem geistigen Auge auf: Ich sah Luciens Blut neben mir auf den Boden tropfen. Spürte seine Hand auf den Wunden an meinem Rücken und die Kraft der Schwingen, die er über uns gebreitet hatte.

Dieses Herz beherrscht diese Schwingen – so will es der Rat, so will es der Laird –, und so wird es geschehen!, hallte es in meiner Erinnerung wider.

»Er ...« Nur mit Mühe hielt ich Luciens Blick stand. »Er glaubt, mich nicht gehen lassen zu können, weil … weil ich ihm nach den Gesetzen seines Clans versprochen bin«, fühlte ich mich gezwungen zu erklären.

»Ich weiß, Tochter. Ich weiß.« Aric legte seine Hand auf meine Schulter. »Magnus hat mir davon berichtet. Und das ist auch der Grund, warum ich nach London zurückgekehrt bin. Ich werde nicht zulassen, dass dir etwas geschieht, Thorn. Ich werde dich beschützen.«

Lucien lachte bitter und schüttelte den Kopf. »Ihr müsst Thorn nicht beschützen! Ihr droht von mir keine Gefahr. Ich habe einen Eid geschworen, sie mit meinen Schwingen und meinem Leben zu schützen!«

Ich wollte Lucien zu gerne glauben. Aber die Dunkelheit in seinem eindringlichen Blick ließ nicht zu, dass ich darin Wahrheit von Lüge unterscheiden konnte.

»Du hast gesagt, du wirst mir die Schwingen brennen, wenn wir uns wiedersehen«, flüsterte ich unsicher. Ich spürte seinen Schmerz, sah sein Blut, ohne zu wissen, woher es kam.

»Kein York wird je wieder eine brennende Fackel an die Schwingen meiner Familie halten!«, donnerte Aric und ließ die Faust in Luciens Magen krachen, was ihn zu Boden beförderte.

Nicht nur ich zuckte erschrocken zusammen. Auch Nick, Jax und die Rebellen, die neugierig um uns herumstanden, sogen überrascht die Luft ein.

Obwohl ich plötzlich verstand, warum mein Vater keine Schwingen trug, handelte ich instinktiv und warf mich schützend vor Lucien, ehe Aric einen weiteren Treffer landen konnte.

»NICHT!«, kreischte ich erneut, und meine Schwingen schoben sich vor mich wie ein Schild. »Hör auf!« Meine Stimme zitterte, und ich suchte in den Gesichtern der Umstehenden nach Unterstützung. »Seht ihr nicht, dass Lucien verletzt ist? Seht ihr nicht das Blut?«

Ich fuhr mit dem Finger über den feuchten Stoff und hielt es ihnen verzweifelt entgegen. »Was seid ihr geflügelten Wesen nur für ein furchtbares Volk?«, schrie ich aufgebracht. »Immer nur Gewalt! Könnt ihr nicht einfach mal miteinander reden?« Der Vorwurf ging auch an meinen Vater, der noch immer die Fäuste geballt hatte. Ich verstand seinen Zorn, denn offenbar waren auch ihm die Schwingen gebrannt worden. Nur trug er, anders als Riley, überhaupt kein Schwingengerüst mehr. »Wie wollt ihr alle jemals in Frieden leben, wenn Gewalt, Vergeltung und vollkommen unzeitgemäße Gesetze und Urteile euch zu regelrechten Monstern machen?« Tränen rannen mir über die Wangen, und ich wischte sie achtlos mit dem Ärmel meines Shirts fort. Ich weinte nicht nur, weil Lucien blutete, sondern auch um die Schwingen meines Vaters. Ich weinte um die heile Welt, in der ich vor nicht allzu langer Zeit gelebt hatte und in der eine unangekündigte Matheklausur das Schlimmste war, was man sich vorstellen konnte.

»Thorn hat recht!«, mischte sich Magnus Moore ein und zog Aric ein Stück von Lucien fort. »Die Gemüter sind erhitzt. Vielleicht sollten wir eine Kleinigkeit essen, einen kühlen Schluck trinken und erst einmal die Wiedervereinigung der Familie Chrome feiern.«

Mit einem hasserfüllten Blick auf Lucien gab Aric schließlich nach und trat an die große runde Tafel. Er schien nicht erfreut, dass ich für Lucien Partei ergriffen hatte, denn er wandte sich von mir ab und setzte sich zwischen Jax und Nick.

Garret schüttelte den Kopf. »Ich fasse es nicht, dass wir es uns ausgerechnet wegen Lucien York mit unseren neuen Freunden verscherzen müssen!«, maulte er mit Blick auf meinen Vater und verschränkte beleidigt die Hände vor der Brust. »Thorn sollte besser nicht vergessen, was er Riley angetan hat!«

»Du bist ein Idiot!«, murrte Conrad und funkelte Garret böse an. »Du weißt genauso gut wie Riley, dass Lucien ihm damit den Arsch gerettet hat! Kane hätte ihn umgebracht, das ist ja wohl klar!«

»Trotzdem ist das Brennen der Schwingen …«

Conrad unterbrach seinen Freund, indem er entschieden die Schwingen hob. »Schluss jetzt! Du weißt, dass Lucien dabei schon fast gnädig war! Ich habe mir Rileys Rücken angesehen. Vereinzelt wachsen sogar Silberschuppen nach! Hätte Lucien ihn wirklich verletzen wollen, sähe die Sache ganz anders aus. Er hat uns sogar einen Tag zuvor noch gewarnt!«

Stimmte das? Unwillkürlich wandte ich mich zu Riley um, der verärgert die Lippen zusammenpresste. Conrads Meinung passte ihm anscheinend nicht.

Ich hob die Hände an meine Schläfen und kniff die Augen zusammen. Meine Welt fing an, sich wie wild zu drehen. Nichts ergab mehr einen Sinn. So wie Conrad das gerade beschrieben hatte, klang es ja beinahe, als hätte ich Lucien unrecht getan, indem ich ihn als Monster bezeichnet hatte. War seine grausame Bestrafung für Riley in Wahrheit ein Akt der Gnade gewesen? Das konnte unmöglich stimmen! Ich war dabei gewesen. Hatte gesehen, mit welcher Wut im Bauch er die brennende Fackel an Rileys Schwingen gehalten hatte. Und wie schnell er seinem ehemals besten Freund danach den Rücken zugewandt hatte. So verhielt sich kein Freund. So verhielt man sich nicht aus Gnade – oder?

Weil ich mir meiner eigenen Gefühle mit einem Mal unsicher war, rappelte ich mich auf und griff dankbar nach Rileys Hand, die er mir zum Aufstehen reichte.

»Scheint ein regelrechtes Hobby in der Familie York zu sein, andere Silberschwingen zu brennen«, keifte er Lucien an und deutete mit einem Kopfnicken auf Arics schwingenlosen Rücken.

»Hör schon auf, Riley!«, fuhr ich ihn an und trat einen Schritt zur Seite. Ich brauchte Luft zum Atmen. So allmählich verlor ich die Geduld mit all diesen streitsüchtigen Silberschwingen. »Lucien hat die Gesetze nicht gemacht. Und du selbst bist auch nicht besser: Wegen deiner unnötigen Behandlung mit dem Elektrostab blutet Lucien.«

Riley kniff die Lippen zu einer schmalen Linie zusammen, was seinen ohnehin markanten Zügen noch mehr Härte verlieh. »Unsinn!«, brummte er und ploppte eine Kaugummiblase. »Stromstöße verursachen keine blutenden Wunden.« Er packte Lucien am Arm und zwang ihn, sich umzudrehen, damit er ihm das blutgetränkte Shirt hochschieben konnte. »Keine Ahnung, was er hat, aber meine Schuld ist das sicher nicht!«

»Ich …« Lucien rieb sich verlegen das Kinn. »Man hat mich …« Er ballte die gebundenen Hände zu Fäusten und wandte sich um. »Verflucht, ich wurde bestraft«, gestand er harsch und versuchte, sein schwarzes Shirt zurück über den Rücken zu ziehen, was mit gefesselten Schwingen nicht so einfach war.

Geschockt schnappte ich nach Luft. Sein gesamter Rücken war über und über mit dunklen Striemen verunstaltet. An einigen Stellen klaffte die Haut auf, und die Schwingenansätze waren blutig verkrustet. Rot verästelte Narben, ähnlich wie Verbrennungen, überzogen seine Haut.

Mir wurde schlecht, und bittere Galle sammelte sich in meinem Mund, als ich seinem Blick begegnete.

»Man zahlt den Preis, wenn man einen Rebellen … und ein Halbwesen entkommen lässt«, flüsterte er und ließ das Shirt wieder herab.

Kapitel 10

Nyx' Schwingen zitterten vor Anstrengung, als sie am späten Nachmittag nach Darlighten Hall zurückkehrte. Sie wusste, dass sie gerade gegen eines der bedeutendsten Gesetze der Silberschwingen verstieß, aber das war im Moment unwichtig. Jede Sekunde zählte. Und selbst wenn man sie gesehen hätte, wie sie direkt über das Herz Londons hinweggeflogen war, wäre es ihr egal gewesen. Sie musste schnellstmöglich mit dem Laird sprechen.

Mit einem leichtfüßigen Satz landete sie direkt vor dem großen Eingangstor, schlug ihre müden Schwingen zurück und rannte geradewegs in die große Halle. Atemlos stieß sie die schwere Tür auf und …

»Zum Teufel!«, fluchte sie, als sie die leeren Stuhlreihen der Ratsmitglieder und Kanes verlassenen Thron sah. »Wo zur Hölle sind denn alle?«

Sie wandte sich um und überlegte kurz, ehe sie den Weg zurück- und die Stufen zu Kanes Arbeitszimmer hinaufhastete. Die verwunderten Blicke der Silberschwingen, denen sie begegnete, bemerkte sie in ihrer Aufregung nicht einmal.

Ohne anzuklopfen, riss sie die Arbeitszimmertür auf und platzte mitten in eine Versammlung.

Kane fuhr erzürnt zu ihr herum, trotzdem unterdrückte sie ihre Angst.

»Sie haben Lucien!«, platzte sie atemlos heraus, froh, endlich losgeworden zu sein, was sie seit Stunden mit sich herumtrug. »Sie haben ihn überwältigt! Die Rebellen. Eine ganze Horde!« Nyx schluckte, denn das Grauen schnürte ihr die Kehle zu. »Ich bin ihm bis zu einer Lagerhalle in den Docklands gefolgt. Die Rebellen haben Thorn, Riley Scott, Magnus und noch einige andere aus London hinausgebracht. Zwei weitere Halbwesen habe ich sehen können. Vielleicht wollte Lucien sie aufhalten … vielleicht haben sie ihn auch einfach nur erwischt …« Nyx zuckte mit den Schultern. »Jedenfalls haben sie ihn in ihrer Gewalt.«

»Wo sind sie jetzt?«, verlangte Kane mit donnernder Stimme zu erfahren. Er ging auf Nyx zu. Seine Haut war blasser als sonst und sein Blick stechend, was nicht nur Nyx, sondern auch die sieben Oberen bemerkten, die anwesend waren.

Unruhe erfüllte den Raum, und kurz war Nyx froh, ihre Entdeckung nicht vor dem gesamten versammelten Rat darlegen zu müssen. »Ich bin ihnen gefolgt. Stundenlang. Sie haben mich nicht erspürt und auch nicht gesehen, obwohl ich ihnen fast etwas zu nahe gekommen bin, als sie eine Rast bei Stonehenge eingelegt haben. Ich dachte zuerst, dies wäre ihr Ziel, aber dann sind sie weitergezogen. Lucien geht es gut. Ich konnte einen Blick auf ihn werfen, ehe sie allesamt in Glastonbury in einem Turm verschwunden sind.«

»Es geht ihm gut?«, ätzte Kane, und seine Blässe wich einer zornigen Röte. »Von meinem Fleisch und Blut erwarte ich, dass er sein Leben gibt, um einer Gefangennahme durch unsere Feinde zu entgehen. Ein Gefangener, dem es gut geht, ist ein Feigling!«

Nyx zuckte zurück, als kleine Speicheltröpfchen in ihre Richtung flogen.

»Womöglich verfolgt er eine bestimmte Taktik?«, gab Sir Alexander Duff an seiner Zigarre paffend zu bedenken und strich dabei über die goldenen Ketten auf seiner Robe. »Ein Gefangener sieht und hört oft mehr als ein Feind vor den Mauern.«

»Ihr dürft nicht vergessen, dass Lucien verletzt ist«, stimmte Nyx dem Oberen scheu zu. »Die Hiebe mit der Silberkatze könnten ihn geschwächt haben, sodass er …«

»Er hat uns versichert, der Aufgabe gewachsen zu sein!«, fiel Kane ihr ins Wort. »Jetzt werden sie ihn benutzen, um an uns heranzukommen!«

Ein anderer der Oberen, Nyx erkannte ihn an seiner knollenartigen Nase und seiner spärlichen Haarpracht als Sir Charles Manners, tippte sich nachdenklich ans Kinn. »Das Mädchen sagt, es war eine ganze Horde Rebellen.« Er wandte sich an Nyx. »Wie viele genau?«

Sie schüttelte den Kopf. »Ich weiß es nicht. Zehn? Oder mehr? Vielleicht zwölf …«

»Wir können es unmöglich mit einem Dutzend Rebellen aufnehmen, die Unterstützung von mehreren Halbwesen bekommen«, mischte sich Alexander Duff wieder ein. Er sah Kane vorwurfsvoll an. »Wie konnten sich vor deinen Augen so viele Rebellen zusammenschließen? Wo kommen sie so plötzlich her? Und was noch viel wichtiger ist – was haben sie vor?«

Kane, dem es nicht gefiel, sich rechtfertigen zu müssen, ballte die Hände zu Fäusten. »Ich habe Aric verbannt – wie ihr es vor sechzehn Jahren befohlen habt. Seither hat er sich nicht mehr in England herumgetrieben. Er nicht – und auch kein Halbwesen. Die Rebellen, die es hier gibt, haben sich noch nie erhoben. Sie verstecken sich.« Er ging auf Charles Manners zu, der ihm am nächsten stand, und spreizte demonstrativ die Schwingen etwas ab. »Vielleicht ist Aric mit seiner Brut ja überhaupt nicht meinetwegen hier. Vielleicht … hat er ja mit euch noch eine Rechnung offen. Könnte doch sein …«

Nyx wich an die Wand zurück. Die Stimmung im Raum wurde immer angespannter, und sie wollte nicht zwischen die Fronten geraten, denn auch Duff, Raglan, Manners und die anderen, deren Namen Nyx vor Aufregung nicht einfielen, hoben nun kampbereit ihre Schwingen. Die goldenen Ornamente, welche die Oberen als Zeichen ihres Ranges in den Silberschuppen trugen, klirrten bedrohlich.

»Was willst du damit sagen, Kane?«, verlangte Duff trotz Zigarre zwischen den Lippen zu erfahren.

Kane, der sich nicht von der veränderten Haltung seiner Gäste beeindrucken ließ, kniff die Lippen zusammen. »Nun, sicher erinnert ihr euch, dass es, schon bevor Aric sich in diese Menschenfrau verliebt hat, zu einem Zerwürfnis mit euch kam.«

Die Knollnase schnappte empört nach Luft und fuhr sich über die Halbglatze. »Aric Chrome hat die Sicherheit aller Silberschwingen gefährdet, als er damals das Halbwesen Valon in unsere Mitte eingeladen hat. Anstatt unsere Gesetze zu befolgen und Valon zu vernichten, tat er so, als wäre das Halbwesen ein Freund!« Durch die aufgebrachte Rede gerieten die wenigen Haare auf Manners Halbglatze wieder in Unordnung, und er strich sie erneut glatt, ehe er sich direkt an Kane wandte. »*Ihr* erinnert euch sicher an diesen Tag …« Er schüttelte den Kopf, was sämtliche Bemühungen, die vereinzelten Strähnen zu bändigen, ruinierte. »Wie könnt ihr da unser Verhalten kritisieren? Wir haben getan, was unsere Pflicht war!«

Kane hob ratlos die Hände. »Aric Chrome war damals der Laird. Er hatte Valon als Gegenleistung für die Informationen des Halbwesens seinen Schutz zugesichert. Ihr habt ihn getäuscht und sein Vertrauen missbraucht. Egal welche Beweggründe ihr hattet, dass er euch dies zürnt, kann ich verstehen.« Um seine Worte abzumildern, neigte er verständnisvoll den Kopf. »Ihr seid außerdem mehr als unklug vorgegangen!« Er stellte sich ans Fenster und blickte über den Park in Richtung Westen. Nyx kam es vor, als wäre der Laird in Erinnerungen versunken. Sie wusste genau, was er vor sich sah. Jeder hier auf Darlighten Hall kannte die Geschichte, aber nur die wenigsten hatten sie mit eigenen Sinnen erspürt. Sie schon. Denn Lucien hatte sie eingeweiht. Er hatte sie als seine Versprochene in die große Halle mitgenommen und ihre Hand an die Mauern gelegt, um den Moment mit ihr zu teilen, der sowohl der Anfang von Arics Untergang, als auch der Beginn von Kanes Herrschaft gewesen war. Der Moment, in dem das Halbwesen sie alle beinahe getötet hätte …

Es kam Nyx wie gestern vor, als Lucien ihr an diesem bedeutsamen Ort beigebracht hatte, ihre Kräfte zu trainieren. Sie hatte seine Nähe genossen, während er sie, seine Finger über ihren, alles über jenen Tag hatte sehen lassen.

»Spürst du es?«, hatte er gefragt und ihr tief in die Augen geblickt, als könne er dort erkennen, was auch sie durch die Seele der Dinge sah. »Dies ist ein wichtiger Teil meines Erbes. Unseres Erbes, wenn wir erst durch die Zeremonie vor den gesandten Oberen vereint sind. Eigentlich ist das Wissen um alles, was in dieser Halle geschieht, nur dem Laird und den Räten gestattet, aber ich wollte, dass du das siehst. Denn du gehörst zu mir. Und damit zu diesem schicksalhaften Tag.«

Sie nickte glücklich, denn ihre gemeinsame Zukunft war nicht mehr fern. Ihre Fingerspitzen kribbelten, als der Stein sich erwärmte. Sie sah den versammelten Rat. In festliche Gewänder gehüllt. Die Oberen mit ihren goldgeschmückten Roben und den verzierten Schwingen. Sie standen im Halbkreis, ihnen gegenüber eine Silberschwinge, die Nyx gut kannte. Kane York. Der Laird sah jung aus in der Erinnerung, die sie durch die Steine beobachtete. Und er trug noch nicht das Wappen des Clans der Silberschwingen. Nein, denn das trug die Schwinge neben ihm. Ein Mann, dem sie zuvor noch nie begegnet war. Trotzdem wusste sie genug, um ihn zu erkennen. Es war Aric Chrome. Der Mann, der in diesem Moment noch der Laird der Silberschwingen in London war. Der Mann, der die Oberen in diesem lange vergangenen Moment um Hilfe bat. In einer Angelegenheit, die mehr als unüblich war. Und das Missfallen zeigte sich von Beginn an deutlich in den Gesichtern der Oberen.

Dennoch sah Nyx durch den kalten Stein und die Zeit hindurch zu, wie das Unheil seinen Lauf nahm.

»Ich habe heute den Rat und die Oberen zu diesem Treffen gebeten, denn mir wurden Probleme zu Ohren getragen.« Aric deutete auf das ebenfalls anwesende und dank seiner flammenden Schwingen unschwer zu erkennende Halbwesen. Es saß mit versteinerter Miene an der Seite der Ratsmitglieder und schien sich nicht gerade wohlzufühlen. Sein Blick glitt misstrauisch hinüber auf die andere Seite der Halle, wo die Oberen ihre Plätze hatten. »Dies ist Valon. Und wie ich euch schon im Vorfeld berichtet habe, ist er ein Halbwesen.«

Ein unruhiges Murmeln war zu vernehmen, aber Aric ließ sich davon nicht beirren. Er hob die Hände, um für Ruhe zu sorgen. »Valon ist zwar ein Halbwesen und dürfte nach unseren Gesetzen nicht existieren, aber er ist heute hier, um unserem Volk einen großen Dienst zu erweisen.« Er lächelte dem Halbwesen zu, ehe er fortfuhr. »Ich bin froh und dankbar, dass Valon sein Misstrauen uns gegenüber und seine Furcht vor Verfolgung über Bord geworfen hat und zu mir gekommen ist, denn was er zu sagen hat, ist für uns alle wichtig.«

Er nickte in Valons Richtung, um ihm das Wort zu erteilen.

Der räusperte sich. Er ließ seine feuerroten Schwingen kreisen, um seine Anspannung zu lösen. »Ich bin Valon. Ein Halbwesen, mit Wurzeln, die weit in die Geschichte der Erben des Lichts zurückreichen.« Er hob den Blick und begegnete damit den Oberen. »Ich bin ein Geheimnishüter.«

Auf diese Offenbarung hin herrschte in der Halle atemlose Stille. Alle Augen ruhten auf ihm, doch er schien nur die Oberen wahrzunehmen. »Ich halte mich eigentlich im Verborgenen, denn ich weiß, wie feindselig die Silberschwingen den Halbwesen gegenüberstehen. Ich kenne eure Gesetze.«

Aric nickte. »Du hast hier nichts zu fürchten. Darauf habe ich dir mein Wort gegeben. Die anwesenden Oberen und der Rat müssen erfahren, was du zu sagen hast.«

Wieder blickte Valon skeptisch in Richtung der mit Gold geschmückten Würdenträger. Sein Misstrauen war selbst durch die vielen vergangenen Jahre und den Stein hindurch für Nyx deutlich zu spüren.

»Ich hüte ein Geheimnis, eine Wahrheit, die einigen hier durchaus bekannt sein dürfte. Einigen Vertretern aus den Reihen der Oberen.« Sein Blick hing an Sir Percy Raglan.

Nyx erkannte ihn, auch wenn er damals noch viel jünger gewesen war.

»Andere hingegen werden nie etwas von meinen Geheimnissen erfahren, da bin ich mir sicher«, fuhr Valon fort.

Percy Raglan richtete sich auf. Die goldenen Ketten um seine Brust klimperten. »Sag, was du zu sagen hast, Halbwesen, aber hör auf, unsinnige Reden zu schwingen.«

Ein Lächeln erschien auf Valons Zügen, als hätte er so eine Reaktion vorhergesehen. »Natürlich. Verzeiht meine Ausschweifungen. Ich … wollte keine Fragen aufwerfen, deren Beantwortung eurer machtgierigen Institution schwerfallen dürfte.«

Raglan kniff die Augen zu schmalen Schlitzen zusammen und funkelte Valon böse an.

»Ich komme aus Glastonbury«, fuhr Valon fort, ohne Raglans drohenden Blick zu beachten. »Ein Teil der Geheimnisse, die ich hüte, ist zugleich ein Teil der Silberschwingen-Geschichte. Das Erbe des Lichts ist eng mit diesem Ort verbunden, wie … einige hier wissen.«

Auch Charles Manners wirkte nun angespannt. Seine Schwingen zuckten nervös, als er das Wort ergriff: »Willst du nicht endlich sagen, warum du uns aufsuchst? Du stiehlst unsere Zeit, Halbwesen.«

»Ich bin hier, weil ein kleines Team von Wissenschaftlern, angeführt von einer Frau namens Tessa Lane, eine Genehmigung für Ausgrabungen am Glastonbury Tor erhalten hat. Ich habe natürlich vor Ort versucht, die Arbeiten zu verhindern, aber ich fürchte, allein kann ich die Ausgrabung nicht stoppen.«

»Was ist in Glastonbury verborgen?«, unterbrach Torr von Orly aus der Mitte der Ratsmitglieder irritiert. »Ich habe noch nie davon gehört, dass die Silberschwingen mit diesem Ort in Verbindung stünden.«

Nyx sah, dass einige der Räte den Worten ihres Vaters zustimmten. Ihre Hand an dem Stein zitterte, und die Bilder verschwammen vor ihren Augen. Sie spürte das Unheil aufziehen und hätte die Bilderflut der Vergangenheit am liebsten unterbrochen, aber Luciens Nähe machte ihr Mut. Mit dem nächsten Atemzug klärte sich ihr Blick wieder.

»Um was es genau geht, ist überhaupt nicht wichtig«, fuhr Raglan Nyx' Vater an. »Wir müssen in jedem Fall verhindern, dass auch nur der kleinste Hinweis auf unsere Existenz den Weg in die Öffentlichkeit findet.«

Die übrigen Oberen nickten zustimmend.

»Ihr habt Silberschwingen in den nötigen Positionen, um die Ausgrabungen zu stoppen«, fuhr Valon an Raglan gewandt fort, als wäre er nur hier, um ihn zu überzeugen. »Es ist in unser aller Interesse, die Geheimnisse von Glastonbury weiterhin zu hüten.« Als er geendet hatte, erhob er sich von seinem Platz und wandte sich zum Gehen.

Nyx schluckte, und die Erinnerung an den Tag mit Lucien in der großen Halle, an ihren Blick in die Vergangenheit verblasste. Der

Tag, an dem Luciens Herz noch ihr gehört hatte. Wie anders alles gekommen wäre, wäre Valon an jenem Tag einfach unbehelligt durch die Tür gegangen …

Sie hatte noch immer keine Ahnung, was für Geheimnisse Glastonbury barg, aber die Erinnerung an den Tag mit Lucien in der großen Halle machte ihr eines deutlich: Sie wollte ihn zurück. Mit allen Mitteln. Und dafür würde sie alles tun!

»Wir müssen Lucien befreien«, flüsterte sie und straffte die Schultern. Sie strich sich die Silberschuppen glatt und trat mit einem leisen Räuspern auf die Oberen zu. »Entschuldigung«, unterbrach sie deren Streitgespräch etwas lauter. »Aber wir haben keine Zeit für dummes Gerede!«

»Dummes Gerede?« Manners rümpfte seine Knollnase und sah sie entrüstet an. »Denkst du, wir ergehen uns hier in dummem Gerede?«

Nyx schluckte. »Nein, Sir. Natürlich nicht. Was ich sagen will, ist … egal welche Absicht Aric Chrome verfolgt, wir brauchen jetzt ein Druckmittel, damit sie Lucien nicht gegen uns einsetzen können. Wir müssen ihn befreien.«

»Wie soll das gehen?«, herrschte Kane sie an. »Du hast selbst gesagt, es sind mehrere Halbwesen, mit denen wir es aufnehmen müssen. Nicht zu vergessen Magnus Moore und seine Rebellen!«

Nyx' Puls wurde immer schneller, denn ein Gedanke jagte durch ihren Geist und weckte ihre Kampfeslust. »Thorn Blackwell scheint der Schlüssel zu allem zu sein. Die Halbwesen haben einiges riskiert, um sie in die Finger zu bekommen. Auch die Rebellen haben einen Narren an ihr gefressen. Dieser Riley himmelt sie an, und Magnus Moore hängt da auch irgendwie drin …«

»Und weiter?«, verlangte die Knollnase zu erfahren und schnippte sich eine lose Silberschuppe von der Schulter.

»Wer Thorn Blackwell kontrolliert – kontrolliert vielleicht alles«, erklärte Nyx aufgeregt.

»Aber wir haben Thorn Blackwell nicht!«, erinnerte sie einer der Oberen, der bisher geschwiegen hatte.

Nyx lächelte ihn an. »Nein, aber wir haben etwas, das ihr sehr, ja, wirklich *sehr viel* bedeutet: ihre Familie. Ihre Menschenfamilie«, fügte Nyx hinzu und rieb sich erwartungsvoll die Hände. »Ich bin überzeugt, Thorn würde alles tun, um für deren Sicherheit zu sorgen.«

Mit einem Leuchten in den Augen, das Nyx an Lucien erinnerte, kam Kane auf sie zu. Er legte ihr die Hände auf die Schultern und drehte sie zu den Oberen um, sodass sie in der Mitte des erlesenen Kreises stand. »Nyx von Orly«, erklärte Kane mit erhobener Stimme. »Du erweist dich deiner Position als künftige Gefährtin meines Sohnes von Tag zu Tag würdiger.«

Kapitel 11

Noch immer konnte ich meinen Blick nicht von Luciens Rücken nehmen. Zwar waren nun die Wunden verborgen, aber das Grauen, das mich bei seinem Anblick gepackt hatte, wuchs noch immer in mir an. Ich fühlte mich schuldig. Und schlecht.

»Genug geglotzt!«, knurrte Lucien und bedeckte schließlich seine Wunden. »Ich komme klar. Keiner von euch …«, er nickte in meine und Rileys Richtung, »… muss Mitleid heucheln.«

»Niemand heuchelt Mitleid!«, sagte ich bestimmt. »Und keiner wollte, dass … das passiert.«

»Du hättest mir vertrauen können, Thorn.« Seine Worte klangen sanft, trotzdem entging mir der Vorwurf darin nicht.

Ich fragte mich, ob er recht hatte. Hätte ich ihm vertrauen sollen? Hätte ich auf mein Herz hören und mich ihm mit Haut und Haar hingeben sollen? Wäre es nur um mich selbst gegangen, hätte ich das, ohne zu zögern, getan. Einfach, weil ich ihn liebte. Aber um Rileys Sicherheit willen hatte ich das nicht gekonnt.

»Ich kann niemandem trauen«, flüsterte ich und schluckte meinen Schmerz hinunter. Ich sah mich dem Mann, den ich liebte, gegenüber, und doch wusste ich nicht, wann und ob ich ihm je wieder nahe sein konnte. Zu viel stand zwischen uns. Das Vertrauen war vermutlich unser kleinstes Problem.

Ich blickte hinüber zum schwingenlosen Rücken meines biologischen Vaters. Zum ersten Mal im Leben hatte ich eine echte Familie. Eine Familie, die mein ungewöhnliches Schicksal teilte. Aber konnte ich ihr trauen? Und was würde es mich kosten, das herauszufinden?

Als hätte Nick gespürt, dass ich sie beobachtete, wandte er sich zu mir um. Sein Lächeln schob meine Skepsis beiseite, und erneut faszinierte mich, wie sehr er mir ähnelte.

»Komm schon, Thorn, setz dich zu uns. Wir haben so viele Fragen. Und du doch sicher auch.« Er wedelte mit einer Scheibe Weißbrot und grinste. »Ist zwar kein Festmahl, aber wer kann schon von sich behaupten, an König Artus' Tafelrunde ein Gurkensandwich zu essen?«

Trotz meiner achterbahnfahrenden Gefühle musste ich lachen. Ein Gurkensandwich kam mir in Anbetracht all meiner unnatürlichen Sorgen und Probleme absolut banal vor. Und doch lief mir schon beim Gedanken daran das Wasser im Mund zusammen. Ich drehte mich zu den Shades um und zögerte. Lucien blutete, Riley schmollte, und die anderen schienen genauso unschlüssig wie ich.

»Essen hat ja noch keinem geschadet, oder?«, stellte Sam pragmatisch fest, zuckte mit den Schultern und marschierte zur Tafel.

Garret schüttelte den Kopf über Sam, wirkte aber nicht so mürrisch wie sonst. »War klar, dass Sam Hunger hat. Der ist ja noch im Wachstum.«

Conrad lachte über den Witz seines Freundes und stieß Lucien an, sich ebenfalls in Richtung Tisch zu bewegen. »Na los, *alter Freund*, gönnen wir uns ein Sandwich.«

Lucien schaute Conrad an. »Bei unserem letzten Treffen in London kam es mir vor, als würdest du dich an unsere Freundschaft nicht erinnern.«

Conrad zuckte mit den Schultern. »Erinnern tu ich mich schon.

Du bist nur nicht mehr der Junge, der mal mein Freund gewesen ist.«

»Woher willst du das wissen, Conrad?«, fragte Lucien ernst. »Du kennst mich doch überhaupt nicht mehr.«

»Ich kenne dich«, mischte sich Riley ein und drückte Lucien auf einen Stuhl. »Man kann dir viel vorwerfen, Lucien, aber du hältst immer dein Wort.« Seine Augen wurden schmal. »Und du hast Rache geschworen für unsere Flucht. Ist es nicht so?«, fragte er herausfordernd.

Lucien schwieg.

»Ist es nicht so?«, wiederholte Riley seine Frage drängend.

»So ist es!«, stimmte Lucien ihm wütend zu. »Ja, Riley, so ist es. Ich war wütend, als ich festgestellt habe, dass das Mädchen, das *mir gehört,* mit dir fortläuft!«, raunte er.

Ich wandte mich ab und setzte mich ein ganzes Stück abseits neben Nick. Ich war wütend. Wütend, weil ich Mitgefühl für einen Mann hatte, der mich noch immer als sein Eigentum betrachtete. Ich war wütend, weil ich zum Streitthema zwischen Riley und Lucien geworden war, dabei gehörte mein Herz doch ihnen beiden. Jedem auf eine andere Art.

»Alles gut, Schwesterherz?«, fragte Nick und suchte meinen Blick.

Alles gut? Beinahe hätte ich laut losgelacht. Nichts war gut, aber das schien ganz allein mein Problem zu sein.

»Es wird bestimmt besser, wenn ich erst das Gurkensandwich verdrückt habe«, versuchte ich, mich abzulenken. Und Hunger hatte ich ja wirklich.

Im Laufe der nächsten Stunde entpuppte sich Nick als witziger Tischnachbar. Es machte ihm nicht viel aus, dass er mit vollem Mund sprach, und wenn er Mayonnaise am Finger hatte, schleckte er sie einfach ab. Durch seine Ungezwungenheit fühlte ich mich besser, und nach einer Weile gelang es mir, alle anderen am Tisch auszublenden. Ich spürte zwar Luciens Nähe mit all meinen Sinnen, aber ich verbot mir, an ihn zu denken oder auch nur in seine Richtung zu blicken. Wir mussten reden, das stand fest, aber nicht jetzt. Dieser Abend gehörte mir. Mir, meinen Brüdern und Aric Chrome. Ich wollte endlich mehr über ihn erfahren.

»Willst du noch eines?«, fragte Nick und deutete auf den Teller mit den Sandwiches vor sich. Er selbst hatte seine Hände auf dem Bauch verschränkt und die Beine genüsslich von sich gestreckt.

»Nein, danke. Ich bin pappsatt. Ich weiß gar nicht, wann ich zuletzt so viel gegessen habe.« Tatsächlich kam es mir vor, als wäre es Monate her, denn seit sich die ersten Anzeichen meiner Verwandlung bemerkbar gemacht hatten, hatte ich mich krank gefühlt und keinen Appetit verspürt.

Nick lachte. »Kein Wunder, du hast acht Brote verdrückt.« Er stieß Aric neben sich in die Seite. »Deine Tochter ist ein Vielfraß!«

»Sehr witzig!« Ich versuchte, mir die Verlegenheit nicht anmerken zu lassen.

»Lass dich von den beiden nicht ärgern«, kam Aric mir zu Hilfe und hob schimpfend seinen Finger. »Sie sind den Umgang mit einem so hübschen Mädchen einfach nicht gewöhnt.«

Es gefiel mir, wie natürlich mich die drei in ihre kleinen Neckereien mit einbezogen. Es gab mir das Gefühl dazuzugehören. Beinahe, als wäre es immer so gewesen.

»Wie lebt ihr denn, wenn ihr den Umgang mit Mädchen nicht gewöhnt seid?«, fragte ich wirklich interessiert.

»Wir leben sehr zurückgezogen. Wie du vielleicht weißt, wurde ich verbannt«, erklärte Aric mit einem traurigen Seufzen. »Während der letzten Jahre hielten wir uns in Los Angeles auf. Die Stadt der Engel – ein passender Ort für allerlei schwingentragendes Gesindel, wenn du mich fragst. Dort leben Rebellen, die bereit waren, uns aufzunehmen. Ich brauchte ja Hilfe. Ich war verbannt, hatte gebrannte Schwingen und zwei halbwüchsige Söhne, für die ich da sein musste.«

Ich nickte, aber alles in mir schrie: *Du hattest auch mich!*

»Und was ist mit … mit … meiner … Mutter?« Die Frage drängte an die Oberfläche, auch wenn ich Angst vor der Antwort hatte. *Was war mit mir?*, wollte ich fragen, aber auch das machte mir Angst. *Warum hast du mich nicht mitgenommen?*

Arics Finger krümmten sich zu Fäusten. Ich hatte offenbar einen wunden Punkt getroffen. »Tessa Lane«, flüsterte er ehrfürchtig. »Ihr Name ist Tessa Lane. Wusstest du das?«

Ich schüttelte den Kopf. »Magnus hat nur gesagt, dass sie Tessa hieß. Mehr weiß ich nicht.«

Ein leichtes Lächeln überzog Arics Gesicht, als er an sie dachte. »Deine Mutter war eine fantastische Frau. Und sie brauchte einen Beschützer.« Aric zuckte mit den Schultern, als wisse er selbst nicht, wie alles gekommen war. »Sie war archäologische Leiterin einer Ausgrabung hier in Glastonbury. Sie und ihr Team waren drauf und dran, diese seit Jahrhunderten verborgenen Räume zu entdecken.«

Wow, ich war beeindruckt. Meine Mutter war Archäologin. Das war ja cool! Ich dachte an meinen kurzen Blick in die Steine des Turms und daran, wie aufregend es wohl für sie gewesen sein musste, auf den Spuren von König Artus zu wandeln.

»Ich war damals der Laird der Silberschwingen von London und hatte selbst keine Ahnung von Glastonburys Geheimnissen.«

»Welche Geheimnisse sind das denn? Geht es um die Ritter der Tafelrunde?«, fragte ich neugierig. Alle am Tisch folgten unserem Gespräch. Es herrschte absolute Stille.

Aric lachte über meine Ungeduld. »Nur langsam, Thorn. Alles

der Reihe nach. Wenn du wirklich alles wissen willst, was damals geschehen ist, dann wird das eine sehr lange Nacht.«

»Okay, dann … dann erzähl mir weiter von meiner Mutter«, bat ich. Ich wollte endlich wissen, wo sie war. Ob sie überhaupt noch lebte …

Aric griff nach meiner Hand und sah mich an, als sähe er sie an meiner Stelle. Bewunderung sprach aus seinem Blick. »Ich war also der Laird, und ich habe erfahren, dass dieser Ort hier vor den Menschen verborgen bleiben musste. Im Moment reicht es für dich zu wissen, dass das Geheimnis unserer Existenz davon abhängt. Und auch damals davon abhing.« Er machte eine Pause, als würde er sich in Gedanken zurück in jene Zeit versetzen. »Ich rief den Rat zusammen und wandte mich an die Institution der Oberen. Wie von jeher nötig wurden sieben Abgesandte geschickt, um das Problem vor Ort zu lösen. Man entschied, dass die Silberschwingen in den entsprechenden Regierungspositionen die Ausgrabungen umgehend stoppen lassen mussten.« Er atmete tief durch. »Nur wenige Tage später erfuhr ich, dass die Wissenschaftler tatsächlich abgereist waren. Doch meine eigene Neugier war geweckt, und so flog ich her, um zu sehen, was wir hier eigentlich zu verbergen versuchten.«

»Und dann hast du das hier gefunden?«, fragte ich und nahm mir doch noch ein Gürkchen.

»Nein. Ich habe deine Mutter gefunden.« Ein Lachen wie ein sanftes Donnergrollen entstieg seiner Brust. »Dieses sture Geschöpf wollte seine Nachforschungen einfach nicht beenden. Ich überlegte noch, wie ich sie dazu bringen konnte, als ich erkannte, dass ich nicht die einzige Silberschwinge war, die Tessa aus den Schatten heraus beobachtete.« Er blickte in Luciens Richtung. »Auch die gesandten Oberen waren hergekommen, doch anstatt Tessa mit Worten zur Aufgabe zu überreden, wurde mir schnell klar, was ihre eigentliche Absicht war.« Ein Schatten glitt über seine Züge, als er weitersprach: »Tessa wusste schon zu viel. Sie mussten sie zum Schweigen bringen. Eine unschuldige Frau sollte sterben ...«

Lucien schnaubte. »Kommst du nun endlich zu dem Punkt der Geschichte, an dem du dein eigenes Volk verraten hast?«, ätzte er quer über den Tisch und funkelte den ehemaligen Freund seines Vaters kalt an.

Aric jedoch blieb ruhig. Er fuhr sich übers dunkle Haar, als hätte er Luciens Frage nicht gehört. Dabei hatte das jeder. Es war so still, dass man auch eine Silberschuppe hätte fallen hören.

»Es wundert mich nicht, dass du in mir den Schuldigen siehst«, bekannte Aric. »Du bist mit denselben Lügen der Oberen aufgewachsen, die auch mich all die Jahre geblendet hatten. Dabei sind sie die Verräter in unserer Mitte. Und das seit so vielen Jahrhunderten, dass die Silberschwingen die Wahrheit schon gar nicht mehr kennen.« Aric deutete auf die Silberschwingen, die an seiner Seite saßen. »Und wer sie kennt, den nennt ihr einen Rebellen. Ihr sprecht ihnen das Erbe des Lichts ab und jagt sie wie Verbrecher. Wohin sonst soll das führen, als zu einer Rebellion der Nacht?«

Luciens Kiefermuskeln zuckten. »Rebellion der Nacht – eine nette Umschreibung für deine Gesetzlosen und ihr widerrechtliches Treiben. Bist du deswegen hier? Um zu rebellieren? Suchst du den Kampf mit den Silberschwingen?«

Aric erhob sich und wirkte mit einem Mal müde. Er rieb sich übers Gesicht und blickte matt in die Runde. »Es wäre naheliegend, meine frühere Macht zu ergreifen und etwas für all jene zu tun, die ihr verstoßt und jagt, obwohl sie zu eurem Volk gehören. Ich kann mir denken, dass Kane und alle Oberen zusammen fürchten, dies könne meine Absicht sein. Aber das ist es nicht. Ich habe die Kämpfe in meinem Leben hinter mir gelassen. Ein heißblütiger junger Mann wie du versteht das vielleicht nicht, aber ich sehne mich nur nach Frieden.« Er legte mir die Hand auf die Schulter und lächelte mich an. »Ich wollte nicht, dass man Lucien hierherbringt. Ich wollte keinen Streit mit der Familie York oder mit den Oberen. Um ehrlich zu sein, wollte ich ungesehen von hier verschwinden. In mir brennt keine Rache. Ich akzeptiere mein Schicksal. Ich habe meine Sicherheit und die meiner Söhne nur aufgegeben, weil ich nicht mit ansehen konnte, wie die Oberen meiner Tochter zu nahe kommen.«

»Thorn ist nicht in Gefahr«, widersprach Lucien. »Und sie war es nie. Nicht seit ich geschworen habe, sie zu beschützen. Als Versprochene an meiner Seite hätte es niemand gewagt, sie anzurühren.«

Aric schüttelte den Kopf. »Denkst du wirklich, deine Position hätte dich oder Thorn beschützt? Ich habe dich für klüger gehalten. Du bist Kanes Sohn. Sicher weißt du, wie wenig den Oberen ihr Wort oder das eines Lairds bedeutet. Schließlich ist deine Mutter aus diesem Grund gestorben.«

Lucien donnerte seine Fäuste auf die Tischplatte. »Ein verfluchtes Halbwesen hat meine Mutter getötet!«, knurrte er und funkelte Aric unter wild in seine Stirn hängenden Strähnen heraus an.

»Valon hat sich nur verteidigt«, erklärte Aric. »Die Oberen haben seine Wut heraufbeschworen, indem sie ihm in den Rücken gefallen sind. Nutz deine Gabe und wirf einen Blick in die Seele eurer großen Halle, wenn du mir nicht glaubst. Und dann frag dich, wer hier wen verraten hat.«

Aric stand auf und wandte sich an Nick. »Nimm Lucien die Fesseln ab«, erklärte er. »Er soll sehen, dass wir in friedvoller Absicht hergekommen sind. Als Thorns Versprochener wird er ihr kaum etwas antun.«

»Dieses Versprechen hat keine Bedeutung mehr!«, fuhr ich dazwischen und stand ebenfalls auf.

Aric beugte sich näher zu mir und senkte seine Stimme. »Für dich vielleicht nicht. Für ihn aber schon. Das sehe ich. Und ich bin nicht Kane York, der seine Gefangenen foltert und in dunkle Zellen sperrt. So war ich noch nie.« Er wandte sich ab, aber ich wollte ihn nicht gehen lassen. Wollte noch mehr hören. Brauchte Antworten, doch seine Miene war verschlossen.

»Wo gehst du hin?«, fragte ich, als er sich wortlos abwandte.

»Der Tag neigt sich dem Ende zu, Tochter. Und wir haben unsere gemeinsame Zeit noch vor uns. Ich kann nicht den Nebel aus vielen Jahren in einer Stunde lüften. Zu viel Schmerzliches kommt dabei ans Licht.«

Er machte einen Schritt Richtung Tür, aber ich fasste nach seiner Hand. »Sag mir nur, ob meine Mutter noch lebt.«

Mein Herz verkrampfte sich, so sehr fürchtete ich die Antwort, aber ich konnte ihn nicht gehen lassen, ehe ich die Wahrheit kannte. Hinter mir löste Nick Luciens Fesseln, und ich spürte, dass er mich beobachtete.

»Ich weiß es nicht, Thorn. Ich weiß es nicht. Ich musste England verlassen, da die Oberen mir gedroht haben, Tessa umzubringen, sollte ich es nicht tun. Um ihrer und *deiner* Sicherheit willen, habe ich getan, was sie verlangten, denn Tessa war schwanger, als man mich fortjagte.«

»Dann weiß niemand, wo sie ist?« Gänsehaut überzog meinen Körper.

»Die Oberen wissen es bestimmt«, flüsterte er und zog mich in seine Arme. Er hauchte mir einen Kuss auf die Wange. »Sie nehmen sich, was einem am Wichtigsten ist, damit niemand ihre Machenschaften aufdeckt. So erhalten sie ihren Einfluss und ihre Macht.« Es kam mir vor, als würde er Lucien ansehen. »Man darf ihnen nicht vertrauen.«

Kapitel 12

London

Jake saß am Spielplatz auf der Schaukel und schrieb in sein Notizbuch:

Endlich eine Sichtung! Datum: 1. August, Uhrzeit: 22.00 Uhr. Beweis für die Sichtung: nicht erbracht, denn der Akku meiner Kamera war leer.

Er kaute auf seinem Bleistift herum, während er überlegte, was er seiner Notiz sonst noch Wichtiges hinzufügen konnte. Was er gestern Nacht gesehen hatte, ging ihm schon den ganzen Tag nicht aus dem Kopf. Er hatte nicht einmal Hunger, so sehr beschäftigte ihn seine »Sichtung«.

»Hi Jake!« Anh kam auf ihn zu und strubbelte ihm frech durch die Haare. Sie trug eine Sporttasche über der Schulter und hatte ihre blau gefärbten Strähnen zu einem strengen Pferdeschwanz gebunden. Sicher kam sie vom Lauftraining.

»Lass das!«, wehrte er ihre Neckerei ab.

»Na, hast du mal was von Thorn gehört?«, fragte sie und ließ ihre Tasche fallen. Sie schwang sich auf die zweite Schaukel und stieß sich leicht vom Boden ab. »Wie gefällt es ihr denn auf dem europäischen Festland?« Anh kniff ihre asiatischen Augen zu noch schmaleren Schlitzen zusammen, als sie nachdachte. »Wo ist sie noch mal genau? Im sonnigen Italien?«

»Frag mich nicht!«, brummte Jake und klappte sein Notizbuch zu. »Mich lügt doch eh jeder nur an.«

»Warum das?« Sie schaute überrascht.

Jake winkte ab. »Ich weiß es einfach. Ich bin wirklich ein super Detektiv! Und die Spuren und Hinweise ergeben einfach überhaupt keinen Sinn. Jemand lügt!«

Anh grinste. Jake war wirklich ein lustiger Kerl mit seinen niemals enden wollenden Detektivspielchen und Ermittlungen.

»Was verfolgst du denn für Spuren, Sherlock«, fragte sie amüsiert und holte mit den Beinen mehr Schwung. Sie schaukelte nun deutlich höher als er.

»Es sind dummerweise nur Indizien. Und keine wirklichen Spuren. Außerdem ist es echt blöd, dass ich auch keine Beweise habe. Noch nicht. Aber gestern Nacht hab ich was gesehen! Das war kein Traum! Ich weiß doch, was echt ist und was nicht!« Er reckte stolz die Brust raus und deutete auf das schwarze Gerät, das an einem Lederriemen um seinen Hals hing. »Ich habe das komische Wesen deutlich durch den Spion 600 gesehen. Ich schwöre!«

»Den Spion 600?« Anh kicherte. »Was soll das sein? Ein Superfernrohr?«

Jake rollte mit den Augen. »Doch kein Fernrohr! Ein Nachtsichtgerät. Und damit habe ich die geflügelten Wesen auch gesehen. Schon zum zweiten Mal.«

Laut lachend stieß sich Anh von der Schaukel und machte einen hohen Satz durch die Luft, ehe sie gute drei Meter weiter im Sand landete. »Geflügelte Wesen? Wie Vögel oder Fledermäuse? Sieht man die nicht regelmäßig? Oder meinst du etwa Batman? Bist du sicher, dass du nicht einfach nur eine Fliege auf der Linse hattest?«, foppte sie ihn und bückte sich nach ihrem Rucksack.

»Sehr witzig, Anh! Ich weiß gar nicht, warum ich überhaupt noch mit dir rede. Mom und Dad tun auch so, als wäre ich verrückt, dabei geht es doch um Thorn! Ich verstehe nicht, warum mir da keiner zuhört!« Er stieg ebenfalls von der Schaukel und klemmte sich sein Detektivbuch unter den Arm, bereit, den Spielplatz zu verlassen.

»Hey!«, rief Anh und ging im hinterher. »Sei doch nicht gleich eingeschnappt. Das war doch nur Spaß.« Sie verstellte ihm den Weg und strubbelte erneut durch seine blonden Locken. »Ich wollte dir dein Spiel nicht verderben, Jake. Sag Thorn einfach, dass die ganze Stafette – und natürlich besonders ich – sie furchtbar vermisst.«

Wütend schlug Jake nach ihrer Hand und stampfte dabei noch mit dem Fuß auf. »Hörst du mir eigentlich zu?«, schrie er und funkelte sie böse an. »Thorn ist weg! Niemand spricht mit ihr! Sie ruft nie an, sie schickt keine Handyfotos, und abgesehen von ein paar Klamotten hat sie auch überhaupt nichts mitgenommen! Ist das nicht megaverdächtig?« Er wurde immer lauter. »*Superverdächtig* finde ich das!«, rief er, obwohl sich die Kinder auf der Wippe schon nach ihm umdrehten. »Wir haben sie zu keinem Flughafen gebracht, sie hat überhaupt keinen Koffer gepackt und nicht mal ihren Schlafanzug mitgenommen!« Er schüttelte entschieden den Kopf. »Seit ich beobachtet habe, wie sie auf der Party mit diesem … WESEN … davongeflogen ist, hat niemand mehr etwas von ihr gehört! Genauso wenig wie von diesen angeblichen Freunden der Familie, mit denen sie weggehen sollte. Das sind Leute, die ich noch nie zuvor gesehen habe. Dieser Junge und das Mädchen mit den schönen Haaren – das sind doch vollkommen Fremde gewesen. Wirklich!« Jake rang so verzweifelt um Glaubwürdigkeit, dass ihm schon die Tränen übers Gesicht liefen.

»Hey, ist ja gut, Jake!« Perplex über den Ausbruch ihres kleinen Freundes ging Anh in die Knie und legte den Arm um seine Schultern. Sie suchte seinen Blick. »Bist du sicher, dass du da nicht etwas falsch verstehst?«, hakte sie nach, denn was er da sagte, war ja verrückt. »Du vermisst deine Schwester. Das tun wir alle. Und da malt sich dein Kopf eben so eine wilde Geschichte aus …«

»Ehrlich, Anh. Das hab ich mir nicht ausgedacht. Das Mädchen mit den hellen Haaren hat heute Nacht auf unserem Garagendach gestanden. Und ist dann einfach weggeflogen. Ich hab's aufgeschrieben! Du musst mir glauben!« Er reckte ihr sein Buch entgegen, als enthielte es alle Beweise für seine Behauptung.

Sie lächelte ihn ermutigend an und schlug das Buch auf, wie um ihm zu zeigen, dass sie seine Sorgen ernst nahm. »Klar, Jake. Ich glaube dir. Und trotzdem …«

Als hätte das Gespräch über das geheimnisvolle Mädchen es herbeigerufen, erschien Nyx von Orly auf dem Spielplatz. Ihr weißblondes Haar blähte sich hinter ihr im Wind, als sie schnurgerade auf sie zukam.

»Nyx?« Anh stand auf. »Was machst du denn hier? Ist …« Sie sah sich um. »Ist Thorn auch hier? Oder … Lucien?«

Jake neben ihr war zur Salzsäule erstarrt. Mit riesigen Augen starrte er Nyx an.

»Hi ihr beiden«, trällerte die und schenkte ihnen ein strahlendes Lächeln. »Klar, wir sind alle hier«, erklärte sie. »Wir machen einen letzten Besuch zu Hause, bevor das neue Schuljahr anfängt. Ich wollte eigentlich gerade Jake abholen … aber wenn du auch mitkommen willst … wäre das sogar noch besser.«

Anh strahlte. Was für eine Überraschung! Und wie gut, dass sie noch mit Jake geplaudert hatte, sonst hätte sie Thorn vielleicht verpasst. »Siehst du, Jake«, murmelte sie und griff nach seiner Hand. »Alles ist gut.«

Seine eiskalten Finger schlossen sich schmerzhaft fest um ihre, und er bewegte sich kein Stück vom Fleck. »Ich habe kein gutes Gefühl«, flüsterte er.

Kapitel 13

Nach Arics Rückzug übernahm Magnus das Kommando.

»Es war ein langer Tag für uns alle. Sucht euch einen Platz für die Nacht. Gewiss zieht es euch nach oben. Es ist gegen unsere Natur, uns unter der Erde zu verkriechen. Trotzdem ist es hier sicherer. Entscheidet selbst, aber was immer ihr tut, seid auf der Hut. Noch sind wir nicht aus England raus. Es wäre ein Fehler zu glauben, dass wir sicher sind.« Er nickte in Luciens Richtung. »Kane hat schließlich einen Grund, uns zu jagen.«

»Wenn ihr mich gehen lasst, hat Kane keinen Grund mehr, euch zu folgen, da ihr ja angeblich nicht vorhabt, ihm oder den Oberen Ärger zu machen«, schlug Lucien vor.

Magnus nickte leicht. »Aric hat dir die Fesseln abnehmen lassen. Du kannst gehen, wohin du willst, Lucien. Aber erinnere dich daran, wie du von deinesgleichen bestraft wurdest, weil du Riley und Thorn hast entkommen lassen. Denkst du wirklich, sie werden erfreut sein, wenn du ohne die beiden zurück nach Darlighten Hall kommst?«

»Und was bitte soll ich stattdessen tun, Magnus? Mich euch anschließen? Zum Rebellen werden und meine Familie und meine Zukunft aufgeben, nur weil ich ein paar mehr Schläge fürchte?« Lucien zog sich das Shirt über den Kopf und feuerte es achtlos neben seinen Stuhl, um seine Worte zu unterstreichen. »Im Gegensatz zu euch laufe ich vor meiner Verantwortung nicht weg. Ich suche nicht den *einfachsten* Weg, um meine Probleme zu lösen. Ich suche den *richtigen* Weg!«

Magnus nickte. Stolz sprach aus seinem Blick. Er wusste, dass Lucien weit mehr drohte, als nur ein paar weitere Schläge, wenn die Oberen fürchten mussten, ihren Einfluss auf ihn zu verlieren. »Du bist wie deine Mutter«, murmelte er mit einem Lächeln. »Aric hat recht damit, dich gehen zu lassen, aber solange du dir nicht sicher bist, wie der *richtige* Weg aussieht oder wohin er dich führt, bleib doch einfach hier und hör dir zur Abwechslung die andere Seite der Geschichte an«, schlug Magnus vor, ehe er Riley mit einem Nicken bedeutete, ihm zu folgen.

~

Unschlüssig stand ich hinter meinem Stuhl. Das übrige Gurkensandwich lag vergessen auf dem Teller vor mir, und mit einem Mal wurde mir schlecht. Der erneute Anblick von Luciens Rücken machte mich fertig. Je mehr ich über meine Abstammung erfuhr, über die Silberschwingen, die Oberen und all das, was damit zu tun hatte, umso weniger wusste ich, was das für mich hieß. Aric glaubte daran, dass die vor dem Rat geschlossene Verbindung mit Lucien bedeutete, dass er mich schützen würde. Da war ich mir nicht so sicher. Und wieder fragte ich mich, welchen Bestand diese Bindung hatte. Unauffällig schaute ich zu Lucien hinüber. Er ließ seine nun nicht länger gebundenen Schwingen vorsichtig kreisen, und bei jeder Bewegung drohten seine Wunden erneut aufzureißen.

Ich musste schlucken. Sein zuvor so schöner Rücken sah furchtbar aus.

»Ich weiß ja nicht, was ihr so vorhabt, aber ich bin definitiv kein Maulwurf. Ich verkrieche mich nicht die ganze Nacht hier unten«, erklärte Sam und griff sich das letzte verbliebene Sandwich. »Ich schlaf lieber unter freiem Himmel. Wer kommt mit?«

Erleichtert riss ich die Arme in die Luft. »Ich!«, japste ich und stellte mich neben ihn. Ich musste hier raus! Und zwar schnell. Keine Ahnung, ob es am Erbe des Lichts lag, an meinen Schwingen oder einfach an meiner Platzangst, dass dieses unterirdische Versteck – so sicher es auch sein mochte – mich regelrecht erdrückte. Und meine Schuldgefühle Lucien gegenüber ebenfalls. Die Wunden auf seinem Rücken trug er meinetwegen.

»Dann gehen wir am besten alle«, schlug Conrad vor und umschloss mit seiner Geste jeden der Shades.

»Ich bin dabei«, erklärte Jax und baute sich mit seinen roten Schwingen wie ein Schutzwall hinter uns auf.

»Und was ist mit Riley?«, fragte Garret mürrisch. »Sollen wir ihn einfach hierlassen?«

»Riley ist bei Magnus gut aufgehoben. Ich weiß nicht, was die beiden zu klären haben, aber ich hatte nicht den Eindruck, als ginge es uns etwas an«, entschied Conrad und spreizte leicht seine Schwingen.

»Und was machen wir mit Lucien?« Sam sah den deutlich größeren misstrauisch an.

»Ich gehe mit Thorn«, erklärte der knapp, als hätte ich das nicht mitzuentscheiden. Weder die Anwesenheit der Shades noch die von Jax schien ihn zu beeindrucken.

»Das tust du nicht!«, widersprach ich. »Ich will dich nicht bei mir haben.«

»Ich finde es gar nicht so blöd, wenn er mitkommt. Dann wissen wir zumindest, was er treibt«, brummte Garret in seiner üblichen schlecht gelaunten Art.

»Wolltest du nicht nach Hause zu deinem Vater fliegen und verraten, wo wir sind?«, blaffte ich Lucien an, da mir meine eigenen Leute jetzt schon in den Rücken fielen.

Der grinste. »Das wäre wohl das Klügste, kleine Dorne, aber irgendein Wahnsinn reitet mich, sodass ich beschlossen habe, Magnus' Einladung vorerst anzunehmen.«

»Wir passen schon auf, dass er dir nicht zu nahe kommt«, versicherte mir Conrad und hakte sich bei mir ein.

»Genau!«, stimmte auch Sam zu und trat an meine andere Seite. Als Dreierkette führten sie mich durch die Tür zurück in den Gang, der in die Eingangshalle ging.

»Oder glaubst du, nur Riley kann auf dich aufpassen?«, scherzte Conrad und zwinkerte mir zu.

Ich löste mich aus ihrem übervorsorglichen Griff, spürte aber, wie meine schlechte Laune in ihrer Mitte allmählich verblasste. »Nur für den Fall, dass ihr das vergessen habt, ich bin ein mächtiges Halbwesen. Ich brauche überhaupt keine Babysitter!«

Jax kicherte und warf mir über die Köpfe der anderen hinweg ein High Five zu. »Genau, Sister – so ist es!«

Als wir unter der Öffnung standen, die weit über uns den Zugang zur Außenwelt darstellte, schlug Jax sich plötzlich vor die Stirn.

»Mist! Denkfehler! Wir können nicht raus. Nick ist der Einzige, der die Fähigkeit besitzt, diese Steinplatten aus ihrer Verankerung zu heben.«

»Wo ist Nick?«, fragte Sam und drehte sich schon um, um den anderen meiner Brüder zu holen, aber Jax schüttelte den Kopf.

»Keine Ahnung. Hier unten gibt es etliche Gänge und Räume. Wir müssen ihn wohl oder übel suchen.«

»Vielleicht können wir die Platten bewegen, wenn wir alle zusammen von unten dagegendrücken?«, schlug Sam vor, was beinahe witzig war, denn von uns allen war Sam der Schmächtigste.

»Einen Versuch ist es wert«, stimmte Conrad zu. »Ich würde lieber den Himmel sehen, anstatt in diesem Grab hier unten zu übernachten.«

»Lucien wird mithelfen müssen, wenn wir unter freiem Himmel schlafen wollen«, stellte Garret fest und stieß ihn an der Schulter an.

Der verzog das Gesicht. »Tut mir leid, dich enttäuschen zu müssen, Garret, aber …«, er breitete seine Schwingen ein kleines Stück aus, ehe er erneut schmerzverzerrt das Gesicht verzog, »aber meine Schwingen haben schon genug damit zu tun, mich da hinaufzubefördern. Ich bin euch keine Hilfe. Ihr solltet besser diesen Nick suchen.«

»Das müssen wir nicht!« Ich straffte die Schultern und legte den Kopf in den Nacken. Luciens Blick in meinem Rücken ließ mein Herz schneller schlagen, und wie so oft verwirrte mich seine Nähe. Hier unten kam ich mir wie damals in seinen Gemächern vor. Als wäre ich nicht in der Lage, ihm zu entkommen. Und diesmal wuchs auch noch das Grauen, das der Anblick seiner Wunden mir verursachte, von Minute zu Minute an. Ich fühlte mich schrecklich. Als würde ich ersticken, wenn ich nicht bald hier herauskäme.

Getrieben von all diesen schlechten Gefühlen schwoll eine Kraft in mir immer weiter an. Wie die Wut und die Schuld, die sich in mir zu einem Gewitter vermischten, dessen donnerndes Grollen durch mich hindurch nach draußen brechen wollte. Ich sprang in die Luft und riss meine Schwingen auseinander, als hinge mein Leben davon ab. Es war schwer, hier unter der Erde ohne die Kraft des Windes genug Auftrieb zu erzeugen, um mich Meter für Meter weiter hinaufzuheben. Meine Schwingen zitterten vor Anstrengung, als ich das obere Ende der Halle erreicht hatte. Gnadenlose Dunkelheit umfing mich, und nur das sanfte Glühen meiner Schwingen spendete einen Hauch von Licht. Dennoch breitete sich der Sturm in meinem Inneren weiter aus. Mir wurde heiß, meine Muskeln spannten sich an, und ein Gefühl, als wolle sich mein Innerstes nach außen stülpen, ergriff von mir Besitz. Ich sah die Hand vor Augen kaum, ahnte mehr, wo sich das Tor zur Freiheit befinden musste. Nur ein schwaches Leuchten rahmte den losen Stein ein. So schwach, als würde ich träumen.

Eine neue Welle der ungewohnten Kraft durchfuhr mich, und ich keuchte, denn ich wusste, was gleich geschehen würde. Ich hatte es schon einmal erlebt. Trotzdem machte es mir Angst. Ich musste mich öffnen. Die Kontrolle abgeben und es einfach geschehen lassen.

»Thorn?«, rief Sam zu mir herauf. Der dunkle Klang seiner Stimme vermischte sich mit dem dumpfen Grollen in meinem Körper. »Was machst du?«

Was ich machte? Ich fand keine Antwort. Wusste nur, dass ich es nicht mehr stoppen, nicht mehr länger zurückhalten konnte.

Mit einem Schrei, der mir in meinen eigenen Ohren fremd vorkam, ergab ich mich meinen neuen Kräften und überließ es meinen Schwingen, mich aus dieser erdrückenden Finsternis zu befreien. Alle angestaute Energie, alle Kraft, die ich aufbringen konnte, alle Wut, Angst und Ungewissheit, die ich in mir trug, vereinten sich zu einem großen Ganzen. Ich hielt den Atem an und spürte, wie die Welt erzitterte. Die Druckwelle, die ich aussandte, presste die schweren Steinplatten aus ihrem Fundament und ließ Erde und Sand auf mich herunterregnen. Das schräg stehende Licht des späten Abends stach mir wie Nadeln in die Augen, und mit einem erleichterten, beinahe erstickten Atemzug flog ich durch das Loch, weiter hinauf bis über die Turmspitze. Die letzten wärmenden Sonnenstrahlen umfingen mich liebevoll, und ich bemerkte erst jetzt, dass mir Tränen der Erleichterung über die Wangen liefen. Ich war ein Halbwesen. Und ich war mächtig. Es war kein Wunder, dass alle hinter mir her waren, denn ich fürchtete mich ja sogar vor mir selbst!

Wir flogen tief über die Felder bis zum Waldrand, und diesmal gelang mir die Landung halbwegs, aber ich ließ mich trotzdem erschöpft ins hohe Gras sinken. All die Kraft, die ich eben noch in mir gehabt hatte, war plötzlich verschwunden. Ich fühlte mich schwach und leer, wie nach einem Staffellauf, bei dem ich einfach alles gegeben hatte.

»WOW!«, rief Jax und setzte direkt vor mir auf. Der Luftzug seiner Schwingenschläge fuhr mir durchs Haar und ließ die Grashalme zittern. »Das war der Wahnsinn! Eigentlich kann nur Nick so was. Allen anderen Halbwesen, von denen ich gehört habe, fehlt diese Fähigkeit.«

»Ich weiß auch nicht, woher ich das kann«, murmelte ich und spähte hinüber zu Lucien. Er war ganz in der Nähe gelandet und begegnete meinem Blick. Ich konnte seine Gedanken nicht lesen, auch wenn ich glaubte, leichte Bewunderung zu erkennen. »Ich wusste ja nicht mal, dass Silberschwingen so eine … Druckwelle, oder was immer das ist, erzeugen können.«

»Silberschwingen können das auch nicht«, kam Conrad dazu, Lucien im Schlepptau. Der sah mir in die Augen, und es kam mir vor, als wären wir allein.

»Ich habe dir gesagt, dass Halbwesen mächtig sind«, flüsterte er, als hätte auch er vergessen, dass die Shades mithörten.

Jax grinste und schlug sich stolz auf die Brust. »Jep – das sind wir! Aber selbst von uns können das nur wenige.«

»Valon zum Beispiel«, stellte Lucien fest. »Seine Zerstörungskraft war immens.«

»Ich habe genug davon, dass du mich ständig mit diesem Valon vergleichst!«, fuhr ich ihn an und stieß ihm meine Fäuste gegen die nackte Brust. »Ich habe dir schon oft gesagt, dass ich nicht wie er bin! Und außerdem hat Aric vorhin behauptet, dass er sich nur verteidigt hat. Keine Ahnung, was er meint, aber so böse, wie du ihn mir beschrieben hast, scheint er ja gar nicht gewesen zu sein!« Ich schüttelte den Kopf und biss mir verletzt auf die Lippe, um ihr Zittern zu verbergen. Wie konnte ich Lucien nur seinen Hass gegen Halbwesen vergessen lassen? Wie konnte ich ihn dazu bringen, mich nicht als etwas zu sehen, das er verachten musste?

»Thorn …«

Ich hob abwehrend die Hände, und wie von selbst wollten sich meine Schwingen schützend um mich legen, aber ich hielt sie zurück. »Lasst mich einfach in Ruhe! Ich … habe für heute genug gehört.« Ich drehte mich um und rannte die Waldlichtung entlang, bis zu einer Eiche, gegen deren mächtigen Stamm ich mich lehnte. Dabei floh ich nicht vor all den Dingen, die ich heute erfahren hatte, sondern vor meinen Gefühlen. Meinen Gefühlen für Lucien York, der noch immer hier war, obwohl er längst hätte gehen können.

~

»Lass mich zu ihr«, verlangte Lucien, ohne den Blick von Thorn zu nehmen. Seit einer Stunde kauerte sie reglos unter der alten Eiche, ohne auch nur aufzusehen. Die Shades waren etwas tiefer in das Buschwerk des Wäldchens vorgedrungen und hatten sich für die Nacht in die Baumwipfel verzogen. Gelegentlich hörte Lucien sie mit Jax, dem Halbwesen, scherzen. Er selbst blieb lieber am Boden und gönnte seinen Schwingen Ruhe. Und wenn nicht ausgerechnet Conrad von seinem Platz auf einem höher gelegenen Ast aus ihn misstrauisch im Auge behalten würde, wäre er längst zu Thorn hinübergegangen. Doch der fühlte sich offenbar zu ihrem neuen Beschützer berufen und spannte sich schon an, wenn Lucien nur in Thorns Richtung blickte.

»Sie will ihre Ruhe haben.«

»Conrad, bitte!«, knurrte Lucien »Sie ist von den Ereignissen des Tages vollkommen verwirrt. Lass mich mit ihr reden.«

Conrad schüttelte den Kopf. »Wenn sie reden wollen würde, wäre sie hier bei uns. Außerdem traue ich dir nicht.«

»Zum Teufel mit dir, Conrad!«, fluchte Lucien und ballte die Hände zu Fäusten. »Ich habe dir nie einen Grund gegeben, mir zu misstrauen. Ich habe einen Eid geschworen, meine Schwingen immer schützend über Thorn zu halten. Meinst du, das habe ich leichtfertig getan? Ich versichere dir, das habe ich nicht. Und ich habe mein Wort noch nie gebrochen. Sicher, ich war wütend, als sie und Riley geflohen sind. Das streite ich nicht ab. Aber ich schwöre dir, ich bin euch nur deshalb in die Lagerhalle gefolgt, weil Kane euch sonst jemand anderen hinterhergeschickt hätte. Er hat gedroht, Thorns Familie zu benutzen, um seinen Willen zu bekommen. Das konnte ich nicht zulassen. Trotzdem muss Thorn wissen, dass Kane bereit ist, alle Register zu ziehen. Wir haben nur wenige Tage Zeit, die ganze Sache friedlich zu lösen, ehe …«

»Ehe eine Katastrophe passiert«, beendete Conrad seinen Satz und schnalzte missbilligend mit der Zunge. »Sie werden die Menschen nicht wieder gehen lassen, sobald sie sich ihnen gezeigt haben, richtig?«

Lucien nickte. »Kane und die Oberen erwarten, dass ich Thorn zu ihnen bringe. Ich muss also mit ihr reden. Denn bei allem, was mir heilig ist, Conrad, wir brauchen eine Lösung, die kein weiteres Blutvergießen zur Folge hat.«

Conrad schwang sich von dem Ast, und kam neben seinem ehemaligen Freund zum Stehen. »Na schön. Geh zu ihr, wenn du meinst, dass du das Richtige tust. Aber wenn du ihr blöd kommst oder irgendwas Dummes versuchst, dann verpass ich dir eine.«

»Ich weiß ja nicht, wofür du mich hältst, Conrad, aber als dein Kindheitsfreund müsstest du wissen, dass ich Thorn niemals schaden würde. Egal wie ihr alle das seht, sie ist meine Versprochene. Für mich hat das nach wie vor einen Wert.«

»Sie ist jetzt frei, Lucien. Was zählt da schon noch euer Versprechen?«

Luciens Kiefermuskeln zuckten. »Vielleicht finde ich das heraus, wenn du mich jetzt endlich zu ihr lässt.«

Conrad zögerte. »Warum? Warum willst du daran festhalten? Du hasst Halbwesen, das weiß jeder.«

»Ich habe guten Grund, Halbwesen zu hassen«, wich Lucien aus, als Conrad schließlich schulterzuckend den Weg frei machte.

»Also, warum dann?«

Lucien schaute zu Thorn hinüber. Ihre Schwingen reflektierten das warme Licht der beinahe versunkenen Sonne wie flüssiges Gold. »Weil ich ein Narr bin«, flüsterte er.

Kapitel 14

»Jake!« Der gellende Schrei von Brenda Blackwell brachte Nyx dazu, ihre Hand fester um den Nacken des Jungen zu schließen. Der bückte sich unter dem Druck ihrer Finger keuchend tiefer, doch entkommen konnte er ihrem Griff nicht.

»Mom!«, heulte er stattdessen und streckte die Arme aus, aber Nyx drängte ihn in die andere Richtung. Die Ratsmitglieder in der großen Halle verhinderten, dass seine Mutter sich auf sie warf. Thorns Adoptivvater Harry ballte die Hände zu Fäusten.

»Lasst die Kinder in Ruhe! Was habt ihr vor? Was wollt ihr von uns?«, rief er und sah von Jake zu Anh und anschließend zu den Wächtern, die ihn festhielten. »Was soll das? Was geht hier vor?«

Nyx rümpfte verächtlich die Nase und legte ihre Schwingen ganz flach an. Die Halle war getränkt vom Angstgefühl dieser Menschen. Und Angst hatte diese Halle schon oft erfüllt, aber es war immer die stolze, erhabene Angst der Silberschwingen gewesen. Nie diese schwächliche Panik. Überhaupt war sie sich sicher, dass noch nie ein Mensch diese Halle betreten hatte. Bis jetzt. Und dass dies so war, war ganz allein ihr Verdienst.

Mit stolzgeschwellter Brust trat sie deshalb vor an Kanes Thron und zwang das Kind vor dem Oberhaupt auf die Knie.

»Hier habt ihr euer Druckmittel«, sagte sie selbstbewusst und deutete auf ihre Gefangenen – Thorns Adoptiveltern, ihren Bruder Jake und Thorns beste Freundin Anh, die sie eher zufällig zu fassen bekommen hatte.

»Gute Arbeit«, lobte Kane und nickte anerkennend. Sein kalter Blick glitt über die Menschen. Langsam erhob er sich und bedeutete Nyx, den Jungen loszulassen. Kaum löste sie ihre Hand aus seinem Nacken, da sprang Jake auf und rannte heulend in die schützenden Arme seines Vaters.

Kane umrundete Anh, die mit ihren leuchtend blauen Haarsträhnen aus der gedeckten Farbgebung der Silberschwingen regelrecht herausstach.

»Du kennst also unsere Thorn«, hakte er nach und stellte sich so zwischen Anh und Thorns Eltern, dass sie sich nicht sehen konnten. Er isolierte sie, um ihre Furcht zu verstärken. »Wie gut kennst du sie?«, raunte er gefährlich leise, während seine Schwingen zuckten.

Anh blickte sich ängstlich um. Alle Ratsmitglieder starrten sie an. Ihr Zittern war nicht zu übersehen, als sie in kleinen Schritten vor Kane zurückwich. »Ich … weiß nicht. Wir … sind Freunde.«

»Freunde.« Kane nickte, als wäre er mit ihrer Antwort zufrieden. »Erzählen sich Freunde nicht alle Geheimnisse?«

Anh schüttelte unsicher ihren Kopf. »Ich weiß nicht …«, wisperte sie kaum hörbar.

»Du weißt es nicht?«, wiederholte Kane und trat näher an sie heran.

»Nein, ich … also, ich denke schon.«

»Kennst du Thorns Geheimnisse?«, fuhr er sie an und packte ihren Arm. »Oder nicht?«

Anhs panischer Schrei hallte von der Decke wider, aber nicht er war es, der alle Anwesenden aufrüttelte, sondern Anhs schwungvoller Tritt mit dem gestreckten Bein, ihr Griff um Kanes Oberarm und der anschließende Wurf über ihre Schulter, mit dem sie den deutlich kräftigeren Laird zu Boden brachte.

Nyx blickte in Anhs überraschtes Gesicht. Offenbar hatte sie aus reinem Instinkt gehandelt und ihr Wissen aus vielen Jahren Selbstverteidigungskurs angewandt. Ein Instinkt, der in der großen Halle für eisige Stille sorgte.

Für einen Atemzug – oder waren es zwei – schien die Zeit stillzustehen. Niemand sagte etwas. Niemand regte sich. Dann, ganz langsam, lösten sich alle aus ihrer Starre, und wie auf ein geisterhaftes Kommando hin, breiteten die Ratsmitglieder kampfbereit ihre mächtigen Schwingen aus.

Anh riss die Augen auf. Der Schrei blieb ihr in der Kehle stecken. Wie von selbst nahm sie eine Verteidigungshaltung ein, als auch Kane mit gespreizten Schwingen wieder auf die Beine kam. Sie war umringt von schwarzen Flügeln, deren Innenseiten nun auch für das menschliche Auge deutlich zu erkennen waren. »Was seid ihr?«, kreischte sie und flüchtete sich zu Thorns Familie. Brenda Blackwell schloss sie mütterlich in ihre Arme, auch wenn sie selbst vor Angst nur noch geduckt neben ihrem Mann kauerte.

Nyx strich Kane den Staub aus den Schwingen. »Es tut mir leid, ich hatte keine Ahnung …«

Er stieß ihre helfende Hand beiseite. »Lass das!«, fuhr er sie an und baute sich drohend in der Mitte der Halle auf, auch wenn er nur Augen für die Menschen zu haben schien. »Was immer ihr bisher wusstet«, donnerte er, »jetzt kennt ihr die Wahrheit.«

»Ich habe euch schon vorher gesehen!«, rief Jake und riss sich aus der schützenden Umarmung seines geschockten Vaters. »Ihr habt Thorn!« Seine Kinderhand zitterte, als er sie anklagend in die Höhe reckte. »Ihr könnt fliegen! Ich hab's genau gesehen!«

Ein kaltes Lächeln erhellte Kanes Züge. »Haben wir hier also doch jemanden, der sich auskennt.«

»Ich hab alles aufgeschrieben!«, sagte Jake und blickte zu Anh. »Ich hab es dir ja gesagt!«

»Komm her, Jake!«, flehte Brenda eindringlich, als Kane seinen Arm um die Schultern ihres Sohnes legte.

»Nein, nein, nein«, flüsterte Kane ihm zu, als er den Fluchtinstinkt des Jungen spürte. Er führte ihn zu seinem Thron und wies ihn an, sich zu setzen. »Wir beide unterhalten uns erst noch ein bisschen. Ganz friedlich. Von Mann zu Mann.« Kane setzte sich in den zweiten Stuhl, in dem normalerweise Lucien zu sitzen pflegte.

»Lassen Sie meinen Sohn in Ruhe!«, protestierte Harry und rang mit seinen Wächtern, die seinem Widerstand mit einem harten Schlag ihrer Schwingenkanten ein schnelles Ende bereiteten. Keuchend ging Harry zu Boden und krümmte sich vor Schmerzen. Brenda schlug sich wimmernd die Hand vor den Mund und zog Anh an sich, als könnten sie sich gegenseitig Halt geben.

»Dad!«, rief Jake und wollte aufspringen, aber Kane hielt ihn zurück.

»Das alles wäre unnötig, mein Junge, wenn hier endlich Ruhe einkehren würde. Es ist ziemlich respektlos, mir meine Gastfreundschaft mit so viel Geschrei und Geheule zu danken, findest du nicht auch?«

Jakes Nicken kam zögernd, aber Kane schien damit zufrieden zu sein.

»Schön, wenn wir uns nun also einig sind, dann können wir uns ja endlich in Ruhe und …«, er warf einen drohenden Blick auf den noch immer am Boden liegenden Harry, »… und ohne unwillkommene Unterbrechung unterhalten.« Er erhob sich von seinem Platz und trat erneut in die Mitte der Halle, ohne dabei den Jungen aus den Augen zu lassen. Nyx wusste, dass er das tat, um den Druck auf den Jungen aufrechtzuerhalten. »Also, Jake, wo ist deine Schwester?«

Der Junge zögerte. Beinahe glaubte Nyx, er würde überhaupt nicht antworten. Sie folgte dem interessierten Blick des Jungen über die Reihen der Ratsmitglieder bis hin zu den Gesichtern seiner Eltern.

Schließlich holte Jake Atem und sah Kane wieder an.

»Ich weiß es nicht«, gestand er leise und räusperte sich. »Aber wenn mich meine … meine Ermittlungsergebnisse nicht vollkommen täuschen, dann ist sie ganz sicher nicht in Italien!« In seiner Stimme schwang trotz seiner heiklen Lage ein deutlicher Vorwurf an seine Eltern mit.

Kanes lautes Lachen kam unerwartet, und er klatschte gut gelaunt in die Hände. »Wie wahr, mein Junge, wie wahr! Und weißt du noch etwas? Ich verstehe nun auch, warum du ein wunderbares Druckmittel abgibst. Du bist wirklich unterhaltsam, Jake. Wirklich unterhaltsam.«

Kapitel 15

Das Städtchen Glastonbury lag im warmen Licht der sinkenden Sonne vor mir. Die steinernen Überreste der alten Abtei weckten den Glauben an Übersinnliches, und die Dächer schimmerten rötlich inmitten der saftig grünen Wiesen ringsherum. Flugzeuge hatten helle Kondensstreifen an den ansonsten pastellgetönten Himmel gemalt, aber ich war blind für die Schönheit des Sonnenuntergangs vor mir. Ich fühlte mich verloren. Missverstanden. Und allein, obwohl ich doch nie auch nur einen Moment für mich hatte. Meine Brüder waren nett, mein Vater ein geheimnisvoller Mann, der mir aber Wärme entgegenbrachte. Das nahm ich deutlich wahr. Dennoch war das alles nicht so perfekt wie die Familie, bei der ich aufgewachsen war, und deren bedingungslose Liebe mich zu dem Mädchen geformt hatte, das ich war. Ich hatte Heimweh, und dieser elende Kloß in meinem Hals ließ sich auch nicht hinunterschlucken. Mir war zum Heulen zumute, so einsam fühlte ich mich.

Auch ohne mich umzudrehen, registrierte ich, dass jemand näher kam, um daran etwas zu ändern. Ich atmete tief durch und wappnete mich für das neuerliche Gefühlschaos, denn die Silberschwinge, die ich erspürte, war Lucien York.

Luciens Aura hatte eine samtige Härte. Sie war wild und zugleich warm, machte mir Angst und zog mich doch magisch an. Langsam hob ich den Kopf und sah ihn an.

»Darf ich mich zu dir setzen?«, fragte er sanft und zwinkerte mir zu. »Oder jagst du mir dann deine Familie auf den Hals.«

Ich wollte nicht lachen über seine unschuldig gestellte Frage, aber meine Mundwinkel hoben sich dennoch. Ich war mir nicht sicher, ob ich gerade jetzt seiner Nähe gewachsen war, aber länger allein zu sein, hätte ich auch nicht ertragen. Also nickte ich.

»Setz dich ruhig. Ich bin gerade nicht in der Stimmung, mich mit dir anzulegen.«

»In was für einer Stimmung bist du denn?«, fragte er und hockte sich neben mich ins Gras. Er sah mich nicht an, sondern blickte über Glastonbury hinweg in die Ferne, so wie ich es gerade auch noch getan hatte. Die Sonne malte goldene Strähnen in sein eigentlich nachtschwarzes Haar und verlieh seinen dunklen Augen diamantene Sprenkel. Aus der Nähe betrachtet wirkte er weniger bedrohlich, als ich ihn in Erinnerung hatte. In Erinnerung – wie das klang. Und doch kam es mir vor, als läge unser letzter Kuss Jahre zurück. Dass ich diesen Mann – diese Silberschwinge überhaupt geküsst hatte, erschien mir beinahe wie ein Traum. Schließlich waren wir immer noch Feinde. Auch wenn er weiterhin auf unser bescheuertes Bündnis bestand. Ein kleiner Funken in meinem Herzen entflammte die Hoffnung, dass er das aus Liebe tat. Und nicht weil ich womöglich einen Zweck für seinen Clan erfüllte.

»Thorn?« Lucien sah mich fragend an, da ich ihm nicht antwortete. »Ist alles okay?«

Ich nickte und atmete tief durch. Ich musste diese Grübeleien lassen!

»So siehst du aber nicht aus, kleine Dorne.« Er hob die Hand, als wolle er sie nach mir ausstrecken, ließ sie dann jedoch wieder sinken. »Was ist los? Sprich mit mir.«

»Du würdest mich nicht verstehen.«

»Ich würde es zumindest versuchen. Ich glaube, damit käme ich dir mehr entgegen, als du mir jemals entgegengekommen bist.«

»Wie meinst du das?« Ich suchte seinen Blick. Lag da etwas Verletzliches in den dunklen Seen seiner Iris?

Lucien streckte seine langen Beine aus und kam mir dabei etwas näher. »All meine Taten hast du immer falsch verstanden. Du hast nie probiert … die Wahrheit zu erkennen.«

»Meinst du das, was du mir schon im Jeep gesagt hast? Dass du … mich … nicht wegen Kane zu deiner Versprochenen gemacht hast?«

Lucien grinste. »Als ich sagte, dass ich dich wollte?«

Verdammt, ich spürte, wie mir das Blut bei seinen Worten in die Wangen schoss.

»Ja, also … ich …« Ich zuckte mit den Schultern und sah mich unauffällig um. »Wir sind hier nicht allein!«, wehrte ich mich gegen den Strudel der Gefühle, in den seine Worte und sein Lachen mich stürzten.

Auch Lucien wandte sich nach den anderen um. Und wie ich kam er zu dem Schluss, dass uns niemand wirklich beachtete, denn das Lächeln verschwand nicht aus seinem Gesicht.

»Außerdem … ist es egal, was du gesagt hast. Wir stehen auf verschiedenen Seiten einer Auseinandersetzung, die ich noch nicht einmal richtig verstehe!«

Lucien wurde ernst, und er rückte wieder etwas von mir ab. Er fuhr sich durchs Haar. Fast kam es mir vor, als könne auch ich seine weichen Strähnen fühlen.

»Du verstehst mich nicht. Du verstehst diese ganze Sache nicht. Ich habe auch Fragen. Dieser Ort hier … er … lässt mich die Dinge genauso infrage stellen, die ich immer für die Wahrheit gehalten habe. Wir könnten uns gegenseitig helfen zu verstehen, aber … aber ich bin nicht sicher, ob du das überhaupt willst, kleine Dorne.«

»Warum sollte ich das nicht wollen?«

»Weil ich nicht weiß, ob uns beiden gefällt, was wir herausfinden könnten, Thorn.« Er fasste nach meiner Hand, und seine Wärme durchströmte mich. »Du bist meine Versprochene. Und du denkst, ich erhebe damit einen Anspruch auf dich.« Er schüttelte den Kopf. »So ist es nicht. Doch wenn du dich entscheiden musst. Zwischen mir und deiner Familie. Wo stehst du dann?«

Bei dir!, schrie mein Herz, aber mein Kopf warnte mich, darauf zu hören.

»Vielleicht muss ich mich am Ende entscheiden, Lucien, aber solange ich nicht alle Fakten kenne, kann ich das nicht. Und noch weniger, solange ich Angst vor dir habe«, erinnerte ich ihn schwach.

»Du brauchst keine Angst vor mir zu haben.«

»Du hast gesagt, du wirst dich an mir rächen. Dein ganzer Clan ist hinter mir her.«

Er lächelte zynisch. »Weil du Riley befreit und mich hintergangen hast.«

»Was ich getan habe, ändert nichts mehr an der Tatsache, oder?«

Lucien zuckte mit den Schultern. »Nicht für den Clan. Und womöglich auch nicht für die Oberen.«

»Und für dich? Du hast gesagt, du … wirst mir Schmerzen zufügen, Lucien. Du bist nur hier, weil du mir gefolgt bist.«

»Ich war verletzt, Thorn. Dein Verrat … schmerzt. Ich konnte dich nicht einfach gehen lassen.« Luciens Kiefermuskeln zuckten, und sein Blick verfinsterte sich. »Ich habe dir vertraut, kleine Dorne. Weil dir zu vertrauen die einzige Möglichkeit war, unserer Verbindung, ja, uns beiden wirklich eine Chance zu geben. Ich habe dir geholfen, deine Fähigkeiten zu entwickeln, habe mich schützend vor dich gestellt, als alle anderen gegen dich waren. Ich hätte in der Nacht, als ihr geflohen seid, um Verstärkung rufen können. Ihr wärt niemals lebend aus Darlighten Hall entkommen. Aber ich wollte nicht, dass man dir wehtut, kleine Dorne. Ich wollte auch Riley keinen weiteren Schaden zufügen.« Er drehte mir den Rücken zu, und obwohl ich die Striemen vorhin schon gesehen hatte, verschlugen sie mir nun im letzten silberblauen Licht der untergehenden Sonne erneut den Atem.

»Damit habe ich den Preis für deine Sicherheit bezahlt!«, raunte Lucien und sah mir in die Augen. »Du hättest mir früher sagen sollen, dass für dich nichts von Bedeutung ist, Thorn. Dann …«

»Hör auf«, bat ich leise und mit tränenerstickter Stimme. Ich hob meine Hand an seinen Rücken und kniete mich hinter ihn. »Bitte, Lucien. Sag nichts mehr.« Zaghaft ertastete ich die einzelnen Striemen, die aufgeplatzte Haut und die Verhärtungen, dort wo der Strom das Gewebe zerstört hatte.

»Nicht!« Lucien drehte sich um und fasste nach meiner Hand, um mich aufzuhalten.

Unsere Blicke trafen sich, durch meinen Tränenschleier hindurch sah ich seine Scham.

»Ich wollte das nicht«, versicherte ich ihm mit zitternder Stimme. »Wirklich, Lucien. Hätte ich gewusst, dass …« Sanft befreite ich meine Hand aus seinem Griff und strich ihm über den Rücken. Ich sah die roten Wundränder direkt an den Schwingenansätzen, und mir wurde übel. Ich wusste, wie empfindlich diese Stellen waren.

»Thorn, wirklich, es ist …«

»Ich hatte keine Ahnung, dass Kane so weit gehen würde«, versuchte ich, meine Schuld zu rechtfertigen.

Sein leises Lachen vibrierte unter meinen Fingerspitzen. »Du kennst doch unsere Gesetze, kleine Dorne. Du weißt doch …«, er zwinkerte, »… wie mittelalterlich unsere Methoden sind. Und im Grunde hat mein Vater sogar Milde gezeigt. Nur hat er dummerweise seinem treuesten Gefolgsmann Torr von Orly die Durchführung meiner Bestrafung übertragen.«

»Ist das Nyx' Vater?«

Lucien nickte und verzog das Gesicht, als würde er in eine Zitrone beißen. »Torr ist, wie du dir sicher denken kannst, nicht gerade gut auf mich zu sprechen.«

»Was …« Ich wusste nicht, ob ich es wirklich wissen wollte. »Was hat er … ich meine …« Ich deutete auf seinen Rücken. »Was hat er getan?«

Lucien ließ die Schultern kreisen, als spürte er noch immer die Schläge. »Du meinst, was meine Strafe war?«

»Ja.«

»Zwei Dutzend Schläge mit der Silberkatze.«

Ich runzelte die Stirn. »Was ist eine Silberkatze?«

»So etwas Ähnliches wie eine Peitsche. Sie hat mehrere lose Enden, und jedes von ihnen versetzt die Haut mit Stromschlägen in Brand.«

Ich mochte mir gar nicht vorstellen, wie schmerzvoll diese Strafe gewesen sein musste. Trotzdem grinste er mich an.

»Beim ersten Schlag denkst du noch, dass du das schon irgendwie durchstehen kannst, aber je mehr Hiebe man einsteckt, umso schlimmer wird es. Vor allem wenn jemand wie Torr die Geißelung durchführt. Torr weiß genau, wo es besonders wehtut.« Lucien blickte in die Ferne. »Vermutlich denkst du, ich hätte das verdient, nach dem, was … nun, was mit Riley …«

»Das denke ich nicht.« Ich berührte sein Kinn, damit er mich wieder ansah. »Wirklich, Lucien. Das denke ich nicht.« Nach dem, was Conrad über Luciens Rolle bei der Verurteilung gesagt hatte – dass er Riley das Leben gerettet hatte –, fragte ich mich, ob ich Lucien nicht unrecht getan hatte.

»Conrad sagt, du hast Riley Gnade erwiesen.«

Verwunderung zeigte sich in Luciens Miene. »So viel Objektivität hätte ich ihm gar nicht zugetraut«, flüsterte er und spähte zu dem Ast hinüber, auf dem der Rebell es sich bequem gemacht hatte. »Aber ja. Es stimmt. Kane und die Oberen wollten Riley umbringen. Ihm die Schwingen zu brennen, war das Zweitschlimmste, das ich je tun musste, und ich wünschte wirklich, ich hätte einen anderen Weg gefunden.«

»Das Zweitschlimmste? Was war denn das Schlimmste?« Mir wurde ganz flau im Magen. Gerade hatte ich angefangen, Lucien nicht mehr als das grausame Monster zu sehen, da sagte er so was …

Luciens Lächeln sah so aus, als kostete es ihn Kraft. »Das Schlimmste, das ich je getan habe …« Er strich mir mit den Fingerspitzen über den Hals und flüsterte nahe an meinem Ohr. »Das Schlimmste, das ich tun musste, war zuzusehen, wie das Mädchen, das … das mir so … wichtig war, von meinem Balkon in den sicheren Tod stürzte.« Er neigte sich zu mir und küsste die empfindliche Stelle hinter meinem Ohr. »Das tat mehr weh, als … als alles, was danach kam.«

»Hast du jetzt noch Schmerzen?« Das war eine ziemlich blöde Frage. Ich wusste ja, dass er seine Schwingen kaum einsetzen konnte, aber nur so bekam ich mein plötzliches Herzrasen wieder in den Griff. Seine Worte wühlten mich auf, und ich wollte nichts sehnlicher tun, als mich umzudrehen und seinen Kuss zu erwidern.

Lucien rückte noch näher an mich heran. Unsere Körper berührten sich, und als er die Schwingen spreizte, streiften mich diese sanft an der Wange. Er lächelte, als hätte er das absichtlich getan. »Es wird von Tag zu Tag besser. Schon bald werde ich sie wieder schützend über dich halten können, kleine Dorne. Ganz so, wie ich es dir versprochen habe.«

Als er seine Schwingen wieder zusammenfaltete, legte er sie um mich und hüllte uns beide darin ein.

»Nicht«, wehrte ich mich halbherzig, denn eigentlich fühlte es sich so an, als würde er meine Gedanken lesen. Meine Gedanken und meine Wünsche. Und – darum hüpfte mein Herz so wild – weil er mich nicht wieder losließ.

»Sieh es als kleine Wiedergutmachung für die Schläge«, flüsterte er und schlang nun auch die Arme um mich. Zum Glück konnten die anderen das nicht sehen. Und zum Glück konnte auch Lucien mein Gesicht nicht sehen, denn es spiegelte all meine Gefühle für ihn wider. Es war einfach nur himmlisch, seine Arme um mich zu haben. Gleichzeitig hasste ich mich für meine Schwäche und hoffte, dass er den Aufruhr in meinem Inneren nicht bemerkte. Ich fragte mich, ob unsere Verbindung nicht auch für mich noch immer Bestand hatte. Gehörte ich ihm in Wirklichkeit nicht längst? Zumindest mein Herz schien sich dieser Sache ziemlich sicher zu sein.

»Du willst also meine Schuldgefühle ausnutzen?«, fragte ich um Coolness bemüht, aber das amüsierte Funkeln in seinen Augen war mir Antwort genug. »Na schön, wenn du schon hier bist, dann kannst du mir vielleicht erklären, was genau mit diesem Valon geschehen ist. Du hast ihn als ein Ungeheuer dargestellt, aber Aric scheint deine Meinung nicht zu teilen. Also, was soll ich davon jetzt glauben? Und was hat dieser Ort damit zu tun?«, fragte ich und blickte durch die silberschimmernden Schuppen hindurch zum Glastonbury Tor. »Ich brauche dringend Klarheit.«

Lucien senkte die Schwingen, um die Sicht auf den Ort noch weiter freizugeben. Die Sonne hatte den Kampf gegen die aufkommende Nacht inzwischen verloren und war mit einem Silberstreifen am Horizont versunken. Der Turm ragte nun dunkel wie ein Schatten in den Himmel, und über den Wiesen stiegen die ersten Nebelschwaden auf. Die Dunkelheit streckte ihre Finger nach uns aus.

»Hast du die Seele der Steine unten in dem Versteck gelesen?«, fragte Lucien und verwob seine Finger mit meinen. Ich schluckte. Die einfache Berührung beschleunigte meinen Puls noch weiter. Weil ich meiner Stimme nicht traute, schüttelte ich den Kopf.

»Hättest du tun sollen. Die Seele dieser unterirdischen Krypta ist … zum Bersten gefüllt mit … Geheimnissen.« Seine Stimme klang rau, und sein Atem strich wie eine Feder über meinen Nacken, wie das sanfte Echo seines Kusses. Als wäre das nicht genug, schob er meinen Zopf beiseite und legte sein Kinn an meine Schulter. »Ich glaube nicht, dass Kane davon weiß. Wüsste er es, würde das vielleicht alles ändern.«

»Was meinst du?«, hakte ich nach und kuschelte mich näher an ihn, um die Gänsehaut, die er mir verursachte, durch seine Wärme zu vertreiben. Verdammt, ich wollte ihm nahe sein. Nur für einen Moment. Nur für diesen Augenblick.

»Ich rede von Valon. Na ja, eigentlich fing alles bei Artus an.« Lucien schüttelte kaum merklich den Kopf. »Der Sagengestalt Artus. Der angebliche König von Britannien … er hat wirklich gelebt, Thorn«, fügte er hinzu, als würde er es selbst nicht glauben. »Er hat gelebt. Und er war ein Halbwesen.«

Kapitel 16

»König Artus war ein Halbwesen?« Thorn rumpelte auf und stieß dabei mit dem Kopf gegen seine Nase. »Das ist ein Scherz, oder?«

Er rieb sich die schmerzende Stelle und kniff die Lippen zusammen. »Leider nicht. Was ich in den Steinen gesehen habe, lässt keine andere Schlussfolgerung zu.« Er blinzelte, um sich die Bilder aus den Steinen, die er heute in dem unterirdischen Versteck berührt hatte, in Erinnerung zu rufen. Diese Bilder … er hatte selbst noch nicht alle Zusammenhänge verstanden, darum fiel es ihm auch so schwer, darüber zu reden. Er wusste nicht, wo er anfangen sollte.

»Valon hat vor vielen Jahren, als Aric noch der Laird war, vor dem Rat und den Oberen gestanden und um Hilfe gebeten. Ich war nicht dabei, war noch ein kleiner Junge, aber ich habe diesen Tag mehrfach durch die Augen der Steine in der großen Halle verfolgt. An diesem Tag starb meine Mutter. Damals sagte Valon, er sei ein Geheimnishüter.« Lucien schüttelte leicht den Kopf und umfasste Thorn fester. Er spürte den altbekannten Schmerz über den Tod seiner Mutter in sich aufsteigen, doch er drängte ihn zurück. »Ich glaube jetzt, dass Artus das Geheimnis war, von dem er gesprochen hat.«

»Was ist an dem Tag passiert, Lucien?«

Lucien schloss die Augen. Er hatte diesen Tag so oft durch die Steine hindurch erlebt. Seit er ein kleiner Junge war, hatte er immer und immer wieder beobachtet, wie Valon seinen Zorn über Darlighten Hall ausgeschüttet hatte, sodass er die Ereignisse auch jetzt wie einen Film vor sich sah. Mit rauer Stimme fing er an, Thorn zu berichten:

»Wie Aric vorhin in der Krypta schon erzählt hat, hatte er Valon vor den Rat und die Oberen geladen. Das Halbwesen warnte die Silberschwingen vor der drohenden Entdeckung ihrer Existenz durch die Ausgrabung.« Lucien blickte in die Ferne. »Ich vermute, dass deine Mutter die Ausgrabung geleitet haben muss.«

»So habe ich das auch verstanden. Aber was hat das mit Valon zu tun?«

»Aric hat gesagt, die Oberen hätten ihn verraten. Vielleicht hat es sich für ihn tatsächlich so angefühlt, aber sie hatten das Gesetz auf ihrer Seite. Anstatt Valon nach der Versammlung unbehelligt ziehen zu lassen, wie Aric es ihm zugesichert hatte, wollten sie ihn ergreifen.« Luciens Lider zuckten, als die Bilder hinter seinen geschlossenen Augen abliefen. »Er wollte die Halle gerade verlassen, da gab Sir Alexander Duff, einer der Oberen, den Befehl. Dein Vater erhob Einspruch, aber der Rat hatte keine Wahl. Sie mussten sich den Befehlen der Oberen beugen. Schließlich befolgten sie nur die Gesetze.«

»Es kam zu einem Kampf«, vermutete Thorn richtig. Lucien schenkte ihr ein aufmunterndes Lächeln, denn sie sah blass aus. Die Geschichte schien sie zu beunruhigen. Er konnte es ihr nicht verübeln. Ihm selbst war jedes Mal schlecht geworden, wenn die Steine der Halle ihn daran hatten teilhaben lassen.

»Ja. Es war ein furchtbarer Kampf. Valon witterte Verrat. Seine Kraft überstieg die der Silberschwingen bei Weitem, und Dutzende Räte, die den Befehlen der Oberen gehorchten, bekamen seine Wut zu spüren. Die Auseinandersetzung steigerte sich in eine wahre Raserei, als eine Druckwelle die Halle erschütterte. Silberschwingen, die sich gerade in der Luft befanden, krachten wie Steine zu Boden. Die Fenster wurden nach außen gedrückt und die Türen aus den Angeln gehoben.«

Thorn versteifte sich in seinen Armen. Sie verfügte über eine ähnliche Kraft wie Valon, auch sie hatte schon Druckwellen erzeugt. Er wollte sie nicht noch mehr ängstigen, darum verzichtete er auf weitere Einzelheiten des Kampfes. »So gelang es Valon zu entkommen. Angeschlagen floh er aus der großen Halle in den Eingangsbereich.«

»Wo die Treppen nach oben führen?« Vermutlich konnte sich Thorn seine Erzählung gut vorstellen. Ihre eigene Flucht mit Riley hatte sie dort entlanggeführt.

»Ja.« Lucien schluckte. Es fiel ihm schwer weiterzusprechen. »Meine Mutter war zur falschen Zeit am falschen Ort«, erklärte er leise. »Sie geriet in den Tumult, und als Valon sich mit gestreckten Schwingen im Kreis drehte, erwischte er sie mit der Kante seiner Schwingen.«

»Wie schrecklich!«, wisperte Thorn.

Er las Mitgefühl in ihren Augen. »Seine Kraft reichte aus, Mutter mit diesem einen Schlag zu töten. Und zugleich besiegelte er damit seinen Untergang.«

»Magnus Moore hat deine Mutter gerächt«, erinnerte Thorn sich, und Lucien nickte. Er war froh darüber, diesen Teil der Geschichte nicht noch einmal erzählen zu müssen. Magnus Moore hatte seine Mutter geliebt. Entgegen den Gesetzen der Silberschwingen. Das würde er dem Rebellenführer nie verzeihen. Auch wenn er ihm tief im Herzen dankbar war, Valon am Ende doch noch besiegt zu haben. Damit war zumindest der sinnlose Tod seiner Mutter gerächt.

»Und seitdem hasst du alle Halbwesen«, schlussfolgerte Thorn nicht weniger richtig.

Wieder nickte Lucien. »Ja, kleine Dorne. Seither ist da dieser unbändige Hass auf Halbwesen in mir.« Er lächelte, denn was er sagte, war nur die halbe Wahrheit. Thorn wollte sich von ihm lösen, doch er hielt sie unvermindert fest. »Für einen Jungen, der den Verlust seiner Mutter betrauert, ist es leicht, sich in Hass zu verlieren.« Lucien suchte in Thorns Blick nach Verständnis. Ihre grünen Augen machten ihm klar, wie dumm er gewesen war. »Doch dann bist du in mein Leben getreten, kleine Dorne. Du ... hast mir gezeigt, wie falsch ich lag. Seither weiß ich nicht mehr, wem mein Hass gelten sollte. Ich suche zum ersten Mal überhaupt nach neuen Antworten. Ich möchte ... endlich Frieden. Der Hass begleitet mich schon viel zu lange, kleine Dorne.« Er hob seine Hand an ihre Wange, und sein Daumen fuhr sacht über ihre volle Unterlippe. »Ich will ... einen Neuanfang.«

Er neigte sich über sie, und mit einer Berührung, so sanft wie eine Feder, ließ er seine Lippen über ihre Wange gleiten, bis er ihren Mund erreichte. Seine Zunge neckte sie, und er betete darum, dass sie sich ihm öffnete. Zu süß war die Erinnerung an ihren letzten Kuss, als dass er darauf hätte verzichten können.

Als sie die Augen schloss und ihm langsam entgegenkam, entstieg ein jubilierendes Knurren seiner Kehle. Bei allem, was ihm heilig war, er wollte dieses Mädchen. Er wollte sie als Gefährtin an seiner Seite, und er wollte ihre Küsse, die ihn alles vergessen ließen, was zwischen ihnen stand.

Verzweifelt zog er sie in seine Arme und schloss die Schwingen eng um sie. Er wollte Thorn. Er wollte die Liebe dieses grünäugigen Halbwesens.

~

Luciens Kuss schwappte wie eine Welle über mich und riss mich mit. Ich hob mich ihm entgegen und erwiderte seine Liebkosung.

Ein Neuanfang, hatte er gesagt. Wie sehr ich mir das wünschte. Sein Kuss schmeckte nach Neuanfang, und obwohl ich es nicht sollte, warf ich all meine Bedenken über Bord. Was hatte Lucien gesagt? Er hatte sich mir in Darlighten Hall geöffnet, hatte mir vertraut, weil das die einzige Möglichkeit gewesen war, uns und unserer Verbindung eine Chance zu geben.

Diesmal musste ich ihm vertrauen. Er hätte gehen können. Hätte Kane über unseren Aufenthaltsort informieren können, doch er war geblieben. Meinetwegen?

»Wie soll das nur gut gehen?«, flüsterte ich, während ich meine Finger in seine Haare grub. »Die Welt ist gegen uns.«

Luciens glückliches Lachen vibrierte bis in meinen Magen. »Wir sind mächtig, Thorn. Wenn die Welt gegen uns ist, dann wird es Zeit, dass wir die Welt verändern.«

Der Blick in seine silbergrauen Augen ließ mich erahnen, wie ernst es ihm war. Er hielt mich fest, als hätte er Angst, ich könnte mich in Luft auflösen. Ich schmiegte mich an ihn, um ihm zu zeigen, dass ich nicht die Absicht hatte zu verschwinden. »Das klingt ja fast nach Rebellion«, scherzte ich und lauschte seinem Herzschlag unter meiner Wange.

»Ist es eine Rebellion, wenn man für die richtige Sache kämpft?«

»Ich weiß nicht«, gestand ich und sah ihn ernst an. »Aber am Ende bleibt ein Kampf immer ein Kampf. Und da gibt es immer auch Verlierer.«

»Mit dir an meiner Seite, Thorn, habe ich schon gewonnen.«

»Und wie geht es dann jetzt weiter? Was machen wir jetzt? Aric will das Land verlassen. Er will, dass ich mit ihm komme.«

»Kane lässt euch nicht gehen. Er befürchtet, dass Aric irgendwann auf die Idee kommt, seinen Platz an der Spitze der Silberschwingen wieder einzunehmen. Wenn du mit mir zurück nach Darlighten Hall kommst, können wir ihn vielleicht davon überzeugen, dass das nicht passieren wird.«

Ich schüttelte den Kopf. Auch wenn ich Lucien unter keinen Umständen verlassen wollte, mich erneut in die Hände seines Vaters zu begeben, kam überhaupt nicht infrage. »Kane wird uns nicht glauben. Er hasst mich, und du hast gesagt, dass die Oberen selbst zu Beginn der ganzen Sache unsere Verbindung vielleicht nicht unterstützt hätten.« Ich atmete tief seinen mir inzwischen so vertrauten Duft ein und schloss genießerisch die Augen. Seine Haut unter meiner Wange war so weich, seine Schwingen so kuschelig, dass ich mir wünschte, die Zeit würde stehen bleiben und wir könnten für immer so bleiben.

»Die Oberen …« Lucien wurde nachdenklich. Er legte seinen Kopf auf meinen Scheitel und streichelte gedankenverloren meinen Arm.

»Warum sind sie eigentlich so mächtig?«, überlegte ich laut.

Lucien zuckte mit den Schultern. »Solange ich denken kann, haben sie die uneingeschränkte Macht. Kane hasst es, sich ihren Befehlen unterordnen zu müssen und seinen Clan nach ihren Vorstellungen zu führen. Aber er beugt sich, weil niemand, nicht einmal er, genau weiß, wie viele von ihnen es wirklich gibt. Die Oberen sind eine regelrechte Institution.« Während er sprach, strich er sanft über meine Arme und Schwingen. »Alle zehn Jahre verstärken sie ihre Reihen. Nur die stärksten und mächtigsten Silberschwingen rücken in den erlesenen Kreis der Oberen auf. Wie viele es weltweit gibt, darfst du mich echt nicht fragen. Es muss eine ganze Armee sein. Aber immer sieben von ihnen sind nötig, um eine Entscheidung zu treffen. Immer sieben wohnen den Prüfungen bei, besiegeln Bündnisse oder fällen Urteile.«

»Ach so. Ich dachte, es gibt überhaupt nur sieben Obere.«

Lucien schüttelte den Kopf. »Sieben von ihnen sind nach Darlighten Hall gekommen. Aber es sind viele mehr, und jeder Obere entstammt einem Clan oder führte davor mal einen. Rufen sie zum Kampf, folgen ihnen ganze Heerscharen an Silberschwingen. Mit ihnen ist wirklich nicht zu spaßen. Wollte man sich mit ihnen anlegen, müsste man viele Clans auf seine Seite ziehen.«

»Und Aric misstraut ihnen.«

»Er sagt, sie haben ihr Wort gebrochen. Sie hätten ihn hintergangen, indem sie Valon aufgehalten haben.« Ich spürte, wie seine Kiefermuskeln zuckten. »Wenn das stimmt … dann tragen sie an dem schrecklichen Kampf eine nicht gerade geringe Mitschuld.«

»Aber warum hätten sie meinen Vater hintergehen sollen? Er war immerhin der Laird, und ihnen bis dahin doch auch immer treu ergeben, oder nicht?«

Lucien runzelte die Stirn. »Ich denke schon. Kane hat nie etwas anderes gesagt. Er und Aric waren Freunde. Sogar die besten, nachdem Magnus mit meiner Mutter durchgebrannt ist. Aric war nämlich auch strikt dagegen.«

»Vorhin hast du meinen Vater unterbrochen, als er davon gesprochen hat, dass die Oberen die Archäologin bedroht haben … Vielleicht hätte das eine Erklärung geliefert.«

»Du meinst, deine Mutter«, verbesserte Lucien mich, aber ich schüttelte den Kopf.

»Ich habe viel über die Frau namens Tessa nachgedacht. Ich fühle mich schrecklich, weil ich mich nie gefragt habe, wie sie wohl so ist.« Mein Herz zog sich vor Schmerz zusammen. »Aber ich habe eine Mutter. Eine super Mutter, die mich liebt, die ihre Nächte an meinem Bett verbracht hat, wenn ich krank war oder schlecht geträumt habe. Eine Mutter, die immer für mich da war.« Ich wischte mir eine Träne aus dem Augenwinkel. »Natürlich würde ich Tessa gerne treffen. Und ich hoffe, dass es ihr gut geht, wo immer sie ist, aber ich glaube nicht, dass ich mich ihr je wirklich verbunden fühlen werde. Auch Aric ist nett. Aber ich spüre unsere familiäre Verbindung nicht – im Gegensatz zu Nick und Jax. Da ist das anders.«

»Verständlich. Sie sind dir auch sehr ähnlich. Und es freut mich für dich, dass du sie gefunden hast. Trotzdem sollten sie sich zumindest im Moment nicht in London blicken lassen. Die Gesetze der Silberschwingen …«

»Sind mittelalterlich!«, fiel ich ihm ins Wort.

Lucien zuckte mit den Schultern und verzog gequält das Gesicht. »Jetzt, wo ich die Silberkatze am eigenen Leib zu spüren bekommen habe, muss ich dir da wohl oder übel zustimmen«, scherzte er und stahl sich einen weiteren Kuss.

»Wenn wir also schon dabei sind, die Welt zu ändern, könnten wir uns ja die Gesetze auch gleich vornehmen«, schlug ich kichernd vor und genoss seine Lippen auf meinen. »Besonders das Gesetz, nach dem Halbwesen vernichtet werden müssen.«

»Gute Idee, kleine Dorne. Ich schlage vor, dass grünäugige Halbwesen in Zukunft schon bei ihrer Geburt dem zukünftigen Laird versprochen werden müssen.«

Ich lachte. »Vergiss es, Lucien. In Zukunft müssen die Lairds einfach schon bei ihrer Geburt anfangen, das Herz der grünäugigen Halbwesen zu erobern, denn diese altmodischen Kuhhandel müssen auch abgeschafft werden.«

Lucien rieb sich das Kinn und runzelte die Stirn. »Und was machen diejenigen, die einem Halbwesen erst lange nach der Geburt begegnen?«

»Die müssen sich eben ganz besonders anstrengen!«

Luciens Lachen war so warm wie ein Londoner Sommerregen. Er lehnte sich gegen die Eiche und bettete meinen Kopf an seine

Brust. Er hielt mich umschlungen, öffnete aber die Schwingen, sodass wir den sternenübersäten Nachthimmel über uns hatten.

»Damit fange ich dann morgen an«, erklärte er und küsste meinen Hals. »Jetzt will ich dich einfach nur festhalten, bis die Sonne wieder aufgeht.«

Verdammt, ich konnte mir ein glückliches Grinsen echt nicht verkneifen. Das hörte sich nach einem verflucht guten Plan an!

Glücklich schloss ich die Augen, Lucien war mir immer dunkel erschienen, doch nun hielt er mich schützend im Arm. Vielleicht bildete ich es mir nur ein, aber ich glaubte, den Widerhall meiner eigenen Gefühle in seiner Zärtlichkeit zu spüren. Die Dunkelheit hatte jetzt ihren Schrecken verloren. Und vielleicht würde aus dieser Nacht wirklich eine neue Welt geboren. In meinem Herzen jedenfalls glomm der Funke der Rebellion.

Eine Rebellion der Nacht.

Kapitel 17

»Thorn! Komm schnell!«, riss mich Conrads Ruf aus dem Schlaf. Ich öffnete die Augen und erkannte, dass die Sonne bereits vor Stunden aufgegangen sein musste. Sie stand warm und hoch am Himmel.

»Was …?« Ich unterdrückte ein Gähnen und sah mich irritiert um. Luciens Lächeln war das Erste, das mir auffiel. Es war sogar noch wärmer als die Sonne.

»Ich wollte dich nicht wecken. Du hast so tief geschlafen.«

Ich rappelte mich auf und fuhr mir verlegen durchs Haar. Etliche Strähnen hatten sich aus meinem Zopf gelöst, und ich kämmte sie fahrig mit den Fingern durch. Ich hatte seit Wochen nicht mehr so gut geschlafen.

»Was ist denn los?«, fragte ich, als Conrad schwungvoll neben uns landete. Mich wunderte, wie leichtsinnig er sich bei Tageslicht mit gespreizten Schwingen in den Himmel erhoben hatte. Es musste wichtig sein, wenn er dafür alle Vorsicht in den Wind schrieb.

»Komm schnell. Du musst sie aufhalten!«

Ich klopfte mir den Staub von der Hose und sah Lucien verständnislos an. Auch er war aufgestanden.

»Mach einen ganzen Satz, Conrad«, verlangte er und blickte irritiert hinüber zum Hügel.

»Es geht um Riley!« Conrad gestikulierte wild. »Sie nehmen ihm die Schwingen ab!«

»Was?« Ich musste mich verhört haben.

»Riley sagt, er hätte die halbe Nacht mir Aric und Magnus geredet. Aric höchstpersönlich will ihm das Schwingenskelett entfernen, damit er zumindest ein Leben unter den Menschen führen kann.«

Scheiße! Ich schüttelte ungläubig den Kopf. Klar, Riley hatte so was ja schon angedeutet, aber dennoch kam das ganz schön plötzlich. Und ich war auch nicht überzeugt, dass Arics medizinische Fachkenntnisse ausreichten, hier in diesem schmutzigen Versteck einen solchen Eingriff vorzunehmen.

»Komm schon, Thorn. Du bist die Einzige, auf die Riley noch hören würde. Wir haben alle schon versucht, ihn umzustimmen, aber …«

»Sicher.« Ich spreizte die Schwingen. »Und ob ich mit ihm rede!«

Diesmal fiel es mir nicht mehr so schwer, mich durch die schmale Öffnung hinab in das Versteck unter dem Turm gleiten zu lassen, denn Lucien und Conrad waren hinter mir. Die Nacht in Luciens Armen hatte mir neue Kraft gegeben. Trotzdem wäre ich zur Abwechslung gerne mal ohne neue Probleme aufgewacht.

Ich rannte den unterirdischen Gang entlang, auch wenn ich in dem schwachen Licht der rußenden Fackeln kaum etwas erkennen konnte. Atemlos stürmte ich durch die Tür in das Gewölbe mit der riesigen Tafel. Ich war getrieben von der Angst, zu spät zu kommen, aber zum Glück saß Riley noch mit meinem Vater und Magnus zusammen. Sie alle wirkten entschlossen und ganz schön angespannt.

»Riley?«, rief ich und eilte zu ihm. »Conrad hat mir gesagt, was du vorhast.«

Er sah mich traurig an und zog den Stuhl neben sich heraus. Dann wandte er sich an Aric. »Kann ich kurz mit Thorn sprechen? Dauert nicht lange.«

»Natürlich«, stimmte der zu und erhob sich. Er schenkte mir ein Lächeln. »Hast du die Nacht gut verbracht, Tochter?«, fragte er und blickte auf die Shades hinter mir. Dann wanderte sein Blick weiter zu Lucien.

»Ich habe endlich mal wieder richtig tief geschlafen. Und ich habe lange mit Lucien geredet. Aber das erzähle ich dir später … Conrad sagt, ihr wollt Riley die Schwingen abnehmen? Seid ihr verrückt?«

»Tochter, du verstehst nicht …«

»Ich erkläre es ihr!«, unterbrach Riley ihn. »Bereitet ihr schon mal alles vor. Ich komme gleich nach.«

Mit einem Gruß in meine Richtung verließen Magnus und Aric den Raum.

Ich hob die Hand, um sie aufzuhalten, aber Riley nutzte die Gelegenheit und packte meinen Arm.

»Ich weiß genau, was ich tue«, versicherte er mir und ploppte eine Kaugummiblase. »Ich will endlich wieder leben.«

»Du lebst doch!«, widersprach ich und sah ihm ins Gesicht. Es wirkte noch markanter als zu der Zeit, in der er mit seiner Gang unseren Schulhof unsicher gemacht hatte. Auch ihm sah man die letzten Wochen an. Trotzdem erkannte ich noch immer den Jungen in ihm, der mir so stolz vor dem Buckingham Palace gezeigt hatte, was Silberschwingen alles können.

Riley spreizte das, was von seinen gebrannten Schwingen noch übrig war. Dieser Anblick ließ auch Conrad, Sam und Garret näher kommen.

»Verdammt, Riley!«, fluchte Sam kopfschüttelnd. Als hätte er den Schuldigen gefunden, rammte er Lucien die Kante seiner Schwinge in den Magen. »Wie konntest du das nur tun?«, schrie er und ging auf seinen ehemaligen Freund zu.

»Ihr wisst, dass ich keine Wahl hatte!«, verteidigte der sich, ohne sich zu wehren. Er wich Sam aus und hob ergeben die Hände. »Hör schon auf, Sam!«, versuchte er es mit Worten. »Du weißt, dass ich ihn nur retten wollte!«

»Ich bin ein Ausgestoßener!«, murmelte Riley leise. Dennoch beendeten seine Worte Sams Attacke, und die schmächtige Silberschwinge kam mit geballten Fäusten an seine Seite.

»Du hast doch uns!«, versicherte Sam ihm.

»Ihr versteht mich nicht!« Riley strich sich die zu langen Haare aus der Stirn. »Ich habe mich den Rebellen angeschlossen, weil das Leben unter den Silberschwingen mir nichts zu bieten hatte. Nicht weil ich die Gesetze nicht achten wollte.« Er schüttelte den Kopf, wie um das zu bekräftigen. »Aber ich wollte eine Chance auf Glück.« Riley sah mich an. »Ich wollte die Möglichkeit, ein nettes Mädchen kennenzulernen. Mich vielleicht irgendwann … zu verlieben.« Er zuckte mit den Schultern, als müsste er sich von diesem Traum befreien. »Als wir uns unter die Menschen gemischt haben, um auf Thorn aufzupassen, da … da beneidete ich die Menschen oft um ihre Freiheit. Sie müssen sich nicht verstecken, keine Entdeckung fürchten, und vor allem können sie sich entscheiden. Entscheiden, wen sie lieben.«

Wieder ruhte sein Blick auf mir, und ich griff tröstend nach seiner Hand. »Riley, bitte …«, flüsterte ich, ohne zu wissen, was ich sagen sollte. Meine Kehle war ganz eng, so verzweifelt wünschte ich mir, die Zeit irgendwie zurückdrehen zu können, um Riley diesen Schmerz und diese Hoffnungslosigkeit zu ersparen.

»Ist schon gut, Thorn. Wirklich«, versicherte er mir und sah zu

Lucien hinüber. »Ich finde mich langsam damit ab, keine Silberschwinge mehr zu sein.«

»Ich habe versucht, den Schaden so gering wie möglich zu halten«, beteuerte Lucien kühl. »Die Silberschuppen werden mit der Zeit nachwachsen.«

Riley spuckte seinen Kaugummi aus und funkelte Lucien an. »Vielleicht tue ich dir unrecht, Lucien, wenn ich denke, dass du mich derart misshandelt hast, um Thorn für dich zu haben, aber vielleicht …«

Mit einem Knurren ging Lucien auf Riley los. Er packte ihn an der Kehle und schleuderte ihn auf die große Tischplatte von Artus' Tafelrunde. Dann breitete er die Schwingen aus und setzte ihm nach. »Wie kannst du es wagen?«, brüllte er und verpasste Riley einen Kinnhaken, den der umgehend zurückgab.

»Hört auf!«, schrie ich, und wie von selbst spreizten sich meine Schwingen. »Spinnt ihr?«

Die beiden schlugen auf einander ein, ohne mich auch nur zu beachten.

»Riley!«, kreischte ich und erhob mich in die Luft. Das Gewölbe war hoch, aber auch von hier aus konnte ich mich nicht zwischen die Streithähne schieben. »Seid ihr verrückt?«

Conrad riss an Luciens Rücken, während Sam versuchte, Riley zur Vernunft zu bringen. Doch der war so in Rage, dass er selbst Sam eine verpasste, derart blind schlug er um sich.

»Schluss jetzt!« Die Druckwelle, die ich aussandte, riss sie alle von den Beinen und blies sie von der Tischplatte. Stühle stürzten um, und der Kronleuchter über mir zitterte gefährlich. Wachs regnete von den Kerzen herab, und ihr Tropfen war mit einem Mal das einzige Geräusch. »Habt ihr den Verstand verloren?«, flüsterte ich und landete kraftlos. Wie immer, wenn ich diese Fähigkeit einsetzte, fühlte ich mich danach vollkommen leer und erschöpft.

Ich stellte einen Stuhl auf und ließ mich matt darauf nieder, ohne meine Freunde auch nur anzusehen. Ich stützte den Kopf in die Hände und schloss die Augen. »Wenn ihr euch gegenseitig umbringen müsst, dann macht das, wenn ich nicht dabei bin.«

»Soll ich ihm diesen Schwachsinn etwa durchgehen lassen?«, wütete Lucien und rieb sich das geschwollene Kinn.

»Das ist kein Schwachsinn!«, fuhr Riley ihn erneut an. »Ich sehe doch, wie du Thorn anglotzt!«

Lucien lachte höhnisch und hob den Stuhl auf, der ihm am nächsten war. »Ich liebe sie, du Schwachkopf! Aber, wenn du denkst, dass ich dich deshalb …«

»Ruhe!« Arics tiefe Stimme hallte von der Gewölbekuppel wider. Er und Magnus standen mit vor der Brust verschränkten Armen in der Tür und starrten uns allesamt böse an.

Ich blickte von ihnen zu Riley und weiter zu Lucien. Hatte er gerade gesagt, dass er mich liebt? Hier? Vor all diesen Leuten?

»Riley hat seinen Entschluss getroffen«, erklärte Aric streng und bedeutete den Shades, sich um die umgefallenen Stühle zu kümmern. »Ich werde ihm die Überreste seiner Schwingen abnehmen, weil es ihm ein normales Leben unter den Menschen ermöglichen wird.«

»Er ist kein Mensch!«, erhob Conrad lautstark Einspruch.

»Aber wir haben unter den Menschen gelebt«, erklärte Riley leise und wickelte einen Kaugummi aus dem silbernen Papier. »Mir ist bewusst, dass meine Silberschuppen irgendwann teilweise wieder nachwachsen können. Aber tragen werden mich meine Schwingen nie wieder. Das wisst ihr.«

»Wenn man dir die Schwingen abnimmt, verlierst du auch noch den Rest deiner Sinne«, warnte Conrad.

»Ja, doch mit dem Gerippe auf dem Rücken muss ich mich immer verstecken. Ich kann nie wieder frei sein.«

»Er ist in Gefahr, wenn er weiterhin so herumläuft!«, mischte sich Aric wieder ein. »Irgendwann entdeckt ihn jemand. Schon um unser Volk zu schützen, müssen wir diesen Schritt tun.«

»Hast du dir selbst deshalb die Schwingen abnehmen lassen?«, fragte Lucien und deutete auf Arics Rücken.

»Ich hatte keine Wahl«, erklärte der. »Als Percy Raglan die Fackel an meine Schwingen geführt hat, war er nicht auf Milde aus, sondern auf totale Zerstörung. Den Oberen wäre es am liebsten gewesen, ich wäre daran gestorben. Sie haben meinen Tod gefordert, und ich verdanke es nur Magnus, dass ich heute noch lebe.«

Magnus nickte. »So leid es mir tut, Lucien, aber dein Vater hat um der Position an der Spitze des Clans willen, die die Oberen ihm angeboten haben, sehr schnell vergessen, wer seine Freunde waren.«

»Das muss in der Familie liegen«, brummte Riley und strich sich über die knochigen Schwingen.

Luciens Kiefermuskeln zuckten, und ich wusste, es gefiel ihm nicht, wie hier über ihn und seine Familie geurteilt wurde. »Wer außer meinem Vater hätte denn den Clan führen sollen?«, fragte er gereizt und funkelte Magnus an. »Eine Silberschwinge, die nicht genug Ehre im Leib hat und die Versprochene seines besten Freundes stiehlt? Oder doch lieber derjenige, der das oberste Gebot zur Reinheit des Blutes missachtet und hinter dem Rücken der Oberen und des Rats drei Halbwesenkinder mit einer Menschenfrau zeugt?«

Auf seine Frage hin herrschte angespannte Stille. Jeder im Raum wusste, dass Lucien damit recht hatte.

»Du hast vorhin gesagt, dass du Thorn liebst«, nahm Aric das Gespräch wieder auf. Es war schwer zu sagen, ob ihm gefiel, was er gehört hatte, oder nicht.

»Was tut das zur Sache?« Lucien wich der Frage aus, dabei hätte ich zu gerne gewusst, ob er es ernst gemeint hatte. Oder war ihm das in seiner Wut nur so herausgerutscht?

Arics Blick wurde milder. »Mit der Liebe ist das so eine Sache.« Er lächelte mich an, und ich wusste, dass er bedauerte, kein Teil meines Lebens gewesen zu sein. »Seine Gefühle sucht man sich nicht aus. Und als ich sah, dass die Oberen Thorns Mutter etwas antun wollten, da musste ich sie retten. Ich kannte sie nicht, aber ihr Lachen, ihre Offenheit und ihr Mut, sich gegen die Vorschriften zu stellen, um zu tun, was sie so sehr liebte, beeindruckten mich. Vom ersten Tag an war unsere Verbindung magisch, so wie dieser geheimnisvolle Ort hier. Sie hätte unser Volk nie verraten. Im Gegenteil, es hat sie glücklich gemacht, als Wissenschaftlerin etwas zu wissen, von dem niemand sonst eine Ahnung hatte. Sie stellte für die Oberen keine Bedrohung dar.« Aric kam an meine Seite und legte seine Hand väterlich auf meine Schulter. »Genauso wenig wie Thorn. Doch meine Erfahrung mit den Oberen hat mich gelehrt, dass dies nicht wichtig ist. Jedes Risiko muss eliminiert werden. Und deshalb musste ich herkommen.«

Magnus wippte ungeduldig mit dem Fuß. »Ich will diese Unterhaltung ja nicht stören, aber die Zeit drängt. Keiner von uns ist hier sicher. Wir müssen England verlassen. Und damit wir ungesehen reisen können, müssen wir Riley …«

»Ich bin bereit«, stimmte der Kaugummi kauend zu. »Dieses ganze Gelaber über Liebe ist ja nicht auszuhalten«, murrte er und funkelte Lucien wieder zornig an. »Besonders nicht für einen, der ohnehin nie die Chance auf eine Gefährtin hätte.«

Aric nickte tröstend und berührte Rileys Schwingen. »Wenn du diese hier erst los bist, wirst du bei den Menschen dein passendes Gegenstück finden.«

Riley schnaubte. »Genau … damit meine zukünftigen Kinder – also Halbwesen – ebenfalls gejagt werden.« Er schüttelte den Kopf. »Nein, da verzichte ich lieber. Und jetzt schneidet diese Dinger endlich ab!«

Als Riley zur Tür stürmte, wollte ich ihm nach, aber Lucien hielt mich auf. Er fasste mich am Arm und zwang mich, ihn anzusehen.

»Er hat recht. Er wird ohne die Schwingen freier sein als jetzt.«

»Er wird nie mehr derselbe sein«, murmelte ich und spürte, wie mir die Tränen in die Augen stiegen.

»Nein. Das wird er nicht.«

»Wie kannst du nur so ruhig bleiben?«, fuhr ich ihn an. Ich konnte mir Riley ohne seine Schwingen nicht vorstellen. Und schon gar nicht, dass er am Ende nicht mehr als ein Mensch sein würde. Ich wollte … meinen Freund nicht verlieren!

Lucien umfasste meine Schultern und sah mir direkt in die Augen. »Vertrau ihm, kleine Dorne. Riley Scott ist ein Kämpfer. Dieser Schritt wird ihn nicht zerstören. Er wird ihm ein Stück seiner alten Stärke wiedergeben.« Ich sah, wie auch Lucien schluckte. »Seit der Rat ihn verurteilt hat, hat er keine eigene Entscheidung mehr getroffen. Gib ihm das Ruder wieder in die Hand.«

Ungehindert rannen nun die Tränen über meine Wangen, und ich warf mich Lucien heulend in die Arme. Er küsste tröstend meinen Scheitel, dann schob er mich von sich.

»Geh jetzt zu ihm. Er braucht dich.« Sein Lächeln gelang ihm nicht wirklich. »Denn ich denke, ich bin nicht der Einzige, der sein Herz an dich verloren hat.«

Ich schniefte und wischte mir über die Augen. »Glaubst du … er ist in mich verliebt?«

»Ich weiß es nicht. Nur dass er dich jetzt braucht. Er ist ein Freund in Not. Das ist alles, was im Moment zählt.«

Überrascht hob ich den Kopf. »Du hast Riley eben als deinen Freund bezeichnet.«

Sein Lächeln wurde breiter. »Vielleicht. Aber ich würde nicht so weit gehen, dich mit ihm zu teilen, vergiss das besser nicht, kleine Dorne.«

»Ich gehöre dir nicht!«, erinnerte ich ihn zum gefühlt hundertsten Mal, als ich in Richtung Tür rannte. Mit seinem Gedächtnis schien etwas absolut nicht in Ordnung zu sein!

Luciens lautes Lachen folgte mir, und ich hörte seine Antwort wie ein Echo hinter mir: »Du weißt, dass das eine Lüge ist, Thorn.«

Kapitel 18

»Was machst du denn hier?«, empfing mich Riley überrascht. Er trug kein Shirt mehr und war dabei, sich vor Magnus und Aric auf einen mit Tüchern ausgelegten Tisch zu setzen. In diesem Raum war ich bisher noch gar nicht gewesen, und ich sah mich erstaunt um.

»Ich bin hier, um …«

Von dem nackten Stein der Wände war kaum etwas zu erkennen. Dicke Wandteppiche erzeugten eine gemütliche Atmosphäre. Etliche Kerzen brannten und verströmten ein goldenes Licht, das mir allerdings für eine Operation dennoch viel zu schwach vorkam. Ein breites Bett stand am Kopfende des Raumes, und eine Wandseite beherrschte der Tisch – bestimmt ein Schreibtisch –, auf dem Riley lag. Hinter Magnus reihten sich Bücherregale auf, mit ledernen Wälzern darin, die so alt und kostbar aussahen, dass ich fürchtete, schon ein Lufthauch könnte ihnen schaden.

»Thorn?«, wiederholte Riley seine Frage. »Was willst du hier?«

Ich straffte die Schultern und ging zu ihm. Ohne Shirt wirkte er verletzlich. Er war kräftig und sportlich, aber bei Weitem nicht so muskulös wie Lucien.

»Ich … will dich unterstützen, auch wenn ich denke, du solltest das nicht tun«, erklärte ich scheu.

Riley nickte, aber es war Magnus, der etwas sagte: »Schön, dann ist ja alles geklärt. Fangen wir an.«

Er klopfte auf die Tischplatte, und Riley rieb sich nervös die Hände. Er sah mir in die Augen, als könnte er dort eine Bestätigung finden.

»Also los«, flüsterte er und setzte sich auf die Tischkante.

»Legst du dich nicht hin?«, fragte ich unsicher.

Aric schüttelte den Kopf. »Nein. Er bleibt so sitzen, dann kommen wir besser ran.« Er winkte mich näher und deutete vor Riley. »Ist vielleicht ganz gut, dass du da bist. Stell dich hier hin und nimm seine Hände. Riley muss stillhalten, damit wir seine Wirbel nicht verletzen.«

»Habt ihr denn überhaupt Ahnung, wie das geht?«, fragte ich misstrauisch. Wirbel verletzen ... das schien mir ja doch ein nicht gerade kleines Risiko.

»Hört schon auf zu reden, und fangt endlich an!«, raunte Riley, dem inzwischen der Schweiß auf der Stirn stand. Er griff nach meinen Händen und zog mich zwischen seine leicht geöffneten Beine. »Halt mich schön fest, okay?«, bat er und schaute mich an. Wir befanden uns direkt gegenüber, und in seinen dunklen Augen las ich seine ungehemmte Angst. Ich drückte seine Finger, nicht länger in der Lage, das unvermeidliche irgendwie aufzuhalten.

Riley Scott würde seine Schwingen verlieren. Und ich war hier, um ihm zu zeigen, dass dennoch alles gut werden würde.

»Bereit?«, fragte Magnus, in dessen Hand ein Furcht einflößendes Skalpell glänzte.

Mir wurde flau im Magen, und ich zwang mich, Riley lieber wieder ins Gesicht zu sehen. Er leckte sich die Lippen und atmete tief ein. Dann nickte er, und als der kalte Stahl sein Fleisch berührte, kniff er die Augen zusammen und presste seine Stirn gegen meine.

Ich spürte, wie er sich versteifte. Sein leises Keuchen hallte mir wie ein Schrei in den Ohren, und ich drückte seine Hände fester. Nicht um ihm Halt zu geben, sondern um nicht selbst zu fallen.

»Ich bin hier«, flüsterte ich und teilte seinen Schmerz.

Es kam mir vor, als könnte ich hören, wie das Skalpell durch seine Haut glitt. Ich fühlte die Hitze, die Riley aussandte, als stünde er in Flammen. Sein Herz hämmerte so hart in seiner Brust, dass ich glaubte, der Boden würde beben, und sein Zittern erinnerte schon fast an einen Krampf.

»Halt durch«, murmelte ich und küsste seine Stirn, ehe ich mich wieder fest an ihn drückte.

Aus dem Augenwinkel sah ich, wie Magnus Rileys Schwinge spreizte. Er hob sie an, und eine Welle des Schmerzes spülte über Riley hinweg. Er biss die Zähne so fest aufeinander, dass ich sie knirschen hörte, dennoch entfuhr ihm ein Schrei, der mir durch Mark und Bein ging. Er bog den Rücken durch, als wollte er dem Messer entfliehen, aber Magnus' starke Pranke hielt ihn an der Schulter zurück.

»Halt still!«, forderte er streng und sah mich mahnend an. »Kümmere dich um ihn! Es ist fast geschafft.«

Zitternd holte ich Atem. Es war fast geschafft? Ich hoffte es für Riley, denn der hatte inzwischen eine grünliche Gesichtsfarbe angenommen. Ich konnte mir nicht vorstellen, dass er noch sonderlich lange durchhalten würde.

Sein Kopf lehnte kraftlos an meiner Schulter, sein Haar klebte ihm nass an den Schläfen, und seine Lippen waren blutleer. Was mich nicht wunderte, denn im Gegensatz zu Riley, der die Augen fest geschlossen hatte, sah ich, wie sein Blut in beängstigender Menge von der Tischkante troff und sich in einer Lache am Boden sammelte.

»Du schaffst das«, flüsterte ich, einfach, weil ich die schrecklichen Geräusche der Operation nicht mehr ertragen konnte.

»Wirst du um mich weinen, wenn es schiefgeht?«, presste Riley zwischen zusammengebissenen Zähnen hervor und schielte mich durch ein halb geöffnetes Auge an.

»Red keinen Quatsch! Es wird alles gut!«, versicherte ich ihm und zwang mich zu einem ermutigenden Lächeln.

»Und wenn nicht?« Riley sank mir immer weiter entgegen, als Magnus sich von hinten gegen seinen Rücken stemmte.

»Beiß die Zähne zusammen, Junge!«, rief er. Ich presste Rileys Gesicht gegen meine Brust, als sie mit einem Gerät, ähnlich einer Geflügelschere, den Schwingenansatz durchtrennten.

Sein Schrei war so gellend, so durchdringend, dass ich nicht anders konnte, als ebenfalls zu schreien. Meine Hände waren taub, so hart krallte Riley sich an mir fest, und mir kam es vor, als wären wir eins. Meine Sinne fokussierten sich auf ihn, erfassten all seine Qual, und am liebsten hätte ich mich losgerissen und wäre weggerannt. Wie beim Staffellauf. Ich wollte fort, das alles hinter mir lassen, aber zugleich wusste ich, dass Riley das nur mit mir zusammen schaffen konnte. Mit einem tiefen Atemzug öffnete ich alle meine Nervenbahnen, befreite meine Sinne und nahm ihm etwas von dem Schmerz ab.

Wie von selbst spreizten sich meine Schwingen, als protestierten sie dagegen, ebenfalls entfernt zu werden. Sie rissen an mir, wie Magnus an Rileys Schwingen zerrte. Ich keuchte und klammerte mich an Rileys Hals. Wir hielten uns fest, und unsere Tränen vermischten sich zu einem salzigen Strom, der den Schmerz nicht zu lindern vermochte.

In diesem Moment erkannte ich, was Lucien mir für ein Geschenk gemacht hatte. An dem Tag, als das Erbe des Lichts aus mir herausgebrochen war, als meine Schwingen sich zum ersten

Mal entfaltet hatten, da hatte er mich gehalten. Er hatte mich geküsst, mit einer Verzweiflung und Not, die, wie ich nun erkannte, seinem eigenen Schmerz entsprungen war. Dem Schmerz, dem er sich geöffnet haben musste, um ihn mir abzunehmen, so wie ich es gerade bei Riley tat.

Es kam mir vor wie eine Ewigkeit, in der ich mit Riley und seinen Qualen verbunden war. Ich zitterte, konnte kaum atmen und wusste doch, dass es mir damit immer noch besser ging als ihm. Er hatte das Bewusstsein verloren, und nur, weil ich ihn stützte, war er noch nicht vom Tisch gefallen. Aber ich wusste nicht, wie lange ich ihn noch würde halten können. Er sackte immer weiter zur Seite, und ich atmete erleichtert durch, als Magnus von hinten seine Hände unter Rileys Achseln schob.

»Es ist geschafft. Legen wir ihn hin, damit wir seinen Rücken verbinden können.«

Ich versuchte zu nicken, aber mein Körper war ganz steif. Ich hatte mich ebenso verkrampft wie Riley. Ich konnte meine Hände nicht öffnen, ihn nicht freigeben oder mich von ihm lösen.

»Ist gut, Thorn, du kannst ihn jetzt loslassen«, erklärte Aric sanft und schob mich zur Seite, um Magnus zu helfen. Erst jetzt realisierte ich, dass es wirklich vorbei war. Ich stolperte rückwärts, bis ich das Bett an meinen Waden spürte. Ich wollte mich setzen, konnte nicht länger stehen, doch mein Körper gehorchte mir nicht. Ich starrte auf das am Boden liegende Schwingenskelett, dessen wenige quecksilberfarbene Schuppen von Blut getränkt waren. Es kam mir vor, als reckten sich die toten Knochen wie grausige Finger in meine Richtung, und ich musste blinzeln, um das Trugbild zu vertreiben. Reglos beobachtete ich, wie Magnus und Aric sich um Riley kümmerten. Magnus hob ihn hoch, als wäre Riley ein Kind. Und wenn ich ehrlich war, sah er auch so aus. Wie ein verletzliches Kind. Seine Haut war blass, und die

Augen waren von Tränen verschwollen. Die Lippen in der Ohnmacht leicht geöffnet, und sein Atem kam stoßweise, als hätte er einen schlechten Traum.

Einen schlechten Traum, von einem Leben ohne Schwingen …

Aric zog die blutgetränkten Tücher ab und säuberte den Tisch, ehe Magnus Riley ganz behutsam zurück auf den Bauch legte. Erst jetzt war das ganze Ausmaß der Operation zu erkennen. Zwar hatten die beiden die Wunden bereits vernäht, doch die riesige fleischig-rote Naht erinnerte mich an den Y-Schnitt aus Krimiserien, mit dem man Leichen obduzierte. Sie reichte von seinen Schulterblättern bis unterhalb seiner Rippen.

Meine Knie gaben nach, und ich sank auf die nur spärlich gepolsterte Strohmatratze. Auch wenn Artus ein König gewesen sein mochte, war dieses Bett aus heutiger Sicht kaum mehr als ein Notlager. Ein breites Notlager, wie mir selbst in dieser Situation noch auffiel. Aber wenn es stimmte, was Lucien sagte, dass Artus ein Halbwesen gewesen war, dann hatte auch er im Schlaf Platz für seine Schwingen gebraucht.

Wieder blieb ich an Rileys Schwingen hängen. Sie erschienen mir jetzt verändert. Heller. Ich rieb mir übers Gesicht, und kurz kam mir der Gedanke, dass ich blutige Hände haben musste, doch schon im nächsten Atemzug war das unwichtig. Die Schwingen veränderten sich wirklich. Ich kniff die Augen zusammen, um im flackernden Licht der Kerzen zu erkennen, was mich so irritierte.

Während Magnus das Blut von Rileys Rücken wusch und seine Wunden verband, bemerkte Aric meinen fragenden Blick. Er trocknete sich die gewaschenen Hände ab, umrundete den Tisch und bückte sich nach den Schwingen. Ich konnte nicht sehen, was er machte, aber er hielt etwas in Händen, als er an meine Seite kam. Stöhnend setzte er sich neben mich, was mir zeigte, dass das, was sie eben getan hatten, auch an ihm nicht spurlos vorbeigegangen war. Es musste ihn schmerzlich an seine eigene Vergangenheit erinnern.

Langsam breitete er die Hände vor mir aus und offenbarte mir, was er vom Boden aufgehoben hatte. Es war eine einzelne Silberschuppe. Ihr regenbogenfarbener Schimmer wurde immer heller. Man konnte zusehen, wie sie sich veränderte.

»Was passiert da?«, fragte ich.

»Unsere Schwingen durchlaufen eine Veränderung, wenn wir sterben oder sie von unserem Organismus getrennt sind. Man könnte sagen, sie versteinern.«

Er legte mir die Schuppe auf die Handfläche, und ich spürte die Wärme, die von ihr ausging. Die fedrige Spitze der quecksilberfarbenen Schuppe war noch unverändert, doch der Rest hatte sich bereits verhärtet. Wie weißer Marmor fühlte sich der hintere Teil der Schuppe an. Warmer, weißer Marmor, der sich wie ein Panzer immer weiter um den silbernen Rest legte.

Meine Finger kribbelten, so magisch fühlte sich die Veränderung an, und am Ende hielt ich keine Silberschuppe, sondern beinahe eine marmorne Brosche in der Hand. Die Schuppe war vollends zu Stein geworden. Sie sah aus, als hätte ein Bildhauer sie erschaffen. Nur die silberne Struktur des Gesteins ließ das Besondere erahnen, das sich unter der Oberfläche verbarg.

»Bewahre es für deinen Freund auf«, bat mich Aric und schloss meine Finger sanft um den federförmigen Stein.

»Wie kann das passieren?«, fragte ich ungläubig, denn nun fühlte sich die Schuppe wirklich nur noch wie eine Versteinerung an.

»Vielleicht ist es ein Schutz«, vermutete Aric und zuckte leicht mit den Schultern. »Falls diese Überreste gefunden werden würden, würden die Menschen annehmen, sie seien von Menschenhand geschaffen. Niemand würde nach den Wesen suchen, zu deren Körpern diese Schwingen gehören, da sie nicht menschlich oder tierisch scheinen. Niemand weiß das sicher, aber wir vermuten es.« Er deutete auf die Reste von Rileys Schwingen, die nun aussahen, wie aus Stein gehauen. »Niemand wird deinen Freund ihretwegen nun mehr jagen. Keiner wird jemals wissen, dass eine Silberschwinge sie getragen hat.« Er schenkte mir ein sanftes Lächeln und fasste mich zärtlich am Kinn. Dann begann er, mit dem feuchten Handtuch die Spuren von Rileys Blut aus meinem Gesicht zu tupfen.

»Du hast diesem Jungen heute das Leben gerettet«, sagte er und sah mir in die Augen. »Ich wünschte, ich hätte damals jemanden an meiner Seite gehabt, der mir so selbstlos den Schmerz genommen hätte.«

Ein dunkler Schatten huschte über seine ansonsten strahlend grünen Augen, und ich wollte mir lieber nicht vorstellen, wie es für ihn gewesen sein musste.

Ich schluckte hart, denn mit einem Mal verließ mich die Kraft. Die Stärke, die ich bis hierhin aufgebracht hatte, um Riley beizustehen, war aufgebraucht, und meine eigenen Schwingen drückten mich nieder. »Lucien York hat mir vor nicht allzu langer Zeit auf diese Weise meinen Schmerz genommen«, flüsterte ich, schloss meine Finger fest um die steinerne Schuppe und rang mit meinen Gefühlen. »Ich wusste es nicht. Bis eben wusste ich nicht, dass er das für mich getan hat.« Ich schmeckte das Salz meiner Tränen auf meinen Lippen und lehnte mich Schutz suchend an Arics Schulter. »Ich wusste nicht mal, dass das möglich ist, und ich … ich … ich habe Angst herauszufinden, warum er das für mich getan hat.«

Aric breitete die Arme aus und zog mich an seine Brust. »Er hat gesagt, dass er dich liebt. Das scheint mir ein guter Grund zu sein.«

»Dann glaubst du ihm?«

Aric schmunzelte. »Glaubst du es?«

Ich zuckte mit den Schultern, aber die Wärme, die sich bei dem Gedanken an Lucien in mir ausbreitete, sprach eine deutliche Sprache. »Vielleicht. Doch, wenn es so ist, wie kann es dann für uns weitergehen?«

»Die Lage ist schwierig«, stimmte Aric zu und kniff die Lippen zusammen. »Aber wenn du mich fragst, war die Liebe noch nie einfach.«

Ich blickte zu Riley hinüber. *Wen magst du lieber um dich haben?,* hatte er mich vor Wochen im Schulhaus gefragt. *Sam, Garret, oder mich?* Er hatte mir die Antwort abgenommen und seinen Arm um mich gelegt, als wir in die Klasse gegangen sind. *Ich konnte doch nicht riskieren, dass du Sam oder Conrad, oder noch schlimmer – Garret – auswählst. Es hätte mir das Herz gebrochen, dich mit einem anderen zu sehen,* hatte er sein Verhalten erklärt.

Wie würde es ihm nach dem heutigen Tag gehen? Wir waren uns so nahe gewesen wie nie zuvor. Ich spürte seinen Atem bis in meine Seele, das Echo seines Herzschlags in meinem Blut und schmeckte noch seine Tränen auf meinen Lippen, vermischt mit meinen. Er hatte alles verloren. Würde es ihm auch noch das Herz brechen zu sehen, dass meines für den Mann schlug, der Mitschuld an seinem Schicksal trug?

Langsam erhob ich mich aus dem Bett und trat zurück zu Riley an den Tisch. Er lag in tiefer, aber ruhiger Bewusstlosigkeit. Sein Atem kam gleichmäßig, und ohne das ganze Blut wirkte er fast, als würde er schlafen. Ich zog mir einen Stuhl heran und setzte mich an das Kopfende des Tisches. Ich griff nach seiner Hand und legte ihm die Silberschuppe hinein. Dann schloss ich seine Finger darum und hielt sie fest. Vorsichtig strich ich ihm eine seiner viel zu langen Strähnen aus dem Gesicht – und verbesserte mich im Geiste. Sein Haar war nicht viel zu lang. Wann immer ich ihn angesehen hatte, hatte ich gedacht, er würde dringend einen Haarschnitt brauchen, aber plötzlich fand ich das nicht mehr. Zärtlich wickelte ich mir eine seiner dunkelblonden Strähnen um den Finger. Ohne die Schwingen auf seinem Rücken, die einen großen Teil seiner Wirkung ausgemacht hatten, bekam sein Haar mehr Gewicht. Dieser Junge, mit den Haaren bis fast zu den Schultern … das war Riley Scott. Mein Freund. Aber einfach nicht der Mann, den ich liebte.

Ich neigte meinen Kopf, bis ich seinen berührte. Meine dunklen Strähnen vermischten sich mit seinen helleren zu einem Vorhang, der, wie ich hoffte, meine geflüsterten Worte nicht nach draußen dringen lassen würde. Ich streichelte seine Hand mit der Silberschuppe und hörte auf mein Herz.

»Ich weiß nicht, ob du mich hörst«, flüsterte ich. »Aber ich will, dass du etwas weißt. Ob mit oder ohne Schwingen, müsste ich mich zwischen dir, Sam, Conrad oder Garret entscheiden, würde ich immer dich wählen.«

Ein heißeres Seufzen kam über seine Lippen, und ich zuckte erschrocken zusammen. Er drückte meine Finger und öffnete unter größten Mühen ein Auge. Lachte er, oder war dieses Krächzen ein Zeichen, dass er zu ersticken drohte?

»Du hättest mich gewählt …«, presste er mit Reibeisenstimme hervor. »Doch dann kam Lucien York dazwischen«, stellte er fest, und zum ersten Mal, seit ich ihn kannte, war keine Bitterkeit zu hören, als er den Namen seines ehemaligen Freundes aussprach. Ich las Traurigkeit in seinem einen geöffneten Auge. Aber auch Verständnis.

Ich nickte schwach. »Ja. Dann kam Lucien dazwischen«, gestand ich leise.

Sein Auge schloss sich müde, als hätte ihn der Moment schon

zu viel Kraft gekostet. »Ich mag dich trotzdem, Thorn Blackwell«, flüsterte er schwach, und seine Mundwinkel verzogen sich zu einem kleinen Lächeln. »Danke, dass du heute bei mir warst.«

Kapitel 19

Ich saß lange an Rileys Krankenlager, nicht in der Lage, ihn zu verlassen. Alles, was wir je zusammen erlebt hatten, schwirrte mir durch den Kopf. Der ehemalige Underdog der Schule war mir ein wirklich guter Freund geworden. Und hatte Schreckliches durchlebt. Ich würde alles tun, um ihn wieder glücklich zu sehen.

»Wie geht es ihm?«, riss mich Sams tiefe Stimme aus meinen Gedanken. Ich hatte ihn nicht hereinkommen hören. Trotzdem war ich froh, ihn zu sehen. Es war, als würde ich aus einem schlimmen Traum erwachen. Sam blieb in sicherer Entfernung zum Tisch stehen. Er vermied den Blick auf Rileys Rücken. Stattdessen schaute er in Richtung der versteinerten Schwingen.

»Er schläft.« Langsam löste ich meine Hand aus Rileys und stand auf. Ich öffnete meinen ohnehin kaum noch existenten Zopf und kämmte mir mit den Fingern die Haare aus. Als ich meine Kopfhaut massierte, merkte ich, wie erschöpft ich war.

»Seine Schreie müssen bis nach Glastonbury zu hören gewesen sein«, sagte Sam und kam allmählich näher.

»Es war schlimm«, stimmte ich schlicht zu. »Aber im Moment hat er keine Schmerzen.« Ich wusste, dass das stimmte, denn ich hatte in den letzten Stunden immer wieder seinen Schmerz geteilt. Es ging ihm jetzt gut.

Sam nickte. »Dann übernehme ich jetzt die Krankenwache. Geh und iss etwas. Lucien wartet draußen auf dich. Sicher will er wissen … wie es Riley ergangen ist.«

Ich spürte, dass Sam zwischen Ärger auf Lucien, weil er Riley das angetan hatte, und dem Eingeständnis, dass Riley tot wäre, hätte Lucien nicht so gehandelt, schwankte. Dass Lucien besorgt sein könnte, schien ihn zu irritieren.

An einem anderen Tag, in einer anderen Verfassung hätte ich vielleicht mit ihm darüber gesprochen, aber dazu fehlte mir im Moment die Kraft.

»Ich komme später wieder«, versprach ich stattdessen und wandte mich zum Gehen. Als ich durch die Tür trat, atmete ich erleichtert durch. Die frische Luft, die mir entgegenschlug, war Balsam für meine Seele, und ich schloss die Augen. Es roch noch immer feucht hier unter der Erde, aber der Geruch kam mir nun nicht mehr so bedrückend vor. Der moosig erdige Duft weckte Erinnerungen an einen Waldspaziergang nach einem Sommerregen.

Ich hielt einen Moment inne, um mir vorzustellen, in einem Wald zu sein. Weit weg von allem hier. Ich spürte den weichen Waldboden unter meinen Füßen und blickte nach oben durch die Baumwipfel in den Himmel. Ich hörte Jake mit meinen Eltern lachen, aber sehen konnte ich sie nicht. Die Sonnenstrahlen fielen wie Lichtbögen aufgefächert durch die Zweige und verwandelten die Regentropfen überall auf ihnen in funkelnde Diamanten. Ein Lufthauch wiegte die Äste, und Hunderte der Diamanten regneten auf mich herab. Sie kitzelten, als sie auf meinen Schwingen landeten und nass und schwer über mein Silberschuppenkleid perlten. Ich atmete noch einmal den herrlichen Duft ein. Dann öffnete ich die Augen. Silberschuppen. Was hatten Silberschuppen in einer Fantasie eines perfekten Moments verloren? Seit ich die Schwingen hatte, war nicht eine Sache perfekt gewesen. Trotzdem musste ich nun wohl oder übel erkennen, dass ich mich damit abfinden musste – außer ich würde es machen wie Riley und mir diese verfluchten Teile abnehmen lassen.

Ich schüttelte den Kopf über diese doofe Idee. Rileys Schmerzen hallten noch viel zu intensiv in meinem Körper nach, als dass ich das ernsthaft in Betracht gezogen hätte. Außerdem musste ich mich korrigieren. Eine Sache war doch ziemlich perfekt gewesen. Die letzte Nacht in Luciens Armen.

Als hätte er meine Gedanken zu jener Nacht gelenkt, spürte ich trotz meiner geschlossenen Augen, dass er in der Nähe war. Er bewegte sich auf mich zu. Absichtlich hielt ich die Lider geschlossen. Ich war noch viel zu aufgewühlt von Rileys Operation, um mich auch noch mit meinen Gefühlen für Lucien auseinanderzusetzen. Allein das Wissen um seine Nähe beschleunigte meinen Puls, und trotz meiner Erschöpfung fühlte ich mich gleich lebendiger, so als reagierten alle meine Sinne auf seine sich nähernde Aura.

»Wie geht es dir?«, raunte er in dem Moment, in dem er mich in seine Arme zog. »Du siehst blass aus, kleine Dorne.« Er hob mich hoch und trug mich den unterirdischen Gang entlang, durch die große Halle bis in das Eingangsgewölbe. Ich hätte mich wehren sollen. Irgendetwas unternehmen müssen, damit nicht jeder sah, wie nahe wir uns in der vergangenen Nacht gekommen waren. Doch ich konnte es nicht. Ich genoss seine starken Arme um mich viel zu sehr, als dass ich meine Gefühle noch länger hätte leugnen können. Trotzdem verbarg ich mein Gesicht an seiner Schulter. Ich wusste genau, dass uns die Blicke der Rebellen folgten. Nicht alle waren einverstanden damit, dass Lucien sich frei unter ihnen bewegte. Was sie von mir hielten, wollte ich lieber gar nicht erst wissen.

»Wo gehen wir hin?«

Lucien schmunzelte. »Wenn meine Schwingen schlappmachen, gehen wir wohl oder übel nirgendwohin«, erklärte er und hob uns mit einem kräftigen Satz in die Luft.

»Du bist verletzt«, widersprach ich und schlang ihm die Arme um den Hals, als wir immer höher stiegen. Ich sah ihm an, dass er Schmerzen hatte, aber er schaffte es, uns aus dem unterirdischen Versteck bis hinauf in den Turm steigen zu lassen.

»Ich kann mich nicht ewig schonen«, erklärte er und landete gekonnt auf der Hügelkuppe hinter dem Turm. Die Helligkeit des Tages blendete nach den vielen Stunden unter der Erde, und ich hielt mir die Hand vor die Augen.

»Tut das gut«, gestand ich und setzte mich ins Gras. »Hast du auch den Eindruck, dass dich dieses Versteck erdrückt?«, fragte ich, ohne Lucien anzusehen. Der schirmte ebenfalls das Licht mit den Händen ab und blickte dabei in die Ferne. Glastonbury lag friedlich unter uns, einige Schafe grasten auf den terrassierten Wiesen des Glastonbury Tors, und im Tal nahe des Wäldchens, in dem wir die Nacht verbracht hatten, pflügte ein Traktor über ein Feld.

Hier oben am Turm waren wir ungestört, und selbst wenn uns jemand gesehen hätte, hätten wir nicht mehr Aufsehen erregt als jedes andere junge Liebespaar auch.

Lucien hockte sich neben mich und pflückte sich einen langen Grashalm. »Ich finde nicht das Versteck erdrückend, sondern seine Geheimnisse. Und die Tatsache, dass wir uns überhaupt verstecken müssen. Wir sind mächtige Wesen, Thorn. Wir sollten frei sein und uns nicht gegenseitig jagen. Wir haben Hunderte Regeln und Gesetze aufgestellt, um uns vor der Verfolgung der Menschen zu schützen, und dann vernichten wir uns gegenseitig. Das ist doch verrückt.«

Dem konnte ich nur zustimmen. Allein das Wort »vernichten« verursachte mir eine Gänsehaut. Schließlich drohte mir das laut den Gesetzen der Silberschwingen. Deshalb umschiffte ich diesen Teil unserer Unterhaltung und griff stattdessen etwas anderes auf, das Lucien gesagt hatte.

»Du findest die Geheimnisse erdrückend? Welche? Das Geheimnis um Artus?«, fragte ich und lehnte mich zurück, sodass ich die luftigen Wolken über mir treiben sah. »Wie kann es sein, dass niemand davon weiß«, überlegte ich. »Artus ist ein Mythos!«

Lucien machte einen Knoten in den Grashalm. Dann legte er sich auf die Seite neben mich. Er stützte seinen Kopf in die Hand und schenkte mir ein Lächeln. »Ich bin jetzt schlauer, was das angeht. Ich habe die Zeit genutzt, in der du bei Riley warst.« Er kniff die Augen etwas zusammen. »Übrigens ... wie geht es ihm? Hat er den ... den Eingriff ... gut überstanden?«

Ich zuckte mit den Schultern. »Ich denke schon. Aber es ist ungewohnt, ihn ohne Schwingen zu sehen. Dabei kannte ich ihn doch jahrelang nur so. Als ich noch nicht die Fähigkeit hatte, die Silberschwingen als das zu erkennen, was sie sind.«

»Es ist für uns alle schwer. Riley war immer mein Freund. Während unserer ganzen Kindheit wussten wir, dass wir irgendwann zusammen über London fliegen würden. Wir sehnten das Erbe des Lichts herbei, und wenn du so willst, ist das einer der dunkelsten Tage für uns alle. Es tut mir leid, dass mir keine andere Möglichkeit eingefallen ist, ihn zu schützen. Ich hoffe, dass er mir irgendwann verzeiht.«

Wieder bildete sich in meiner Kehle ein Knoten. Ich schluckte, aber dieser elende Kloß wollte einfach nicht weichen.

»Können wir ... können wir das Thema wechseln?«, bat ich, denn mir war das alles noch zu frisch. Der Schmerz, die Endgültigkeit dessen, was heute passiert war, und die Tatsache, dass ich mich schlichtweg für alles verantwortlich fühlte. Jawoll. So war es. Ich konnte es leugnen, mir einreden, dass es nicht meine

Schuld war, aber all das Unglück, das in den letzten Wochen über Riley, Lucien, meine Eltern und sogar diese blöde Nyx hereingebrochen war, das alles fand seinen Ursprung in mir. »Erzähl mir, was du über Artus herausgefunden hast«, verlangte ich hastig, um an etwas anderes denken zu können.

Lucien nahm sich einen neuen Grashalm und kitzelte mich damit am Hals. »Ich habe heute einen kleinen Ausflug gemacht und dabei einen Blick in die Seele der Dinge hier in Glastonbury geworfen«, erklärte er und deutete hinunter in die Stadt. »Nicht nur dieses Versteck, sondern der ganze Ort erzählt eine Geschichte, die unglaublicher kaum sein könnte, Thorn.«

Gespannt wartete ich darauf, dass er weitersprach.

»Kennst du die Artussage?«, fragte er und sah mich mit einem geheimnisvollen Funkeln in den Augen an.

»Nicht so gut. Ich weiß nur, dass Artus dieses Schwert – Excalibur – aus dem Stein gezogen hat. Hatte das nicht auch irgendwas mit diesem Zauberer Merlin zu tun?«

Lucien nickte. »Richtig. Aber Merlin war kein Zauberer. Er war eine Silberschwinge, und die Menschen hielten ihn nur für einen Zauberer, weil er wohl dabei beobachtet worden war, wie er sich in Luft auflöste.«

»Kommt mir bekannt vor«, lachte ich.

»Jedenfalls hat Merlin laut der Sage Artus nach dessen Geburt versteckt, denn Artus war kein eheliches Kind. Seine Mutter Igraine war eine Silberschwinge, und nach dem Gesetz der Silberschwingen schon seit ihrer Geburt dem Herzog von Cornwall versprochen, der, wie du dir vielleicht denken kannst, ebenfalls eine Silberschwinge war. Zu dieser Zeit lebten die Silberschwingen mitten unter den Menschen, deshalb wurde ihr Bündnis in Form einer Ehe auch vor den Menschen besiegelt.«

»Ich kann mir kaum vorstellen, dass es schon seit so vielen Jahrhunderten Silberschwingen geben soll«, staunte ich. »Und dass die Menschen davon nie etwas mitbekommen haben …«

Lucien setzte sich auf. Ein dunkler Schatten zog über sein Gesicht, und ich merkte, wie er sich verspannte. »Ich habe heute gesehen, warum …« Er schüttelte den Kopf. »Warum das so lange … verborgen werden konnte.«

Seine veränderte Stimmung beunruhigte mich. »Was ist los? Was hast du gesehen?«

Lucien hielt den Blick auf Glastonbury gerichtet. Er rieb sich den Nacken und sprach mit leiser Stimme weiter.

»Immer der Reihe nach. Artus' Mutter war also eine Silberschwinge, doch sie verliebte sich in einen Menschen. Sein Name war Uther, und er war ein König. Als der Herzog mit seiner Frau zu Uthers Krönung kam, verliebten sich die beiden.«

Ich erinnerte mich düster an diesen Teil der Sage. »Igraine bekam ein Kind mit Uther, richtig?«, hakte ich nach.

Luciens Kiefermuskeln zuckten, und nun sah er mich doch an. »Ein Halbwesen. Sie brachte ein Halbwesen zur Welt.«

»Artus.«

Er nickte. »Um Artus zu schützen, flehte sie Merlin an, das Kind zu verstecken, so wie Magnus dich bei den Menschen versteckte, um dich zu schützen.«

Ich bekam eine Gänsehaut, als ich die Parallelen erkannte.

»Was ist dann passiert?« Meine Stimme war kaum mehr als ein Flüstern, so gebannt war ich.

»Uther wollte Igraine für sich. Ich habe in den Steinen gesehen, wie König Uther mit seinen Rittern in den Kampf gegen den Herzog zog, noch bevor Artus geboren wurde. Sie waren zwar nur Menschen, aber dem Herzog und seinen Silberschwingen zahlenmäßig überlegen. Sie besiegten die Silberschwingen, und der Menschenkönig Uther heiratete die Silberschwinge Igraine.«

»Ein Mensch und eine Silberschwinge, als Könige Britanniens«, flüsterte ich ehrfürchtig. »Das gibt's doch nicht! Aber wenn der Herzog tot war, warum musste Artus dann versteckt werden? Seine Eltern waren doch jetzt in einer super Position und hätten ihn schützen können, oder?«

Lucien legte den Kopf schief, als dächte er darüber nach. »Vergiss nicht, dass Uther ein Mensch war. Ein Mensch, der zum einen gegen die Gesetze der Silberschwingen verstoßen und zudem mit dem Herzog von Cornwall eine mächtige Silberschwinge getötet hatte.«

»Vielleicht fürchtete er die Rache der Silberschwingen«, überlegte ich laut.

»Zurecht«, stimmte mir Lucien zu, und wieder bemerkte ich diesen Schatten. Er war nicht wirklich da, doch ich meinte zu sehen, wie sich Luciens Gedanken verfinsterten. »Ich habe dort unten in Glastonbury meine Hand an jeden Stein gelegt, den ich finden konnte.« Er stand auf, als könne er nicht länger stillhalten, während er mir berichtete, was er herausgefunden hatte. »Der Herzog war so erschüttert über die Verbindung zwischen seiner Gefährtin und einem Menschen, dass er noch vor seinem Tod eine Gruppe von mächtigen und kampferfahrenen Silberschwingen zusammenstellte, die von da an die Einhaltung der Gesetze überwachen und zur Not mit Gewalt durchsetzen sollte. Er nannte diese Gruppe die ›Oberen‹, denn sie bewegten sich als Einzige über dem Gesetz, um zu schützen, was immer ihnen schützenswert erschien.«

Wortlos starrte ich Lucien an. »Hast du das vorher nicht gewusst?«, fragte ich schließlich.

Lucien zuckte mit den Schultern und ließ seine Schwingen kreisen, als belastete ihn ihr Gewicht. »Ich weiß natürlich, welche Aufgabe die Oberen haben«, gestand er. »Aber ich habe noch nie vorher gesehen, wie erbarmungslos sie sind.« Er wischte sich über die Augen, als könne er so die Bilder fortwischen. »Sie haben Artus gesucht. ›Gejagt‹ wäre das bessere Wort. Ihr oberstes Ziel war seine Vernichtung. Die Vernichtung des Halbwesens.«

Mich fröstelte, obwohl ich direkt in der Sonne saß. »Da hat sich ja in den letzten Jahrhunderten nicht gerade viel geändert«, scherzte ich zynisch.

Obwohl das wirklich nicht witzig war, lächelte Lucien mich an, und er entspannte sich etwas. »Sie haben Artus aber nicht gefunden. Und Merlin auch nicht. Solange er sich nicht verwandelt hatte, lebte er unerkannt als Knappe unter den Menschen, bis …«

»Ich weiß, ich weiß«, warf ich ein, denn ein bisschen was war aus dem Schulunterricht doch noch hängen geblieben. »Er hat das Schwert aus dem Stein gezogen, richtig?«

»Er war stärker und mächtiger als alle Silberschwingen. Und natürlich stärker als alle Menschen. Merlin wusste das, und um es den Oberen unmöglich zu machen, seinen Schützling zu töten, rief er die Legende um Excalibur ins Leben. Er wusste, Artus würde der Einzige sein, der genug Macht besaß, das Schwert aus dem Stein zu ziehen. Und Artus wäre sicher vor den Oberen, wenn er der König von Britannien wäre.«

»So leicht wird man also König?«

Lucien schmunzelte. »Vergiss nicht, dass Artus' Vater ja tatsächlich ein König war. Seine Abstammung sicherte ihm ohnehin den Thron, nur wusste er das damals nicht. Merlin hat ihm geholfen, seinen rechtmäßigen Platz einzunehmen, und den Oberen zugleich gezeigt, dass Artus kein hilfloses Kind mehr war, sondern ein mächtiges Halbwesen.«

Ich musste lachen. »Klingt fast so, als hättest du Respekt vor Artus. Dabei dachte ich immer, du verachtest alle Halbwesen.«

Lucien zwinkerte mir zu und kam näher. Er schlang seine Arme um meine Schwingen und zog mich an sich. »Nicht alle«, flüsterte er und küsste mich sanft. »Und ich muss zugeben, dass ich die Geschichte ziemlich spannend finde. Leider rückt sie die Oberen in kein gutes Licht.«

»Warum? Was ist denn passiert?«

»VERRÄTER!«, hallte ein schriller Schrei durch die Luft und ließ uns erschrocken auseinanderfahren. Ich schirmte die Sonne mit den Händen ab, um erkennen zu können, woher der Ruf kam. Lucien schien das schneller zu begreifen, denn er spreizte die Schwingen und stieß sich in die Höhe.

»Mieser Verräter!«, wiederholte sich der Schrei, als Lucien sein Ziel erreichte. Eine Silberschwinge, mit den hellsten Schwingen von allen, schlug in der Luft auf ihn ein. Das platinblonde Haar von Nyx blähte sich im Wind, als sie sich wütend auf ihn stürzte. Hinter ihr am Himmel, in strenger Formation, kamen immer mehr Silberschwingen auf uns zu. Sie kreisten uns ein, und mit einem Mal erschien mir unser unterirdisches Versteck wie eine Falle.

Kapitel 20

Nyx strotzte vor Selbstbewusstsein, als sie, umringt von Halbwesen und Rebellen, wie eine Königin vor Artus' großer Tafel stand und Kanes Nachricht überbrachte.

Sie ignorierte Aric, Magnus, mich und auch meine Brüder, obwohl sie unsere roten Schwingen kaum übersehen konnte. Trotzdem kam es mir so vor, als spräche sie nur zu Lucien.

»Kane dachte, du wärst in Bedrängnis. Er und die Oberen sind davon ausgegangen, dir zu Hilfe eilen zu müssen. Deshalb bin ich hier.« Sie lächelte kalt. »Doch du scheinst überhaupt nicht gerettet werden zu wollen.« Kurz streifte mich ihr Blick. »Du Verräter.«

»Du weißt nicht, wovon du sprichst«, verteidigte sich Lucien, aber Nyx winkte ab.

»Oh doch. Aber das tut nichts zur Sache. Kane will dich an seiner Seite haben. Und er will Thorn.« Ihr Lächeln war so kalt wie eine Nacht am Nordpol. »Und wie wir alle wissen, bekommt Kane immer, was er verlangt.«

Offenbar ging sie davon aus, dass ihr niemand etwas antun würde, obwohl sie sich allein mitten in das Versteck der Rebellen begeben hatte. Klar, denn oben vor dem Turm warteten ihre Begleiter auf ihre sichere Rückkehr. Und ich nahm an, dass sie Kanes Interessen auch mit Gewalt durchsetzen würden.

»Du bist dumm, hierherzukommen und uns zu drohen, Nyx

von Orly«, stellte Magnus fest, als hätte er sich die gleichen Gedanken gemacht wie ich. »Denkst du, deine Handvoll Begleiter schützt dich? Warum sollten wir dich nicht einfach hierbehalten?«

Nyx' Lachen klang ehrlich amüsiert. »Was wollt ihr denn mit mir? Glaubt ihr, ich habe für die Silberschwingen irgendeinen Wert? Ihr könnt mich nicht als Druckmittel verwenden, denn ich bin ja nicht länger Luciens Versprochene. Ich bin nicht länger von Bedeutung für den Clan. Kane würde mich jederzeit für seine Ziele opfern, das ist mir durchaus bewusst. Und weil ich ein verschmerzbarer Verlust wäre, schickt er mich, euch seine Forderung zu überbringen.«

»Was will Kane?«, mischte sich Aric ein, und anders als Magnus wirkte er besorgt.

Nyx sah ihn verächtlich an. Das Fehlen von Schwingen schien ihn in ihren Augen zu einem Niemand zu machen. »Das habe ich doch schon gesagt. Er will Lucien und Thorn. Außerdem verlangen die Oberen, dass du dich ihnen auslieferst.«

»Niemals«, erklärte Aric entschlossen und straffte die Schultern. »Die Oberen werden Thorn nicht wieder in ihre Fänge bekommen. Ich weiß genau, was die mit ihr machen würden.«

Nyx grinste. »Ich glaube, ich kann es mir auch vorstellen. Schließlich habe ich gesehen, was sie mit dem kleinen Jake gemacht haben. Und der ist ja nun wirklich nur ein unschuldiger kleiner Junge.«

»Jake?« Wie ein Blitz fuhr es mir eiskalt den Rücken hinunter. Meine Schwingen spreizten sich ab, und ich spürte, wie das Adrenalin durch meine Adern raste. »Was meint sie?«, schrie ich und klammerte mich an die dicke Tischplatte. »Wovon zum Teufel spricht sie?«, verlangte ich zu erfahren, und auch auf Luciens Stirn bildete sich eine steile Falte.

»Das habt ihr nicht getan!«, murrte er und durchmaß den Raum mit wenigen Schritten. Vor Nyx baute er sich bedrohlich auf. Er packte ihren Arm. »Sag, dass das nicht stimmt!«

Obwohl es ihr wehtun musste, lachte Nyx. »Du warst nicht vertrauenswürdig, Lucien«, erinnerte sie ihn verbittert. »Entweder hattest du nie vor, Thorn zurückzubringen, oder du hast dich dabei verdammt schlecht angestellt. Was immer deine Absicht war, es sah für die Oberen und auch für Kane nicht Erfolg versprechend aus.« Sie wandte den Kopf in meine Richtung. Für ihr schadenfrohes Grinsen hätte ich sie am liebsten umgebracht. »Sie haben sich rückversichert.«

»Was zum Teufel meint sie?«, schrie ich nun wirklich verzweifelt. Die Gedanken, die mir durch den Kopf schossen, waren schlimmer als jeder Albtraum. »Lucien, verdammt noch mal, wovon spricht sie?«

»Sie haben deine Familie in ihrer Gewalt«, erklärte er tonlos und stieß Nyx angewidert von sich.

Die strich sich die Schwingen glatt und machte ein unbeteiligtes Gesicht. »Nicht nur ihre Familie.« Sie fasste in ihre Tasche und holte etwas Blaues hervor. Achtlos warf sie es mir über den Tisch hinweg zu. Ohne es genau anzusehen, wusste ich, was es war: eine Strähne von Anhs Haar.

Mir wurde schwarz vor Augen. Meine Knie zitterten, und ich bekam keine Luft. Anh! Jake! Meine Eltern ....

Ich musste mich festhalten, um nicht umzufallen. Nick neben mir stützte meinen Arm, während ringsum sämtliche Rebellen ihre Schwingen kampfbereit anlegten.

»Sie gehen zu weit!«, donnerte Aric und ließ seine Faust auf den Tisch krachen. »Ist es denn nie genug?«

Nyx zuckte mit den Schultern. »Ich entscheide das nicht. Ich bin nur der Bote.«

»Dann sag Kane, dass …«

»Was immer ihr ihm sagen wollt, sagt es ihm selbst. In drei Tagen an dem Ort, für den Valon gestorben ist.«

»Was soll das jetzt schon wieder heißen?« Ich schaute in eine Reihe fragender Gesichter. Ich riss mich aus Nicks helfender Umarmung frei und funkelte Aric böse an. Er hatte die Lippen zusammengekniffen, als wäre ihm als Einzigem klar, wovon sie sprach.

»Das wüsste ich auch gerne«, sagte Lucien und kam an meine Seite. »Welcher Ort soll das sein? Ich dachte, Valon wollte diesen Ort hier vor der Entdeckung schützen.«

»Mir ist vollkommen egal, von was sie redet«, stellte ich hysterisch fest, denn in mir brodelte es. Mein Blut kochte, und ich war kurz vorm Platzen. Dieses ganze Gerede machte mich wahnsinnig. Man bedrohte meine Familie. Jede Sekunde, in der das so war, zerrte an meinen Nerven. »Sie soll mich *jetzt* zu Kane bringen. Ich gehe mit ihr. Ich tue alles, wenn sie nur meine Familie in Ruhe lassen! Ich fliege auch ganz allein nach Darlighten Hall zurück, wenn das etwas hilft!«

»Beruhige dich«, bat Lucien und fasste nach meiner Hand, aber ich schlug sie ihm weg.

»Lass mich! Du wusstest davon!«, warf ich ihm vor. »Du hast geahnt, dass das passiert! Und hast mir nichts davon gesagt.«

»Ich hatte keine Ahnung!«, verteidigte er sich. »Die Oberen haben damit gedroht, deine Familie als Druckmittel zu verwenden, aber ich konnte sie davon abhalten. Ich wollte dich überzeugen, freiwillig mit mir zu kommen. Deshalb bin ich dir gefolgt. Das weißt du!«

Ich warf mir die Hände vors Gesicht. »Ich weiß gar nichts!«, weinte ich und sackte kraftlos auf einen der Stühle. »Was soll ich denn jetzt nur tun?«

»Nichts!«, mischte sich Aric wieder ein. Du tust erst mal gar nichts.« Er schickte Jax und Nick in Nyx' Richtung. »Schafft diese Schlange hier raus, dann besprechen wir, wie es weitergeht.«

Als meine Brüder sich vor Nyx aufbauten, wandte die sich noch einmal an Lucien. »Willst du mich nicht begleiten? Schließlich werden wir schon bald wieder vereint sein, wenn das alles vorbei ist.«

Als Nyx fort war, entbrannte aufs Neue eine Diskussion. Keiner der Rebellen zog sich zurück, alle warteten gespannt, was als Nächstes geschehen würde. Obwohl ihre Anwesenheit mir ein gewisses Gefühl der Sicherheit hätte geben müssen, kam es mir vor, als hätte man mich ohne Fallschirm aus einem Flugzeug gestoßen – ohne Fallschirm und ohne Schwingen …

Der Gedanke an meine Familie beherrschte mich, und ich malte mir die schlimmsten Dinge aus. Ich konnte einfach nicht damit aufhören, selbst als Conrad beruhigend auf meinen Rücken klopfte.

»Warum ist Lucien mit dieser falschen Schlange mitgegangen?«, fragte er. Ich folgte seinem Blick zu der Tür, durch die Lucien mit Nyx und meinen Brüdern als ihren Bewachern verschwunden war.

»Ich weiß es nicht!«, fauchte ich gereizt. »Vielleicht denkt er ja, dass sie recht hat.«

Conrad schüttelte den Kopf. »Glaube ich nicht. Vielleicht meint er, er kann noch mehr aus ihr herausbekommen, wenn er allein mit ihr spricht.«

»Mir auch egal. Ich will gar nicht wissen, was die beiden treiben. Ich weiß ja nicht mal, wem ich überhaupt noch trauen soll.

Lucien wusste, dass man meine Familie bedroht. Und er hat das mit keinem Wort erwähnt.«

»Doch. Ich wusste davon. Ich erinnere mich nicht mehr genau an unser Gespräch, aber ich glaube, er hat gesagt, dass er dir gefolgt ist, um zu verhindern, dass man deine Eltern in die Sache mit reinzieht.«

»Ganz toll!« Ich funkelte ihn böse an. »Offenbar weiß jeder davon – nur ich nicht!« Ich stieß den Stuhl zurück, auf dessen Kante ich gesessen hatte, und drehte mich einmal um mich selbst. Ich wollte weg, aber es gab hier verdammt noch mal einfach keinen Ausweg. Dieses unterirdische Versteck war wirklich ein Verlies!

»Thorn«, versuchte Conrad, mich zu besänftigen. »Beruhig dich.«

»Vergiss es! Ich will zu meiner Familie.«

»Conrad hat recht, Liebes.« Aric verstellte mir den Weg und nahm meine Hand. »Du musst Ruhe bewahren. Heute können wir nichts mehr ausrichten.«

Seine Berührung war tröstlich, aber ich konnte ihm nicht zustimmen. »Ich kann Jake und meine Eltern keine Sekunde länger in Kanes Gewalt lassen!«, widersprach ich. »Ich muss nach Darlighten Hall und mich ihm ausliefern.«

Arics Miene wurde streng. »Das wirst du nicht tun, Tochter«, verbot er entschieden, und seine Hand schloss sich fester um meine. Er führte mich an den Tisch und bedeutete Conrad mit einem Nicken, uns allen ein Glas Wasser einzugießen. »Ich kenne Kane gut. Du würdest ihm mit deiner Impulsivität direkt in die Hände spielen.«

»Das ist mir egal. Es geht immerhin um meine Eltern!«

»Diese Menschen sind nicht deine Eltern!«, erinnerte mich Aric mit Nachdruck in der Stimme. »Ich bin dein Vater, und du musst mir vertrauen, wenn du diese Menschen retten willst.«

»Aber …«

»Kein Aber, Thorn!« Er drückte mir das Glas in die Hand. »Heute können wir nichts mehr tun. Wir müssen auch an Riley denken. Er ist nicht in der Lage, transportiert zu werden. Und wenn wir uns mit Kane anlegen, werden sich uns nicht alle hier anschließen. Viele der Rebellen wollen einfach nur in Frieden leben. Sie sind nur mir zuliebe hier. In einen Krieg werden sie mir aber nicht folgen. Ich weiß auch nicht, ob es klug ist, Kanes Forderung nachzugeben und uns mit ihm auf Silver-Isle zu treffen, denn …«

»Ist das der Ort, von dem Nyx gesprochen hat?«, mischte sich Conrad ein, während er sich selbst auch noch ein Getränk einschenkte.

Aric nickte. »Die Insel ist klein. Ein Staubkorn auf der Landkarte, und kaum jemand kennt sie unter diesem Namen. Niemand verirrt sich je auf dieses rohe felsige Eiland.«

»Warum ist der Ort dann so ein Geheimnis? Und was meinte Nyx, als sie sagte, dass Valon dafür gestorben ist?«

Aric runzelte die Stirn. »Sie wird selbst nicht wissen, wovon sie da gesprochen hat. Sie gibt nur wieder, was die Oberen ihr aufgetragen haben.«

Ich schüttelte ungeduldig den Kopf. »Herrgott, das ist doch total unwichtig!«, fuhr ich Aric an. »Mir ist vollkommen egal, *wo* ich meine Familie wiedersehe! Da kann diese Scheißinsel aus purem Gold sein. Wichtig ist doch nur, dass Kane sie sofort gehen lässt!«

Ich trank einen Schluck, denn ich fühlte mich fiebrig vor Angst. Als ich meine Finger um das Glas schloss, merkte ich erst, wie sehr ich zitterte. Das war Wahnsinn! Ein echter Albtraum! Und Lucien ließ mich einfach damit allein!

»Ich hätte nicht gedacht, dass du wirklich mit mir kommst«, trällerte Nyx und strich sich das Shirt über der Brust glatt, als sie neben dem Turmeingang landete. Sie ließ Nick und Jax stehen und hakte sich bei Lucien ein, als wären sie zu Hause auf Darlighten Hall und einander noch immer versprochen. Ihre hellen Schwingen fingen das düstere Abendlicht ein und schillerten in mondblauem Perlmutt. Es roch nach Regen, und der Wind riss an ihren Haaren.

Lucien musste zugeben, dass sie so schön war wie nie zuvor. Trotzdem sah er in ihr nicht länger das Mädchen, das er einst gekannt und auch geschätzt hatte. Und ihre unwillkommene Berührung steigerte seine Anspannung.

»Kommst du endlich zur Vernunft?«, fragte sie spitzzüngig und musterte ihn stechend. »Erkennst du endlich, an wessen Seite du gehörst?«

Lucien blieb stehen und zwang Nyx damit, ihre ziellose Wanderung auf der Hügelkuppe zu unterbrechen. Er trat von ihr weg und sah sie ernst an. Auch ihm fuhr der Wind unter die Schwingen. »Fang nicht wieder damit an, Nyx«, mahnte er. »Bei all dem geht es doch schon lange nicht mehr nur um uns. Siehst du nicht, dass eine Veränderung nötig ist? Irgendetwas läuft da falsch, und ich halte es für meine Pflicht als künftiger Laird, dem nachzugehen. *Unvoreingenommen nachzugehen.*«

Nyx lachte spöttisch. »Wie unvoreingenommen kannst du schon sein, wenn du doch nur das Bett mit diesem Halbwesen teilen willst?« Sie warf ihr weißglänzendes Haar über die Schulter und wandte sich dem stärker werdenden Wind zu. Ohne ihn anzusehen, sprach sie weiter. »Du klingst wie ein Rebell, Lucien. Der Rat würde dich für deine Worte an den Pfahl bringen. Das ist dir klar, oder?«

Lucien schwieg. Er konnte kaum leugnen, dass Thorn seine

Gedanken beherrschte. Seine Gefühle für sie, ihn vielleicht von dem Weg, den sein Clan beschritt, abgebracht hatten. Doch war er deshalb ein Rebell? Oder war er dabei, einen neuen, ja, einen besseren Weg für sich und sein Volk zu suchen?

»Warum schickt Kane ausgerechnet dich?«, frage Lucien, anstatt ihr zu antworten. »Er hat genügend fähige Männer im Rat. Warum also du?«

Nyx leckte sich verführerisch die Lippen und kam zu ihm, bis ihre Brust die seine berührte. Die Wärme ihrer Haut stand in starkem Kontrast zu der Kälte, die der Wind mit sich brachte.

»Wie ich schon gesagt habe, bin ich entbehrlich.« Sie legte ihre Hände an seine Hüften und sah ihn von unten herauf an. »Und ich habe etwas zu gewinnen, wenn alles läuft, wie Kane es plant.«

»Was hat er vor, Nyx? Du musst es mir sagen.«

Ihr Lachen war kalt, und er fragte sich, ob es schon immer so unecht geklungen hatte. »Was er vorhat? Fragst du das ernsthaft?« Sie schmiegte sich an ihn, als würde sie nicht bemerken, wie unwohl er sich dabei fühlte. »Die Halbwesen müssen sterben. Das muss dir klar sein. Und Aric Chrome ebenfalls. Die Oberen verlangen seinen Tod, damit die Bedrohung, die von ihm ausgeht, endlich aufhört.«

»Aric ist keine Bedrohung. Er hat nicht vor, nach Darlighten Hall zurückzukehren. Er will mit den Halbwesen England verlassen. Sei doch nicht so dumm zu glauben, was hinter verschlossenen Türen in der großen Halle geredet wird.«

»Ist es nicht noch dümmer von dir, jedes Wort dieser Verräter für bare Münze zu nehmen?« Sie hob ihre Hand an Luciens Wange. »Früher hast du mir zugehört. Du hättest nie deine und unsere Zukunft für ein Halbwesen riskiert. Merkst du nicht, wie man dich manipuliert?«

Lucien entwand sich ihrer Berührung und fuhr sich energisch

durchs Haar. Dieser Wind machte ihn nervös. Der Himmel zog zu, als würde er das Unheil bereits spüren. Nyx passte irgendwie zu diesem Wetter. Sie war ebenso unberechenbar. Und sie war schon immer gut darin gewesen, ihren Kopf durchzusetzen.

Lucien war es nicht gewohnt, sie zu verletzen oder sich bewusst von ihr abzuwenden. Doch heute stand sie auf der falschen Seite, auch wenn sie selbst es nicht wahrhaben wollte.

»Im Gegenteil. Zum ersten Mal sehe ich die Wahrheit, Nyx«, erklärte er leidenschaftlich und rief gegen den Wind an. »Ich habe die letzten Tage genutzt, mir selbst ein Bild von den Ereignissen zu machen. Und ich bin mir sicher, die Oberen verbergen etwas. Sie sind nicht die, für die wir sie halten.«

»Nicht? Wer sind sie dann? Wenn du mich fragst, sind sie meine einzige Hoffnung auf eine Zukunft mit dir. Du verstehst also, dass ich dein Misstrauen nicht teile.«

Lucien schüttelte enttäuscht den Kopf. Er würde sie nicht umstimmen, egal was er sagte. »Was haben sie vor?«, bat er deshalb erneut, als die ersten Regentropfen in seinen Schwingen hängen blieben.

»Sie geben mir dich zurück«, antwortete sie leise, und zum ersten Mal an diesem Tag wirkte sie aufrichtig. »Sie drehen die Zeit zurück, Lucien. Alles wird wieder sein, wie es sein soll.«

Er sah das Flehen in ihren Augen. Las darin den Wunsch, ihre Worte mögen sich bewahrheiten, so drängend, dass er Mitleid empfand. Die schöne, strahlende Nyx stand mit gebrochenem Herzen vor ihm, zu stolz, ihre Niederlage zuzugeben. Langsam kehrte er zu ihr zurück und nahm ihre Hände. Die Tropfen auf ihren Silberschuppen perlten ab wie Tränen. »Ich habe heute gesehen, wozu die Oberen fähig sind, Nyx«, flüsterte er. »Ich weiß, wie sie vorgehen, um die Zeit zurückzudrehen, wie du es nennst. Aber danach wird nie wieder etwas sein, wie es sein soll. Du musst mir glauben, Nyx. Die Lügen, die uns umgeben, werden immer weiter anwachsen, wenn wir das zulassen.«

Sie schloss die Lider, um ihren Schmerz zu verbergen. »Die Lügen tun aber nicht so weh«, wisperte Nyx so leise, dass der Wind ihre Worte beinahe übertönte. »Die Lüge deiner Liebe hat mich glücklich gemacht. Wenn ich also nur damit an deiner Seite sein kann, dann will ich keine Wahrheit.«

»Das kannst du dir nicht aussuchen. Denn du hast die Wahrheit längst verstanden. Du weißt, dass es für uns keine Zukunft gibt. Ich liebe Thorn. Und das ist die Wahrheit.«

Nyx wich zurück, als hätte sie sich an ihm verbrannt. Sie stand im Sturm, als hätte sie das Wetter gemacht. Ihre Augen waren schmale Schlitze, und sie hob abwehrend die Hände. Ihre silbernen Schwingen spreizten sich wie gezückte Säbel. Sie wandte sich um, sodass er ihr Gesicht nicht sehen konnte. Nur ihr Haar flatterte in seine Richtung, als wollte es die Verbindung zu ihm halten, auch wenn sie mit einem Satz in den wolkenverhangenen Himmel stieg. »Sie wird sterben, Lucien. *Das ist die Wahrheit.* Es wird Zeit, dass du dich dem stellst!«

Kapitel 23

Das Wetter und die gefährliche Nähe von Kanes Männern zwangen uns, die Nacht unter der Erde zu verbringen. Während Aric, seine Söhne und ein Großteil der Rebellen noch immer an Artus' runder Tafel saßen, hatte ich mich in das einzige weitere Zimmer neben dem königlichen Gemach, in dem Riley noch immer schlief, zurückgezogen. Seit ich das mit meiner Familie erfahren hatte, war ich total am Ende. Die Rebellen schmiedeten Pläne, wie es nun weitergehen sollte, aber für mich gab es da überhaupt keine Option. Ich würde mich Kane ausliefern. Das machte mir so viel Angst, dass mir ganz schlecht war.

Ich tigerte in der kleinen Kammer auf und ab wie in einem Gefängnis. Kane kannte unseren Aufenthaltsort. Genau wie Nyx, die außerdem wusste, wie man hier hereinkam. Warum sollten sie abwarten, ob wir ihrer Forderung folgten? Warum sollten sie sich nicht im Schutz der Nacht anschleichen und uns alle umbringen? Ich schloss meine Faust fest um Anhs blaue Haarsträhne und betete, dass sie damit nicht schon längst bei denen angefangen hatten, die mir alles bedeuteten.

Als sich die Tür hinter mir öffnete, zuckte ich zusammen und fuhr wie von der Tarantel gestochen herum.

»Da bist du ja«, stellte Lucien fest und trat ein. Er schloss die Tür hinter sich und lehnte sich matt mit dem Rücken dagegen.

»Was willst du denn hier?«, fuhr ich ihn eifersüchtig an. »Du musst dich mal langsam entscheiden, bei wem du sein willst. Bei mir oder deiner Nyx!«

Lucien schmunzelte. »Sie ist nicht *meine* Nyx«, erklärte er sanft. »Und du weißt, dass ich jetzt genau da bin, wo ich sein möchte.« Er kam auf mich zu und zog mich trotz meines Widerstandes in seine Arme. »Ich wollte dich nicht allein lassen, aber ich musste versuchen, mehr von Nyx zu erfahren.«

Ich kam mir dumm vor. Meine Eifersucht war mir peinlich, vor allem weil wir ja trotz unserer Küsse gestern Nacht weit davon entfernt waren, ein Paar zu sein. Es war verdammt bescheuert, einen Jungen zu lieben, der so undurchschaubar wie Lucien war.

»Und? Hat sie was gesagt?«, brummte ich verlegen.

Lucien zuckte mit den Schultern und strich mir übers Haar. »Nicht viel. Aber ich weiß jetzt, dass wir Kane auf keinem Fall vertrauen dürfen. Er wird dich nicht wieder gehen lassen, wenn er dich erst in die Finger bekommt.«

»Dann wird er unsere Verbindung nicht länger unterstützen?«

»Nein.« Lucien hob mein Gesicht an und zwang mich, ihn anzusehen. »Das wird er nicht.« Er atmete durch. »Wir hatten ohnehin nur eine kleine Chance, ihm und den Oberen zu beweisen, dass wir zusammengehören. Es war von Anfang an ein Risiko. Doch jetzt …«

»Es tut mir leid. Ich … habe mit meiner Flucht und mit Rileys Befreiung alles verkompliziert.« Ich sank schwach gegen seine Brust. »Ich habe meine Familie in Gefahr gebracht. Und Anh.«

Ich spürte, dass Luciens Kiefer zuckte. Er ließ es sein, mir zu sagen, dass ich recht hatte. Das musste er auch nicht. Ich wusste es selbst. Ich hatte ein furchtbares Chaos angerichtet, weil ich ihm nicht vertraut hatte.

Lucien küsste meinen Scheitel und fasste entschlossen nach

meiner Hand. »Wir werden nicht zulassen, dass ihnen etwas geschieht«, erklärte er mit einem kämpferischen Funkeln in den Augen.

»Bringst du mich nach Darlighten Hall? Was, wenn wir uns sofort auf den Weg machen? Niemand anderes muss in diese Sache hineingezogen werden …«

Er schüttelte den Kopf. »Aric würde niemals erlauben, dass du dich Kane auslieferst. Ich habe gerade mit ihm gesprochen. Er ist überzeugt, dass die Oberen dich töten werden. Sie werden dich nicht einsperren, kleine Dorne. Sie werden dich vernichten, so wie sie es mit Valon getan haben, denn das ist ihre Aufgabe, sagt Aric.«

»Warum? Ich verstehe das noch immer nicht so ganz.«

»Ich habe dir doch erzählt, dass der Herzog von Cornwall die Oberen ins Leben gerufen hat. Als eine Gruppe Silberschwingen, die über die Gesetze wachen und eine weitere Vermischung der Völker verhindern sollten. Sie hätten damals sicher auch Igraine getötet, wenn nicht Uther – immerhin ein echter Menschenkönig mit eigenen Armeen und Wachleuten – für ihre Sicherheit gesorgt hätte. Aber auf ihr Kind haben sie Jagd gemacht. Und als Artus sich verwandelt hatte und seine Kräfte sich zeigten, als er mit Merlins Hilfe seine Position an der Spitze des Königreichs einnahm, da waren sie nur noch darauf aus, ihn zu töten.«

»Was hat das mit mir zu tun?«

Lucien zuckte mit den Schultern. »Artus war ein Halbwesen. Und er hat diesen Ort geschaffen, weil er sich gegen die Gesetze der Silberschwingen auflehnen wollte. Seine Ritter der Tafelrunde waren allesamt Menschen, die wussten, was er war. Er zeigte sich ihnen in seiner wahren Gestalt.« Lucien spreizte die Schwingen, damit ich verstand. »Sie wussten, was er war, und erklärten ihn dennoch zu ihrem König. Sie wollten die Grenzen zwischen Menschen und Silberschwingen aufheben, denn Artus' Herz gehörte einer Menschenfrau. Ihr Name war Guinevere.«

»Aber mit den Menschen an seiner Seite hätte Artus doch vor den Oberen sicher sein müssen. So viele Obere hat es damals doch sicher noch nicht gegeben«, überlegte ich laut und nahm meine Wanderung in der kleinen Kammer wieder auf.

»Du musst wissen, dass der Herzog von Cornwall inzwischen lange tot war. Die Oberen haben die Herrschaft über die Silberschwingen an sich gerissen und ihre Reihen gestärkt, das behauptet zumindest Aric.« Lucien rieb sich das Kinn. »Und je länger ich darüber nachdenke, umso logischer erscheint mir das auch. Ich habe oft genug erlebt, wie wichtig den Oberen ihre Macht ist. Sie machen jetzt die Regeln. Selbst mein Vater empfindet ihre Herrschaft als erdrückend. Er hat immer gesagt, wir müssten ihnen beweisen, dass wir eigenständig sein können. Darum hat er so erbittert die Rebellen in London gejagt. Kane hat gehofft, sich Unabhängigkeit zu erstreiten, wenn sie nur sehen würden, dass er auch ohne ihre Einmischung für die Einhaltung der Gesetze sorgen kann.«

»Und ich habe seine Pläne durchkreuzt«, schlussfolgerte ich.

Lucien nickte. »Und deshalb haben wir jetzt keine Zeit zu verlieren. Ich will, dass du mit mir kommst. Ich muss sehen, wie weit du mit deinen Fähigkeiten bist. Du bist mächtig, kleine Dorne, aber falls es zum Kampf kommt, muss ich wissen, dass du auch bereit bist.«

»Zum Kampf?« Das war doch verrückt!

»Thorn, ich meine es ernst. Die Oberen haben Artus' gesamtes Gefolge ermordet. Keiner der Ritter der Tafelrunde hat überlebt. Jede Seele in Glastonbury musste sterben, um die Existenz der Silberschwingen und Halbwesen zu verbergen. Ich habe das heute selbst gesehen, als ich einen Blick in die Seele der Dinge geworfen habe. Warum denkst du, ist von Artus, seinen Rittern der Tafelrunde und Excalibur nicht mehr übrig als ein sagenumwobener Mythos?« Sein Blick war finster und seine Kiefermuskeln hart vor Anspannung. »Die Oberen haben ihren Job verdammt gründlich gemacht, Thorn. Als sie erkannt haben, dass mit Valon ein Nachfahre von Artus und Guinevere überlebt hat, zögerten sie nicht, ihn zu töten, ebenso wenig, wie sie deine Mutter ermordet hätten, hätte Aric sich ihren Befehlen nicht gebeugt. Und jetzt haben sie uns auf ihrer Abschussliste.«

Ich war geschockt. Das alles wollte beim besten Willen nicht in meinen Kopf. Trotzdem glaubte ich Lucien, denn ich spürte seine Angst, die sich trotz der Stärke, die er nach außen hin zeigte, auf mich übertrug.

Ohne noch einmal zu widersprechen, folgte ich ihm hinaus in den Regen. Die Welt lag im Dunkeln, und Glastonbury unten im Tal sah aus wie eine Geisterstadt. Nicht dass ich besonders darauf achten konnte, denn der Wind blähte meine Schwingen, und ich hatte Mühe, auf dem regendurchweichten Boden neben dem Turm eine saubere Landung hinzulegen.

»Wo gehen wir hin?«, fragte ich laut, denn der Sturm riss meine Worte mit sich.

Lucien landete neben mir, so als würde ihm der Sturm gar nichts anhaben. Er deutete nach Westen. »Ich hätte dich schon längst auf die Prüfung vor den Oberen vorbereiten sollen, kleine Dorne. Die Prüfung, die uns jetzt bevorsteht, wird um einiges schwieriger zu bestehen sein. Wenn wir scheitern, verlieren wir alles. Darum sollten wir trainieren.«

Er griff meine Hand und zog mich mit einem kräftigen Satz in die Luft. Automatisch spreizten sich meine Schwingen.

Es war das erste Mal, dass ich wirklich mit Lucien gemeinsam in der Luft war. Nicht nur in der Luft, sondern wirklich flog. Das erste Mal, mit eigenen Schwingen. Und obwohl der Grund für unseren nächtlichen Ausflug wie eine düstere Prophezeiung über uns hing, konnte ich nicht anders, als den Moment zu genießen.

Luciens nachtschwarze Schwingen funkelten im Mondlicht, während meine wie ein Feuerschweif hinter mir glühten. Der Regen umhüllte uns wie ein Vorhang, sodass wir von unten kaum zu sehen waren. Auch meine Höhenangst wurde davongespült, denn ich sah den Boden unter mir kaum. Es kam mir vor, als schwebten wir in einer Seifenblase aus grauem, undurchdringlichem Regen.

Lucien ließ mich los und stieg höher, ich folgte ihm. Er wandte sich nach mir um, und trotz der Finsternis entging mir der bewundernde Ausdruck in seinen Augen nicht.

»Du bist atemberaubend«, rief Lucien. »Jedes Mal wenn ich dich so sehe … dann …« Er wartete, bis ich ihn eingeholt hatte, dann streckte er die Arme nach mir aus und drehte sich mit mir im Kreis. »Dann …«

»Dann?«, hakte ich glücklich nach. Das leichte Flattern in meinem Magen und ein Glucksen in meiner Kehle zeigten mir, wie sehnsüchtig ich darauf wartete, dass er weitersprach.

Er lachte, legte seine Schwingen an, und automatisch taten meine es ihm nach. Wir schossen wie ein Tornado durch die Nacht, so eng aneinandergeschmiegt, als wären wir eins. So eng, dass nicht einmal der Regen uns etwas anhaben konnte.

»Verdammt, Thorn Blackwell«, raunte er mir ins Ohr. »Du weißt ja nicht, was du mit mir machst.« Er fuhr mir mit den Händen ins Haar und zog meinen Kopf zu sich. Seine Lippen waren kalt vom Regen, und doch legten sie sich heiß und sehnsüchtig auf meine.

Ich spürte seine Erregung, als ich mich näher an ihn schmiegte und meine Lippen für ihn öffnete. Mein Seufzen klang wie ein Schrei nach Hilfe, denn je länger er mich küsste, umso verlorener fühlte ich mich. Warum konnte nicht einfach die Zeit anhalten? Warum musste sich diese verfluchte Welt weiterdrehen, anstatt mich, Lucien und diesen Kuss für immer wie in Bernstein einzuschließen?

Ich war so gefangen in meinen Gefühlen, so gebannt von dem Kribbeln, das meinen ganzen Körper durchströmte, dass ich kaum merkte, wie uns Lucien immer weiter zu Boden sinken ließ. Ich hatte meine Arme um seinen Nacken geschlungen, hing an ihm wie eine Ertrinkende, und auch als er schon fest auf dem Boden stand, schwebte ich noch immer wie auf Wolken.

»Nicht aufhören«, flehte ich, denn die Realität drohte diesen kurzen Moment der Zweisamkeit zu beenden. Luciens Lachen ließ meine Welt erzittern, und meine Schwingen schlugen sich um uns, als wollten sie uns schützen. Lucien sah mich an. Der dunkle Glanz in seinen Augen war verheißungsvoll, und seine Lippen waren meinen verführerisch nahe.

»Ich will dich, Thorn«, flüsterte er, während seine Hände unter mein Shirt wanderten. »Ich will dich küssen, dich spüren, und noch so viel mehr.« Er umfasste meine Taille, und ich hielt den Atem an. »Es kostet mich gerade alle Kraft, dir nicht hier und jetzt zu zeigen, wie sehr ich dich will.« Wie ein Wimpernschlag glitten seine Fingerspitzen über die sanfte Wölbung meiner Brust, ehe er die Hände zurückzog. »Aber ich will dich nicht nur für heute, kleine Dorne. Sondern für den Rest unseres Lebens.« Er schob mich mit gespielter Strenge von sich und zwinkerte mir zu. »Und damit wir das überhaupt erleben, müssen wir uns jetzt zusammenreißen und trainieren.«

Ich wankte, so plötzlich entzog er mir seine Nähe. Dabei hatte ich doch eben noch seine Erregung ganz deutlich gespürt. Er hatte mich angesteckt mit diesem Verlangen nach mehr, und doch konnte er das offenbar total einfach wieder abstellen. Ganz im Gegensatz zu mir. Ein Feuer brannte in meinen Adern, und meine Brüste kribbelten in Erinnerung an seine federleichte Zärtlichkeit. Ich wollte mehr. Ich wollte endlich wieder Halt finden. Den Halt, den nur Luciens Liebe mir geben konnte.

Verdammt, das klang ja selbst in meinen Gedanken ziemlich melodramatisch. Trotzdem ließ sich das Gefühl der Leere nicht abstellen, das ich nach seinem Rückzug empfand. Und außerdem kam mir der Regen mit einem Mal wieder viel nasser und kälter vor!

Ich räusperte mich und straffte die Schwingen, denn Lucien schien irgendwie zu ahnen, dass ich mich nach mehr sehnte. Da lag so ein Funkeln in seinen Augen. Beinahe, als fände er das witzig.

»Na komm schon, kleine Dorne. Mach es mir nicht so schwer«, neckte er mich und stieß mich leicht mit der Schwingenspitze an. »Denkst du, ich bin aus Stein? Denkst du, ich kann dir noch länger widerstehen, wenn du mich so anschaust?«

»Wie schaue ich denn?«

Luciens Lachen hallte von den Mauerresten wider, und erst jetzt bemerkte ich, wohin er uns gebracht hatte. In die Abtei-Ruine von Glastonbury. »Verliebt«, flüsterte er und sah mir dabei direkt in die Augen.

Das Blut schoss mir in die Wangen, aber ich wich seinem Blick nicht aus. »Und das stört dich?«, antwortete ich mit wild klopfendem Herzen.

»Nein. Aber es wird mich den Kopf kosten, wenn ich bei all dem, was vor uns liegt, nur immer an deine Küsse denken kann«, gab er zurück, spreizte die Schwingen und erhob sich mit einem Flügelschlag auf einen der noch erhalten gebliebenen Mauerbacken.

»Bist du bereit für unsere erste Lektion?«, fragte er und wischte sich die Tropfen aus dem Gesicht.

Ob ich bereit war? Natürlich nicht! Ich zitterte, so fuhren meine Gefühle Achterbahn. Aber Lucien hatte recht. Das war nicht der richtige Moment, sich ablenken zu lassen. Ich musste Jake, Anh und meine Eltern retten. Danach konnte ich rumknutschen, so viel ich wollte! Und dass ich das wollte, stand außer Frage!

Ich grinste Lucien an und stemmte bei leicht gespreizten Schwingen die Hände in die Hüften. »Ich tue alles, was du möchtest«, rief ich kichernd.

Er zwinkerte. »Was ich möchte, hat nichts mit dem zu tun, was wir nun machen werden, kleine Dorne.« Im Regen wirkten seine Schwingen wie schwarzes Leder. Er spreizte sie weit, und ich tat es ihm nach. »Du musst ganz schnell in die Luft kommen und leise und sauber wieder landen«, erklärte er. »Das klappt ja bisher noch nicht so gut.«

Na toll! Erst küsste er mich, dann kritisierte er mich. Daran würde ich mich wohl nicht so leicht gewöhnen.

»Bei einem Kampf wäre es doch egal, ob es elegant aussieht, wenn ich lande. Wer achtet denn darauf?«, verteidigte ich mich.

»Es geht nicht darum, wie es aussieht, Thorn. Aber wenn du auf die Nase fliegst, sind unsere Gegner im Vorteil.« Er legte seine Schwingen an und katapultierte sich mit einem kräftigen Satz wie ein Pfeil in die Luft.

Ich schnaubte. Dann wischte ich mir die nassen Haare aus dem Gesicht, schüttelte mir die Tropfen aus den Silberschuppen und versuchte, seine Bewegungen nachzumachen. Ich schlang mir die Schwingen um den Leib, ging leicht in die Knie und stieß mich ab. Leider kam ich nicht halb so hoch wie Lucien, und auch als ich meine Schwingen in der Luft öffnete, gelang es mir nicht, so gerade wie eine Kerze an Ort und Stelle zu bleiben. Bei Lucien sah es aus, als stünde er einfach im Nichts. Ich hingegen wirkte wie eine Marionette an verhedderten Fäden.

Lucien näherte sich kopfschüttelnd. Er schmunzelte und zupfte an meiner Schwingenspitze. »Du brauchst hier deutlich mehr Spannung.« Langsam ließ er seine Hand über meine rot schillernde Schwingenkante gleiten. »Heb sie etwas an«, verlangte er und drückte leicht mit seiner Hand dagegen. »Spürst du jetzt die Spannung?«, fragte er, aber ich konnte nicht antworten. Seine Berührung durchrieselte mich wie ein wohliger Schauer.

Ich fühlte eine Spannung. Überall in meinem Körper. Aber das war sicher nicht das, was er meinte. Ich schluckte und schüttelte den Kopf, um meine Sinne zu klären. Als er die Hand wegnahm, versuchte ich, die Position, die er mir eben gezeigt hatte, weiter zu halten, und tatsächlich stabilisierte ich mich etwas.

»Besser«, lobte Lucien und lächelte mich an. »Und jetzt lass dich in dieser Haltung zu Boden sinken.«

»Wie soll das gehen?«, fragte ich. Sobald ich aufhören würde, die Schwingen zu bewegen, würde ich wie ein Stein runterfallen.

Lucien glitt hinter mich und hob mein Haar an. Dann legte er seine Hände zwischen meine Schwingen. Durch den tiefen Rückenausschnitt meines Shirts fühlte ich seine Finger direkt auf meiner Haut. Ich schnappte nach Luft und verlor den Auftrieb. Beinahe wäre ich abgestürzt, aber Lucien reagierte schnell. Er packte mich und presste mich an sich. Sein Lachen kitzelte an meinem Ohr, und der nasse Stoff unserer Kleider klebte wie eine zweite Haut an uns. Es war, als wären wir nackt.

»Konzentrier dich, Thorn«, raunte er und ließ seine Lippen über meinen Nacken gleiten, was ja wohl total kontraproduktiv war! Wie sollte ich mich jetzt noch konzentrieren?

»Dann hör auf, mich aus dem Konzept zu bringen!«, wehrte ich mich und befreite mich aus seinem Griff.

»In einem Kampf bist du auch abgelenkt. Trotzdem musst du dabei deine Schwingen unter Kontrolle halten.«

»Bei einem Kampf, okay. Aber wir kämpfen nicht.«

Lucien gab mich frei und legte den Kopf schief. »Ach nein?«, neckte er mich und stieß mich mit seiner Schwingenkante an. Nicht hart, aber doch stark genug, um mich aus dem mühsam gehaltenen Gleichgewicht zu befördern.

»Hör auf!«

Er lachte herausfordernd. »Komm schon, Thorn. Greif mich an. Zeig mal, was du kannst.«

»Du spinnst doch!«, rief ich und stieg mit einem Flügelschlag höher, um seiner Reichweite zu entkommen.

»Deine Schwingen sind Waffen. Du musst sie beherrschen, um dich zu verteidigen oder auch damit anzugreifen.« Schon war er bei mir und versetzte mir einen weiteren Stoß.

Ächzend gelang es mir, mich zu halten, da kam seine Schwingenspitze schon wieder auf mich zu. Ich parierte den Hieb, indem ich meine Schwingen vor mich schlug, nur um sofort an Höhe zu verlieren. Wieder packte mich Lucien, um zu verhindern, dass ich abstürzte.

»Du musst aufpassen, Thorn. Wenn wir nicht hoch genug in der Luft sind, kann es schwer werden, ausreichend Auftrieb zu bekommen, um einen Sturz abzufangen.«

Er zog mich an seine Brust und lächelte mich an. »Und ich werde nicht immer da sein, um dich zu retten.«

»Nicht? Ich dachte, du hast da so einen Eid vor dem Rat abgelegt, dass du genau das tun würdest?«

»Und ich dachte, du findest so was mittelalterlich und total uncool.«

Ich schnaubte. Irgendwie schaffte es dieser Kerl doch immer, mir meine Worte im Mund umzudrehen.

»Du willst also kämpfen? Na schön, aber als wir zuletzt gekämpft haben, habe ich dich besiegt«, erinnerte ich ihn.

Luciens Augen verengten sich. »Du hast damals mit unfairen Mitteln gekämpft«, gab er zurück und hob sein nasses Hemd an, um mir die Wunden des Elektrostabs zu zeigen. »Diesmal wird es ausgewogener sein.« Er nahm eine kämpferische Haltung an, sein amüsiertes Funkeln war verschwunden.

Kurz flackerte mir ein Bild vor Augen. Eine Erinnerung an jene Nacht, in der ich eine fatale und falsche Entscheidung getroffen hatte.

Nur wenige Schritte hatten Lucien von mir getrennt, und ich hatte gewusst, er war gefährlich schnell. Besonders, wenn dieses Funkeln in seine Augen trat.

»Wie soll es enden, kleine Dorne? Sag es mir, denn ein gutes Ende nimmt es sicher nicht.« Er neigte bedauernd den Kopf. »Du wirst wieder bluten – doch diesmal werde ich nicht da sein, um dich zu halten. Um deinen Schmerz fortzuküssen. Diesmal werde ich der Ursprung deines Schmerzes sein!«

Ich hatte ihm geglaubt. Jede Faser meines Seins hatte diesen düsteren Worten geglaubt. Lucien York war mein Untergang. Und der Ursprung meiner Qual.

»Du wirst mir doch nicht wehtun«, fragte ich von plötzlicher Kälte gepackt.

Lucien kam näher. »Ich habe dir gesagt, ich würde dich bluten lassen, Thorn«, wisperte er. »Ich habe es gesagt, weil ich den Schmerz nicht ertragen konnte, dich an Riley Scott zu verlieren.« Er drehte sich im Halbkreis und täuschte einen Angriff an.

Ich wirbelte in der Luft herum, um mich zu verteidigen. Mein Herz hämmerte in der Brust, und meine Höhenangst kam zurück.

Ein Kampf in dieser Höhe war verrückt! »Nicht!«, beschwor ich ihn und hob abwehrend die Hände. »Ich habe dir das mit Riley erklärt.«

»Das hast du. Aber da war es schon zu spät.« Wieder ging er auf mich los, und diesmal landete er einen Treffer. Ich zuckte unter dem unerwarteten Schmerz zusammen, und wie von selbst spreizten sich meine Schwingen zu ihrer vollen Größe auf. Ein flammend roter Schutzschild erhob sich hinter mir.

»Bitte, hör auf, Lucien!«, flehte ich. »Du machst mir Angst!«

Seine Miene wirkte so verschlossen, dass ich nicht mehr wusste, was ich noch denken sollte. War er wirklich sauer auf mich? Hatte ich mit meinem Witz über meinen Sieg in jener Nacht einen Fehler gemacht? War dies Teil seiner Übung, oder war das sein Ernst?

»Mach es mir doch nicht so leicht, Thorn!«, rief er und flog einen Bogen über der Ruine der alten Abtei, ehe er erneut auf mich zukam und mir einen Hieb versetzte. »Als du davongelaufen bist, hast du mir doch auch, ohne zu zögern, wehgetan.«

»Du bist verrückt!«, rief ich und ließ mich tiefer sinken. Meine Schwinge pochte unter der Wucht seines Schlags, und ich hatte Angst abzustürzen. Zitternd landete ich auf der Spitze des ehemaligen Altarraums. Das Bogenfenster unter mir warf gespenstische Schatten auf den Boden, und ich drehte mich um mich selbst. Wo war Lucien? Eben hatte ich ihn noch gesehen. Jetzt war er fort. »Ich wollte dir nie wehtun!«, rief ich, um ihn zu einer Antwort zu bewegen. Ich musste wissen, wo in dieser Ruine er war. Hinter mir raschelte es, doch in dieser verfluchten Dunkelheit war kaum etwas auszumachen.

»Du kannst noch immer nicht im Dunkeln sehen, oder?«, flüsterte es hinter mir, und als ich mich umdrehte, stand er da. Groß, mächtig und bedrohlich. Er packte meine Schultern, presste mir einen groben Kuss auf die Lippen und schleuderte mich dann in die Luft. Ich schlug mit den Flügeln, um mich zu stabilisieren, doch schon krachte ich gegen einen Mauervorsprung.

Schmerz explodierte in meinem Körper und nahm mir den Atem. Ich verstand einfach nicht, war hier los war. Eben hatten wir uns noch geküsst, und nun …

»Wenn du dich nicht verteidigen kannst, Thorn, solltest du dir besser keine Feinde machen«, hallte es dumpf durch das deckenlose Kirchenschiff. Ich rappelte mich ächzend auf und kauerte mich gegen die Wand. Die sandsteinfarbenen Mauern reflektierten kalt das Mondlicht, und in den Pfützen tanzten die Schatten. Das Prasseln des Regens machte es mir schwer zu hören, woher seine Stimme kam. Hektisch wischte ich mir die Haare aus dem Gesicht.

»Du bist nicht mein Feind!«, schrie ich verzweifelt. Der Schmerz und der Schock darüber, dass der Mann, nach dessen Zärtlichkeiten ich mich eben noch gesehnt hatte, mich nun angriff, trieben mir die Tränen in die Augen.

»Du hast gesagt, ich bin ein Monster.« Seine Stimme klang gefährlich nahe, aber ich sah ihn dennoch nicht.

»Ich habe mich geirrt!«

Sein Lachen kam von der anderen Seite. Ich suchte die Finsternis nach ihm ab. Da! Der Schimmer seiner Schwingen verriet ihn. Er bewegte sich, begleitet von einem Donnergrollen in der Ferne, als er mit einem Satz auf dem höchsten Punkt der Ruine landete. Er breitete die Schwingen aus und wirkte wie eine Engelsskulptur aus Stein. Wenn nur seine Augen nicht so mörderisch funkeln würden …

»Komm schon, Thorn. Ein Sturm zieht auf. Sag mir, wie soll das hier enden? Wie geht das mit uns aus?«

Wieder erwachte meine Erinnerung. Ich fasste mir an die Schläfe, um das Echo seiner Worte in meinem Kopf zu fassen zu bekommen.

»Du willst wissen, wie das hier ausgeht?«, hatte ich gefragt. »Vielleicht endet es auf meine Weise«, hatte ich vorgeschlagen, die Schwingen auseinandergerissen und die Energie gespürt, die sich wie eine Feuerwand durch den Raum ausbreitete. Eine Druckwelle riss die Bettvorhänge beiseite und schlug die Tür zum Flur mit einem lauten Knall zu. Der Spiegel an der Wand barst, und die Silberschwingen, die uns gefolgt waren, duckten sich erschrocken zu Boden. Nur Lucien stand mir noch immer aufrecht gegenüber. Dunkles Blut sickerte aus seinen Wunden. Dennoch hatte Ehrfurcht aus seinem Blick gesprochen. Ehrfurcht und Bewunderung. Und eine Zärtlichkeit, die mir mehr Angst gemacht hatte als alles zuvor.

Ich schnappte nach Luft. Wie damals stand Lucien mir auch jetzt gegenüber. Nicht Blut, sondern Regen troff an ihm hinab, und endlich erkannte ich, was er vorhatte. Mein Herz überschlug sich beinahe, als ich mich trotz meiner schmerzenden Schwinge aufrichtete.

Ich suchte seinen Blick und straffte die Schultern. »Es endet auf meine Weise!«, rief ich wie damals und ließ die Energie durch meinen Körper fließen. Ich sammelte sie in meinem Magen, dort, wo vorhin noch Luciens Küsse gekribbelt hatten, und spürte, wie sie mich erfüllte. Als ich meine Schwingen auseinanderriss, drückte mich meine eigene Kraft wie der Rückstoß einer Waffe nach hinten, während sich eine Druckwelle wie bei einer Explosion durch die Abtei walzte. Ich sah, dass es Lucien von seinem Platz auf dem Bogenfenster riss, und hielt gebannt den Atem an, denn an manchen Stellen prasselten laut die Steine aus den altertümlichen Mauern herab.

Wie immer, wenn ich diese Kraft aufbrachte, fühlte ich mich leer, sobald die Energie aus mir hinausgeströmt war. Meine Knie zitterten, und ich tastete Halt suchend nach der Mauer. Meine

Hand stieß auf etwas Hartes, aber es war nicht die Mauer. Trotzdem erinnerte Lucien an eine undurchdringliche Wand, wie er so dunkel hinter mir stand.

Er zog mich in seine Arme und küsste mich, als läge all die Kraft, die ich von mir geschleudert hatte, in seinem Kuss.

»Du musst diese Kraft beherrschen, Thorn«, flüsterte er. »Sie verleiht dir mehr Macht, als alle Oberen zusammen aufbringen können.« Wieder lag diese Bewunderung in seinem Blick, und ich ergab mich erleichtert seiner Umarmung.

»Ich hatte Angst vor dir«, gestand ich leise.

»Ich weiß, kleine Dorne. Ich weiß. Es tut mir leid, aber ich musste sehen, ob du diese Fähigkeit bewusst abrufen kannst.«

»Ich habe den Stein am Eingang des Verstecks angehoben. Du weißt also, dass ich es kann.«

Er nickte und streichelte meinen Rücken. Sanfte Küsse regneten auf mich herab. »Ich musste sehen, dass du es im *entscheidenden Moment* kannst, Thorn. Dann, wenn die Angst dich lähmt. Oder du eine Entscheidung treffen musst.« Er hob mich hoch und schlug seine Schwingen um uns, was endlich den Regen daran hinderte, meine überreizten Nerven noch weiter zu malträtieren. Dann senkte er den Kopf und strich behutsam mit seinen Lippen über meine. »Es freut mich, dass du mich nicht länger für ein Monster hältst«, murmelte er.

»Wird das, was damals war, nicht immer zwischen uns stehen?«, fragte ich, denn seine Wut von vorhin war mir so echt vorgekommen.

»Es steht nicht zwischen uns, kleine Dorne. Es ist Teil unserer gemeinsamen Geschichte. Und es ist der Teil, in dem ich erkannt habe, dass, was immer du auch tust und was immer du auch bist, ich dich nicht verlieren will.«

Kapitel 22

Der Weg zurück in meine Kammer kam mir endlos vor. Meine Klamotten klebten nass am Körper, und ich fror. Dabei kochte mein Blut, denn Lucien war direkt hinter mir. Eine Spannung, wie ich sie noch nie erlebt hatte, baute sich in mir auf, denn ich wusste, er würde mich in dieser Nacht nicht verlassen. Die Art, wie er meine Hand hielt, wie seine Schwingen meine zufällig streiften, und der verheißungsvolle Blick … das alles brachte mein Herz ins Stolpern.

Ich fluchte leise, als Aric, Magnus und Niklas uns aufhielten.

»Wo kommt ihr denn her?«, fragte Nick und sah fragend auf unsere nasse Kleidung.

»Trainieren«, erklärte Lucien. »Thorn hat ihre Fähigkeiten noch nicht so ganz im Griff.«

»Hättet ihr was gesagt, wären Jax und ich mitgekommen.«

Ich wurde rot. Hätte mir ja gerade noch gefehlt, dass meine neuen Brüder zusahen, wie ich Lucien küsste.

»Das nächste Mal«, winkte Lucien einfach ab und zupfte an seinem nassen Shirt. »Bei dem Wetter ist das kein Vergnügen.«

Ich schlang mir die Arme um den Körper, denn tatsächlich kroch die Nässe langsam unter meine Haut. »Stimmt. Und die Dunkelheit ist auch übel. Ich kann einfach nichts sehen«, stimmte ich bibbernd zu. »Das muss ich echt noch üben.«

Aric nickte, und Magnus runzelte die Stirn. »Vielleicht fehlt dir diese Fähigkeit«, schlug er vor. »Wir wissen, dass Artus im Dunkeln auch nicht gut sehen konnte.«

»Nicht?« Obwohl mich Luciens Nähe weiter in meine Kammer trieb, interessierte mich dieses Detail. »Woher wisst ihr das?«

Arics Miene verhärtete sich. »Valon hat es mir erzählt. Er hat mir alles erzählt. Und nach dem Verrat der Oberen habe ich zusammen mit deiner Mutter versucht zu ergründen, wie viel von den Geschichten der Wahrheit entsprach.«

Alle sahen ihn an. Nun wollte jeder wissen, was sie herausgefunden hatten.

»Wir folgten Artus' Spur bis nach Silver-Isle.«

»Ist das nicht der Ort, an dem die Oberen uns treffen wollen?«

Aric nickte. »Die Insel liegt ein ganzes Stück vom Festland entfernt und ist von einer starken Brandung umschlossen. Boote können kaum dort anlegen. Sie würden gegen die Felsen geschleudert werden. Wer keine Schwingen hat, riskiert also sein Leben.«

»Wir wissen nicht, warum sich Artus auf der Insel mit den Oberen getroffen hat oder unter welchem Vorwand sie ihn dorthin gelockt haben. Sicher ist nur, dass es dort zu einem Kampf kam. Ein Kampf, den Artus in der Dunkelheit verlor.«

»Weil er nichts gesehen hat«, wisperte ich betroffen. Ich konnte mir gut vorstellen, wie es für ihn gewesen sein musste. Mit den roten Schwingen der Halbwesen war er in der Finsternis für die Silberschwingen sicherlich ein leichtes Ziel gewesen, wohingegen die grauen Schuppen der Oberen nahezu mit der Nacht verschmolzen sein mussten.

»Haben sie Artus getötet?«, fragte Lucien und legte seine Hand in meinen Rücken, um mich zu stützen.

Aric schüttelte den Kopf. »Nein. Aber sie haben ihn zum Sterben zurückgelassen.«

»Nachdem sie ihm die Schwingen mit einer Axt abgeschlagen haben«, ergänzte Magnus mit vor Entsetzen rauer Stimme. »Er wäre gestorben, wenn nicht Guinevere in einem einfachen Ruderboot ihr Leben riskiert hätte, um ihn von der Insel zu holen.«

»Ich dachte, Boote können dort nicht anlegen?«, warf ich ein.

»Das können sie eigentlich auch nicht. Sie muss gegen die Fluten angekämpft haben wie eine Löwin. Jedenfalls schaffte sie es, und dank ihr überlebte Artus. Die Oberen nahmen an, sie hätten ihn getötet, und so lebte er einige Jahre im Verborgenen wie ein Mensch an Guineveres Seite. Sie bekamen Kinder, zu deren Nachfahren Valon zählte. Doch als König sah er sich nicht mehr. Nicht nach dem Massaker, das die Oberen in Glastonbury anrichteten. Er gab sich selbst die Schuld daran. Als die Oberen Jahre später ihren Fehler bemerkten, kehrten sie zurück und beendeten, was sie angefangen hatten.«

»Sie werden uns alle umbringen!« Ich raufte mir die Haare und knallte die alte Tür der Kammer hinter mir ins Schloss. »Das hat doch alles keinen Sinn! Wir …«

»Beruhig dich!« Lucien legte seine Hände auf meine Schultern und strich mir sanft über die Arme. »Niemand wird uns umbringen. Wir sind nicht Artus. Wir sind nicht allein.«

»Ich fühle mich aber allein«, protestierte ich hoffnungslos.

»Schhht«, flüsterte er und versiegelte meine Lippen mit einem Kuss. »Du bist nicht allein. Ich bin bei dir. Jetzt. Morgen. Und wenn es zum Kampf kommt, werde ich meine Schwingen schützend über dich halten, so wie ich es dir bei unserem Eid geschworen habe. Wer dich will, muss erst an mir vorbei, kleine Dorne.« Er hob die Hand an meine eisige Wange und sah mich an. »Du frierst«, stellte er fest und zupfte an meinem nassen Shirt. »Das müssen wir ändern.«

Ohne meine Zustimmung abzuwarten, ließ er seine Hände unter mein Oberteil gleiten, hob meine Arme und streifte es mir über den Kopf. Er hatte mich schon ohne Shirt gesehen. Mehrfach. Trotzdem stieg mir das Blut in die Wangen, und mein Puls beschleunigte sich, als ich nur im BH vor ihm stand. Verlegen verschränkte ich die Arme vor der Brust und senkte den Kopf.

Luciens leises Lachen erwärmte die kalte Kammer, und seine nassen Schwingen streichelten leicht über meine Taille. Ich sog den Atem ein, während ein Schauer über meinen Rücken rann.

Wortlos schlüpfte auch Lucien aus seinem Shirt. Er sah mich nicht an, sondern breitete unsere nassen Kleider säuberlich über eine Stuhllehne zum Trocknen aus. Dann drehte er sich langsam zu mir um. Seine Augen wanderten über meinen Körper, und anders als ich schien er sich seiner spärlichen Bekleidung nicht bewusst zu sein. Seine nackte Brust schimmerte feucht im schwachen Licht der Wandfackeln, und die Male des Elektrostabs überzogen seine ansonsten makellose Haut wie dunkle Flüsse.

Ich hielt die Luft an, als er langsam näher kam.

Nur wenige Zentimeter trennten uns, und Lucien hob die Hand an meinen Nacken. Er griff in mein Haar und begann, meinen Zopf zu lösen. Die feuchten Strähnen strichen kalt über meinen Rücken, als er seine Finger wie einen Kamm hindurchgleiten ließ.

»Du zitterst«, stellte er fest, und seine Fingerspitzen glitten von meinem Nacken über meinen Hals bis an meine Wangen. Er umfasste mein Gesicht und senkte seine Lippen auf meine. Sein Atem wanderte heiß über meine Haut, und ich kam automatisch der Wärme seines Körpers entgegen. Wie ein Sromschlag durchfuhr es mich, als ich seine Haut berührte. Ich legte den Kopf in den Nacken, um unseren Kuss zu vertiefen, und schlang meine Arme um seinen Hals. Lucien barg mich in seine Umarmung, hob mich hoch und trug mich zu dem schmalen Bett an der Wand. Er setzte sich auf die strohgefüllte Matratze und nahm mich rittlings auf seinen Schoß. Seine Hände lagen auf meiner Taille. Abwartend sah er mich an, als er sie Stück für Stück über meinen Körper wandern ließ. Er fuhr über meine Schwingen, während er meine Schultern mit kleinen Küssen übersäte.

Ich hatte solche Gefühle noch nie erlebt. Meine Haut stand in Flammen, dort, wo er mich berührte, und zugleich rieselten Hunderte kleiner Schauer wohlig über meinen Körper. Meine Finger kribbelten, als ich sie an seine Brust legte und das Spiel seiner Muskeln darunter erkundete. Seine Haut war glatt und viel zu warm für diese regennasse Nacht. In jeder seiner sanften Berührungen lag eine kontrollierte Kraft, die mir Sicherheit gab und mich vergessen ließ, wo ich war. Ich streichelte das feuchte Haar in seinem Nacken und die noch immer von tiefen Wunden gezeichneten Ansätze seiner Schwingen. Ich spürte, dass er erstarrte, als würde es ihm noch immer Schmerzen bereiten. Mit jedem Zentimeter seines geschundenen Rückens, den ich vorsichtig erforschte, entspannte er sich mehr. Meine Berührung schien Lucien von seiner selbstauferlegten Zurückhaltung zu befreien, er ließ seine Lippen weiter über meinen Körper wandern. Seine Küsse waren überall. An meinem Hals, meinem Schlüsselbein und an der kleinen Kuhle meiner Kehle. Ich wölbte mich seinen erkundenden Händen sanft entgegen. Sein Daumen strich über die Spitze meines BHs, und ein Keuchen entrang sich meiner Kehle.

»Soll ich aufhören?«, raunte er mit vor Erregung heiserer Stimme. Verständnis lag in seinem Blick, vermischt mit Zärtlichkeit und Verlangen.

Ich schüttelte den Kopf. Meine Kehle war wie zugeschnürt, und meine Lippen pulsierten von seinen Küssen. »Nein. Hör … hör nicht auf.«

Der silberne Glanz in seinen Augen machte mich ganz schwach, und obwohl ich mich in seinen Armen so verloren fühlte, spürte ich doch, dass ich Macht über ihn besaß. Wir waren uns so nahe wie nie zuvor. Und doch würde er mir nicht wehtun. Das wusste ich nun.

Sein erleichtertes Lachen hallte von den schmucklosen Wänden der Kammer wider, und er drängte mich sanft nach hinten auf die Matratze.

Er streckte sich neben mich und strich mir eine Haarsträhne aus der Stirn. »Ich habe noch nie ein Mädchen wie dich getroffen, kleine Dorne«, flüsterte er und rieb zärtlich eine meiner glühenden Silberschuppen zwischen seinen Fingern. »Ich stehle dir hier in der Dunkelheit Küsse, dabei sollte ich dir besser beibringen, das Dunkel mit deinem Blick zu durchdringen.«

Mit einem Schlag seiner Schwingen erlosch die Fackel an der Wand. Ein silberner Rauchfaden schlängelte sich durch den Raum, und einige Funken stoben durch die Luft, ehe sie verglühten.

Als hätte die plötzliche Finsternis meine anderen Sinne geschärft, verstärkte sich die Spannung in meinem Bauch, das Kribbeln auf meiner Haut, als Lucien erneut seine Finger über meine Taille streifen ließ.

»Du willst *jetzt* mit unseren Übungen weitermachen?«, japste ich ungläubig. Merkte er denn nicht, wie … wie … wie verliebt ich gerade war?

Lachend küsste er meine Nasenspitze. »Nein, das will ich ganz und gar nicht. Aber wenn ich jetzt nicht ganz schnell an etwas anderes denke, dann …«

»Dann?«

Er küsste mich, anstatt mir sofort zu antworten. »Ich will mit dir zusammen sein, wenn das alles hinter uns liegt. Wenn ich weiß, dass du dich für mich entscheidest, weil du es willst, und nicht, weil du dich in einer ausweglosen Situation befindest.«

»Aber …«

Lucien lachte. »Du bist so süß, kleine Dorne. So schön, dass ich kaum aufhören kann, dich zu küssen.«

»Dann tu es nicht.«

»Das tue ich auch nicht. Ich kann gar nicht anders, als zu sehen, wie sich deine smaragdgrünen Augen verdunkeln, wenn ich dich küsse. Aber ich werde irgendwann der Laird der Silberschwingen von London sein. Und ich will dich als meine Gefährtin an meiner Seite haben. Unsere Verbindung soll vor allen Silberschwingen Bestand haben. Du weißt, dass es Teil der Zeremonie ist, seine Versprochene das erste Mal zu küssen, wenn das Bündnis besiegelt wird.«

Ich nickte. »Aber wir haben uns schon geküsst.«

»Ist mir nicht entgangen«, scherzte Lucien. »Aber den Rest machen wir richtig, kleine Dorne. So schwer es mir auch fällt, meine Finger von dir zu lassen.«

Wie, um zu zeigen, wie ernst es ihm damit war, nahm er quälend langsam seine Hände von meinem Körper. Ich wollte protestieren, ihn festhalten, aber ich verstand seine Beweggründe. Irgendwie ehrte es ihn, dass er den Taumel meiner Gefühle nicht ausnutzte. Dass er mich nicht überrumpelte und mich drängte.

»Ich liebe dich«, flüsterte ich und fasste doch noch nach seiner Hand. Ich wollte nicht, dass die Berührung abriss.

Zärtlich beugte er sich über mich und küsste mich. »Das ist ein guter Anfang für unser Bündnis«, murmelte er. »Denn ich fürchte, mir geht es da ähnlich.«

»Du fürchtest es?«, rief ich entrüstet und kicherte, als er sich schwer auf mich sinken ließ.

»Ja, ich fürchte es, kleine Dorne.« Er küsste mich erneut und hielt mir dann die Augen zu. »Und jetzt hör auf, so verführerisch auszusehen, mir den Verstand zu rauben und meine Selbstbeherrschung auf die Probe zu stellen«, verlangte er und atmete tief durch. »Schließ lieber die Augen und versuch, dich auf deinen Atem zu konzentrieren«, flüsterte er und hauchte Küsse auf meine Lider.

»Ich muss aufhören, aber du darfst weitermachen?« Das Blut rauschte so schnell durch meinen Körper, dass ich glaubte zu glühen. Zwar fasste er mich nicht mehr an, aber seine Schwingen kitzelten mich überall.

»Schht, lass dich fallen, Thorn.« Er blies mir seinen Atem wie eine Feder über den Bauch. »Versuch, die Dunkelheit zu fassen zu bekommen, und nimm sie in dir auf.«

Ich klammerte mich an seine Schultern, ergab mich seiner Zärtlichkeit und probierte dennoch, meine Gedanken und Kräfte auf die uns umgebende Schwärze zu lenken.

»Ich kann das nicht, Lucien«, wisperte ich schwach.

»Du bist mächtig, Thorn«, flüsterte Lucien und rückte etwas von mir ab. »Mit jeder Berührung spüre ich deine Stärke. Ich weiß, dass das in dir steckt. Ich kann es fühlen. Vielleicht nicht heute. Aber irgendwann wird dich die Nacht nicht länger aufhalten.«

Seine Worte klangen so überzeugt. So voller Vertrauen, dass ich ihm einfach glauben wollte.

»Wenn du bereit bist, öffne die Augen.«

Ich war ganz und gar nicht bereit. Meine Sinne gehorchten mir überhaupt nicht. Ich war nur auf Luciens Berührung ausgerichtet. Als wäre ich allein auf ihn gepolt. Mein Körper kam mir vollkommen fremd vor. Nie hatte mich jemand so berührt. Nie hatte ich mich jemandem so offenbart. Es erschien mir, als hätte ich zum zweiten Mal Schwingen bekommen. Als wäre nichts mehr wie zuvor. Dieses Gefühl, verliebt in Lucien York zu sein, war noch nie so mächtig gewesen. Ich war nicht nur verliebt. Verknallt, wie Anh so gerne sagte, wenn sie mal wieder einen Jungen aus unserer Schule ins Visier genommen hatte. Nein, das, was ich für Lucien empfand, ging viel tiefer. Ich liebte ihn so sehr, dass seine Nähe mir das Gefühl gab, stärker zu sein, als ich es in Wirklichkeit war. Er hob mich auf ein neues Level. Ich wollte ihn nicht enttäuschen.

Ich kniff die Augen fest zusammen, denn ich hatte Angst. Angst, bei dieser Übung erneut zu versagen. Ich konnte einfach nichts sehen. Es hatte noch nie funktioniert.

»Bist du bereit?«, flüsterte Lucien und setzte sich auf.

Ich nickte. Ich war nicht bereit, aber das würde ich wohl nie sein. Langsam öffnete ich die Lider und filterte jedes Lichtpartikel heraus. Ein silberner Glanz vermischte sich mit der Schwärze, und die Konturen gewannen an Klarheit. Ich blickte in Luciens Augen und erkannte darin taghell und leuchtend die Gewissheit, dass auch er mich liebte.

»Es klappt!«, jubelte ich, doch schon schluckte die Nacht jeden Hauch von Helligkeit und stieß mich zurück in die Dunkelheit. »Mist!«, rief ich und schlug mit der Faust auf die Matratze ein. »Ich war so nah dran!«

Lucien legte den Arm um mich. »Was hast du gesehen?«, fragte er leise und zog mich an seine Brust.

Ich schmunzelte und kuschelte mich dichter an ihn. Die Dunkelheit war noch immer undurchdringlich, aber sie machte mir dennoch keine Angst. Ich schloss einfach die Augen, um sie auszusperren. »Die Wahrheit«, murmelte ich glücklich. »Ich habe die Wahrheit gesehen.«

Kapitel 23

Als ich am nächsten Morgen erwachte, war Lucien schon fort. Im ersten Moment war ich traurig, aber dann machte sich fast so etwas wie Erleichterung breit. Ich sah bestimmt nicht gerade super aus, so zerknautscht, wie ich mich nach dieser Nacht in nassen Jeans fühlte. Ich stand auf und prüfte, ob mein Shirt inzwischen getrocknet war. Es war nicht mehr ganz so nass wie gestern, als Lucien es mir ausgezogen hatte, aber doch noch etwas klamm. »Vermutlich bekomm ich 'ne Lungenentzündung!«, fluchte ich, während ich mir den kalten Stoff überzog. Ich flocht meine Haare und strich mir die Schwingen, so gut es ging, glatt. Dann schulterte ich meinen Rucksack und machte mich auf die Suche nach den anderen.

Ich verließ die Kammer und sah, dass die Tür zu Artus' ehemaligem Gemach offen stand. Stimmen drangen an mein Ohr, und ich trat näher.

»… froh zu sehen, dass du alles gut überstanden hast«, sagte Lucien.

»Das hätte ich nicht, wenn Thorn mir nicht beigestanden hätte.« Rileys rauchige Stimme klang bei Weitem nicht mehr so kraftlos wie direkt nach der Operation. »Sie hat meinen Schmerz einfach auf sich genommen.«

Ich blieb stehen, denn ich wollte ihr Gespräch nicht stören. Außerdem war es mir unangenehm, dass sie über mich sprachen.

»Sie ist stärker, als sie aussieht«, stimmte Lucien zu.

»Liebst du sie?« Rileys Frage ließ mich aufhorchen.

»Ich würde mein Leben für sie geben. Genau wie du.«

Ein leises Kaugummiploppen ersetzte eine Erwiderung.

»Was macht der Rücken?«, fragte Lucien. Ich sah an den Schatten auf dem Boden, dass er hinter Riley trat. »Das wird gewaltige Narben geben.«

Riley lachte. »Soll ja Frauen geben, die auf so was stehen.«

»Wirst du dir ein Mädchen suchen? Eine Menschenfrau?«, hakte Lucien nach.

Ich konnte Rileys Schulterzucken beinahe vor mir sehen. »Keine Ahnung. Auf jeden Fall habe ich keinen Bock mehr, allein zu sein. Ich bin ja nur aus Darlighten Hall weggegangen, weil ich mich verlieben wollte. Ein echter Rebell war ich nie. Genauso wenig wie Conrad, Sam oder Garret.«

»Ich weiß. Kane hat mir von eurem Streit erzählt. Er hat gesagt, dass du ihn um eine Gefährtin gebeten hast. Und er konnte dir keine geben.«

»Er hat gesagt, für Typen wie mich gibt es keine passenden Verbindungen. Ich sollte mich damit abfinden und keine Unruhe stiften.«

»Wen wolltest du denn?« Lucien klang ehrlich neugierig. »Nyx? Es gab ja nicht gerade viel Auswahl auf Darlighten Hall ...«

Riley lachte rau. »Quatsch! Ich bin ja nicht Conrad!«

Wieder verzögerte eine platzende Kaugummiblase die Antwort. »Nein, ich wollte niemand bestimmten. Das ist es ja gerade, was mich so wütend gemacht hat. Ich hatte keine unmöglichen Vorstellungen. Ich wollte einfach nur die Chance, überhaupt jemanden an meiner Seite zu haben, und nicht einmal das hat das Leben innerhalb des Clans für mich bereitgehalten. Darum bin ich gegangen.«

»Und dann hast du Thorn getroffen«, stellte Lucien tonlos fest.

»Das mit Thorn und mir ... ist kompliziert. Und sie hat sich für dich entschieden. Ich akzeptiere das, weil ich hoffe, dass irgendwo in dir noch immer der Junge steckt, der zu seinem Wort steht. Aber ich verlange von dir, dass du sie beschützt, besonders weil ich das jetzt nicht mehr kann. Und daran bist du nicht ganz unschuldig.«

»Ich gebe dir mein Wort, Riley. Wenn wir heute nach Silver-Isle aufbrechen, werde ich nicht zulassen, dass ihr etwas geschieht.«

Vor der Tür wuchs meine Anspannung, und ich fand, dass ich den beiden lange genug Zeit für eine Aussprache gelassen hatte. Mit einem Räuspern trat ich schwungvoll durch die Tür, als wäre ich gerade den Gang entlanggekommen.

»Wir gehen nach Silver-Isle?«

Lucien lächelte mich an. »Wir wollen doch nicht riskieren, dass deiner Familie etwas geschieht.«

»Ich dachte, Aric wollte auf keinen Fall auf Kanes Forderungen eingehen«, überlegte ich laut.

»Ich habe heute Morgen noch einmal mit ihm gesprochen«, erklärte Lucien. »Aric hat die halbe Nacht mit den Rebellen, Magnus und deinen Brüdern diskutiert. Fakt ist, die Rebellen werden uns nicht unterstützen. Sie scheuen den Konflikt mit Kane. Einige sind schon gegangen. Die anderen brechen noch heute auf. Wir sind also auf uns allein gestellt.«

»Was ist mit Aric?«

»Deine Familie steht hinter dir. Und auch die Shades kommen mit uns.«

»Dann zählt jeder Mann«, fluchte Riley und setzte sich stöhnend auf. Ich eilte an seine Seite, um ihn am Aufstehen zu hindern.

»Bist du verrückt? Bleib liegen. Du reißt ja die Wunden wieder auf!« Ich legte die Hand auf die helle Bandage, die seinen Oberkörper umspannte.

»Mir geht es gut«, widersprach Riley und ploppte wie zum Beweis eine große Kaugummiblase, die aber nicht darüber hinwegtäuschen konnte, dass er Schmerzen hatte.

»Dir geht es nicht gut!« Ich stemmte die Hände in die Hüften. »Du hattest gestern eine Riesenoperation. Du ruhst dich schön aus, oder …«

»Riley wird uns begleiten«, mischte sich Lucien ein und zog mich vom Krankenlager weg.

»Was? Spinnt ihr?« Das konnte unmöglich ihr Ernst sein. »Riley hat keine Schwingen mehr. Und keine Fähigkeiten!«

»Na, herzlichen Dank, dass du mich daran erinnerst, Thorn!«, brummte Riley und stand auf. Er streckte den Rücken durch und verzog dabei gequält das Gesicht. »Aber das wird mich nicht daran hindern, Kane und den Oberen in den Arsch zu treten. Ich habe einen persönlichen Grund zu kämpfen, falls es dir entgangen ist.«

Da sich weder Riley noch die Shades umstimmen ließen, machte sich unsere kleine Gruppe schließlich auf den Weg in Richtung Küste. Ich war froh, das geheime Versteck von Artus' Tafelrunde hinter mir zu lassen. Es war ein Ort der Dunkelheit und der geraubten Freiheit. Und ich wurde das bedrückende Gefühl nicht los, dass dies ein schlechtes Omen für unser Vorhaben darstellte.

Ich saß mit Riley, Aric und meinen Brüdern im Jeep, mit unseren roten Schwingen würden wir am Himmel zu viel Aufmerksamkeit erregen. Es war schon riskant von Lucien und den Shades, bei Tag zu fliegen. Wenigstens war der Himmel wolkenverhangen, was es den Silberschwingen ermöglichte, ungesehen zu bleiben.

»Du bist heute sehr still«, wandte sich Aric nach einer ganzen Weile an mich.

Ich zwang mich zu einem Lächeln. Mir war nicht nach reden. Ich malte mir die schrecklichsten Dinge aus, die meiner Familie passieren konnten.

»Ich habe Angst, dass meinen Eltern etwas zustößt«, gab ich zu, auch wenn ich wusste, dass Aric die Menschen nicht für meine Familie hielt.

»Du weißt, dass ich dagegen bin, dich für ihre Freiheit einzutauschen?«

Ich kniff die Augen zusammen. »Und du weißt hoffentlich, dass mir egal ist, was du oder sonst jemand dazu sagt. Ich werde nicht riskieren, dass ihnen etwas zustößt.«

Aric blickte in die Ferne. Meine Antwort schien ihm nicht zu gefallen.

»Warum kommst du überhaupt mit, wenn du mir nicht helfen willst?«, fragte ich zornig und suchte in den Gesichtern meiner Brüder nach Hilfe. »Was wollt ihr denn dort, wenn euch meine Familie nicht interessiert?«

Aric seufzte. »Du musst mich für ziemlich feige halten, Thorn. Aber ich habe meine ganze Macht verloren. Ich kann nicht mehr tun, als zu versuchen, meine Kinder zu schützen, indem ich Kämpfe umgehe. Ohne Schwingen bin ich ein Niemand, der sich verstecken muss.«

Riley schüttelte den Kopf. Er spuckte seinen Kaugummi aus dem Jeep und sah Aric verständnislos an.

»Ich bin genauso machtlos wie du. Trotzdem würde ich lieber im Kampf sterben, als mein Leben lang wegzulaufen.«

»Niemand muss hier kämpfen!«, protestierte ich. »Wenn Kane

Lucien und mich zurückbekommt, wird er meine Eltern, Jake und Anh gehen lassen. Ich vertraue darauf, dass ihr sie zurück nach Hause bringt. Und alles andere wird sich dann zeigen. Niemand wird kämpfen!«

»Du kannst nicht einfach mit ihnen gehen, Thorn!«, warnte mich Aric. »Sie bringen dich um.«

Ich kniff die Lippen zusammen, um nicht zu zeigen, dass ich selbst große Angst hatte. Schwäche würde mir jetzt nicht helfen. »Das muss ich riskieren.«

»Ich bin nicht hergekommen, um meiner Tochter beim Sterben zuzusehen!«, widersprach Aric vehement.

Sein Zaudern machte mich wirklich wütend. Riley hatte mir meinen leiblichen Vater als entschlossenen, starken Mann beschrieben, doch das, was ich bisher von ihm gesehen hatte, war eher ein zögerlicher, ängstlicher Mann, der vor allem davonlief.

»Dann mach es doch wie bisher – und sieh nicht hin, was ich tue!«, rief ich frustriert. »Sechzehn Jahre lang hat dich nicht gekümmert, wie es mir geht. Jetzt, wo meine Familie mich braucht, kann ich auf dich und deine Ängste keine Rücksicht nehmen.«

»Du hast mich immer gekümmert. Aber es war zu gefährlich, mich dir zu nähern.«

»Zu gefährlich für wen?«, spottete ich. »Für mich sicher nicht. Ich schwebte doch direkt vor den Augen der Silberschwingen permanent in Gefahr. Wenn du so ein Feigling bist, dann ist es vielleicht sogar ganz gut, dass du nicht mehr der Laird der Silberschwingen bist. Ein starkes Volk braucht einen starken Anführer!« Mich hielt es nicht länger auf dem Sitz.

»Du bist undankbar«, brummte Aric beleidigt. »Wir alle sind nur deinetwegen hier.«

»Ich wäre undankbar, wenn ich meine Familie jetzt im Stich

lassen würde«, erklärte ich, hob die Plane und machte einen kräftigen Satz, um mich in die Luft zu erheben.

Der Fahrtwind riss mich nach oben, und ich musste nur die Schwingen spreizen, um schnell an Höhe zu gewinnen.

Ich spürte mehr, als dass ich es wirklich sah, wie zwei weitere Paar rote Schwingen hinter mir aufstiegen.

»Lasst mich in Ruhe!«, rief ich, auch wenn ich wusste, dass Jax und Nick keine Schuld an meiner schlechten Laune trugen.

»Na, komm schon, Schwester!« Jax schloss zu mir auf. »Sei nicht wütend.«

»Doch!«, schrie ich. »Mich hat keiner gefragt, ob ich in diese ganze Scheiße hineingezogen werden will. Niemand hat mich darauf vorbereitet, ein Halbwesen zu sein! Und keiner von euch will mir helfen! Dann eben nicht!« Ich blieb in der Luft stehen, so wie Lucien es mir gezeigt hatte. »Ihr seid mächtige Halbwesen mit wahnsinnigen Kräften, aber mein kleiner Adoptivbruder Jake hat trotzdem mehr Mumm in den Knochen als ihr!«

»Wir helfen dir doch!«, versuchte mich Nick zu beruhigen. »Wir wollen genau wie du eine friedliche Lösung herbeiführen. Aber nicht um jeden Preis, Thorn. Das musst du verstehen. Es steht so viel auf dem Spiel …«

Ich nickte. »Ja. Das Leben aller, die mir wichtig sind!«

Kapitel 24

Lucien hatte ein ungutes Gefühl. Seine Schwingenspitzen kribbelten vor Anspannung. Silver-Isle bereitete ihm Unbehagen. Der Wind pfiff regelrecht über das sturmumtoste Eiland hinweg, und die Gischt der Wellen, die gegen die Steilklippen donnerten, verteilte sich über der Küste wie Nebel. Die Sonne hielt sich hinter dichten Wolken verborgen, und das Festland war an diesem trüben Tag in der Ferne kaum mehr zu erkennen.

Aric und Riley hatten ein kleines Motorboot gemietet, um die Insel zu erreichen, doch wo sie damit anlegen sollten, war Lucien ein Rätsel. Die Felseninsel hieß einen nicht gerade willkommen. Alle anderen waren soeben gelandet und erkundeten nun genau wie er selbst den Ort, den die Oberen für das Treffen ausgewählt hatten.

Er warf einen Blick hinüber zu Thorn. Sie stand neben ihren Brüdern und machte ein unglückliches Gesicht. Am liebsten wäre er zu ihr gegangen, hätte seine Arme um sie gelegt und sie weit fort von diesem unglückseligen Ort gebracht. Mit jedem Schritt, den er auf dem steinigen Untergrund tat, kam es ihm vor, als würde die Seele der Dinge, die hier geschehen waren, selbst durch seine Stiefel hindurch in seinen Körper strömen wollen. So intensiv wie eine Warnung.

Er fuhr sich durchs Haar, um die in seinem Nacken aufgerichteten Härchen zu glätten. Es gab keinen Grund für seine Nervosität. Kane und die Oberen waren ihm in seinem ganzen Leben noch nie wie Feinde erschienen. Er würde sich also nicht von Arics schlechter Meinung beeinflussen lassen. Es mochte stimmen, dass die Oberen ihre eigenen Ziele verfolgten, aber warum sollte man das nicht aus der Welt schaffen können? Es war an der Zeit, dass alle erfuhren, was los war. Es war an der Zeit, diese alten Geschichten zu begraben.

Mit einem Fluch auf den Lippen wandte Lucien sich um. Wem wollte er hier eigentlich etwas vormachen? Die Begegnung mit den Oberen konnte leicht aus dem Ruder laufen. Es waren Menschen in die Sache involviert. Und das war ein Problem.

Das Geräusch des sich nähernden Motorbootes riss ihn aus seinen Gedanken, und er trat bis an den steil abfallenden Rand der Klippe. Einzelne Steine lösten sich und stürzten ins tief unter ihm brodelnde Wasser. Schweigend beobachtete er, wie Riley und Aric in einiger Entfernung von den messerscharfen Felsen ankerten und die letzten Meter durch das schäumende Wasser wateten.

»Riley denkt, er kann mit dem Boot meine Eltern von hier fortschaffen.« Er hatte nicht bemerkt, dass Thorn neben ihn getreten war. Das war ungewöhnlich, denn normalerweise erspürte er sie schon von Weitem. So wie auch heute Morgen, als er mit Riley gesprochen hatte. Er hatte im Gegensatz zu seinem alten Freund, der nach dem Verlust seiner Schwingen nun über keinerlei Fähigkeiten mehr verfügte, sofort gewusst, dass sie im Flur stand und zuhörte.

»Jetzt müssen Kane und seine Männer deine Familie erst mal herbringen«, wollte er sie beruhigen. Er fasste nach ihrer Hand und streichelte ihre eisigen Finger. Von der Wärme der Silberschwingen war bei ihr im Moment nichts zu spüren.

»Wann denkst du, dass sie hier eintreffen?« Sie klang genauso angespannt, wie er sich fühlte.

»Irgendwann in der Nacht. Oder morgen ... Ich weiß, dass es hier mehr als nur ungemütlich ist, aber wenn wir uns mit diesem Ort nicht vertraut machen, könnte das ein Nachteil für uns sein.«

»Denkst du, das ist eine Falle?«

Thorn waren die Sorgen ins Gesicht geschrieben, und er schlug schützend seine Schwingen um sie. Noch immer schmerzte sein Rücken von der Bestrafung mit der Silberkatze, aber wenigstens war er wieder in der Lage, seine Schwingen einzusetzen. Der Schmerz war eher wie eine stumme Erinnerung an die Dinge, die sich endlich verändern mussten. Auch dafür kämpfte er hier. »Kane ist gnadenlos. Aber normalerweise spielt er nicht mit falschen Karten. Das würde nicht zu ihm passen.«

»Du denkst also, wir können ihm vertrauen?«

Die Zweifel in ihren saphirgrünen Augen versetzten ihm einen Stich. Sie zweifelte nicht nur an Kane, sondern auch an seiner Einschätzung der Lage.

»Ich denke, wir können ihm vertrauen. Aber das werden wir nicht. Wir werden auf alles vorbereitet sein, kleine Dorne.«

Ihr Nicken war wie ein sanftes Streicheln an seiner Brust, und für einen kurzen Moment war Lucien den Silberschwingen sogar dankbar, dass sie ihm Thorn durch ihr Handeln wieder nähergebracht hatten. Noch vor Kurzem war sie vor ihm davongelaufen. Jetzt schmiegte sie sich Halt suchend an ihn. Sie war an seiner Seite, so wie sie es von Anfang an hatte sein sollen. Damit das aber auch so blieb, musste er sich mit den Gegebenheiten vertraut machen. Hier, derart nah an den Klippen, befanden sie sich wie auf dem Silbertablett. Sie mussten dichter an die Felsen im Inneren der Insel.

»Was für ein Wellengang!«, beschwerte sich Aric, während er

mit nassen Hosenbeinen auf sie zukam. Mit einem Seufzen öffnete Lucien seine Schwingen und gab sich und Thorn wieder dem eisigen Wind preis. Auch Riley kam mit steifen Bewegungen dazu. Sein Rücken war dick bandagiert, seine fahle Haut zeigte deutlich, dass er bei jedem Schritt Qualen litt. Mitfühlend legte Thorn ihm ihre Hand auf die Schulter.

~

»Wie wollen die Silberschwingen meine Familie herschaffen, wenn das Meer so unruhig ist?«, fragte ich und erinnerte mich daran, dass Mom ziemlich leicht seekrank wurde. Schon eine Fahrt im Kinderkarussell schlug ihr auf den Magen.

»Vermutlich nicht auf dem Wasserweg«, warf Aric ein und deutete in den Himmel. »Sie werden uns zahlenmäßig sicher überlegen sein. Und wer weiß schon, ob sie die Menschen überhaupt mitbringen …«

»Fang nicht wieder an zu zweifeln, Vater!«, mischte sich Nick ein und verschränkte selbstbewusst die Hände vor der Brust. »Thorn hat recht. Du musst deine Ängste mal beiseitelassen und einfach abwarten, was kommt.«

Aric war ein Bär von einem Mann. Sein Rücken so breit wie ein Schrank, aber als er sprach, wirkte er dennoch verletzlich. »Als ich abgewartet habe, ob die Oberen Valon ziehen lassen, wurde ich enttäuscht. Als ich gehofft habe, sie würden verstehen, dass von Tessa keine Gefahr droht, wurde ich enttäuscht.« Er griff nach meiner Hand und zerrte mich mit sich. Wir mussten nicht weit gehen, bis wir erreichten, was er uns zeigen wollte. Ein von Felsüberhängen geschaffener Pavillon. Eine Art Grotte, von Efeu umrankt und mit einem dichten Teppich aus Moos und Gräsern. Aric riss die schlingenden Pflanzen ab und öffnete so den Zugang.

»Und als Artus ihnen ihr Vertrauen schenkte und hierherkam, da …«, er deutete auf die beiden mannshohen Steinschwingen, die vor uns im Gras standen wie Säulen eines Portals, »… da nahmen sie ihm seine Macht und ließen ihn zum Sterben zurück!«

In atemloser Stille löste ich meine Hand aus seinem Griff und trat näher. Vor neugierigen Blicken geschützt und von hohen Felsüberhängen umgeben, die wie ein Dach den Regen und den Wind fernhielten, ragten zwei riesige steinerne und körperlose Schwingen aus dem Boden. Sie waren größer als ich, und sobald ich die Augen schloss, kam es mir vor, als sandten sie energetische Farben aus. Ich spürte sie, obwohl ich sie noch gar nicht berührte. Heller als jeder Marmor, den ich je gesehen hatte, hob sich der Stein von den natürlich grauen Farben der Insel ab. Wären sie nicht so mächtig gewesen, hätten sie beinahe durchscheinend wirken können.

Auch Riley, Lucien und Nick studierten die Schwingen.

»Sind das …?«

»Ja. Dies sind die Schwingen von König Artus.«

Ein Stromschlag durchfuhr mich, als ich schließlich die Oberfläche berührte. Ich konnte jede einzelne Silberschuppe fühlen, und obwohl die Luft eisig und die Säulen schon lange der Kälte ausgesetzt waren, kamen sie mir warm vor. Wärmer fast als meine Finger. Eine innere Energie durchströmte die Schwingen, zwar hatte ich nicht mal die Augen geschlossen, dennoch sah ich Bilder aus längst vergangener Zeit vor mir.

»Bitte!«, hallte Artus' verzweifelter Schrei in meinem Kopf. *»Ich kann der König für alle sein!«*

Ich zuckte zurück, aber der Film der Erinnerung riss nicht ab.

Männer in dunklen Roben warfen das blonde Halbwesen zu Boden. Er wehrte sich verzweifelt, seine glühenden Schwingen zuckten panisch über den nassen Fels.

»Du Bastard wirst niemandes König sein!«, beschimpfte ihn einer der Oberen. Die goldenen Glieder an den Silberschuppen klimperten, als sie ihre Kraft einsetzten, um sich gemeinsam gegen ihn zu wenden. Halbwesen waren mächtig. Das wusste ich. Und Artus musste sehr mächtig gewesen sein, so hart, wie die Oberen mit ihm rangen, doch gegen ihre Überzahl hatte selbst das stärkste Wesen keine Chance.

»Niemand wird sich an dich erinnern!«, drohte ein anderer. »Wir werden dich auslöschen. Dich und alle, die je von dem mächtigen König Artus gehört haben!«

»So mächtig ist er nicht, jetzt, wo er mit dem Gesicht im Dreck liegt!«, höhnte ein anderer Oberer und drückte Artus' Kopf fester ins regennasse Gras.

»Spielt nicht mit ihm!«, mahnte eine weitere Stimme streng. »Beendet es!«

Als hätte diese Stimme Artus' Kampfgeist noch einmal geweckt, bäumte er sich auf, doch seine Peiniger waren ihm überlegen. Sie schlugen auf ihn ein, rissen an seinen Schwingen, sodass er nicht anders konnte, als sie zu spreizen, ganz so, wie sie es wollten.

»Ihr macht einen Fehler!«, beschwor er sie. »Die Menschen sind bereit, uns als das anzusehen, was wir sind!«

»Was bist du denn? Ich sehe in dir nur ein verkommenes Halbwesen!«, stichelte einer und setzte seinen schmutzigen Stiefel brutal auf Artus' Rücken. »Und die Menschen sind es nicht wert, sich mit uns zu vereinen. Niemals.«

»Wenn er sich so mit den Menschen verbunden fühlt, dann lasst ihn uns doch zu einem machen!«, schlug der lachend vor, der Artus' lange blonde Strähnen mit der Faust umschlossen hielt, damit er den Kopf nicht bewegen konnte. »Nehmt ihm die Schwingen!«

»Nein!« Artus' Keuchen scholl durch die Dunkelheit, ebenso wie durch meine Gedanken.

Ich stolperte rückwärts, fort von den steinernen Schwingen und ihrer grausamen Geschichte, aber der felsige Grund unter mir schien mich festzuhalten, wie die Oberen es bei Artus taten.

Ich fiel, und als meine Handfläche den Boden berührte, fühlte ich die feuchte Wärme von Blut. Ich schrie, trotzdem spülten die Bilder gnadenlos wie eine Flutwelle über mich hinweg. Mein Schrei vermischte sich mit dem von Artus, und obwohl uns Jahrhunderte trennten, drang sein Schmerz wie ein Messer durch mich hindurch.

Die blutige Schneide einer Axt sauste auf mich herab, meine Fingernägel brachen, so krallte ich mich in den Boden. Das Beben, das durch Artus' Körper fuhr, als er getroffen wurde, übertrug sich auf mich, sodass meine Schwingen unkontrolliert zuckten. Dunkelheit rollte über mich hinweg, nahm mir den Atem und katapultierte mich direkt in die Vergangenheit. Ich schmeckte den kupfernen Geschmack des Blutes in meinem Mund, hörte die Knochen unter der Wucht des Axthiebes splittern und spürte das Grauen, das in dieser Nacht die Insel erschütterte.

Ich konnte meinen Blick nicht von Artus' blutüberströmtem Leib nehmen. Das blonde Haar hing ihm in schmutzigen Strähnen ins Gesicht. Die Augen waren weit geöffnet, als könnte er dadurch die Dunkelheit durchdringen. Tränen wuschen eine heiße Spur über seine erdige Wange. Seine Lippen waren in Todesqual verzerrt, dennoch erkannte ich die beeindruckende Schönheit seines noch so jungen Gesichts. Er war ein König, und doch kaum älter als ich selbst. Seine Arme lagen reglos neben ihm, als wären sie nicht die seinen, und tiefe Wunden klafften in seinem entblößten Rücken. Dort, wo die Axt die Schwingen abgetrennt hatte, sickerte flüssiges Gold aus den keilförmigen Verletzungen. Sie hatten ihm die Axt regelrecht in den Rücken getrieben. Ihn gefällt, wie einen Baum. Das Erbe des Lichts floss zäh wie Lava aus ihm heraus und troff neben seiner Brust auf den Boden. Sein Atem kam schwach und röchelnd, und ich meinte zu spüren, wie sein Herz immer schwächer schlug. Die Farben der

Bilder, die ich sah, verblassten, so als hätte selbst die Seele der Dinge versucht, sie zu vergessen.

Das Lachen der Oberen klang so kalt durch die Zeit, dass die Bilder in meinem Kopf eigentlich hätten einfrieren müssen, doch das taten sie nicht. Und obwohl ich nur Augen für den gestürzten König hatte, fügten sich die übrigen Teile, die mein Bewusstsein aufnahm, zu einem zerstörerischen Ganzen. Euphorisch vom Blutrausch hoben die Oberen Artus' Schwingen in die Luft.

Ich schluckte hart. Genau so hatte ich mit meiner Stafette den Pokal unseres Meisterschaftssiegs gefeiert. Hoch über unseren Köpfen hatten wir stolz unsere Leistung gepriesen. Zu sehen, wie die Oberen ihre bestialische Tat ebenso feierten, krampfte mir den Magen zusammen.

Mit einem Stolz in der Brust, als würden sie die Fahne auf dem Mond hissen, rammten sie Artus' Schwingen neben seinem geschundenen Körper wie Säulen in den Boden. Die verloren bereits ihren rötlichen Glanz, wurden hart und verwandelten sich in den Stein, dessen Reinheit an ein kindliches Herz erinnerte.

»Thorn!« Riley rüttelte an meiner Schulter. Ich taumelte zwischen Realität und Vision, kaum in der Lage, mich zurechtzufinden. Mein Rücken stand in Flammen, und das Blut an meinen Fingern fühlte sich noch immer echt an. Es war echt. Meine Fingerkuppen brannten, dort, wo ich mir die Nägel bis weit ins Nagelbett hinein abgerissen hatte. Mir war übel, und als ich die Augen öffnete, sah ich in viele besorgte Gesichter.

»Wie hast du das gemacht?«, verlangte Riley mit Nachdruck.

Ich wusste nicht, was er meinte. Verstand überhaupt nichts mehr. Einzig der Atem, der durch meine Lungen strömte, zählte, denn die Bilder der Vergangenheit drohten mich zu ersticken.

»Sprich mit uns, Thorn«, flüsterte auch Lucien, der sich mit fahlem Gesicht neben mich kniete. »Was ist da gerade geschehen?«

Ich öffnete den Mund, aber meine Lippen waren so trocken, dass ich kein Wort herausbrachte. Er zog mich in seine Arme und sog erschrocken den Atem ein.

»Du blutest«, rief er überrascht, als seine Hand meinen Rücken berührte. Erst jetzt merkte ich, dass er recht hatte. »Verdammt, Thorn, was ist da gerade passiert?«, wollte er wissen und tupfte mir das Blut von den Schwingenansätzen. Genau dort, wo die Axt in Artus' Rücken gedrungen war.

»Ich …« Mein Hals kratzte, als hätte ich Glasscherben verschluckt. »Keine Ahnung. Diese Bilder … es hat sich angefühlt, als wäre ich … er.«

»Artus?«

Ich nickte. »Ich habe es gemacht, wie du gesagt hast. Meine Hand auf den Stein gelegt und …« Ich schüttelte den Kopf, um die erneut aufsteigenden Erinnerungen zu vertreiben. »Es war, als wäre ich wirklich dabei, Lucien.«

»Scheint so«, flüsterte er und sah auf das Blut an seinen Händen. »Wir haben das Gleiche getan und konnten sehen, was mit ihm geschehen ist. Aber keiner von uns … hat das gemacht.«

Zuerst dachte ich, dass er meine intensiv erlebten Erinnerungen meinte, aber der Ausdruck in seinen Augen zeigte, dass er von etwas anderem sprach. Mühsam drehte ich den Kopf, und erst jetzt bemerkte ich das schwache goldene Leuchten. Mein Blick wurde von Artus' steinernen Schwingen wie magisch angezogen, und mein Herz machte einen Satz, als ich das rosafarbene Pulsieren im Inneren des Steins sah. Wie Blut strömte es tief unter der durchscheinenden Oberfläche und sandte dabei dieses magische Leuchten aus, das von den deckenhohen Felsüberhängen dieser natürlichen Felsengrotte reflektiert wurde. Wärme strahlte von den Schwingen ab, ja, sie wirkten beinahe lebendig.

»Was ist das?«, presste ich atemlos heraus, denn auch in meinen Schwingen fühlte ich diese unbeschreibliche Energie.

»Ich habe so etwas noch nie gesehen«, gestand Lucien, und auch Riley schüttelte ungläubig den Kopf. Das Licht tanzte über die Felsenkuppel.

»Ich auch nicht. Aber …« Riley drehte uns den Rücken zu und hob sein Shirt. Trotz des dicken Verbands um seinen Oberkörper erkannten wir das gleiche Strahlen wie in den Schwingen auch unter seiner Haut. »… irgendetwas passiert hier. Ich fühle … Artus' Schwingen.«

Aric nickte. Er streifte seinen Mantel ab und hob ebenfalls sein Hemd. »Damit bist du nicht allein.« Die schon fast verblassten Narben an seinem Rücken glühten golden, als wolle das Licht noch einmal aus ihm herausbrechen.

»Wie bei der Geburt der Schwingen«, wisperte Lucien. »Es sieht aus, als …«

Magnus beendete den Satz für ihn. »Es sieht aus, als steckt noch Leben in Artus' Schwingen. Und in eurem Rücken. Es ist fast, als würden … sie kommunizieren.«

Ich rieb mir die Schläfen, um das alles irgendwie zu verstehen. Jeder Knochen in meinem Körper schmerzte, und doch fühlte ich die Kraft in den reinweißen Schwingen aus Stein, als wäre es mein eigenes Blut, das dort unter der Oberfläche schillerte.

Ich kämpfte mich auf die Knie und dann zum Stehen. Meine Schwingen zitterten, als ich sie ausstreckte, um den Druck loszuwerden, der in meinem Rückgrat tobte.

»Das … das soll ich gewesen sein?«, fragte ich ängstlich, denn das Pulsieren, das von den Schwingen ausging, drang wie ein zweiter Herzschlag durch mich hindurch. Ich trat zurück. Ein ganzes Stück, bis das rötliche Glühen im Stein schließlich erlosch und die Spannung, die die Luft zum Knistern gebracht hatte, nachließ.

»Was hat das zu bedeuten?«, fragte Magnus und legte nun seinerseits die Hand auf die versteinerten Schwingen, aber nichts geschah. Er sah aus wie ein Priester an einem Altar, so andächtig wirkte er. Die Schwingen bildeten das Zentrum aller Heiligkeit, und die mit Flechten überwachsenen Felsüberhänge erinnerten an einen heidnischen Tempel aus längst vergessener Zeit – wie ein aus Tränen und Schmerz geborener Schrein …

»Vielleicht hat Thorn als Halbwesen hier eine besondere Gabe?«, schlug Lucien vor und half dem noch immer verwirrten Riley auf die Beine.

»Es ist, als würde mein Rücken nach Artus' Schwingen rufen«, flüsterte Riley ehrfürchtig. »Vielleicht sollte Thorn das noch einmal machen.«

Ich hob abwehrend die Hände. Das Gefühl, von einer Axt niedergestreckt zu werden. Der dumpfe Schmerz, als die Oberen die zuckenden Schwingen aus seinem aufgebrochenen Rücken gerissen hatten. Das alles hallte so qualvoll in mir wider, dass mir allein von dem Gedanken, mich den Steinen ein weiteres Mal zu nähern, schlecht wurde.

»Nein!«, erklärte ich entschieden. »Du kannst dir nicht vorstellen, was … ich gefühlt habe. Das … bringt mich um!«

»Aber hast du nicht gesehen, wie das Leben in diese Schwingen zurück…«

»Ich kann nicht!« Schützend legten sich meine Schwingen um mich. »Keine Ahnung, was da passiert, Riley, aber was immer es ist, ich kann es nicht noch einmal ertragen.«

»Thorn, du musst …«

»Lass sie in Ruhe, Riley«, kam mir Lucien zu Hilfe. »Wir wissen nicht, was es mit den Schwingen auf sich hat, aber ich riskiere nicht Thorns Leben, nur um es herauszufinden. Sieh sie dir an. Sie sieht nicht so aus, als hält sie das ein zweites Mal aus.«

Aric nickte und ging zu Riley hinüber. »Ich hab es auch gespürt, Junge. Die Kraft von Artus' Schwingen scheint noch immer lebendig. Doch für uns ändert das nichts. Dieser Stein beherbergt nichts weiter als das Echo der Macht seines ehemaligen Besitzers.«

»Glaubst du nicht, dass sie sich vielleicht mit uns verbinden könnten? Die Schwingen, meine ich? Wenn doch noch Leben in ihnen steckt?«

Obwohl ich kaum verstand, worüber die beiden sprachen, bemerkte ich die freudige Erregung in Rileys rauer Stimme.

»Sie sind nicht lebendig«, widersprach Aric bitter. »Es ist Stein. Geh hin, leg deine Hand darauf. Dann erkennst du, dass du dir falsche Hoffnungen machst. Artus' Schwingen sind nur mehr Stein. Wunderschöner Stein, aber dennoch Stein.«

Ich brauchte eine ganze Weile, um mich von den Erlebnissen zu erholen. Obwohl wir dem Schrein den Rücken gekehrt und uns an den Rand der überhängenden Felsen zurückgezogen hatten, spürte ich eine Verbindung mit diesem tragischen Ort. Die Gänsehaut überzog seit Stunden meinen Körper, und auch wenn mein Rücken sofort aufgehört hatte zu bluten, als wir die Schwingen hinter uns gelassen hatten, wollte der kupferne Geschmack nicht aus meinem Mund verschwinden.

Ich hatte die Augen geschlossen und war dankbar um den eisigen Wind, der mir vom Festland her ins Gesicht peitschte. Irgendwo dort war meine Familie. Irgendwo dort war die Normalität, die ich so sehr vermisste. Wenn ich mich doch nur endlich meinem Vater Harry in die Arme werfen könnte oder meine Mutter mich tröstend auf die Wange küssen würde …

»Denkst du immer noch darüber nach, was vorhin geschehen ist?«, fragte Lucien und streichelte beruhigend meine Hand.

»Nein. Ich … ich denke nicht wirklich darüber nach. Es ist nur so, dass ich die Bilder nicht aus meinem Kopf bekomme. Artus, er … er war so … so jung. Ich hätte nie gedacht, dass er so jung sein könnte.«

»Du musst bedenken, dass seine Verwandlung, wie bei allen männlichen Silberschwingen, vermutlich schon im Alter von elf Jahren stattgefunden hat. Ab diesem Moment konnte er sich nicht mehr verstecken. Ab da hat er angefangen, seinen Platz als König einzunehmen und die Ritter der Tafelrunde um sich zu versammeln. Natürlich war er selbst für die damalige Zeit ein junger König, aber ungewöhnlich war es dennoch nicht. Die Verantwortung, die er zu tragen hatte, machte ihn zu einem Mann.«

»Artus war in unserem Alter, als sie ihm das angetan haben. Wie kann man so eine Grausamkeit ertragen, wenn man so jung ist, Lucien? Wie kann man es aushalten, so gehasst zu werden?«

Er legte seine Arme um mich und küsste meinen Nacken. »Ich weiß es nicht, kleine Dorne. Ich weiß es wirklich nicht. Vermutlich war er stärker, als wir es je sein werden.«

Ich drehte mich zu ihm um und sah in seine nachtschwarzen Augen. »Ich hoffe wirklich, wir müssen nie so stark sein.«

Kapitel 25

Das regnerische Wetter passte zu meiner Stimmung. Ich war von Kopf bis Fuß durchnässt, denn anders als meine Begleiter traute ich mich nicht weiter unter die Felsüberhänge. Artus' Geist war dort viel zu gegenwärtig. Darum klebten mir nun die Klamotten am Körper, und meine Schwingen waren schwer vom Regen. Ich zitterte vor Kälte. Das Warten zerrte an unseren Nerven. Es war bereits dunkel, auch wenn ich nicht hätte sagen können, wie spät es war. Die Nacht war einfach aufgezogen und hatte den düsteren Tag verschlungen. An meiner Seite hörte ich Lucien und Conrad leise miteinander reden, ohne zu verstehen, was wirklich gesagt wurde. Aric und Riley hatten sich erneut zu Artus' weißen Steinschwingen begeben, um sie zu untersuchen. Ich hatte abgelehnt, sie zu begleiten, als sie mich darum gebeten haben. Das Grauen saß mir noch viel zu tief in den Knochen.

»Sie kommen!«

Diese zwei Wörter von Jax brachten Unruhe auf. Alle Augen richteten sich in ehrfürchtiger Spannung auf den Horizont. Auch ich suchte den nächtlichen Himmel ab.

»Wo?«, flüsterte ich, denn ich konnte in der Schwärze überhaupt nichts erkennen.

Lucien legte mir seinen Arm um die Schultern und deutete in die Ferne.

»Dort«, raunte er. »Da kommen sie.«

Ich atmete tief ein und versuchte, meinen Blick zu schärfen. Irgendwie meine Sinne auf das zu lenken, was in der Dunkelheit verborgen war.

»Ich sehe nichts.«

»Sei froh. Denn was *ich* sehe … ist vollkommen unwirklich.« Luciens Stimme klang fremd, so überrascht schien er. Er packte meine Hand und drückte sie fest. »Bleib ruhig!«, ermahnte er mich.

Verdammt, er machte mir eine Heidenangst!

»Was ist? Was siehst du?«, verlangte ich zu erfahren, während ich noch immer die Nacht durchkämmte.

»Einen Käfig!«

»Was?« Ich fuhr zu ihm herum. »Einen Käfig? Was … für einen Käfig?« Noch ehe ich meine Frage beendete, lichteten sich die Wolken vor dem Mond ein wenig, und der ölige Schimmer der regennassen Silberschwingen am Himmel offenbarte sich mir. Dunkle Konturen der Hölle entstiegener Dämonen. Das war es, was ich sah. Und dann entdeckte ich den Käfig. Ein hysterisches Lachen bahnte sich seinen Weg aus meiner Kehle, das Grauen packte mich eiskalt im Nacken. Das war absurd! Mittelalterlich surreal. Vollkommen verrückt!

Einige Meter unter den Silberschwingen, die in einer Art militärischen Formation flogen, hing ein vergitterter Metallkäfig an Ketten in der Luft. Er wankte und wirbelte im Wind, während die Silberschwingen, die ihn hielten, immer näher kamen.

Panisch wischte ich mir die Haare aus dem Gesicht und trat bis vor an die Kante der Steilklippe. Die Wellen tosten meterhoch und brandeten donnernd gegen die Felsen. Die weiße Gischt spritzte nach oben wie Zähne. Das Meer war lebendig wie ein Tier. Ein tollwütiges, zähnefletschendes Monster. Wenn die Ketten reißen würden, dann …

Wie von selbst spreizten sich meine Schwingen alarmiert ab. Luciens Griff um meine Hand wurde fester.

»Bleib ruhig!«, wiederholte er seine Worte. »Lass sie ankommen, dann ist deine Familie erst mal außer Gefahr.«

»Sie hängen über dem Abgrund!«

»Ich sehe es, Thorn. Trotzdem … komm zurück zu den anderen und bewahre Ruhe.«

Ich schlug seine Hand weg und wischte mir die Haare aus dem Gesicht, die mir der Wind wild um den Kopf peitschte. »Ich kann nicht ruhig bleiben, während meine Eltern …«

Lucien packte mich an den Schultern und zwang mich, ihn anzusehen. »Ich werde tun, was nötig ist, um deine Familie zu retten, kleine Dorne. Also vertrau mir und komm zurück. Du kannst es nicht allein mit ihnen aufnehmen.«

Ich schluckte. Zumindest versuchte ich es. Meine Kehle war eng, mein Magen so hart wie ein Stein, und mein Herz schrie verzweifelt auf, sodass mir das Blut in den Ohren rauschte. Nie zuvor hatte ich mich so gefühlt. So hilflos und ängstlich. So verloren …

»Vertrau mir«, wisperte Lucien erneut, und der eindringliche Blick aus seinen nachtschwarzen Augen beschwor mich, genau das zu tun.

Ich nickte schwach, auch wenn ich am liebsten in den Himmel aufgestiegen wäre und … und ja, da lag das Problem. Allein hätte ich nichts ausrichten können.

Ohne ein weiteres Wort zog Lucien mich wieder zurück unter die Felsen. Seine Hand hatte sich warm und fest um meine geschlossen. Ich spürte seine Kraft, aber auch seine Furcht. Ich vertraute ihm. Doch würde uns das retten?

Die Stille, die sich über die Insel legte, als die Silberschwingen mit ihrer Last landeten, war unnatürlich. So als hätte selbst das Meer für einen Moment aufgehört zu tosen. Das stählerne Krachen, sobald der Käfig auf dem Fels der Insel aufsetzte, dröhnte in dieser Stille wie die Glocken des Big Ben.

»Das sind Ratsmitglieder«, raunte mir Lucien zu, als die Träger des Käfigs im Halbkreis vor dem Stahlkasten zum Stehen kamen. Jeder von ihnen hielt einen blitzenden Elektrostab in Händen. Wie auf ein Zeichen hin falteten sie ihre Schwingen auf den Rücken, aber das bemerkte ich kaum. Ich hatte nur Augen für die Menschen in diesem Kasten. »Käfig« war wirklich ein treffendes Wort, und er sah aus, als hätte er im Mittelalter Tanzbären beherbergt. Nur war das Mittelalter längst vorüber – und das, was man uns hier zur Schau stellte, war meine Familie.

»Thorn!«, kreischte Jake und sprang an die Gitterstäbe. Meine Mutter hinter ihm schlug sich weinend die Hände vors Gesicht, während mein Vater sie alle umschlungen hielt. Anh kauerte von Angst gelähmt in einer Ecke. Ich wollte mich losreißen, aber Luciens Griff war so hart wie der Stahl des Käfigs.

»Du kannst ihnen nicht helfen!«, ermahnte er mich leise, ohne seinen Blick vom Himmel zu nehmen. In einer beeindruckenden Formation erreichten nun die Oberen mit Kane an der Spitze die Insel. Das Gold an ihren Schwingen sah in dieser beinahe mondlosen Nacht aus wie Obsidian. Doch das Dunkel, da sie umgab, kam aus ihrem Inneren. Ich erspürte ihre Gegenwart wabernd wie Nebel, der einer finsteren Gosse entstieg, einzig erhellt von der blau züngelnden Spitze des Elektrostabs an Kanes Gürtel.

Als sie landeten, neigten die Ratsmitglieder respektvoll ihre Köpfe. Meine Begleiter richteten sich auf und rückten näher zusammen. Ein nervöses Kaugummiploppen zeigte mir, auch ohne mich umzudrehen, dass Riley an meine Seite zurückgekehrt war.

Ich schloss für einen Moment die Augen und fühlte in mich hinein. Die Aura von ihnen allen verband sich mit meiner. Die

Shades, Riley, Aric und Magnus, genau wie meine Brüder und Lucien. Wir standen beisammen, als Einheit.

Vielleicht wirkten wir nicht so entschlossen wie Kane mit seinen Männern. Doch die roten Schwingen meiner Brüder, vielleicht sogar die meinen, mussten auch bei unseren Feinden Ehrfurcht hervorrufen.

Noch einmal drückte Lucien meine Hand, dann übergab er sie an Riley. »Pass auf sie auf«, raunte er und trat aus unserer Gruppe heraus. Die anderen rückten nach und verlagerten sich etwas weg von dem Bergkamm. Denn der Fels, der uns bisher Schutz vor dem Regen geboten hatte, verhinderte auch einen Rückzug, sollte man uns angreifen. Ich schleppte mich mit, meine Beine waren schwer wie Blei. So blieb ich an Rileys Seite stehen und sah zu, wie der Mann, den ich liebte, sich immer weiter von mir entfernte.

Lucien ging seinem Vater entgegen. Auch Kane trat aus dem Schutz seiner Männer hervor, blieb aber stehen, ehe er ihn erreichte. Lucien wusste, es war eines der Machtspiele seines Vaters. Er wartete, bis man zu ihm kam, anstatt umgekehrt.

»Sohn!«, grüßte Kane laut, aber ohne jedes Gefühl väterlicher Zuneigung in der Stimme. »Ich bin enttäuscht, dich auf der falschen Seite dieser Angelegenheit stehen zu sehen. Du weißt wohl nicht, wo dein Platz ist!«

Lucien straffte die Schultern. Ohne auf die Provokation einzugehen, neigte er zum Gruß den Kopf. So wie sein Vater es erwarten würde. Er ließ sich Zeit. Blickte in die Gesichter der Ratsmitglieder, gewährte auch den Oberen ein ergebenes Nicken. Erst dann schaute er Kane wieder an.

»Ich sehe Silberschwingen auf beiden Seiten stehen, Vater«, erklärte Lucien. »Sollten wir nicht eine Lösung für alle finden?«

Sein Blick wanderte zu den Oberen. An Charles Manners' knollenartiger Nase blieb er hängen. Dessen spärliche Haarpracht klebte ihm aufgrund des Regens wie Spinnenbeine am Kopf. »Warum diese versessene Jagd nach Thorn, dass ihr unsere Existenz sogar vor den Menschen offenbart?«

»Tu doch nicht so, Sohn! Diese Menschen wussten um unsere Existenz, lange bevor wir uns ihnen zeigten. Sie sind Mitverschwörer von Aric Chromes Rebellion.« Kane strich sich den Bart glatt, als könne er dadurch auch seine Emotionen kontrollieren. »Und nun komm zur Vernunft und nimm deinen Platz an meiner Seite ein, Lucien, damit wir diese lästige Sache endlich aus der Welt räumen können.«

Lucien lachte, während er vorsichtshalber seine Schwingen etwas abspreizte. »Du glaubst doch nicht ernsthaft, dass die Oberen mich noch immer als deinen Nachfolger akzeptieren würden?«

»Wenn du jetzt endlich zur Vernunft kommst, haben sie das nicht zu entscheiden. Ich bin der Laird der Silberschwingen von London. Und ich entscheide, wer mir nachfolgt. Aber das wirst nicht du sein, Lucien, wenn du weiterhin an dieser unsinnigen Verbindung mit dem Halbwesen festhältst. Es war ein Fehler, sie nicht sofort zu vernichten. Ein Fehler, Sohn!«

Lucien ballte die Hände zu Fäusten. Er wandte sich um, sah in Thorns versteinertes Gesicht, und obwohl viele Meter sie trennten, spürte er ihre Angst. Er wollte etwas erwidern, aber Thorns Vater Aric kam auf ihn zu.

»Kläre deine Nachfolge auf Darlighten Hall, Kane!«, rief Aric gegen den Wind an und nickte in Richtung des Käfigs. »Wir sind hier, um über das Schicksal dieser Menschen zu verhandeln. Also sagt, was ihr wollt!«

Percy Raglan reckte seine Adlernase in den Wind und strich sich über die goldenen Ketten seiner Robe. Er fiel Kane mit einem Wink seiner matschig grauen Schwinge ins Wort. »Aric Chrome«, trällerte er, als hätte er etwas längst Verlorengegangenes wiedergefunden. »Ich hatte nicht gedacht, dass wir uns je wiedersehen.«

»Du meinst, nachdem du mir eigenhändig die Schwingen gebrannt und mich dann mit wehenden Fahnen aus meinem Haus gejagt hast?«, hakte Aric bitter nach.

Percy lachte. »Mir war so, als wären wir im Recht gewesen, was das anging.«

»So wie ihr auch im Recht wart, als ihr Valon angegriffen habt? Nachdem er zu euch kam, um euch zu warnen? Nachdem ihr mir euer Wort gegeben hattet, ihn ziehen zu lassen?«

Percy Raglan winkte ab. »Alte Geschichten, Aric. Alte Geschichten. Das hat nichts mit dem zu tun, weshalb wir uns heute hier versammeln.«

»Hier auf Silver-Isle? Ein besonderer Ort, wie mir scheint«, knurrte Aric. »Warum habt ihr ihn ausgewählt? Wollt ihr wiederholen, was vor Jahrhunderten hier geschah? Wollt ihr erneut die wahre Geschichte mit euren Lügen umschreiben?«

Diesmal war es Sir Alexander Duff, der seinen fleischigen Körper in Bewegung setzte, um die Aufmerksamkeit auf sich zu ziehen. »Wir hielten es für klug, euch zu zeigen, was die Oberen mit Halbwesen zu tun pflegen«, erklärte er gehässig. »Sicher habt ihr euch hier umgesehen, nicht wahr?«

»Valon hat mir schon vor vielen Jahren berichtet, was sich hier zugetragen hat. Nur dachte ich bisher immer, es wäre euch wichtig, eure Schandtaten geheim zu halten? Dass ihr jetzt selbst so viele Silberschwingen herführt, wundert mich tatsächlich.«

»Du hast doch die Rebellen nach Glastonbury geführt!«, warf

ihm Duff vor und strich über die goldenen Ketten auf seinem Wanst. »Du wirfst absichtlich Fragen auf, die wir durchaus beantworten werden, Aric. Wir stehen hinter dem Handeln unserer Vorgänger. Und dies kann ruhig jede einzelne Silberschwinge wissen. Wir dienen unserem Volk – im Gegensatz zu dir.«

Sir Percy Raglan hob die Hand. »Genug!«, erklärte er ungeduldig. »Wir sind nicht hier, um uns vor Aric und seiner Sippe zu rechtfertigen. Wir sind hier, um unsere Pflicht zu erfüllen.«

»Welche Pflicht?«, verlangte Lucien zu erfahren. »Kommt schon endlich zur Sache.« Er sah seinen Vater an. »Was wollt ihr?«

Kane trat nach vorne und legte sowohl Sir Raglan als auch dem dicken Duff die Hand auf die goldgeschmückte Schwingenkante. »Wir sind hier, um unsere Gesetze einzuhalten. Aric Chrome hätte nicht zurückkehren sollen. Doch das kann man ihm gerade noch verzeihen.« Ein Donnergrollen in der Ferne untermalte seine dominante Rede. »Seine Söhne hingegen … sie sind ein Produkt einer mehr als nur verbotenen Verbindung und können nicht mit Gnade rechnen. Ebenso wenig wie das Mädchen.«

»Ihr glaubt doch nicht, dass ich euch meine Kinder überlasse?«, fragte Aric ungläubig.

Die Ratsmitglieder der Silberschwingen spreizten ihre Schwingen zur Warnung leicht ab.

Lucien spürte Arics Angst. Der ehemalige Laird hatte nicht herkommen wollen. Daraus hatte er kein Geheimnis gemacht. Er war nur seiner Tochter zuliebe hier, um sich für das Wohl von Menschen einzusetzen, die ihm nichts bedeuteten. Lucien musste zugeben, dass ihm Arics Handeln imponierte, obwohl er sich ohne Schwingen niemals gegen die Silberschwingen würde zur Wehr setzen können. Aric Chrome ging ein großes Risiko ein für die Liebe seiner Tochter, das stand fest.

»Vater!«, rief Lucien, um ein neuerliches Donnern zu übertönen.

Die Blitze am Himmel kamen immer näher. Der Sturm toste nicht nur in ihren Gemütern, sondern braute sich auch über ihnen immer mehr zusammen. »Wir sind hier, um eine friedliche Lösung auszuhandeln. Es muss aufhören, dass wir gegen unser eigenes Volk ankämpfen und unseresgleichen jagen und vernichten.«

»Die Halbwesen sind nicht wie wir!«, widersprach Duff energisch und ballte die Hände zu Fäusten, um seinen Standpunkt zu untermauern. »Ihre Kräfte übersteigen die unseren! Das dürfen wir nicht zulassen!«

Lucien lachte bitter. »Seit wann ist Stärke etwas Schlechtes? Sollten wir unser Volk nicht stärken und so unsere Existenz sichern?« Er suchte den Blick von Charles Manners, der sich bis dahin zurückgehalten hatte. »Oder geht es nur darum, dass ihr *eure* Macht bedroht seht, wenn ihr zulasst, dass die Welt sich verändert? Ist es nicht so, dass die Oberen nur deshalb überhaupt Macht erlangten, weil die Liebe zwischen einem Menschen und einer versprochenen Silberschwingenfrau größer war als die kalte und gefühllose Verbindung zu ihrem ihr vorherbestimmten Gefährten?« Er schüttelte den Kopf. »In unserer Welt ist kein Platz für Gefühle, das habe ich von Kindesbeinen an gelernt. Und doch wurden die Oberen nur aus Neid und Eifersucht ausgesandt. Wie passt das zusammen? Ist Rache kein Gefühl?«

»Lucien!«, warnte Kane ihn mit eiskaltem Bick. »Du wirst jetzt aufhören, dich auf die falsche Seite zu stellen!« Schwungvoll wandte Kane sich um und trat an den Stahlkäfig. Er befahl einem der Ratsmitglieder, das Gitter zu öffnen, und riss Anh an den Haaren auf die Beine.

»Vater!«, protestierte Lucien, aber der entschlossene Ausdruck in den Gesichtern der Räte hinderte ihn daran, seinen Vater aufzuhalten.

»Ich lasse nicht zu, dass mein Sohn solch rebellische Reden

führt!«, donnerte Kane und stieß Anh zwischen den Oberen auf die Knie. Er breitete seine Schwingen aus, sodass die stahlharte Schwingenkante bedrohlich über ihr schwebte. Lucien wusste, ein Hieb damit gegen ihren Kopf oder Nacken und das Mädchen wäre tot.

Er spürte, mehr, als dass er es sah, wie Thorn hinter ihm ihre glühenden Schwingen spreizte. Mit einem Fluch auf den Lippen drehte er sich um, sodass er sie im Auge haben konnte.

»Lass sie los!«, rief Thorn. Das Zittern ihrer flammenden Schwingenspitzen ließ ihre Anspannung erahnen. Lucien wusste nicht, wie gut sie sich unter Kontrolle hatte, aber die Verzweiflung in ihren wunderschönen grünen Augen machte sie unberechenbar. Sie würde nicht ruhig bleiben …

Und obwohl ihm nicht gefiel, dass sie die Aufmerksamkeit der Oberen durch diese Aktion auf sich lenkte, spürte er, dass sich ein klein wenig Furcht in die Aura der Silberschwingen mischte, die sich ihnen entgegenstellten. Kein Wunder, Thorn bot einen atemberaubenden Anblick. Ihr schwarzes Haar blähte sich im Wind, und für alle, die wie er selbst die Dunkelheit mit seinem Blick durchdringen konnten, sprühten ihre Augen saphirgrünes Feuer. Die Kleider klebten ihr am Körper, und ihre Brust hob und senkte sich hektisch. Die Energie durchströmte sie, bis in die bebenden Fingerspitzen. Jede Faser ihres Körpers schrie: *Legt euch nicht mit mir an!*

Scheiße, Scheiße, Scheiße! Ich zitterte am ganzen Körper. Zittern war schon nicht mehr ausreichend, um zu beschreiben, wie ich von kalter Angst geschüttelt wurde. Ich biss die Zähne zusammen, da sie sonst aneinandergeschlagen hätten. Die blaue Haarsträhne, die

Nyx uns als Warnung überbracht hatte, schien in meiner Tasche zu glühen. Anh war meine beste Freundin! Und in ihren Augen las ich grenzenlose Angst und Unverständnis. Ich hätte ihr von Anfang an alles sagen sollen, dann hätte sie sich vielleicht schützen können! Sie wäre vielleicht nicht hier in diesem Wahnsinn, wenn ich nur genug Vertrauen in unsere Freundschaft aufgebracht hätte. Aber das mit dem Vertrauen war ja immer schon mein Problem gewesen. Vermutlich tut man sich schwer, jemandem zu vertrauen, wenn man adoptiert ist. Vielleicht hat man dadurch einfach nicht genug Vertrauen in sich selbst. Ich hatte immer gedacht, meine leiblichen Eltern hätten mich einfach nicht haben wollen. Dieser Furcht hatte mich wohl mehr geprägt als angenommen. Dass meine Geschichte eine ganz andere war, hatte ich ja nicht gewusst. Aber selbst jetzt, wo ich die Wahrheit kannte, ließ sich diese in mir verankerte Unsicherheit nicht einfach aufheben. Und diese Unsicherheit kroch mir auch jetzt die Wirbelsäule hinauf.

Meine Schwingen zuckten, und ich spürte, wie die Hitze meinen Körper durchströmte, obwohl ich überall Gänsehaut hatte. Der eisige Wind schien meine nassen Schwingen einfrieren zu wollen, so sehr biss die Kälte sich an mir fest. Kalt gegen warm – und dazu dieses Zittern. Ich wusste nicht, wie lange ich das aushalten konnte.

»Lass! Sie! Los!«, wiederholte ich laut und trat einen Schritt nach vorne. »Sofort!«

Kapitel 26

Verdammt, was tat ich denn? Mein Herz schlug so schnell, dass mir schwarz vor Augen wurde. Meine Drohung war verrückt. Ich konnte es nicht allein mit Kane und seinen Silberschwingen aufnehmen. Als wüssten das auch meine Brüder, traten sie zu mir nach vorne und blähten ebenfalls ihre Schwingen.

Jax zwinkerte mir zu. »Nicht der Weg, den ich gewählt hätte«, flüsterte er und setzte ein bedrohliches Gesicht auf. »Aber was tut man nicht alles für seine kleine Schwester!«

Unsere Schwingen bildeten eine Wand aus feurigen Schuppen, und tatsächlich wichen einige der Ratsmitglieder und sogar einer der Oberen vor uns zurück.

»Hört auf!«, rief Lucien und trat mit erhobenen Händen zwischen uns und unsere Gegner. »Wir werden diese Sache nicht mit Gewalt lösen!«

»Dein Sohn weiß wohl nicht, was er will!«, blaffte Sir Manners Kane an. Der biss die Zähne zusammen, sodass seine Kiefermuskeln zuckten. Dabei sah er Lucien sehr ähnlich.

»Wie würdest du es denn lösen, Sohn?«, rief er bissig. »Sag schon! Schließlich weißt du doch immer alles besser!«

Kurz streifte mich Luciens Blick. Das, was ich in seinen Augen zu sehen glaubte, verwirrte mich. Hatte er mich gerade entschuldigend angeschaut?

Ich hielt den Atem an, als Lucien näher zu Kane ging. Seine Schritte waren groß und entschlossen, als hätte er sich das, was er tat, gut überlegt. Erst wenige Zentimeter vor Kane blieb er stehen. Er hob seine Schwingen und schützte damit Anh vor einem möglichen Angriff.

Fröstelnd atmete ich ein. Anh! Ich hätte fast geweint, als er sie mit einer sanften Berührung an der Schulter aufforderte, zu uns herüberzukommen. Sich unsicher duckend, rannte sie in meine Richtung, nur um dann – von meinen Schwingen eingeschüchtert – plötzlich innezuhalten.

Sie schüttelte den Kopf, nahm eine Kampfhaltung aus ihrem Selbstverteidigungskurs ein und sah panisch von mir zurück zu meinen Eltern, die noch immer eingesperrt waren. Ihr Atem kam stoßweise, und ich fürchtete, sie würde jeden Moment zusammenbrechen.

»Anh!«, schrie ich und machte einen Schritt auf sie zu, aber sie wich erschrocken vor mir zurück.

»Verdammt!«, brummte Riley hinter mir, und ehe ich michs versah, hastete er ihr entgegen und riss sie mit sich. Fort von der drohenden Gefahr der Oberen und raus aus der Reichweite meiner flammenden Schwingen. Er presste sie beschützend an die Felsen, aus denen diese verfluchte Insel zu bestehen schien, und schirmte sie mit seinem Körper ab.

Ich musste schlucken. Die Art, wie er sie hielt, weckte Erinnerungen. Sicher spürte Anh den Stein in ihrem Rücken so hart und unnachgiebig, wie mir damals der Baumstamm an der Schule vorgekommen war. Vielleicht sah sie ihm gerade genauso verwirrt und ängstlich in die dunklen Augen, wie ich es damals getan hatte. Und vielleicht würde auch ihr seine raue Stimme Trost spenden, denn wie bei mir damals musste ihre Welt nun kopfstehen. Mit dem einzigen Unterschied, dass mich Rileys quecksilberfarbene

Schwingen abgeschirmt hatten. Schwingen, die er meinetwegen verloren hatte.

Ich schüttelte den Kopf, um mich auf das Wesentliche zu besinnen. Kane hatte Anh zwar laufen lassen, zufrieden schien er damit aber nicht. Der Blick, mit dem er Lucien strafte, war eisig.

»Du wirst mir eine Gegenleistung anbieten müssen, Sohn«, erklärte er streng und griff drohend nach dem Elektrostab, den er an seinem Gürtel trug.

Lucien legte beschwichtigend die Schwingen an. »Ich will nicht gegen dich kämpfen, Vater. Ich will mit dir zusammen eine Lösung finden.«

Kane drückte die Brust raus. Er nickte. »Du hast viel Zeit mit diesen Rebellen verbracht. Wer sagt mir, dass du nicht versuchst, uns zu täuschen? Du sagst, du willst nicht gegen dein Volk kämpfen – dann beweise es.«

Die Worte des Lairds hallten von den Felsen wider, obwohl der Wind gegen sie anging.

»Wie?«

Wie in Zeitlupe hob Kane den Elektrostab. »Ergib dich, Lucien. Und zeig, dass du nicht unser Feind bist. Dann werde ich mir anhören, was du zu sagen hast.«

»Du wirst es dir anhören, Vater? Das ist es, was du mir zusicherst? Das reicht nicht.«

»Du feilschst mit mir?«

»Ich kämpfe um das, was mir wichtig ist. Das habe ich von dir gelernt. Und um mich eurer Gewalt zu unterwerfen, verlange ich, dass du mehr tust, als mich anzuhören. Ich will, dass du das, was ich sage, wirklich in Betracht ziehst und durchdenkst, ehe du dich entscheidest.«

»Ich durchdenke immer alles, ehe ich etwas mache!«

Lucien schüttelte den Kopf. »Niemand soll hier heute sterben,

Vater. Gib mir dein Wort darauf, dann bekommst du, was du willst.« Er hob seine Schwingen an. Diesmal nicht, um zu drohen, sondern um seine ungeschützten Flanken zu offenbaren.

Ich schnappte nach Luft, wollte etwas sagen, aber Jax packte meine Hand. »Lass ihn!«, raunte er, ohne seinen Blick von Lucien zu nehmen. Es kostete mich große Überwindung, nicht einzugreifen. Sämtliche Alarmglocken in meinem Kopf schrillten, und meine Knie zitterten vor Anspannung, als sich Kanes Mundwinkel zu einem kalten Lächeln verzogen.

»Ob hier heute jemand stirbt oder nicht, hängt nicht allein von meinen Entscheidungen ab, Lucien«, erinnerte ihn Kane und blickte in unsere Richtung.

»Du bist der Laird, Vater. Du wirst mir schwören, hier und heute keine Urteile zu fällen. Diese Halbwesen haben keine böse Absicht. Lass den Rat und alle Silberschwingen von Darlighten Hall mitentscheiden, wie ein zukünftiges Zusammenleben aussehen könnte.«

»So etwas hat es noch nie gegeben!«, protestierte Sir Percy Raglan und griff ebenfalls nach einem Elektrostab, aber Lucien wich nicht zurück.

»In der Welt der Menschen hat sich die Demokratie bewährt«, erinnerte Lucien den Würdenträger. »Wir müssen endlich damit beginnen, unser Volk aus dem Mittelalter herauszuführen. Die Welt verändert sich, und wenn wir weiterhin in ihr überleben wollen, müssen wir uns anpassen.« Er sah Kane in die Augen. »Ich vertraue dir, Vater. Und ich füge mich dir und deinen Wünschen, aber du musst diese unschuldigen Menschen freilassen. Dann gibt es auch für die Halbwesen keinen Grund, gegen euch zu kämpfen. Jeder, der heute hier ist, will nur seine Familie schützen. Ich finde, das ist eine ehrenvolle Absicht.«

Wieder wollte Sir Raglan etwas sagen, doch Kane schnitt ihm

das Wort ab. Mit einem Wink seiner Schwingenspitze wies er den Oberen zurück in die Reihen seiner Leute. Die Institution der Oberen mochte mächtig sein, aber in diesem Moment waren sie Kanes Männern kräftemäßig unterlegen. Das war Kane bewusst, und er machte es sich zunutze. Heute hatte er das Kommando, auch wenn er sich dafür in naher Zukunft würde rechtfertigen müssen.

»Ehe ich dir Zugeständnisse mache, Sohn, will ich sicher sein, dass du dich nicht von dummen Gefühlen leiten lässt. Die Oberen fürchten, dass die Zuneigung, die du dem Halbwesen entgegenbringst, deinen Verstand trübt und dein Handeln beeinflusst.«

Kurz blickte Lucien zu mir. Seine Lippen waren zu einem emotionslosen Strich zusammengekniffen, und ich erkannte keine Regung in seinen Augen.

»Ihr Name ist Thorn. Und meine Gefühle werde ich nicht mit euch diskutieren.«

Wieder lächelte Kane, was ihn in meinen Augen nur noch gefährlicher machte. »Du wirst dich mir ergeben«, forderte Kane und ließ den Elektrostab zwischen seinen Fingern kreisen. »Und du wirst Nyx als deine Versprochene zurücknehmen, um mit ihr als deiner Gefährtin meine Nachfolge anzutreten.« Er nickte in meine Richtung. »Wenn du dem zustimmst, lasse ich die Menschen umgehend frei. Darauf mein Wort.«

Ich war wie versteinert. Ein Teil von mir schrie erleichtert auf, denn meine Familie würde freikommen! Ich konnte sie von hier fortbringen, doch dazu musste sich Lucien von mir abwenden. Energie sammelte sich in mir, als wollte jede Zelle meines Körpers verhindern, dass das geschah. Mein Magen rumorte, und mir wurde schlecht. Ungläubig starrte ich Lucien an. Wartete in unerträglicher Spannung, was er auf Kanes Forderung erwidern würde. Die Zeit schien stillzustehen. Ich spürte Luciens Augen auf mir, spürte seine Trauer, gepaart mit wilder Entschlossenheit. *Vertrau mir. Ich werde tun, was nötig ist, um deine Familie zu retten,* hatte er gesagt. Das Echo seiner Worte verursachte mir eine Gänsehaut, und ich kniff die Augen zusammen, um nicht sehen zu müssen, was nun folgte.

~

Lucien York atmete tief durch. Er las das geflüsterte Wort von Thorns Lippen. »Nein!«, wisperte sie. Vielleicht rief sie es auch, doch der Wind toste so laut, dass er ohnehin nichts verstanden hätte. Der Schmerz auf ihrem Gesicht war mehr, als er ertragen konnte, deshalb wandte er ihr den Rücken zu und hob die Schwingen. Er wollte sie nicht aufgeben. Er wollte nicht Nyx an seiner Seite haben, sondern Thorn. Doch seine Wünsche waren unwichtig. Das war schon immer so gewesen. Er hätte es besser gar nicht erst vergessen sollen. In seiner Welt zählte nur das Wort des Lairds.

Er sah seinen Vater an. Bereit, dessen Forderungen zu erfüllen, auch wenn es bedeutete, eine Mauer um sein Herz zu errichten und seine Liebe aufzugeben.

Der blau-blitzende Elektrostab kam in sein Sichtfeld, und er presste die Kiefer aufeinander. Gleich würde der Schmerz zupacken. Gleich der Strom seine Muskeln lähmen und in Brand setzen. Lucien ballte die Hände zu Fäusten, um sich gegen den Angriff zu wappnen. Vielleicht wäre ihm der Schmerz sogar willkommen, denn er würde wenigstens den Riss in seinem Herzen überdecken.

»Ich füge mich deinen Wünschen, Vater. Und nun tu es«, zischte er zwischen blutleeren Lippen hervor und nickte seinem Vater zustimmend zu. Er musste es hinter sich bringen, ehe sein Herz die Kontrolle über seinen Verstand übernahm. Denn was er hier tat, war ein Fehler. Und doch die einzige Möglichkeit. Er war bereit, diesen Fehler zu begehen. Bereit, alles zu ertragen, wenn er damit einen Kampf verhindern konnte.

Kurz glaubte Lucien, so etwas wie Stolz in den Augen seines Vaters aufblitzen zu sehen, doch dann verschloss sich Kanes Miene wieder jeglichen Emotionen. Er war gut darin, der Laird zu sein – anstatt der Vater.

Doch das überraschte Lucien nicht. So war es immer gewesen. Was ihn jedoch überraschte, war der unsägliche Schmerz, der sich plötzlich in seine Flanke bohrte, obwohl Kane ihm noch immer mit der stromspuckenden Waffe gegenüberstand. Trotzdem fraß sich die Hitze wie ein Blitzschlag in seinen Leib. Seine Schwingen erschlafften, noch während er herumwirbelte, um herauszufinden, was geschehen war. Wie alle Silberschwingen war Lucien schnell. Trotzdem brauchte er einen Moment, um zu verstehen, was los war. Was schiefgelaufen war.

Der Schmerz zwang ihn in die Knie, aber sein Blick haftete an den Geschehnissen um ihn herum. Wie in Zeitlupe …

Der Regen fiel in Fäden vom Himmel und trübte die Sicht in dieser mondarmen Nacht, die glühend roten Schwingen von Jax waren dennoch nicht zu übersehen. Mit einer Wucht, die selbst für Lucien überraschend kam, schlug das Halbwesen nach dem Elektrostab. Nach dem Stab, der Lucien so unerwartet und hinterrücks außer Gefecht gesetzt hatte. Dem Stab in Percy Raglans knochiger Hand.

Die flammend rote Schwingenkante traf den Oberen mit solcher Kraft, dass er wie eine Puppe durch die Luft geschleudert wurde. Man hörte Knochen brechen, als die scharfen Schwingen den gebrechlichen Körper des alten Würdenträgers trafen, und sein Stöhnen vermischte sich mit Luciens Schmerzenslaut. Alles geschah so schnell, dass Lucien kaum sagen konnte, was zuerst passiert war. Der hinterhältige Angriff des Oberen auf ihn oder Jax' Attacke. Die Silberschwingen waren schnell – aber die Halbwesen noch viel schneller. Und das erkannten jetzt auch die übrigen Silberschwingen. Sämtliche Schwingen wurden kampfbereit angelegt.

»Schluss damit!«, donnerte Kane. Zornig stampfte er auf die Oberen zu. »Was soll das?«, rief er und deutete auf Raglan, der reglos und zusammengefaltet wie ein Schweizer Taschenmesser ein ganzes Stück Abseits im Matsch gelandet war. Lucien spürte die Aura des Alten verblassen. Und wenn er das spürte, spürten es die anderen auch. Raglan lag im Sterben. Ein Halbwesen hatte ihn getötet.

Die Gefahr, die er mit seinem Opfer hatte abwenden wollen, schlug erneut über ihnen zusammen.

Ächzend stemmte er sich in die Höhe, auch wenn er kaum in der Lage war, seine Arme zu heben. Ganz zu schweigen von seinen Schwingen.

Ich stand wie angewurzelt da. Atmete ich überhaupt noch? Ich wusste es nicht. Und es war auch nicht wichtig. Nichts war wichtig, seit Percy Raglan aus der Reihe der Oberen herausgetreten war und seine Waffe in Luciens Seite getrieben hatte. Das Zucken des Stroms, der in Luciens Körper drang, schien die Spannung, die in der Luft lag, zu verstärken.

Ich hatte Lucien warnen wollen, hatte eingreifen wollen, doch mein Körper gehorchte mir nicht. Einzig die Energie, die mich durchströmte, wuchs immer weiter an. Als diene mein Körper lediglich dem Zweck, diese Macht, diese unbändige Kraft zu nähren. Mein Puls beschleunigte sich, und mein Blut wurde wärmer, als Jax meine Hand freigab und mit einer Schnelligkeit, der meine

Augen kaum folgen konnten, zum Angriff überging. Das Blitzen des Elektrostabs war noch nicht verblasst, da riss er Raglan schon in die Luft. Jax sah elegant dabei aus. Drehte sich einmal im Kreis, riss die Schwingen wie ein Butterflymesser auseinander und machte einen Satz in die Höhe, bei dem er den Oberen einfach mitnahm. Als würde er eine vertrocknete Blume pflücken.

Anhs gellender Schrei schrillte mir in den Ohren, und Kanes bellende Befehle, die auf den Angriff folgten, vermischten sich in meinem Kopf, als wollten sie ihn sprengen.

Ich suchte Halt in Luciens Augen, wollte durch die schwarzen Seen seiner Iris in eine heile Welt tauchen.

»All die Jahre habe ich mich immer den Befehlen der Oberen gebeugt«, drang Kanes Stimme durch das Prasseln des Regens an mein Ohr. »Aber Lucien ist mein Sohn! *Ich* mache ihn mir unterwürfig!«, schrie er die anwesenden Oberen an und hob drohend die Faust. »Dies ist eine Angelegenheit *meines Clans* und keine der euren!«

»Jede Angelegenheit ist die unsere!«, gab Sir Alexander Duff aufgebracht zurück. Der Regen tropfte ihm von der Knollnase. »Und mit diesem Angriff auf unsere Vorherrschaft …« Er deutete auf Raglans leblosen Körper. »Mit diesem Angriff auf uns verliert alles andere an Bedeutung. Diese Halbwesen werden sterben!«

Als würde die Rede des Oberen Lucien neue Kraft verleihen, rappelte er sich auf. Das Gesicht schmerzverzerrt und doch nicht bereit, sich geschlagen zu geben, trat er näher an die kampfbereiten Silberschwingen, die den Käfig mit meiner Familie darin umstellten. Das alles nahm ich wahr, und trotzdem entging mir etwas Wesentliches.

Als ich es schließlich sah, war es zu spät.

Kapitel 27

Ein Schuss zerriss die Nacht. Jax' linke Schwinge wurde von der Wucht der Kugel durchschlagen. Er taumelte, und sein Schrei verstummte jäh, als eine weitere Kugel in unsere Richtung zischte. Er warf sich auf mich und zog mich mit sich zu den Felsen, um dort Deckung zu finden.

»Oh Gott!«, wisperte ich und sah auf das Blut, das aus Jax' Schwinge sickerte. »Du bist verletzt. Du … du bist verletzt!« Ich schüttelte den Kopf, um meine Gedanken zu ordnen, die wie Murmeln durcheinanderkullerten. Schüsse! Wie konnte das sein? Damit hatte ich wirklich nicht gerechnet. Warum eigentlich nicht? »Was …?« Ich drückte mich an den Stein und spähte um die Ecke.

Kane hob die Hände und sah sich hektisch um. »Sofort aufhören!«, brüllte er. »Was tut ihr denn?« Entsetzt starrte er auf die schwarze halbautomatische Waffe in Alexander Duffs Händen. »Pistolen? Wir Silberschwingen kämpfen nicht mit Schusswaffen!«

Alexander Duffs fleischiger Wanst wabbelte, als er mit der Pistole im Anschlag einen Schritt nach vorne trat. »Dein Sohn beklagt doch den mangelnden Fortschritt unseres Volkes. Da müsste ihm dies doch gefallen. Und Kugeln lösen Probleme nun einmal viel schneller als ein Urteil am Schandpfahl oder eine Geißelung mit der Silberkatze.«

»Ich werde das nicht dulden, Alexander. Ich bin …«

»Genug gepredigt, Kane. Bringen wir es zu Ende. Die Oberen werden nicht noch einen Verlust einstecken.«

Ungläubig und trotzig trat Kane vor die Mündung. »Percy hätte sich nicht einmischen sollen!«, erklärte er besänftigend. »Ich hatte die Situation im Griff!«

»Du hast überhaupt nichts im Griff!«

»Im Vorfeld habt ihr mir zugesichert, die ganze Sache auf *meine* Weise zu regeln. Ich bin der Laird, vergesst das nicht!«

»Du bist nur deshalb der Laird, weil *wir* dich in dieser Position dulden. Jeder ist nur dort, wo er ist, weil *wir* es erlauben! Percys Tod wird ein Nachspiel haben, Kane. Das wird dir und deinem Clan noch teuer zu stehen kommen.«

Die beiden umkreisten sich wie wilde Tiere. Von Kanes üblicher Selbstsicherheit war gerade nicht viel zu erkennen. Seine Lippen bildeten unter dem Vollbart eine blutleere Linie, und die steile Falte über seiner Nasenwurzel hatte sich regelrecht eingegraben. Seine Schwingen zuckten nervös. »Ihr gabt mir euer Wort …«

»Die Oberen kennen keine Ehre!«, rief Aric dazwischen. »Ihr Wort ist nichts wert, Kane, das solltest du doch wissen.«

Wieder zerriss ein Schuss die Dunkelheit. Diesmal galt die Kugel Aric, doch sie verfehlte ihn und prallte stattdessen an den Felsen ab.

»Wir erfüllen unsere Pflicht! Seit vielen Jahrhunderten! Und wir hören *heute* nicht damit auf. Deine Milde ist lächerlich, Kane!«, rief Duff. »Es ist kein Wunder, dass dein Sohn zu einem gesetzlosen Rebellen verkommen ist! Einst haben wir große Hoffnungen in ihn gesetzt. Ihn sogar als möglichen Kandidaten für die Reihen der Oberen in Betracht gezogen. Natürlich hätte er seine wahre Größe erst entfalten müssen, aber nun …« Er verzog seine wulstigen Lippen zu einer grässlichen Grimasse, die wohl

Abscheu ausdrücken sollte. »Aber keine Sorge, Kane, wir kümmern uns darum! Nach dieser Nacht wird die Ordnung wiederhergestellt sein.«

Von meinem Versteck hinter dem Felsen aus beobachtete ich geschockt, wie nun auch die übrigen Oberen Waffen aus ihren dunklen Roben zogen. Der Regen troff von dem kalten Stahl, als würde der Himmel bereits um uns weinen.

»Verdammt, das geht nicht gut aus!«, fluchte Jax und legte vorsichtig seine verwundete Schwinge an. »Das sieht sogar ziemlich übel für uns aus.«

~

Zu diesem Schluss kam auch Lucien. Er kreiste die Schultern, doch seine Schwingen ließen sich davon nicht wiedererwecken. Der Strom hatte sich erneut tief in seine Muskeln gebrannt und verursachte ihm starke Schmerzen. Trotzdem zwang er sich, die Schwingen, soweit es ging, anzuheben, um wenigstens den Anschein zu erwecken, kampffähig zu sein. Niemand konnte sich jetzt Schwäche erlauben.

Sein Blick glitt hinüber zu den Felsen, hinter denen er die beiden Paare roter Schwingen ausmachte. Jax hatte Thorn vorerst in Sicherheit gebracht. Dafür dankte er dem Heißsporn, auch wenn er ihn am liebsten dafür verflucht hätte, sich eingemischt zu haben. Sir Raglan hatte Lucien hinterrücks mit dem Elektrostab attackiert. Trotzdem hätte Jax sich zurückhalten sollen.

Jetzt waren sie alle in Gefahr. Lucien trat Stück für Stück näher an die Ratsmitglieder heran. Er hoffte, dass die Oberen ihm keine Beachtung schenkten, als er sich zu Torr von Orly hinüberbeugte.

»Das läuft aus dem Ruder, Torr«, murmelte er. »Die Oberen fallen uns in den Rücken.«

Torrs versteinerte Miene zeigte keinerlei Besorgnis.

»Torr!«, bedrängte Lucien ihn. »Du musst mir helfen!«

»Ich nehme meine Befehle nicht von einem Rebellen an«, presste der zornig hervor. »Wir alle unterstehen den Oberen, Lucien. Das hättest du dir besser gemerkt, ehe du Nyx gegen dieses Halbwesen eingetauscht hast.«

»Verdammt, Torr!«, knurrte Lucien wütend. »Niemand von uns wird diese Insel lebend verlassen! Ist dir nicht klar, was sie vorhaben? Kane braucht jetzt die Hilfe seines Rats! Ihr seid das Herz unseres Clans. Und du kannst dafür sorgen, dass es in der richtigen Brust schlägt – nicht in der von machtgierigen Verschwörern.«

Torr packte Lucien am Arm, und der stechende Blick aus seinen fast weißen Augen fesselte ihn. »Nur wenn du Nyx zurücknimmst! Sie ist geboren, um an der Spitze des Clans zu sitzen. Du weißt das!«

Lucien riss sich los und musterte Torr von Orly. »Ich habe meinem Vater gerade einen Eid geleistet. Nimm das als mein Wort oder lass es. Es ist jetzt deine Entscheidung, Torr!«

Lucien konnte nicht glauben, dass der Ratsmann in so einem Augenblick noch feilschte. Natürlich liebte Torr seine Tochter und wollte sie glücklich sehen, aber dass es nach dieser Nacht womöglich überhaupt keine Spitze des Clans mehr geben würde, das hatte er noch nicht kapiert. Am liebsten hätte Lucien ihn geschüttelt. Ihn zu Artus' steinernen Schwingen geschleift und ihm gezeigt, was ihnen allen drohte, wenn sie die Oberen nicht aufhielten.

Er suchte in der regennassen Dunkelheit nach einer Lösung. Die Shades waren dichter zusammengerückt und standen nun Schwinge an Schwinge wie eine Wand beisammen, aber ihre Unsicherheit war dennoch deutlich zu erkennen. Sie blickten besorgt von den Oberen und ihren Waffen vorbei an Nick, der seine glühenden Schwingen wie zum Schutz über Aric hielt, hinüber zu Jax und Thorn, die nach wie vor hinter den Felsen kauerten. Lucien runzelte die Stirn. Sie kauerten?

Zum Teufel, das taten sie nicht!

Offenbar war Jax schwerer verletzt als gedacht, denn Thorn versuchte verzweifelt, ihn bei Bewusstsein zu halten. Sie tätschelte seine Wange und redete leise auf ihn ein, während sie mit ihrem Gürtel die Wunde an seiner Schwinge abband.

»Vernichtet die Halbwesen!«, lenkte Sir Alexander Duffs Ruf Luciens Aufmerksamkeit auf sich. Der Obere wedelte mit der Waffe. »Erteile den Befehl zum Angriff«, verlangte er von Kane. »Oder wir tun es.«

Kane zögerte. Lucien erkannte, dass sein Vater unsicher war. Er sah von den Oberen zu dem Käfig, in dem Thorns Familie noch immer kauerte.

»Verdammt«, murmelte Lucien und straffte die Schultern. Er wusste, Kane wollte um jeden Preis einen Kampf vermeiden. Und er wusste, Thorns Familie würde als Druckmittel vielleicht Schlimmeres verhindern. Aber Thorn würde ihm nie verzeihen, wenn er zuließ, dass man ihrer Familie weitere Gewalt androhte.

Mit einem tiefen Atemzug trat Lucien nach vorne, wischte sich die nassen Strähnen aus dem Gesicht und verstellte seinem Vater die Sicht auf den Käfig. »Tu es nicht, Vater«, flehte er laut, um gegen den Wind anzukommen.

Es war nur ein kurzes Aufblitzen. Die Millisekunde eines Leuchtens. Der entscheidende Augenblick, als der Schuss abgefeuert wurde. Die Dunkelheit war mein Feind, die Silberschwingen, die meine Familie umstellten, in dieser stürmischen Nacht kaum auszumachen. Doch die Kugel, die wie ein Pfeil durch die Luft jagte, sah ich klar und deutlich. Ich hielt den Atem an. Meine Sinne schärften sich, und mit einem Mal war es, als käme die Sonne hinter den Wolken hervor. Ich spürte, wie sich meine Pupillen weiteten, wie mehr Licht als zuvor auf meine Netzhaut traf. Mit einem Schrei sprang ich aus der Deckung hervor und spreizte die Schwingen, gerade in dem Moment, als das ummantelte Blei haarscharf an Luciens Kopf vorbeizischte.

Ich rannte auf ihn zu. Dabei bemerkte ich, dass Nick hinter mir ebenfalls einen Satz aus der Deckung machte, als wollte er die Blicke – und Waffen – auf sich lenken.

Die sechs Mündungen der Oberen spien eine Salve an Kugeln aus, und wilde Schreie vermischten sich zu einem undurchdringlichen Getöse. Ich flog regelrecht in Luciens Arme, erleichtert, ihn unversehrt vorzufinden. Sofort riss er mich hinter sich, um mich zu schützen.

»Bist du verrückt?«, schrie er und dirigierte mich aus dem Kugelhagel, wobei er ächzend die Schwingen in die Höhe riss. »Bring dich in Sicherheit!«, befahl er und stieß mich zurück in Richtung der Felsen, wobei er sich so bewegte, dass er immer zwischen mir und den Oberen stand. Wir duckten uns unter den Schüssen hinweg, aber nicht jeder hatte dieses Glück. Aric schrie auf und fasste sich an die Schulter, während Nick ansetzte, sich wie ein flammender Kreisel zu drehen. Seine Schwingenkante streifte den kräftigen Alexander Duff und schleuderte ihn mitsamt seiner Waffe zu Boden.

»Bring Anh von hier weg!«, brüllte Lucien Riley zu und drängte mich weiter zurück unter die Felsen, bis ich die Aura der steinernen Schwingen fühlte. Überall, wo die Kugeln aufschlugen, hagelten Steinsplitter aus den Felsen. Automatisch hielt ich die

Arme vor den Kopf. Etwas streifte meine Schwinge, und ich verlor rot schillernde Schuppen. Ich wollte schreien, aber mir fehlte die Luft. Alles ging so schnell.

Riley zog Anh mit sich, hinter uns her und tiefer unter den Felsüberhang.

»Bring sie hier weg!«, wiederholte Lucien und deutete in die Richtung, in der das Motorboot vertäut war. »Geht schon!«, verlangte er und schlug Riley auf die Schultern. »Raus aus der Schusslinie!«

Anh klammerte sich an Rileys Arm. Ihre blauen Strähnen hatten vor Nässe jeglichen Glanz verloren und hingen ihr wild ins Gesicht. Sie war kaum in der Lage, sich auf den Beinen zu halten, so sehr zitterte sie. Als wüsste Riley, dass Anh unmöglich diese Strecke zurücklegen konnte, hob er sie an seine Brust. Er nickte mir zu, es war wie ein Versprechen. Dann duckte er sich hinter einen Felsvorsprung. Genau im rechten Moment, denn schon drängten die Oberen mit ihren Waffen Aric vor sich her, genau auf uns zu. Seine Größe machte ihn zum leichten Ziel, aber er war unerwartet schnell. Lucien kam ihm zu Hilfe und lenkte die Oberen durch einen Satz in die Luft ab. Als weitere Schüsse krachten, taumelte ich rückwärts. Blind vor Angst stolperte ich und streckte die Hand aus, um irgendwo Halt zu finden.

Licht durchflutete mich, als ich mit den Fingern über Artus' steinerne Schwingen schlitterte. Der regennasse Stein war so glatt wie Eis, und anstatt mich daran festzuhalten, krachte ich keuchend dagegen. Dort, wo ich die alabasterweißen Säulen berührte, schien sich Energie zu entladen. Ich kniff die Augen zusammen, denn ein helles Leuchten umgab mich. Geblendet von gleißender Helligkeit sah ich Artus vor mir. Blutüberströmt und leidend. Ein Keuchen drang aus meiner Kehle, als kämpfte ich gegen jemanden an, der mich würgte. Panisch fasste ich mir an den

Hals, um den Druck irgendwie zu lindern, aber es half nichts. Ich bekam keine Luft. Das Licht um mich herum wurde heißer und heißer, heller und heller. Meine Schwingen spreizten sich ab, als wollten sie zur Not auch ohne mich fort von diesem unheilvollen Ort, als wollten sie mich zerreißen. Ich bog den Rücken durch, japste nach Sauerstoff und kämpfte gegen die Dunkelheit an, die mich inmitten dieses Lichts zu überwältigen drohte. Am Rande meines Bewusstseins tauchte Luciens nachtschwarze Silhouette in den unnatürlichen Lichtbogen ein. Ich spürte seine starken Arme, seine nasse Haut auf meiner, doch es kam mir vor, als würde ich mich in seinen Händen auflösen. Als würde mich der Sturm mit sich übers Meer nehmen wollen. Als bestünde ich nicht länger aus Fleisch und Blut, sondern nur noch aus Energie.

Die Bilder in meinem Kopf wurden lebendig, und Artus wandte sich nach mir um. Er packte meine Hand, so fest, dass ich glaubte, meine Finger würden brechen. Die Qual in seinen jugendlichen Augen fraß sich in meine Seele, und obwohl er nichts sagte, hörte ich seine Stimme.

»Erwecke mein Erbe«, hallte es so laut in meinem Kopf, dass ich mir die Hände auf die Ohren presste. Ich bäumte mich auf, schleuderte mein Haar wie eine Peitsche auf meinen Rücken und öffnete panisch den Mund, um Luft in meine Lunge zu saugen.

Als würde mein Geist meinen Körper verlassen, wanderte mein Blick nach oben. Die Welt stand still, kein Lüftchen wehte, und doch geschah etwas. Feine Risse durchzogen die Steinsäulen, als wollte ein Küken aus einem Ei brechen. Das energetische Pulsieren wurde stärker, mein Herzschlag ebenfalls, und in dem Moment, als ich endlich einen rettenden Atemzug tat, splitterte die kristallene Oberfläche der Schwingen wie ein Spiegel und zerbarst in tausend Teile, die wie silberner Glitter auf mich herabregneten. Ich kämpfte gegen eine Ohnmacht und holte hektisch Luft. Ich glaubte zu träumen, als die Schwingen sich wie von neuem Leben durchflutet aus ihrem felsigen Fundament hoben. Schillernde Enden, wie die Wurzeln eines Baumes, ragten in den Himmel, während flüssiges Gold wie Blut aus ihnen herausrann.

»Thorn!« Lucien rüttelte meine Schultern. Er war direkt neben mir, doch ich konnte ihn nicht erreichen. Ich spürte, wie er meine Arme packte, mich schüttelte, aber mein Körper war so unendlich weit von dem entfernt, was ich gerade war, dass uns auch Jahrhunderte hätten trennen können. Und vielleicht war es auch so, denn anstatt Luciens Berührung zu fühlen, fühlte ich Artus' verzweifelten Griff noch immer um meine blutleeren Finger. Das Licht, das aus seinen tiefen Wunden floss, vermischte sich mit meinem Blut. Ich schmeckte es auf meiner Zunge, obwohl es mir doch eigentlich über den Rücken rann.

Ich wollte die Augen schließen. War plötzlich so müde. So kalt. Ich hätte einfach meine Lider geschlossen, wenn nicht dieses goldene Glühen am Rand meiner Wahrnehmung mich daran gehindert hätte.

Riley. Er stand in Flammen. Er musste gestolpert sein, denn auch er kauerte auf den Knien, sich trotzdem schützend über Anh beugend.

Ich schnappte nach Luft. Zwang mich, einen Weg in die Realität zu finden. Meine Gedanken zurück ins Hier und Jetzt zu lenken. Wieder atmete ich ein. Artus verblasste, der Druck um meine Finger aber blieb. Ich schüttelte den Kopf.

Warum stand Riley in Flammen? War das echt? Oder nur Einbildung? Täuschte mich etwa meine kaum ausgeprägte Fähigkeit, im Dunkeln zu sehen? Ich kniff die Augen zusammen.

Ich täuschte mich nicht. Rileys Rücken glühte auf. Aber nicht nur seiner. Auch Aric ging zu Boden. Das Blut aus seiner Schulterwunde sah in dem Leuchten, das aus seinem Rücken brach, beinahe orange aus. Wie ein Spinnennetz aus Licht überzog es die Rücken der beiden Männer.

Artus' Schwingen stiegen höher und höher. Sie waren trocken, schließlich hatte ein jahrhundertealter Kristall sie schützend umgeben. Der Wind fuhr unter die tanzenden Schuppen und erweckte sie zu neuem Leben. Suchend reckten sich die goldenen Wurzeln in alle Richtungen.

Wer trägt mein Erbe?, hörte ich Artus' Stimme in meinem Kopf und blickte zwischen Riley und Aric hin und her. *Wer trägt mein Erbe zurück in die Welt?*

»Ich kann das nicht entscheiden«, wisperte ich, auch wenn Artus nur in meinen Gedanken existierte.

Riley und Aric waren durch Lichtbahnen mit den Schwingen am Himmel verbunden. Ich hörte, wie ihre Körper nach der Vereinigung schrien. Beiden stand der Schweiß auf der Stirn. Beide ächzten unter dem Sog, den Artus' Schwingen aufbauten. Ich sah das Aufleuchten in Rileys Augen. Spürte die Hoffnung in Arics Brust, als beide begriffen, dass das Unrecht, das ihnen angetan wurde, der Raub ihrer eigenen Schwingen durch dieses Paar königlicher Schwingen gesühnt werden konnte. Ihre Herzen schlugen im Takt, und wie ich hielten sie den Atem an.

Wer?, dröhnte es in meinem Kopf, aber ich wollte es nicht hören. »Ich kann das nicht!«, heulte ich verzweifelt, denn wie sollte ich einen von ihnen enttäuschen? Wie einen dem anderen vorziehen? »Ich kann das nicht!«, wiederholte ich lauter und schüttelte den Kopf. Das Wummern in meinem Kopf ließ nach, dafür gewann die Wirklichkeit an Kraft. Noch immer hagelten Schüsse. Noch immer drohte Gefahr. Mir blieb keine Zeit.

»Wer?«, wiederholte ich leise Artus' Frage, sicher, dass ich, was immer ich entschied, einen Fehler machen würde. Ich blickte Aric in die Augen. Sah seinen väterlichen Stolz. Als würde es ihn ehren, dass ich die Macht in mir trug, Artus' Schwingen zu erwecken. Und ich sah diesen Funken von Freude, mit dem er das am Himmel schwebende Wunder bestaunte.

Dicht neben mir splitterte Fels, die Oberen kamen näher. Auch Riley spürte das. Seine Augen brannten sich in meine. Er sah mich an, als wüsste er, vor welch schwerer Wahl ich stand. Sein Rücken glomm von goldenem Licht, aber sein Lächeln strahlte heller. Bedauernd sah er hinauf zu den goldenen Schwingen. Dann blies er eine Kaugummiblase, packte Anh fester und kämpfte sich zurück zum Stehen. Traurig zwinkerte er mir zu. Dann rannte er los. Er hastete mit Anh auf dem Arm geduckt weg von den Felsüberhängen, fort von den Oberen und zugleich weg von der Hoffnung, jemals wieder Schwingen zu tragen.

»Riley!«, schrie ich ihm nach, doch er blickte nicht zurück. Mir rannen die Tränen über die Wangen, und ich streckte die Arme nach ihm aus, aber er hatte seine Wahl getroffen. Und Artus' Schwingen schienen das zu spüren. Sie wirbelten in einem Kreisel aus Licht und stürzten dann, gelenkt von den sich nach Aric ausstreckenden Schwingenansätzen, auf uns nieder. Einer der Oberen ging unter der Wucht der herabsausenden Schwingen zu Boden, als die sich ihren Weg suchten.

Arics Rücken brach auf wie ein Vulkan. Er kippte nach vorne, sobald die wurzelartigen Ansätze der ehemals steinernen Schwingen sich wie die Arme eines Oktopusses an seine Rückseite hefteten. Wie Tentakel drangen sie in das goldene Leuchten seines Körpers ein und verschmolzen mit ihm. Aric stöhnte, und für einen Moment – für den Moment dieses Wunders – verharrte jede Seele auf dieser Insel in atemlosem Staunen. Das Grün von Arics Augen flammte auf, als wäre er von neuem Leben erfüllt. Mit einem lauten Schrei, der selbst die Felsen erzittern ließ, schloss sich sein Fleisch, und das Licht erstarb. Nur das dunkle samtrote

Schillern von Artus' ehemaligen Schwingen blieb übrig. Und als wären diese Schwingen ihr eigener Herr, machten sie ihren ersten Schlag und hoben meinen Vater kraftvoll in die Luft. Aric keuchte, dann schloss er die Augen. Er spannte sämtliche Muskeln an, um die Kontrolle über den vor so langer Zeit verloren gegangenen Teil seines Körpers zu erlangen.

»Komm, weg hier!«, riss mich Lucien aus meiner Starre. »Na los!«

Lucien hatte recht, aber alle Energie, die sich in mir angesammelt hatte, war verpufft. Einfach aufgebraucht. Ich kam nicht hoch, konnte kaum den Kopf heben. »Warum hat er das getan?«, fragte ich und blickte hinter Riley und Anh her. Sie waren längst mit der Nacht verschmolzen.

Obwohl ich Luciens Unruhe spürte, kniete er sich neben mich und legte mir die Hand an die Wange. Auch sein Blick ging in die Dunkelheit, in der sein ehemals bester Freund verschwunden war.

»Er ist in seinem Herzen so sehr einer von uns, dass er keine Schwingen braucht, um das zu zeigen.«

Ich biss mir auf die Lippe, um die Tränen zurückzuhalten. Ich war verrückt. Meine Welt lag in Trümmern. Meine Familie in Lebensgefahr. Und doch weinte ich um den wunderbaren Underdog Riley Scott, den Jungen mit den quecksilberfarbenen Schwingen, der trotz all dem, was man ihm angetan hatte, nie aufgehört hatte, das Glück anderer vor sein eigenes zu stellen. Heiß rannen mir dir Tränen über die Wangen, denn Riley Scott hatte es mehr als alle anderen verdient, glücklich zu sein.

Kapitel 28

Lucien wischte meine Tränen weg und hob mich hoch, als wäre ich ein Kind.

»Komm, kleine Dorne«, flüsterte er und duckte sich hinter einen Felsen. »Wir müssen diese Gewalt stoppen.«

Er hatte recht. Aber mir fehlte die Kraft, ihm zuzustimmen. Also schmiegte ich mich einfach an ihn und ließ mich von seinen starken Armen tragen, wohin immer mich das Schicksal auch führen mochte. Obwohl ich die Augen geschlossen hielt, spürte ich, dass er einen Satz in die Luft machte. Er landete auf der Spitze der überhängenden Felsen, wo uns der Regen nun wieder wie Nadelstiche traf. Nicht dass es mir noch etwas ausgemacht hätte, so durchweicht wie ich ohnehin schon war. Im Gegenteil, der Regen schien meine Erschöpfung abzuwaschen und mir neue Energie zu schenken. Er spülte die Tränen fort, und auch wenn er meine Schwingen schwer werden ließ, konnte ich nun besser atmen.

»Hört auf!«, rief Lucien, und sein Atem streifte meine nasse Wange. »Alle! Was ihr hier tut, ist Wahnsinn!«

Tatsächlich verstummten die Schüsse, und Kane trat mit erhobenen Schwingen und ausgestreckten Armen aus der Mitte der aufgescheuchten Oberen hervor.

»Lucien hat recht!«, donnerte er und drehte sich im Kreis, um in jedes einzelne Gesicht seiner Silberschwingen zu blicken. »Es ist genug Blut geflossen!«, ermahnte er die Oberen. »Wenn nun auch noch Aric Chrome die Macht seiner neu gewonnenen Schwingen nutzt, wird es in dieser Nacht keine Gewinner geben.« Er wandte sich an Sir Charles Manners. »Ihr habt mich hintergangen, indem ihr diese Waffen gegen unser Volk erhoben habt. Und nicht nur gegen unser Volk – nein, auch gegen meinen Sohn!«

»Dein Sohn paktiert mit Halbwesen und Rebellen, Kane. Du bist vielleicht der Laird, aber die Entscheidungen treffen wir. Ob es dir gefällt oder nicht.«

»Euch hat noch nie interessiert, was ein Laird zu sagen hat!«, rief Aric und schwebte mit seinen dunkelrot flirrenden Schwingen über die Oberen hinweg. Sofort richteten alle ihre Waffen auf ihn, doch abzufeuern wagte niemand, denn Nick, Jax und die Shades standen kampfbereit beisammen. Als ahnten die Oberen, dass die Halbwesen mit ihnen fertigwerden würden, zogen sie sich nach und nach weiter unter die schützenden Felsüberhänge zurück. Das war klug, denn so konnten sie jeden Frontalangriff mit ihren Pistolen vereiteln.

Auch Charles Manners machte einige Schritte in Richtung der sicheren Deckung, ohne dabei jedoch Aric oder Kane aus den Augen zu lassen. »Warum sollte uns das Wort eines Lairds auch etwas bedeuten? Wir sind die Oberen. Unser Wort ist Gesetz. *Und wir entscheiden* … wer lebt … und wer stirbt.«

Ein Schuss zerriss die Nacht, und instinktiv duckte ich mich. Meine Schwingen schlugen sich schützend über mir zusammen.

»NEIN!«

Ein Schrei voll der Verzweiflung hallte bis in mein Innerstes. Mein Herz raste in meiner Brust, und ich konnte das Adrenalin spüren, das wie ein Pfeil durch mein Blut schoss. Vor meinen Augen tanzten Lichtpunkte, und ich zuckte unter dem nächsten

Schuss zusammen. Ich wandte mich von dem Grauen ab. Die Angst war einfach zu groß. Als wollte mich der Wind zwingen, von meinem Platz auf der Felsspitze hinabzusteigen, riss er an meinen Silberschuppen. Ein Blitz krachte gefährlich nahe ins Meer und brachte die Oberfläche zum Kochen. Dampf stieg auf wie geisterhafter Nebel, und ich verlor mich im Anblick dieses silbrigen Waberns, als wollte mein Geist mich ganz bewusst von dem Schrecken der Realität ablenken.

Nein!

Das Echo des Rufs hallte in meinen Ohren, ebenso wie der Schuss. Ein Zittern überlief meinen Körper, und der Nebel über dem Meer löste sich auf. Die weißen Schaumkronen kehrten zurück, als hätte der Himmel nicht gerade seinen blitzenden Finger in die tosende See gerammt. Sogar der Regen hörte schlagartig auf.

Ich blinzelte. Die Nacht blendete mich mit ihrer ungewohnten Klarheit. Diese Fähigkeit, sie tat mir weh, und ich kniff die Augen etwas zusammen, um den Schmerz zu mildern. Ich musste aufhören zu schreien. Dieser Schmerzenslaut ... er war unerträglich. Ich hob die Hände an meinen Kopf und tastete dabei nach Lucien.

Wo war er?

Erst jetzt bemerkte ich, dass ich allein auf der Felsspitze war. Der kalte Wind schlug von allen Seiten auf mich ein. Da waren keine männlichen schwarzen Schwingen, die mich umfingen. Da war kein warmer Atem, der mir zeigte, dass ich nicht allein war.

»Lucien!«, kam es tonlos über meine Lippen, als mir klar wurde, dass der Schrei – dieser harte, grausame Schrei – überhaupt nicht von mir kam.

Lucien erstarrte. Er sah die Kugel kommen. Wie von selbst spannte sich seine Brust an. Seine schmerzenden Schwingen versuchten, sich um ihn zu schlagen, doch sie schafften es nicht. Er schnappte nach Luft, um sich gegen den Einschlag zu wappnen, als sich das Bild seines Vaters vor ihn schob. Kane stieß sich in die Luft, riss die nassen Schwingen auseinander. Sein Schrei hallte über die felsige Insel, während ein Blitz die Dunkelheit kurzzeitig hell aufflammen ließ. Als würde das, was gerade geschah, ins Scheinwerferlicht gerückt.

Panisch riss Lucien die Arme nach oben. Vergaß, dass Thorn hinter ihm kauerte, vergaß, dass noch immer Schüsse abgefeuert wurden. Er war getrieben von Schmerz, als die Kugel, die für ihn bestimmt war, seinen Vater mitten in die Brust traf, ihn aus der Luft riss wie einen geschossenen Vogel und ihn zu Boden katapultierte.

Lucien fühlte Enge. Atemlosigkeit. Und ein Brennen in seiner Seele, das kaum zu ertragen war. Er schrie. Mit einem Satz glitt er zu Kane hinunter. Bettete den Kopf seines Vaters auf seinen Knien, zog seinen bebenden Körper an sich und presste die Hand auf die blutende Wunde. Und noch immer schrie er.

Es war verrückt. Er wollte aufstehen, kämpfen, die schützen, die er liebte, und doch konnte er nicht einmal diesen Schrei beenden, der ihm so qualvoll aus der Kehle stieg.

Kane hustete. Dabei quoll ihm das Blut aus der Wunde und tränkte sein Hemd. Der Blick seiner ebenholzfarbenen Augen ging ins Leere, sein Atem kam gurgelnd. Lucien spürte, wie sich die Aura seines Vaters veränderte. Er verfluchte die Gabe, die ihm so deutlich zeigte, wie schlecht es um Kane stand.

»Vater!«, presste er heiser heraus und legte ihm die Hände ums Gesicht.

Das Grauen packte mich. Das Bild von Vater und Sohn unter mir, es brach mir das Herz. Luciens Schwingen, gezeichnet von den Hieben mit der Silberkatze und dem Angriff mit dem Elektrostab, hoben sich dennoch schützend über sie. Ich fühlte seinen Schmerz, so wie ich auch den von Artus gespürt hatte. Ich wollte zu ihm. Meine Arme um ihn schließen und den Schmerz mit ihm teilen, aber als ich mich auf der Felsspitze aufstellte, hob mich Nick mit einem kraftvollen Satz in die Luft. Nicht um zu fliegen, denn die Schwingen aller hier auf der Insel wogen zu schwer vom Regen, als dass wir uns wirklich hätten erheben können. Er fluchte und zog mich mit sich.

Verdammt! Was tat er denn?

Noch während ich meine Schwingen spreizte, um nicht zu fallen, spülte eine Druckwelle über mich hinweg, die mich mit solcher Kraft mitriss, dass ich vollkommen die Orientierung verlor. Ich klammerte mich an Nicks Hand, bis die Kraft des Windes uns auseinanderzerrte. Ich hörte ein Donnern, viel lauter als jedes Gewitter, als ich mit voller Wucht auf dem felsigen Boden aufschlug. Meine Schwingen ächzten, und ich schlug mir die Haut von den Knien, weil ich hart über die Steine schlitterte.

Der Boden bebte, und ich nahm das dumpfe Echo ersterbender Schreie wahr sowie das Kollern von schwerem Gestein.

Mir war schwindelig, alles tat mir weh, als ich mich auf die blutigen Knie hochdrückte. Die Haare hingen mir vor die Augen. Trotzdem brannte sich das schreckliche Bild in eisiger Klarheit in meine Netzhaut.

Die Felsen, auf denen Lucien und ich gerade noch gestanden hatten, diese kuppelartigen Felsüberhänge – sie lagen in Trümmern. Eingestürzt. Ich blinzelte, denn noch immer wirbelten Staub und Steinchen zu mir herüber.

»Geht es dir gut?« Nick schleppte sich zu mir und half mir auf.

Auch ihm standen die Schwingen wirr vom Leib. In seinen grünen Augen las ich Sorge, aber die Angst, die zuvor die ganze Insel umgeben hatte, war abgeklungen. Warum?

Ich schüttelte den Kopf. Ich war weit davon entfernt, dass es mir gut ging. »Was …? Was ist passiert?«, fragte ich und fuhr mir durcheinander an die Schläfe. Ich spürte Blut an meiner Augenbraue kleben und runzelte die Stirn. Autsch! Das tat weh.

»Aric hat die Felsen zum Einsturz gebracht«, erklärte er tonlos und fasste an mein Kinn, um meine Wunde besser sehen zu können. »Du weißt doch, die Kraft, die auch du und ich besitzen.«

Ich wusste, was er meinte, und eine Gänsehaut überzog meinen Körper. Ich starrte zu den angehäuften Felsen, die sich nun wie bei einem Grabhügel dicht aneinanderschmiegten.

»Und … die Oberen?« Erst jetzt bemerkte ich, dass keine Schüsse mehr fielen. Es herrschte gespenstische Ruhe, so als befänden wir uns im Auge eines Orkans.

»Komm mit«, murmelte Nick und griff nach meiner Hand. »Komm mit und sieh selbst.«

Er zog mich auf die Beine und führte mich durch die Nacht. Es kam mir vor, als wären wir die letzten Überlebenden in einem Katastrophenfilm. Unsere Kleidung hing in nassen Fetzen über unseren zerschundenen Körpern, und wo man hinschaute, war nur Zerstörung.

Eine eisige Klaue schloss sich um mein Herz, und im nächsten Moment lag die Welt wieder im Dunkeln, als wollten meine Fähigkeiten mir den Anblick ersparen. Ich umgriff Nicks Finger fester, damit ich in der Finsternis nicht stolperte. Die dunklen Schwingen der Ratsmitglieder erahnte ich dennoch dort, wo sie schon zuvor ihre Wache gehalten hatten. Doch ihre militärische Ordnung war verschwunden. Ratlosigkeit schlug mir aus ihren Gesichtern entgegen.

»Verdammt, Nick, was ist hier los?«, flüsterte ich und kämpfte gegen die Kälte an, die mir den Rücken hinaufkroch. »Wo ist Lucien?«

Ich erinnerte mich an den Schrei. An diesen furchtbaren leidenden Schrei – und ich rannte los.

Kapitel 29

»Lucien!«, kreischte ich und hastete über die herabgestürzten Felsen. »Lucien!«

Irgendwo hier hatten wir auf der Felsspitze gestanden. Auf der Felsspitze, die es jetzt nicht mehr gab. Ich stolperte, aber das hielt mich nicht auf. Mit leicht angelegten Schwingen kämpfte ich mich weiter, vorbei an den wie versteinert wirkenden Ratsmitgliedern. Die erdrückende Stille war unheilgeschwängert, und ich folgte einzig und allein Luciens dunkler Aura und dem Schmerz, der mir daraus entgegenschlug.

»Oh Gott!«, flüsterte ich, als ich ihn schließlich sah. Meine Beine verweigerten mir den Dienst, ich hatte keine Ahnung, was ich tun sollte. Keine Ahnung, was ich fühlte.

Kane York, das Oberhaupt der Silberschwingen, lag ausgestreckt und blutend auf dem nassen, felsigen Grund, wie auf einem Altar. Den glanzlosen Blick in den Himmel gerichtet. Lucien kniete neben ihm. Beugte sich schützend über seine Brust, die Schwingen wie einen Schild erhoben und die Hände mit dem Blut seines Vaters getränkt.

Der raue Schrei war verstummt, doch die geflüsterten Worte aus Luciens Mund klangen nicht weniger gequält.

»Halt durch, Vater! Halt durch!« Er schüttelte Kane, der offenbar kurz davor war, das Bewusstsein zu verlieren. »Verdammt, warum hast du das gemacht?«, knurrte er verzweifelt und hob den Kopf seines Vaters etwas an, damit der leichter Luft holen konnte. Blut sickerte aus Kanes Mundwinkel, und sein Atem kam pfeifend.

»Väter lassen nicht zu … dass ihre Söhne … vor ihnen sterben!«, erklärte Kane mit schwacher Stimme. »Und du bist nicht irgendein Sohn. Du bist … *mein* Sohn. Und … der neue Laird der Silberschwingen. Dein Volk … braucht dich.«

»Vater …«

»Schweig!«, herrschte Kane ihn trotz seiner Schwäche an. Ein Hustenanfall schüttelte ihn, woraufhin er mehr Blut spuckte. »Hör mir zu. Mir … bleibt nicht viel Zeit. Du musst … du musst das Richtige tun.« Kane tastete blind nach Luciens Hand. Mit all der Kraft, die er noch aufbringen konnte, drückte er sie. »Zuletzt wusste ich nicht … nicht mehr, was das Richtige … für die Silberschwingen ist.« Kane schüttelte leicht den Kopf und sah Lucien beschwörend in die Augen. Er blinzelte, als hätte er Mühe, bei Sinnen zu bleiben.

»Hör auf zu sprechen, Vater«, ermahnte Lucien ihn. »Schone deine Kräfte.«

Kanes hartes Lachen wurde begleitet von einem Schwall Blut. »Noch gibst du hier … nicht die Befehle, Lucien. Also versuch nicht … mir das Wort zu verbieten.«

»Das war nicht …«

»Hör zu!« Kane keuchte und bäumte sich auf. Jeder Atemzug bereitete ihm Schmerzen. »Gib mir dein Wort, dass du … dass du dich … deiner Verantwortung dem Clan gegenüber stellst! Du bist jetzt der Laird, Lucien!« Seine Stimme brach, und er schnappte nach Luft.

Lucien zog seinen Vater an seine Brust. Er wischte ihm das Blut von den Lippen, um ihm das Atmen zu erleichtern, aber Kane schüttelte den Kopf. »Dein Wort, Sohn!«, japste er tonlos.

»Natürlich, Vater«, wisperte Lucien erstickt. Er schloss die Augen, um nicht sehen zu müssen, was er ohnehin fühlte. »Du hast mein Wort«, presste er hervor, als die schillernde Aura seines Vaters immer weiter verblasste.

Luciens Trauer schlug wie eine Welle über mir zusammen, und ich taumelte blind von Tränen an seine Seite. Ich ließ mich neben ihn auf die Knie fallen und schlang meine Arme von hinten um ihn.

»Es tut mir leid«, flüsterte ich, als die ersten von Kanes Silberschuppen ihren Glanz verloren und von der harten steinernen Todesschicht überzogen wurden.

Meine Kehle schmerzte vor unvergossener Tränen. Nicht weil ich um Kane trauerte, sondern weil Lucien seinen Vater verloren hatte. Da war es egal, wie ich zu Kane gestanden hatte.

Luciens Tränen fielen ungehindert auf Kanes Wange. Sein Körper bebte unter der Brutalität des Verlustes, und ich wünschte, ich könnte ihm den Schmerz nehmen wie bei Riley, doch das ging nicht. Lucien hatte eine Mauer um sich errichtet, als wolle er die Qual für sich allein behalten.

Für einen Moment ergab sich Lucien seiner Trauer. Er schien vergessen zu haben, wo er war. Gepeinigt zog er den Körper seines Vaters an seine Brust, beugte sich über ihn und klammerte sich an ihn, wie er es vermutlich zuletzt als Kind getan hatte.

Ich wusste, er wollte nicht loslassen. Ich wusste, er gab sich die Schuld, so wie auch ich mir die Schuld an allem gab, was heute geschehen war.

Dann atmete er durch, schlüpfte aus seinem Shirt, wischte Kane mit dem Stoff das Blut aus dem Gesicht, küsste seine Stirn und bettete ihn schließlich mit einer Vorsicht, als wäre er ein Baby, das gerade eingeschlafen war, auf sein Totenbett aus kristallhellen steinernen Schwingen.

Erst als er sich erhob, schien er meine Gegenwart wieder wahrzunehmen. Seine Augen waren dunkle Seen, die vor Trauer überzulaufen schienen. Er griff nach meiner Hand, und zum ersten Mal vermisste ich seine unnatürliche Wärme. Seine Kiefermuskeln zuckten, während er um Fassung rang.

»Es tut mir leid«, wiederholte ich leise. Was hätte ich auch sonst sagen sollen? Es gab keine Worte, für das, was hier geschehen war. Es gab keine Entschuldigung und keine Wiedergutmachung.

Lucien nickte und ließ das blutige Shirt fallen, als wüsste er nicht, wie es in seine Hand gekommen war. »Mir auch«, wisperte er, dann drückte er meine Finger und richtete sich zu seiner vollen Größe auf. Ohne mich loszulassen, wandte er sich um. In der Ferne am Horizont glitzerte der Goldschmuck zweier davonfliegender Oberen im durch die Wolkendecke brechenden Mondlicht. Er blickte in die Reihen der Ratsmitglieder, sah den Shades in die erschütterten Gesichter und drehte sich dann weiter bis zu den zusammengestürzten Steinüberhängen.

Erneut nickte er, als fände er dort Befriedigung, wo ich nur Zerstörung sah. Er spreizte seine Schwingen, so weit er konnte. »Kane Yorks Erbe des Lichts ist erloschen. Unser Laird … hat sein Leben … gegeben«, hallte seine von Trauer getragene Stimme durch die Nacht. Er richtete sich an Torr von Orly und die übrigen Ratsmitglieder. »Der Verrat der Oberen und die Kugel, die ihn tötete, galten mir.« Er räusperte sich, und ich sah, wie er mit seinen Gefühlen rang. »Kane gab sein Leben für mich. Ich werde sein Erbe in Ehren halten und unser Volk aus dem dunklen Schattenreich der Herrschaft der Oberen herausführen. Mit eurer Zustimmung.«

Deutliches Raunen ging durch die Reihen der Ratsmitglieder. Murmelnde Stimmen, die widersprüchliche Ansichten kundtaten. Fragende und zweifelnde Blicke steigerten sich in eine kaum zu ertragende Spannung, bis Torr von Orly schließlich stellvertretend für alle zustimmend den Kopf neigte. Mit dem Wissen, den gesamten Rat hinter sich zu haben, begegnete er Luciens Blick. »Das Opfer deines Vaters war groß. Der Rat erkennt an, dass er dich an seiner Stelle sehen möchte. Doch was ist mit ihr?« Torr deutete auf mich, als wäre ich ein Geschwür, das es zu entfernen galt.

Alle Augen ruhten nun auf mir. Und auf Lucien. Wie würde er entscheiden? Seine Finger streichelten meine, als wollte er mir Mut machen. Er sah zu Aric, der wie ein Racheengel auf dem steinernen Grabhügel der eingestürzten Felsengrotte thronte.

»Aric Chrome hat in der Stunde des Hinterhalts durch die Oberen – in dem Moment, als er erkannte, dass Charles Manners uns angriff –, da hat Aric Chrome, ein verbannter Rebell, zu uns gestanden und für uns gekämpft. Mit seiner neu gewonnenen Kraft hat er die Felsen über den heimtückischen Oberen zum Einsturz gebracht und damit Kanes Tod gerächt und Schlimmeres verhindert.« Lucien ließ seine Worte wirken, ehe er weitersprach. »Mein Vater würde wollen, dass wir diese Tat würdigen und nicht noch mehr Blut vergießen.«

Die Ratsmitglieder reagierten verhalten. Einige nickten betroffen. Andere wirkten nach wie vor verschlossen.

Lucien hob meine Hand an seine Lippen. Er küsste meine Fingerknöchel und sah mich traurig an. »Ich brauche dich, Thorn. Mehr als je zuvor. Aber ich muss die Dinge jetzt richtigmachen. Das schulde ich Kane. Und meinem Volk.«

»Richtigmachen?«, flüsterte ich. Was zum Teufel meinte er damit?

»Vertrau mir, kleine Dorne. Dann muss niemand mehr leiden.«

Er küsste mich sanft. Seine Lippen streiften meine in einer bittersüßen Zartheit, die mich seinen Schmerz erahnen ließ.

»Nein«, flehte ich, aber Lucien gab meine Hand frei und nickte Torr von Orly zu. Ich wollte ihm nach, aber Magnus Moore hielt mich mit seiner Schwingenspitze davon ab.

Vor dem Rat kniete Lucien nieder und faltete ergeben die Schwingen zurück auf seinen Rücken. Sein nachtschwarzes Haar hing ihm wild in die Stirn, und die Wunden auf seinem Rücken, die Nyx' Vater ihm noch vor wenigen Tagen zugefügt hatte, glänzten silbern auf seiner nassen Haut. Ungeniert offenbarte er den Räten den Blick auf diese Mahnmale. Sie waren Zeichen seiner Treue dem Clan gegenüber, aber mir zeigten sie, dass ich die Liebe meines Lebens verloren hatte.

Vertrau mir, kleine Dorne. Dann muss niemand mehr leiden, hatte er gesagt. Aber warum tat es dann so weh?

Ich presste mir die Finger auf die Lippen, um meinen Protest zurückzuhalten.

»Mit diesem Eid vor dem Rat gelobe ich, dass mein Handeln dem Clan dient«, erklärte Lucien laut und deutlich. »Ich gelobe, den Rat zu achten, wie es mein Vater tat, und den richtigen Weg zu wählen, um die Silberschwingen in dieser schwierigen Zeit zu führen. Ich trage meine Verantwortung und kenne meine Pflicht.« Dann sah er Torr direkt in die Augen. »Tut ihr das auch?«

Reglos sah ich zu, wie Torr von Orly Lucien seine Hand auf den geschundenen Rücken legte. Genau zwischen die Schwingenansätze, dort, wo die Narben ein dichtes Geflecht bildeten.

»Diese Schwingen gehen voran. Diesen Schwingen gehören wir an«, rief er und hob seine eigenen Schwingen. Die übrigen Räte folgten seinem Beispiel. Wie aus einer Kehle sprachen nun alle den Eid mit. »Diese Schwingen führen uns an. Lucien York, wir erkennen dich an.«

Dann knieten sie nieder, und Lucien erhob sich. Wie ein Eisberg in tosender See ragte er zwischen den glänzenden Schwingen der Räte auf. Sein Blick traf auf meinen. Seine Kiefermuskeln zuckten, und er wandte sich schnell ab.

Er machte einen Satz hinauf auf die steinernen Überreste der Felsengrotte. Neben Aric kam er zum Stehen, und obwohl er nur zu ihm sprach, redete er so laut, dass ihn jeder hören konnte. »Ich danke dir«, erklärte er. »Du hast meinen Vater gerächt.«

»Ich tat es nicht für dich, Junge«, murrte Aric. »Kane war einst mein Freund. Ich habe ihm nie etwas Böses gewünscht. Ich konnte ihm nur nicht mehr vertrauen, denn er stand unter dem Einfluss der Oberen. Und die waren das Übel – das hat sich heute wieder gezeigt. Ich musste etwas unternehmen. Mir tut es nur leid, dass ich nicht alle erwischt habe.«

Lucien nickte. »Fünf von sieben Oberen sind tot. Die übrigen geflohen. Selbst wenn sie es mit ihren nassen Schwingen bis hinüber aufs Festland schaffen. Aber wir dürfen nicht so dumm sein anzunehmen, dass wir uns damit Freiheit erkämpft haben. Die Oberen sind mächtig, und es sind viele. Aber wir werden darauf vorbereitet sein, uns ihnen wenn nötig noch einmal entgegenzustellen. Wir werden für unsere Unabhängigkeit kämpfen.« Lucien legte Aric die Hand auf die Schulter. »Als ich euer Gefangener war, hast du mir vertraut und mir freies Geleit geboten. Als neuer Laird der Silberschwingen von London gewähre ich dir und deinen Söhnen die gleiche Freiheit, denn ihr habt euch im entscheidenden Moment für die richtige Seite entschieden. Wir sind keine Feinde, egal was das Gesetz sagt.« Er sah zu mir herab, ohne eine Regung im Gesicht. »Bring deine Familie hier weg. Bring Thorn hier weg.«

Ich schluchzte, denn diese Kälte in seinen Augen brach mir das Herz. Das konnte er nicht machen. Was war mit uns?

Als wüsste er, was in mir vorging, kam Lucien zu mir zurück. Doch anstatt wie so oft meine Hand zu nehmen, hielt er diesmal Abstand.

»Komm«, raunte er und deutete mit einem Kopfnicken an, ihm zu folgen. »Holen wir endlich deine Familie aus diesem Kasten.« Im Vorbeigehen griff er nach Torrs Schlüsselbund und öffnete, ohne zu zögern, das Vorhängeschloss.

»Niemand wird sich diesen Menschen in den Weg stellen!«, befahl er laut, ohne jedoch das Gitter zu öffnen. Dann wandte er sich an Magnus, der noch immer neben Kanes Leichnam Wache zu halten schien. »Magnus Moore, du hast schon einmal dafür gesorgt, dass diese Leute unser Geheimnis wahren. Ich übertrage es dir, für die Sicherheit unseres Volkes zu sorgen und unsere Geheimnisse zu wahren. Bring das entstandene Chaos … in Ordnung.«

Dann endlich drehte Lucien sich in meine Richtung. Endlich sah er mich wieder an. Es gab so viel, was ich ihm sagen wollte. So viel, was gesagt werden *musste.* Und doch brachte ich kein Wort heraus, als er mich in seine Arme zog und meinen Scheitel küsste.

»Siehst du, kleine Dorne. Ich habe dir doch gesagt, dass alles gut werden wird«, flüsterte er an meine Schläfe.

»Nichts ist gut, Lucien, wenn du mich jetzt fortschickst«, widersprach ich atemlos, denn die Angst, ihn zu verlieren, schnürte mir die Kehle zu. »Ich kann jetzt nicht einfach gehen. Dein Vater ist tot, die Oberen …«

»Bring deine Familie nach Hause«, unterbrach er meine Widerworte. »Sie brauchen dich.« Er schob mich von sich und sah mir in die Augen. Großer Schmerz spiegelte sich darin. »Keiner von uns kann sich seiner Verantwortung entziehen, Thorn.«

»Nicht!«, flehte ich, als er noch weiter zurücktrat.

»Mach es mir nicht so schwer, Thorn«, raunte Lucien und hob seine Hand an meine Wange. Eine Träne stahl sich aus meinem Augenwinkel und benetzte seine Fingerspitzen. »Du weißt, ich will dich. Ich wollte dich immer. Daran hat sich nichts geändert.

Aber ich bin jetzt der Laird. Ich kann nicht länger tun, was ich möchte.«

»Aber was wird aus uns?« Ich schluchzte, doch das war mir egal. Sollte doch alle Welt sehen, wie elend es mir ging.

Luciens Kiefermuskeln zuckten, als kämpfe er mit sich selbst. Dann presste er mich an sich und küsste mich. »Sieh mich nicht so an, mit diesen großen traurigen Augen«, bat er und fuhr mit den Händen in mein Haar. »Mein Volk ist noch nicht bereit, ein Halbwesen neben ihrem Laird an der Spitze des Clans zu dulden. Sie werden das Schicksal der Silberschwingen nur in vertraute Hände legen.«

Er zog sich so schnell zurück, dass ich taumelte. Vom ersten Moment an hatte ich Luciens Schnelligkeit bewundert. Diesmal verfluchte ich sie. Ich sah ihm nach, und noch während ich das tat, stieß Dad die Gittertür auf und riss mich in seine Arme. Er, Mom, Jake, sie alle umarmten mich, wie um zu beweisen, dass wir immer noch eine Familie waren.

Ich schloss die Augen. Nahm die Wärme und Geborgenheit meiner Eltern in mich auf, und als Mom mir übers Haar strich, wie immer, wenn sie mich trösten wollte, da brach der Damm, und ich weinte hemmungslos. Die ganze Angst der letzten Tage, die Angst der letzten Stunden und selbst die Angst vor dem Morgen gab ich ab und wollte nicht mehr, als ein Kind zu sein, das in der grausamen Welt die Liebe seiner Familie spürte.

KAPITEL 30

Lucien fühlte Thorns Blick in seinem Rücken. Sein Herz blutete, weil er sie nicht mit nach Darlighten Hall nehmen konnte. Aber ihr Platz war bei ihrer Familie. Und seiner an der Spitze des Clans. Es gab viel zu tun. Nur weil Torr und der Teil der Räte, die diese schreckliche Nacht miterlebt hatten, sein Erbe anerkannten, hieß das nicht, dass ihm der gesamte Clan vorbehaltlos folgen würde. Aber das mussten sie, wenn er wirklich etwas verändern wollte. Und das wollte er.

Er ballte die Hände zu Fäusten und verbot sich, noch einmal zurückzublicken. Er wollte etwas verändern. Um jeden Preis. Aber dass dieser Preis so hoch sein würde …

Conrad Shriver riss ihn aus seinen Gedanken. Mit gesenktem Kopf kam er näher. Er hatte die Lippen fest zusammengekniffen, und Lucien konnte sehen, dass er sich unwohl fühlte.

»Das mit Kane tut mir leid«, sagte Conrad und hakte seine Daumen in die Gürtelschnallen seiner Jeans, als wüsste er nicht, wohin mit seinen Händen.

Lucien nickte. »Danke.« Er wartete, dass Conrad noch etwas sagte, aber das Schweigen zog sich in die Länge. Schließlich räusperte Lucien sich und deutete zu den Räten. »Tja, dann. Es … ist Zeit von dieser verfluchten Insel zu verschwinden. Es wird bald hell.«

Nun streckte Conrad doch die Hand aus. »Warte, Lucien«, bat er und ging neben ihm her. »Ich … ich wollte dich etwas fragen.«

Verwundert blieb Lucien erneut stehen. »Wenn es um Thorn geht, dann steht mein Entschluss fest.«

»Nein. Das ist es nicht. Es … es geht um mich. Und um deine neue Position.«

»Was ist damit?« Lucien war ungeduldig. Während er hier stand und redete, hüllten die Räte den Körper seines Vaters in ihre Mäntel, damit sie ihn gemeinsam würdevoll übers Meer bis zurück nach Darlighten Hall transportieren konnten. Es war an ihm, dies zu überwachen. Das schuldete er Kane.

»Ich will wissen, wie du als neuer Laird mit den Rebellen verfahren wirst«, platzte Conrad heraus, als spürte er Luciens Unruhe. »Du hast gesagt, die Zeiten müssten sich ändern. Die Gesetze müssten sich ändern. Meinst du das immer noch?«

Lucien schüttelte den Kopf und fuhr sich energisch durchs Haar.

»Herrgott, Conrad!«, fuhr er seinen ehemaligen Freund an. »Mein Vater ist gerade mal seit einer Stunde tot, und du glaubst wirklich, jetzt wäre schon alles anders? Weißt du, was mir durch den Kopf geht?«, rief er, wandte sich ab und ließ Conrad stehen. »Ich denke nicht an die Gesetze oder an die Rebellen! Ich kann überhaupt nicht denken, nach allem, was ich heute verloren habe.«

»Versteh mich nicht falsch«, Conrad hastete hinter ihm her, »aber wenn du mir versicherst, die Rebellen nicht länger zu verfolgen, dann …«

»Ich kann dir nichts versprechen!«

Conrad kniff die Lippen zusammen und rammte Lucien die Faust gegen die Schulter. »Lass mich ausreden!«, forderte er. »Wenn die Silberschwingen mich nicht länger tot sehen wollen, dann … dann möchte ich dich begleiten, Lucien.«

»Was?«

»Ich will zurückkommen. Du hast bewiesen, dass ich deinem Wort vertrauen kann. Wenn du also nicht meinen Tod forderst, weil ich gegen die Ansichten des Clans bin, dann … dann würde ich gerne mit dir gehen.«

Lucien stockte. Er hatte keine Ahnung, wie es weitergehen würde. Keinen blassen Schimmer davon, was der Rat nach ihrer Rückkehr nach Darlighten Hall tun würde. Er schluckte, denn mit einem Mal fiel es ihm schwer zu atmen. »Ich kann dir nichts versprechen, Conrad«, erklärte er ergriffen. »Nur so viel: Ich werde alles tun, um zu verhindern, dass sich die Silberschwingen weiterhin gegenseitig vernichten. Darauf mein Wort.«

»Das reicht mir.«

Lucien nickte. »Was wird aus den anderen? Sam, Garret und Riley?«

Conrad zuckte mit den Schultern. »Egal wo sie hingehen, egal was sie denken. Sie sind unsere Freunde, hab ich recht?«

Lucien hob den Blick in den Himmel. Ein heller Silberstreifen zog sich über die Wasseroberfläche, tauchte den Horizont in ein himmlisches Licht. »In diesen Zeiten kann man wahre Freunde gut gebrauchen, Conrad. Überleg dir genau, ob du sie verlassen willst«, murmelte Lucien und trat an die Spitze der Ratsmitglieder, die zum Aufbruch bereit schienen. Er nahm den vordersten der sechs Gurte, mit denen Kanes Körper in Schlaufen befestigt war. Dann breitete er die Schwingen aus und gab den anderen das Zeichen, seinem Beispiel zu folgen.

»Bringen wir unseren Laird nach Hause«, erklärte er, und in absolutem Einklang hoben die Silberschwingen Kane York für seinen letzten Flug in den Himmel.

Drei Tage später stand Lucien unter dem Pavillon im Garten von Darlighten Hall. Er betrachtete sein Spiegelbild in der sich leicht kräuselnden Oberfläche des Seerosenteichs. Die Veränderung, die er in sich fühlte, war seinem Äußeren nicht anzusehen. Vielleicht hielt er sich etwas gerader, vielleicht war diese Falte zwischen seinen Augenbrauen neu. Aber ansonsten sah er aus wie immer. Nur war nichts mehr so wie immer.

Kurz schaute er über die Schulter zurück zum Haus, doch er war nach wie vor allein hier draußen. Er spürte die Blicke der Statuen. Sie beobachteten ihn, so wie sie alles beobachteten, was jemals hier geschah. Ihnen entging nicht, wie viele Silberschwingen in den letzten zwei Tagen hier ankamen. Seit er Kane nach Hause gebracht hatte, strömten sämtliche Silberschwingen Londons an diesen Ort, um dem verstobenen Laird die letzte Ehre zu erweisen. Sie alle würden bleiben, denn übermorgen entschied sich vor dem Rat, ob sie ihm wirklich das Erbe seines Vaters anvertrauten und ihm ihre Treue schworen.

Sie hätten guten Grund, es nicht zu tun …

Getrieben von einer Sehnsucht, die stärker war als die Trauer um seinen Vater, presste Lucien die Hand auf die Statue neben sich und schloss die Augen. Sogleich fand er die Bilder, deretwegen er das Haus verlassen hatte und hierhergekommen war. Bilder einer Nacht, in der er sein Herz verloren hatte.

»Es tötet mich!«, hatte Thorn gekeucht und schwach ihren Kopf auf seine Oberschenkel gelegt.

Er hatte ihren Rücken gestreichelt und ihr zaghaft die Haare aus der Stirn gewischt.

Selbst durch den Stein fühlte er ihr seidiges Haar und roch dessen zarten Duft.

»Es tötet dich nicht. Es macht dich noch stärker.«

»Ich fühle mich überhaupt nicht stark«, hatte sie widersprochen und sich Schutz suchend an ihn gekuschelt.

»Das würdest du aber, wenn du das Erbe des Lichts sehen könntest, das aus dir herausbricht«, hatte er in Ehrfurcht vor ihrer Schönheit geflüstert. »Dein Rücken glüht, als strömte Lava unter deiner Haut. Deine Schwingenansätze pulsieren unter meinen Fingerspitzen …« Er hatte sich Thorn geöffnet und ihren Schmerz aufgenommen, um sie zu schützen. Er wusste, sie hatte seine Liebe gefühlt, dort wo er sie berührt hatte.

»Hör nicht auf!«, hatte sie ihn mit ihren großen grünen Augen angefleht. »Bitte, Lucien, hör nicht auf!«

Er war erstarrt. Herzschlag um Herzschlag war vergangen. Bis er erkannte, dass es zu spät war, sich ihr noch zu entziehen. Ihren Schmerz wie seinen eigenen zu fühlen verband sie beide auf eine unvergleichliche Weise. Erst jetzt spürte er ihre wahre Stärke. Ihre Kraft und ihre Entschlossenheit. Es war, als blicke er ihr in die Seele und verlöre dabei seine eigene. Seine Seele und sein Herz.

Rittlings zog er sie auf seinen Schoß, umfasste ihr schönes Gesicht, und ihre Blicke verschmolzen. »Das werde ich nicht, kleine Dorne.« Wie von selbst hatten seine Lippen ihre gesucht. »Ich werde niemals damit aufhören«, hatte er geraunt, ehe er sie küsste.

»Ich werde niemals damit aufhören …«, murmelte er und löste die Hand von dem Stein. Dann wandte er sich um, denn er spürte, dass er nicht länger allein war.

»Hier versteckst du dich«, stellte Nyx fest und kam näher. Sie trug ein silbernes bodenlanges Paillettenkleid. Ihr helles Haar umspielte ihren schlanken Körper bis zu den Hüften, und ihre platinschillernden Schwingen fingen das letzte Tageslicht ein.

»Ich verstecke mich nicht. Ich habe nur keine Lust auf Gesellschaft.«

Nyx machte einen Schmollmund. »Du bist mir also immer noch böse?«

Lucien drehte sich weg. Das Farbenspiel des Lichts über dem Wasser war weit angenehmer als Nyx' verständnisloser Blick. »Nein. Ich bin dir nicht böse.«

»Wie könntest du auch?«, trällerte sie deutlich heiterer. »Alles, was ich tat, habe ich nur getan, um dich nicht zu verlieren. Wir gehören zusammen.«

Lucien nickte schwach. »Das hast du bereits gesagt.«

»In zwei Tagen kommen die Silberschwingen zusammen, um dir den Treueschwur zu leisten. Bis dahin sollten wir die Dinge zwischen uns klären, meinst du nicht? Wir geben im Moment kein besonders harmonisches Bild ab, wenn ich das so sagen darf.«

Wieder nickte Lucien. Er fühlte sich erdrückt von der Pflicht, die ihm der Clan auflud. Er fühlte sich erstickt von der Verantwortung seiner neuen Position. Und seine Sehnsucht riss ihn in Stücke. »Du hast recht, Nyx.« Seufzend sah er sie an. Sie war schön. Und ebenso unglücklich wie er selbst. Das merkte er auch ohne die Fähigkeiten der Silberschwingen. Und wie er selbst kämpfte auch sie mit den miesen Karten, die das Schicksal ihnen ausgeteilt hatte. Wollten sie das Spiel dennoch gewinnen, mussten sie anfangen, wieder zusammenzuspielen.

Darum ließ er es zu, dass sie die Hand nach ihm ausstreckte. Ihre Berührung war ihm vertraut, doch er sehnte sich nach etwas anderem. Er schüttelte den Kopf, um sich selbst zu ermahnen. Dann lächelte er Nyx traurig an. »Komm mit, Nyx«, flüsterte er kaum hörbar und zog seine ehemalige Versprochene an seine Brust. Liebevoll küsste er ihren Scheitel, wie er es schon unzählige Mal zuvor getan hatte. Er blickte über ihren Kopf hinweg zu den Seerosen. Ihre gelben Blüten verloren an Farbe, als eine dunkle Wolke sämtliche Reflexionen auf der Wasseroberfläche verschluckte. »Komm mit in mein Zimmer. Wir müssen das mit uns … unbedingt in Ordnung bringen. Sonst werden wir beide niemals glücklich werden.«

»Du willst, dass wir glücklich werden?«

Lucien schloss die Augen. »Ich wollte immer, dass du glücklich bist, Nyx.«

Es fühlte sich komisch an, jetzt wieder zu Hause in meinem Bett zu liegen. Mit meinen Schwingen kam es mir zu klein vor. So wie das ganze Haus. Die großzügigen Räume auf Darlighten Hall waren den Schwingenspannweiten einfach besser angepasst. Und die weiten Gewölbe in Glastonbury hatten einen selbst mit gespreizten Schwingen Raum gelassen.

Ich drehte mich etwas auf die Seite, was gar nicht so einfach war, denn Jakes blonder Lockenkopf ruhte auf meiner Armbeuge, und ich wollte ihn nicht wecken. Seit wir Silver-Isle verlassen hatten, wich er mir nicht von der Seite. Und ich genoss es. Er machte keinen Hehl aus seiner geschwisterlichen Liebe und seiner Freude darüber, mich wieder bei sich zu haben. Als spürte er, dass ich wach lag, öffnete auch er blinzelnd die Augen.

»Ich hab was herausgefunden«, murmelte er verschlafen und gähnte herzhaft in die Bettdecke.

Liebevoll schlug ich meine Schwingen um uns, umhüllte uns in ihrem leuchtenden Schein, als würde ich uns in eine andere Welt zaubern. Jetzt konnte auch Jake sie sehen. Ich küsste seine Stirn und genoss das Kitzeln seiner Haare in meinem Gesicht. »Das wundert mich nicht«, flüsterte ich in die Stille. »Du bist der beste Detektiv der Welt.«

»Willst du nicht wissen, was ich herausgefunden habe?«, hakte er nach und schielte mich durch nur ein geöffnetes Auge an.

Ich schmunzelte. »Doch. Natürlich. Ich sterbe vor Neugier. Also, was ist es?«

Mit einem breiten Grinsen öffnete Jake auch sein zweites Auge. Er rutschte unter der Decke herum, bis er mir die Arme um den Hals legen konnte. »Ich hab herausgefunden, dass ich die coolste Schwester der Welt habe«, kicherte er und schmiegte sich so fest in meine Schwingen, dass die Silberschuppen wie ein brennender Regenbogen schillerten.

Meine Kehle wurde eng, und ich konnte nicht aufhören, meine Lippen glücklich gegen seine Stirn zu drücken. Er roch so gut, nach Zuhause und nach Frieden, und sein weicher Atem füllte mein Herz mit Liebe. Wenn es nicht gebrochen wäre, hätte ich dieses Gefühl vielleicht darin halten können. So jedoch rann es mir durch die Finger wie Sand.

»Du darfst es niemandem erzählen, Jake«, erinnerte ich ihn sanft.

»Ich weiß. Diese Akte bleibt unter Verschluss. Versprochen, Thorn. Dieser gruselige Mann hat ja gesagt, dass wir nie wieder darüber reden dürfen, was passiert ist.«

»Magnus. Er ist nicht gruselig. Er ist … eigentlich ganz nett.«

»Ja, aber diese hässliche Narbe in seinem Gesicht macht einem schon Angst.«

»Das alles muss dir ziemliche Angst gemacht haben, Jake. Und das tut mir wirklich leid. Ich wünschte … nichts davon wäre je passiert. Aber du warst wirklich mutig.«

Jake kuschelte sich zurück in meine Armbeuge. Seine Lider waren schwer, und er gähnte erneut. »Das war doch mal ein super Abenteuer«, widersprach er müde. »Erzähl mir noch mal, was du alles kannst«, bat er schlaftrunken. »Das ist nämlich sooo cool!«

»Na komm, Jake. Nicht schon wieder«, wehrte ich mich dagegen.

»Och, bitte, Thorn! Nur noch ein Mal!«

Ich rollte mit den Augen. »Na schön«, gab ich mich geschlagen und pustete gegen meine Silberschuppen, so wie Riley es ganz zu Beginn dieser Geschichte getan hatte, um mir meine neue Welt zu zeigen. »Ich habe Flügel«, erklärte ich. »Aber wir nennen sie Schwingen. Wenn ich Stein berühre, dann kann ich die Seele der Dinge erspüren und vor meinem inneren Auge ploppen Bilder aus vergangenen Zeiten auf. Außerdem kann ich den Schmerz von jemandem aufnehmen. Und ich sollte im Dunkeln sehen können, aber irgendwie funktioniert das nicht wirklich gut.«

»Du kannst dir jederzeit mein Spion-600-Nachtsichtgerät ausleihen«, wisperte Jake im Halbschlaf.

Ich musste lachen. »Ich kann das alles, weil ich ein Halbwesen bin – und dürfte dennoch überhaupt nicht existieren.« Ich schloss die Augen und stellte mir Luciens Gesicht vor. »Ich bin einer Silberschwinge versprochen, aber ich glaube nicht, dass das nach all dem, was geschehen ist, noch Bestand hat.«

»Silberschwingen sind sooo cool!«, murmelte Jake, ehe sein gleichmäßiger Atem mir zeigte, dass er eingeschlafen war.

Cool? Ich atmete tief durch. Wenn Jake mit cool »kalt« meinte, dann musste ich ihm zustimmen. Wie sonst ließe sich erklären, dass Lucien York mich einfach fortgeschickt hatte? Und dass er sich seitdem nicht bei mir meldete?

Einige Stunden später schreckte ich aus dem Schlaf, weil etwas Dunkles gegen mein Fenster krachte. Ich fuhr in die Höhe, mein

Herz hämmerte wild, und ich war froh, dass Jake offenbar schon aufgestanden war.

»Scheiße«, brummte ich und fasste mir an die pochende Brust. Dann kletterte ich, noch immer zitternd, aus dem Bett und riss das Fenster auf.

»Spinnst du?«, fragte ich und zeigte Conrad Shriver einen Vogel, während ich ihn hastig an der Schwingenspitze packte und in mein Zimmer zerrte. »Willst du, dass man dich sieht?«

Er schüttelte den Kopf, fuhr sich durchs Haar und musterte mich amüsiert. »Sag nicht, ich hätte dich geweckt. Es ist fast Mittag«, stellte er mit Blick auf meine verstrubbelten Haare und meine zerknitterten Schwingen fest.

»Ich schlafe nicht gut«, gab ich verlegen zurück und beeilte mich, meine Haare zu einem Zopf zu flechten. »Was willst du überhaupt hier?«, fragte ich schroffer als nötig, weil er mich in einer so peinlichen Situation erwischt hatte. Vielleicht auch, weil ich für einen kurzen Moment gedacht hatte, Lucien könnte zu mir zurückgekehrt sein. Oder hatte Conrads Besuch etwas mit Lucien zu tun? Verdammt, warum sagte er denn nicht endlich, was er wollte?

Statt mir zu antworten, sah Conrad sich in aller Seelenruhe in meinem Zimmer um. Er schmunzelte, als er das Klassenfoto an meiner Magnetwand über dem Schreibtisch betrachtete.

»Kommt mir vor, als wäre dieses Foto vor einer Ewigkeit gemacht worden.«

»Stimmt.« Ich stellte mich neben ihn. »Damals hab ich gedacht, dass du und die übrigen Shades echt schräge Vögel seid«, gestand ich grinsend. »Dass ihr fliegen könnt, hätte ich nie für möglich gehalten.« Mein Blick fiel auf Riley Scott. Den Anführer der Underdogs. Selbst auf dem Foto sah man, dass er gerade Kaugummi kaute. »Meinst du, er kommt klar?«, fragte ich leise. Auch Conrad schaute auf seinen Freund.

»Ich war gerade bei ihm. Er ist zusammen mit Sam und Garret wieder im Buchladen untergekommen. Er macht sich ganz gut. Sieht besser aus als zuletzt.«

Es war schön, das zu hören. Ich trat vom Schreibtisch weg und ließ mich auf mein Bett sinken. Nachdenklich griff ich meinen Stoffhasen und knautschte ihn mir an den Bauch.

»Weißt du, warum er Artus' Schwingen einfach aufgegeben hat?« Die Frage beschäftigte mich seit Tagen. Ich hatte sogar überlegt, Riley zu suchen, aber da er keine Schwingen mehr hatte, konnte ich ihn nicht länger erspüren.

Conrad zuckte mit den Schultern. Ungefragt setzte er sich neben mich und nahm mir den Hasen ab. »Ich glaube, Riley ist gar nicht so unglücklich. Wir leben jetzt ja schon recht lange unter den Menschen. Mussten uns dabei aber immer verstecken. Konnten nie wirklich wir selbst sein. Garret hat das wütend gemacht. In den letzten Jahren war er nur noch übel gelaunt und verschlossen.«

Das konnte ich bestätigen. Manchmal hatte mir Garrets mürrische Art regelrecht Angst gemacht.

»Bist du deshalb mit Lucien gegangen? Hast du genug davon, gegen die Gesetze zu rebellieren?«

Conrad nickte. »Scheint so. Ich … ich kann mir ein Leben, wie es den meisten Silberschwingen reicht, einfach nicht vorstellen. Ich will mehr. Es gibt da ein Mädchen … ich habe mir immer gewünscht, sie irgendwann für mich zu gewinnen. Aber unsere Gesetze lassen für Gefühle keinen Spielraum, wie du weißt.« Er sah mich an. »Aber ich vertraue auf Lucien. Es wird Änderungen geben. Auch wenn das seine Zeit dauern wird. Ich bin mit ihm gegangen, weil ich daran glaube, dass ich mich am Ende wieder mit meinem Volk identifizieren kann.«

»Und Sam und Garret können das nicht?«

Conrad neigte abwägend den Kopf. »Sie warten ab, wie sich die

Sache entwickelt. Ich kann ihre Vorsicht verstehen, aber ich kann es nicht länger ertragen, nirgendwo wirklich dazuzugehören. Und ich denke, Riley ging es da genauso. Jetzt hat er einen Platz. Einen Platz bei den Menschen.«

Ich lächelte. »Nicht das schlechteste Los«, flüsterte ich, und für einen Moment wünschte ich, ebenfalls nur ein einfacher Mensch zu sein. Mit kleinen menschlichen Problemchen. Und ohne Gefühle für einen Jungen, dessen Gesetze noch immer meinen Tod forderten.

»Sicher nicht«, lachte Conrad und stupste mich leicht an der Schulter an. »Aber nichts für uns, oder?«

»Ich weiß nicht, Conrad. Manchmal denke ich …«

»Manchmal denkst du offenbar Blödsinn, Thorn«, unterbrach er mich und zog einen Brief aus seiner Hemdtasche. »Deine Bestimmung ist viel größer als die der Menschen. Du darfst deinem alten Leben nicht hinterhertrauern.«

»Was ist das?«, fragte ich, als er mir den Umschlag direkt vor die Nase hielt. Ich griff danach, aber er zog ihn mir weg.

»Versprich, dass du kommst«, verlangte er und hielt den Brief außerhalb meiner Reichweite.

»Wohin?«

»Das siehst du gleich. Aber du musst mir dein Wort darauf geben, dass du kommst.«

»Ich weiß doch nicht mal, worum es geht«, protestierte ich und angelte erfolglos nach dem Umschlag.

Conrad hielt meine Hände fest, nachdem ich es endlich geschafft hatte, die Ecke des Briefes zu erwischen. »Im Ernst, Thorn«, sagte er. »Du *musst* kommen. Lucien braucht unser aller Unterstützung, um einen Weg einzuschlagen, der uns wieder zu einem Volk werden lässt.«

Mit zitternden Fingern riss ich den Umschlag auf und nahm die einfach gefaltete Karte heraus. Ich überflog die knappen Worte und schüttelte dann den Kopf. »Du verlangst nicht wirklich, dass ich Lucien und Nyx die Treue schwöre?«, fragte ich ungläubig. Allein die Vorstellung von ihm mit Nyx … das war schon zu viel!

»Bitte, Thorn!«

Ich konnte nur den Kopf schütteln. Unbewusst zerknitterte ich die Karte. »Hat er dich deshalb hergeschickt? Damit du mich überzeugst? Damit du mir erklären kannst, warum er mich im Stich gelassen hat, obwohl er doch gesagt hat, dass …« Ich spürte die Tränen heiß in meine Augen steigen.

»Dass er dich liebt?«, hakte Conrad nach. »Das tut er. Jeder konnte es sehen.« Er stand auf und trat ans Fenster. »Und was er tut, tut er auch für dich.« Damit bückte er sich durch die Öffnung, spreizte die Schwingen und verstieß gegen eines der wichtigsten Gesetze der Silberschwingen. Er flog mitten am Tag über London hinweg, zurück in Richtung Darlighten Hall. Ich musste trotz meiner Tränen lächeln. Einmal ein Rebell – immer ein Rebell!

Auch am Nachmittag dachte ich noch über Conrad und diese doofe Einladung nach. Wie konnte er nur verlangen, dass ich mir das antat? Hatte er den Verstand verloren?

Ich setzte meine Finger an die Startlinie, trat meine Füße fest in die Startblöcke und federte mehrmals in den Knien. Verflucht, ich musste echt aufhören, an diese Einladung zu denken! Schließlich war ich genau deswegen hier. Um den Kopf freizubekommen. Es hatte mich etliches an Überzeugungsarbeit gekostet, Mom dazu zu bringen, mich aus dem Haus zu lassen. Sie würde mich am liebsten einsperren. Aber noch ein Tag ohne Ablenkung in meinem Zimmer, und ich würde durchdrehen. Also hatte ich meine Sportsachen gepackt und war hergekommen. Der Schulsportplatz durfte während der Ferien genutzt werden, und wir alle, die in der Stafette liefen, kannten den Zahlencode für den Geräteraum. Nicht dass ich außer den Fußrasten für den Tiefstart viel gebraucht hätte.

Ich atmete tief ein. Hielt die Luft in meiner Lunge, um meinen Körper zu beruhigen. Dann blies ich sie langsam wieder aus. Ich verlagerte mein Gewicht gleichmäßig auf Hände und Füße. Dabei stellte ich fest, dass meine Schwingen mich zwangen, eine etwas andere Haltung einzunehmen, um nicht zu viel Gewicht auf die Hände zu legen. Ich ging mehrfach zurück in die Knie und wechselte von dort in die Streckphase. Die Schwingen störten total! Aber das war ja nun nicht wirklich keine Überraschung, schließlich war kein Bereich meines Lebens mehr unkompliziert, seit ich sie hatte.

Als ich endlich das Gefühl hatte, ausbalanciert zu sein, atmete ich ein und zählte im Kopf bis drei. Die Normalität dieser Übung war wie Balsam für meine Seele. Ich drängte alle Gedanken an Lucien, an mein gebrochenes Herz und an diese in meinem Hinterkopf hämmernde Einladung beiseite und füllte meine Lunge einfach nur mit belebend frischer Luft. Meine Muskeln spannten sich an, mein Puls drängte in die Höhe, und meine Schwingen legten sich ganz flach an. »Drei!«, flüsterte ich und sprintete los.

Für die ersten Sekunden blieb ich zwischen den weißen Linien meiner Laufbahn. Die Meter flogen unter meinen Füßen nur so dahin, und mit jedem Atemzug löste sich etwas von meiner Anspannung. Ich wusste, ich lief schnell, aber nicht so schnell wie ohne Schwingen. Sie fingen den Wind, bremsten mich aus, wohingegen die Kraft in meinen Beinen deutlich zugenommen hatte. In der Kurve brach ich aus der Bahn aus und verkürzte zur Innenbahn. Schließlich wollte ich keine Kurzstrecke laufen. Jeder Schritt federte durch meinen Körper, Schweißperlen bildeten sich auf meiner Haut. Meine Muskeln brannten, so viel Kraft legte ich in diese Runde. Laufen war mein Element. Nicht fliegen! Ich schüttelte den Kopf über diesen Unsinn des Schicksals. Jemandem, der sich auf dem Boden so viel wohler fühlte als in der Luft, Schwingen zu verpassen … das war doch ein schlechter Scherz!

Als ich die achthundert Meter fast geschafft hatte und in die letzte Kurve einbog, brannte mir die Lunge, und ich ballte die Hände zu Fäusten. Ich hatte keinen Staffelstab bei mir, denn ich war allein auf dem Schulgelände. Abgesehen von einer Truppe Fünftklässler, die weiter hinten Basketball spielten. Also brauchte ich keinen Stab. Auf der Ziellinie wartete niemand auf mich. Heute gab es keine Anh, die mir mit ausgestreckter Hand entgegenfieberte. Die nur darauf wartete, die Verbindung zwischen uns und dem Stab zu spüren. Die darauf vertraute, dass wir uns blind verstanden und gegenseitig nur das Beste aus uns herausholten.

Ich presste die Augen zusammen, um die Tränen zurückzuhalten, und stürmte über die einsame Ziellinie. Ich war eine gute Zeit gelaufen. Das hatte ich im Gefühl. Trotzdem ging es mir mit einem Mal schlecht.

Ich lief langsam aus. Wartete, bis sich mein Atem etwas beruhigte, dann wischte ich mir den Schweiß von der Stirn und blickte über die verlassene Tribüne. Es war ungewohnt, dort nicht die Shades in ihren dunklen Ledermänteln mit den aufgerollten Hemdsärmeln und den nicht zur Schuluniform passenden Bikerboots herumlümmeln zu sehen. Es war ungewohnt, nicht Mr Wrights anfeuernde Rufe zu hören oder das Lachen meiner Mannschaftskameradinnen. Alles war anders, und doch war hier zu sein, der erste Schritt zurück in die Normalität. Zurück in mein wirkliches Leben.

»Du bist aus der Form!«, hörte ich plötzlich jemanden hinter mir rufen. Ich drehte mich um, unsicher, ob ich vor Freude loslachen oder die Schwingen um mich schlagen sollte, damit ich mich in Luft auflöste.

Ich entschied mich für ein möglichst neutrales Lächeln. »Hallo Anh.«

Sie ließ ihre Trainingstasche neben meinen Startblöcken fallen und kam zögernd auf mich zu. Sie schien sich ähnlich unsicher zu sein, denn in sicherem Abstand blieb sie stehen.

»Deine Mom hat gesagt, dass du hier bist«, erklärte sie und schaute hinüber zu den Basketballern. »Ich hätte nicht gedacht, dass du … rausgehst. Hast du nicht Angst, dass …« Anh zuckte unbeholfen mit den Schultern. »Dass jemand herausfindet, was … du … also, was du bist, meine ich?«

Ich wartete, ob sie noch mehr sagen würde, denn Anh neigte dazu, Fragen, die sie stellte, gerne selbst zu beantworten. Oder sie zu stellen, ohne eine Antwort zu erwarten. Oft redete sie wie ein Wasserfall einfach immer weiter.

»Die Shades haben Jahre unter uns verbracht, und abgesehen davon, dass wir sie merkwürdig fanden, haben wir nie gemerkt, was sie sind«, antwortete ich schließlich, als doch kein Redeschwall folgte.

Anh grinste. Sie fasste ihre blauen Haare zu einem strengen Zopf zusammen. »Jetzt, wo ich weiß, wie merkwürdig sie wirklich sind, finde ich sie aber gar nicht mehr so merkwürdig.«

»Findest du *mich* merkwürdig?«, hakte ich scheu nach. Die Angst, meine beste Freundin zu verlieren, lastete seit Tagen auf meinem Herzen. Seit Anh mich auf Silver-Isle mit diesem verschreckten Blick angesehen hatte. »Du hast doch keine Angst vor mir, oder?«

Anh knabberte an ihrer Lippe herum. Ihre Mandelaugen musterten mich unsicher. »Ich frage mich, ob ich das alles nur geträumt habe«, flüsterte sie und breitete die Arme aus, so als würde ich meine Schwingen spreizen. »Das … das war verrückt, Thorn. So … sehe ich dich nicht. Auch jetzt, du … siehst so normal aus. Ich weiß nicht, was ich denken soll. Ich habe keine Angst vor dir, aber auf dieser Insel, da … ich war wie versteinert. Ich habe immer gedacht, durch mein jahrelanges Selbstverteidigungstraining könnte mir nie etwas passieren. Und dann …«

»Es tut mir leid, Anh. Wenn ich dir von Anfang an die Wahrheit gesagt hätte, dann … dann hättest du dich vielleicht schützen können. Ich hätte nie gedacht, dass dir die Silberschwingen etwas antun würden. Das musst du mir glauben. Eine ihrer wichtigsten Regeln war es immer, nicht aufzufallen. Dass sie einen Menschen entführen, hätte ich für vollkommen unmöglich gehalten. Deine Eltern müssen fast gestorben sein vor Sorge!«

Anh verzog das Gesicht. »Meine Eltern? Na, die haben mich noch nicht mal vermisst!«, lachte sie, und die Worte sprudelten auf ihre gewohnte Art schneller aus ihr heraus. »Diese Nyx hat wohl die Gesetze doch besser befolgt, als du denkst. Sie hat mir mein Handy weggenommen und meinen Eltern allen Ernstes eine SMS geschickt und gesagt, ich würde deine Eltern zu einem Überraschungsbesuch bei dir begleiten.«

Ich riss die Augen auf. »Und das haben sie geglaubt?«

Anh kicherte und setzte sich neben ihrer Tasche auf den Boden. Dann schlüpfte sie aus ihren Schuhen und kramte die Laufschuhe daraus hervor. »Klar! Sie haben es sogar *erlaubt*!«

»Das gibt's doch nicht!« Ich wusste nicht, was ich sagen sollte. Seit wir zurück waren, beseitigte Magnus Moore alles, was in den Augen der Menschen ungewöhnlich hätte sein können. Aric, der mich gestern besucht hatte, sagte, Magnus stelle die Ordnung wieder her. Aber soweit ich das beurteilen konnte, hatte er das ja schon immer gemacht. Dass Nyx so planvoll vorging, damit hatte ich allerdings nicht gerechnet.

Anh legte den Kopf schief und musterte mich, als würden wir uns gerade erst kennenlernen. »Meine beste Freundin hat also Flügel.« Sie schüttelte den Kopf, band dabei aber ihren Schnürsenkel. »Wie ... ist das so für dich?«

Ich setzte mich seufzend neben sie, und jetzt war es an mir, eine Grimasse zu ziehen. »Abgesehen davon, dass ich alle meine Shirts im Rücken aufschneiden muss und mein Bett plötzlich zu klein ist, stören diese doofen Dinger total beim Sprint!«

Anh lachte. Sie sah mich an, dann lachte sie wieder. Sie prustete regelrecht und ließ sich schließlich auf den Rücken fallen. »Du meinst also ...«, japste sie mit Tränen in den Augen, »... dass ich endlich eine Chance habe, beim Staffellauf mit dir mitzuhalten?«

Ich grinste, griff nach ihrem frisch gebundenen Schürsenkel und löste die Schleife. »Vergiss es, Anh!«, konterte ich. »Um so langsam wie du zu sein, hätten mir nicht Schwingen, sondern ein Klumpfuß wachsen müssen!«

Anh holte aus und schlug nach mir, und als sie mich traf, war es, als würde eine riesige Kluft zu einem kleinen Graben zusammenschrumpfen. Wir sahen uns in die Augen und lächelten uns an.

Erwachsenwerden war echt schwieriger als gedacht – doch mit den richtigen Freunden konnte man das durchaus überleben!

»Ich bin froh, dass du jetzt alles weißt«, gestand ich und blickte über die leere Tribüne. »Keine Ahnung, wie es weitergeht, aber wenigstens kann ich jetzt mit dir über alles reden.«

Anh setzte sich wieder auf und band erneut ihren Schuh. »Na, wenn das so ist, dann will ich aber auch alles über dich und Lucien wissen«, verlangte sie. »Dass da was zwischen euch läuft, war ja nicht zu übersehen!«

Ich schnaubte und war zugleich froh, mir alles von der Seele reden zu können. »Was immer da zwischen uns war – es ist vorbei«, gestand ich traurig und erzählte ihr die ganze Geschichte. Als ich geendet hatte, war von den Fünftklässlern nichts mehr zu sehen. Der Basketballplatz war verlassen, und am Himmel zogen vereinzelte Wolken vor die tief stehende Sonne. Es wurde langsam kühl. »Und jetzt will Conrad, dass ich dort hingehe und so tue, als würde es mir nichts ausmachen, dass Lucien sich mit dieser doofen Nyx-Kuh zusammentut!«, schimpfte ich, um nicht zu zeigen, wie sehr mich das verletzte.

Aber als meine beste Freundin merkte Anh es natürlich trotzdem. Sie stand auf und reichte mir die Hand.

»Es wird spät«, sagte sie und half mir auf. »Wenn wir noch eine Runde laufen wollen, sollten wir uns ranhalten.«

Sie hatte natürlich recht. Dennoch wäre ein Rat zu meinem ganzen Dilemma schon auch irgendwie hilfreich gewesen. »Willst du gar nichts zu dem sagen, was ich dir gerade erzählt habe?«, hakte ich ungläubig nach. Anh hielt normalerweise mit Lebensweisheiten nicht gerade hinter dem Berg.

Sie bückte sich nach den Fußeisen und entfernte sie von der Bahn, damit keine von uns einen Vorteil hatte. Dann ging sie in die Hocke und legte die Finger an die Startlinie. Sie blickte zu mir hoch und lächelte. »Du bist verletzt, Thorn. Das verstehe ich. Aber wenn du mich fragst, solltest du keine Sekunde von dem bedauern, was zwischen euch war. Du liebst ihn. Und nach allem, was du sagst, glaube ich, er liebt dich auch.«

Ich schüttelte den Kopf und ging neben ihr in die Starthaltung. »Na toll! Und das soll es dann gewesen sein?«

An schaute zu mir herüber. Sie wirkte konzentriert. »Was er tut, tut er für dich und deine Sicherheit. Manche Geschichten haben eben kein Happy End, Thorn. Denkst du nicht, dass ihm das auch wehtut?«

»Du bist auf seiner Seite!«, warf ich ihr niedergeschlagen vor.

»Das bin ich nicht. Aber ich war auf der Insel dabei. Und ich habe gesehen, dass er keine wirkliche Wahl hat. Wenn du ihn liebst, dann zeig ihm, dass du verstehst, was er tut.« Sie suchte meinen Blick. »Loslassen ist der schwerste Teil der Liebe«, flüsterte sie.

Ich gab meine Starthaltung auf und ging zurück auf die Knie. »Seit wann bist du denn so ein Philosoph?«, murrte ich und schluckte das Gefühl hinunter, Anh könnte recht haben. Ich wollte einfach nicht, dass sie recht hatte.

Sie seufzte und nahm ebenfalls eine bequemere Haltung ein. »Das kommt nicht von mir. Das hat Riley gesagt«, gestand sie. »Er saß gestern plötzlich oben bei uns am Baumhaus.« Anh zuckte mit den Schultern, und eine zarte Röte stieg ihr in die Wangen. »Wir haben den ganzen Tag geredet.«

Ich schluckte. »Wie geht es ihm? Er ... ist verletzt.«

Anh nickte. »Ich weiß. Er hat es mir gezeigt.«

»Er hat dir seinen Rücken gezeigt?«

»Ja. Er hat gesagt ... er hätte ... seine Wahl getroffen und losgelassen. Was er damit meint, hat er aber nicht verraten.«

Ich schluckte erneut. Vor meinem geistigen Auge glommen Artus' Schwingen auf. Die Schwingen und Rileys Blick, als er seinem glühenden Rücken die Verbindung mit den Schwingen verwehrt hatte.

»Hast du nicht gesehen, was passiert ist?«, hakte ich nach, denn Anh war immerhin dabei gewesen.

Sie schüttelte den Kopf. »Nein. Von dem Moment an, als Riley mich gepackt hat, da ... da hab ich nur ihn gespürt. Es war verrückt, aber ich habe mich plötzlich so geborgen gefühlt. Er war wie ein Anker ...«

Ich wusste genau, was sie meinte. Rileys ruhige Art spendete mehr als nur Trost. Er gab immer alles. Auch wenn er sich dabei selbst schadete. Meine Lippen zitterten. Ich wollte Anh sagen, dass Riley die Chance auf sein altes Leben mit Schwingen aufgegeben hatte, um sie in Sicherheit zu bringen. Aber ich würde es nicht tun. Obwohl ich froh war, endlich keine Geheimnisse mehr vor ihr haben zu müssen, gab es Dinge, die besser ungesagt blieben. Es reichte, dass ich selbst die Last dessen trug, was Riley widerfahren war.

Langsam nickte ich und fasste nach Anhs Hand. Dann ging ich zurück in Startposition. »Riley ist der Beste«, flüsterte ich. »Vielleicht sollte ich nach Darlighten Hall gehen. Um seinetwillen. Damit niemals wieder so etwas passiert.« Ich schnappte nach Luft, meine Kehle war wie zugeschnürt. Für Anh klang das wohl danach, als wäre ich bereit für den Lauf, denn sie zählte an.

»Auf die Plätze!« Sie senkte den Kopf, genau wie ich, damit sie meine Tränen nicht sah.

»Fertig!«, flüsterte ich erstickt und hob mein hinteres Knie vom Boden. Meine Schwingen zitterten, so sehr presste ich sie an meinen Rücken. Und als Anh »Los!« rief, stieß ich mich mit all meiner Verzweiflung aus dem Startblock. Es war ein guter Start, aber ein schmerzlicher Lauf, denn mir wurde klar, dass davonlaufen nicht möglich war.

Kapitel 31

Mit gesenktem Kopf und schweren Schwingen trat Lucien aus der Familienkrypta. Torr von Orlys Augen folgten ihm. Das Ratsmitglied hielt Grabeswache, wie es bei den Silberschwingen üblich war. Der Blick in seinem Rücken wog schwer an Erwartungen. Erwartungen, die Lucien zu erfüllen hatte. Er beschleunigte seinen Schritt, um dieses Wissen hinter sich zu lassen, aber er wurde ständig aufgehalten. Die Silberschwingen, die an ihm vorbeikamen, um seinem Vater ebenfalls die letzte Ehre zu erweisen, sprachen ihn an, schüttelten ihm die Hand und drückten ihr Mitgefühl für seinen Verlust aus, aber ihre Gesichter verschwammen. Sie vermischten sich zu einem endlosen Beileidsstrom, der seit Tagen nicht versiegen wollte. Inzwischen platzte Darlighten Hall vor Trauergästen aus allen Nähten, und er konnte es nicht erwarten, dass nach dem gleich folgenden Treueschwur endlich wieder Ruhe einkehren würde.

Mit Trauer im Herzen und dem Wissen, dass zwischen ihm und seinem Vater zu vieles ungesagt geblieben war, wandte er sich von der Krypta ab und suchte in den verschlungenen Wegen des parkähnlichen Gartens nach Abgeschiedenheit. Die Augen der Statuen folgten ihm, als er den Kiesweg entlangging und dabei zur Entspannung die Schwingen ausschüttelte. Er blickte auf das Haus, das eher einer Villa glich, und wünschte sich an einen anderen Ort. In den letzten Jahren hatte er nicht mehr viel Zeit hier verbracht. Der Wasserturm im Zentrum Londons, dort fühlte er sich wohl. Hier erdrückte ihn die Verantwortung für den Clan. Eine Verantwortung, die er nie hatte haben wollen, der er sich nun aber nicht würde entziehen können.

Er schnaubte, und zum gefühlt hundertsten Mal suchte er an diesem Abend den Himmel ab. Je öfter er das tat, umso mulmiger wurde ihm. Seine Kiefermuskeln zuckten vor unterdrückter Enttäuschung.

»Sie kommen nicht«, raunte er leise vor sich hin und folgte der Richtung, die Conrads Aura ihm wies. Als er den ehemaligen Rebellen nahe des Versammlungsortes stehen sah, ging er schneller. »Sie kommen nicht!«, rief er Conrad zu und ballte die Hände zu Fäusten. »Hast du meine Nachrichten nicht überbracht?«, fuhr er ihn an.

»Natürlich habe ich sie überbracht«, erklärte Conrad gelassen. »Aber da du sie nicht in Ketten hierher schleifen lassen wolltest, musst du eben auch damit leben, dass sie möglicherweise nicht kommen werden.« Conrad zwinkerte. »Das ist der Haken bei freien Entscheidungen.«

Lucien fluchte, und seine Schwingen zuckten. »Halt lieber die Klappe, Conrad, sonst werde ich am Ende doch noch so ein Tyrann wie Kane.«

Conrad lachte und schlug Lucien kumpelhaft auf die Schulter. Dann wurde er ernst und sah auf seine Uhr. »Bist du bereit? Ich denke, wir sollten langsam anfangen.«

Lucien verzog das Gesicht. »Ich werde nie bereit sein«, murrte er mit einem letzten Blick in den Himmel.

»Können wir trotzdem anfangen? Die Silberschwingen haben ihre Plätze eingenommen. Alle warten auf dich.«

Lucien nickte. Mit bleischweren Schritten folgte er Conrad

zu dem großen freien Platz im Herzen der Parkanlage. In der Vergangenheit wurden hier die Prüfungen vor den Oberen abgelegt, doch das würde es nun nicht mehr geben. Unter Luciens Führung würden sie sich der Herrschaft der Oberen nicht länger beugen. Wenn ihm sein Volk heute die Treue schwören würde, würde er alles in Bewegung setzen, um auch andere Clans von der Falschheit der Oberen zu überzeugen. So lange, bis sie eine starke Allianz gegen deren Herrschaft bilden konnten, um endlich frei zu sein. Darum war es so wichtig, dass er sich nun sein Erbe als Laird sicherte. Dieser Abend war ein Neubeginn. Der Anfang einer neuen Ära, und der Hauch von Veränderung lag in der Luft.

Fackeln und Feuerschalen erhellten eine Art Bühne, auf der die beiden thronähnlichen Stühle aus der großen Halle standen. Dem gegenüber hatten Hunderte Silberschwingen ihre Plätze eingenommen. Die Ratsmitglieder in ihren dunklen Roben flankierten die Bühne, silberne Stoffbahnen blähten sich rund um den Platz, und die steinernen Augen der Statuen, die im Kreis um den Platz angeordnet waren, wachten über die gesamte Zeremonie. Lucien ließ seinen Blick über das Arrangement schweifen und nickte anerkennend. »Das hätte Kane gefallen«, erklärte er.

»Nyx hat sich selbst übertroffen«, stimmte Conrad ihm bewundernd zu.

»Das hat sie.« Lucien atmete tief durch. Er musste das nun hinter sich bringen, ehe all die Silberschwingen seine Unsicherheit spürten. Manchmal waren ihre ausgeprägten Sinne eine echte Plage.

Entschlossen machte er den ersten Schritt in Richtung Bühne, aber Conrad hielt ihn an der Schulter fest.

»Warte.« Er sah ihn an. »Bist du dir sicher, dass du das Richtige tust?«, fragte er skeptisch. »Hast du dir das gut überlegt?«

Lucien schwieg. Conrad sprach all das aus, was er selbst dachte.

Natürlich war er sich nicht sicher. Wie sollte er auch? Er dachte an Thorn und all die Gründe für sein Handeln. Nein. Er war nicht sicher. Aber er hatte keine Wahl.

»Ich schulde es Nyx«, gab er deshalb schlicht zurück und straffte die Schultern. »Wenn ich den Rat dazu bringen will, mir zu folgen und zu vertrauen, dann geht das nur auf diesem Weg.«

»Denk daran, was du aufgibst«, ermahnte ihn Conrad noch einmal, aber Luciens Entschluss stand fest.

»Ich weiß, was ich aufgebe, Conrad!«, fuhr er ihn lauter als nötig an. »Die Geschehnisse zwingen mich dazu! Aber zu viele Ratsmitglieder hören auf Torr von Orly. Sie wissen, wie treu er meinem Vater ergeben war. Wenn ich den Clan in eine neue Zukunft führen will, dann muss ich Torrs Forderungen nachgeben.« Lucien fuhr sich mit den Händen durchs Haar, ehe er den Blick erneut in den Himmel richtete.

Die Dunkelheit war hereingebrochen, und die hellen Rauchschwaden der Feuerschalen marmorierten die Schwärze.

Lucien schüttelte kaum merklich den Kopf. Sie würden nicht kommen. Wie Säure fraß sich diese Erkenntnis in sein Herz. Dabei hatte er gedacht, schon nichts mehr zu verlieren zu haben.

»Es ist entschieden, Conrad. Alles ist vorbereitet.« Er ballte die Hände zu Fäusten und stieß seinen Freund frustriert an. »Bring Nyx her, ich will das endlich hinter mich bringen.«

Eigentlich hatte Lucien erwartet, Nyx würde auf ihren silbernen Schwingen daherkommen, aber sie überraschte ihn. In ein Kleid aus fließender perlmuttfarbener Seide gehüllt kam sie ihm auf dem Kiesweg entgegen. Ihr fast weißes Haar trug sie wie eine Krone um den Kopf, und ihre platinschillernden Schwingen waren mit blutroten Edelsteinen geschmückt.

Conrad pfiff bewundernd und stieß Lucien die Schwingenspitze in die Seite. »Vielleicht ist deine Entscheidung doch nicht so schlecht«, flüsterte er grinsend.

Lucien rollte mit den Augen und sparte sich eine Antwort, denn schon hatte Nyx sie erreicht.

»Bist du zufrieden?«, fragte sie spitz und drehte sich wie ein Model vor ihm im Kreis. »Du findest rote Akzente an den Schwingen ja bekanntermaßen ganz nett«, flötete sie und flatterte leicht mit den Schwingen, um das Funkeln der Steine zu betonen.

Lucien presste die Lippen zusammen. Obwohl sie bekam, was sie wollte, würde sie ihm vermutlich noch länger nachtragen, dass er Thorn ihr vorgezogen hatte. Sie hatte ihren Stolz. Ohne auf ihren spöttischen Ton einzugehen, reichte er ihr den Arm. »Du siehst wie immer umwerfend aus.«

»Du ebenfalls«, gestand sie und musterte ihn. »Dunkle Anzüge haben sich an dir schon immer gut gemacht. Niemand trägt Trauer mit solcher Schönheit. Wir geben ein wirklich hübsches Paar ab.«

Lucien atmete tief durch. Es war ihm egal, wie er aussah. Einzig Kane zu Ehren hatte er sich in diesen Anzug gequetscht, der ihn ebenso zu erdrücken schien wie Nyx' zierliche Hand auf seinem Arm. Nyx reichte ihm kaum bis zur Schulter, doch die königliche Eleganz, die sie ausstrahlte, ließ sie deutlich größer wirken.

»Also los, Lucien«, forderte sie ihn auf. »Machen wir dich zum Laird dieser Silberschwingen.«

Lucien kniff die Augen zusammen. »Du kannst es wirklich kaum erwarten, oder?«, fragte er.

»Kannst du mir das verdenken? Ich warte schon so lange darauf, Lucien. Ich bin im Grunde für das hier …«, sie machte eine ausladende Handbewegung und grub ihm dabei ihre Fingernägel in die Haut, »… für das hier geboren. Und ich will nicht riskieren, dass mir das noch einmal jemand wegnehmen will.«

»Deine Familie wird bekommen, was ihr zusteht«, erklärte Lucien leise. »Das habe ich dir und Torr geschworen. Du weißt, was es mich kostet, Nyx.«

Sie rollte mit den Augen und verstärkte ihren Griff. »Auch für mich ist es ein Kompromiss, Lucien!«, fuhr sie ihn an. »Ich wollte dein Herz!«

Lucien hielt es nicht länger aus. Diese Nacht brachte ihn noch um! Mit einem großen Schritt trat er auf die Bühne, eine der schönsten Silberschwingen ganz Englands an seinem Arm. Zwischen zusammengepressten Zähnen raunte er: »Ich kann dir nicht geben, was mir nicht gehört!«

Seine Worte gingen im tosenden Beifall der Silberschwingen beinahe unter, doch die Kraft, mit der Nyx ihm ihre Fingernägel in den Arm grub, sollte wohl heißen, dass sie ihn sehr wohl verstanden hatte.

Eine ganze Weile später lichteten sich langsam die Reihen der Silberschwingen, die ihm einzeln die Treue schworen. Alles war gut verlaufen. So wie er es sich erhofft hatte. Er umfasste die Lehne seines Ehrenplatzes fester und warf einen kurzen Blick hinüber zu Nyx, die den Platz an seiner Seite innehatte. Jeder, der vor ihm gekniet und ihm den Eid geleistet hatte, wiederholte dies vor ihr. Und anders als er selbst schien sie die Prozedur in vollen Zügen zu genießen.

Viele der Silberschwingen, die ihm Respekt zollten, kannte Lucien nicht einmal. Umso erleichterter war er, als er am Ende der Reihe Conrad Shriver erblickte. Die Rückkehr seines langjährigen Freundes in den Clan bedeutete ihm mehr als gedacht. Und sie war ein Zeichen, dass sein Opfer einem höheren Ziel diente. Der Rat hatte zugestimmt, allen Rebellen den Weg zurück zu ebnen, wenn sie nur dem neuen Oberhaupt Treue schwören würden.

Dies war ein kleiner Sieg für Lucien, auf einer Reise, die noch viele Hürden bereithielt.

Als Conrad vor ihm kniete und zum Zeichen seiner Ergebenheit die Schwingen streckte, legte Lucien ihm wie allen anderen zuvor die Hand auf die empfindliche Stelle zwischen den Schwingenansätzen.

»In Treue und Respekt strecke ich meine Schwingen vor deinem Befehl«, leistete Conrad unter dem strengen Blick der Ratsmitglieder seinen Eid. »Ergeben, um mich für den Laird zu erheben.«

Conrad grinste übers ganze Gesicht, und seine Erleichterung nahm etwas von der Last auf Luciens Schultern. Er erhob sich und reichte Conrad die Hand. »Für deine Treue werde ich meine Schwingen immer schützend über dich breiten«, entgegnete Lucien, wie es üblich war. Dann senkte er die Stimme. »Ich hatte wirklich gehofft, mehr Rebellen würden meiner Einladung folgen. Es hätte ein neuer Anfang für uns alle werden können. Gerade heute vor so vielen Silberschwingen hätte es ein Zeichen gesetzt.«

Conrad wirkte genauso betroffen. »Das wünschte ich auch, Lucien. Aber du hast ihnen den Weg bereitet. Jetzt liegt es an ihnen, dein Angebot …«

»Sieh dir das an!«, keuchte Nyx und packte Lucien am Arm, während sie nach oben deutete.

Der Nachthimmel ging in Flammen auf.

Kapitel 32

Die Nacht lag im Dunkel, aber die Flammen der Feuerschalen wiesen uns den Weg. Darlighten Hall erstrahlte im Lichterglanz, und sämtliche Wege des Parks waren von Flammen gesäumt. Wie die Strahlen der Sonne führten sie zum goldenen Mittelpunkt. Es war ein atemberaubender Anblick. Trotzdem wollte ich umkehren. Ich spürte die Gegenwart all der Silberschwingen, die nun die Köpfe in den Nacken legten und unsere Ankunft misstrauisch beobachteten. Ich war froh, im Schatten von Aric und seinen Söhnen zu fliegen und Magnus Moore hinter mir zu wissen. Allein hätte ich mich nie hierher zurückgewagt.

Und auch jetzt sprang mir vor Angst beinahe das Herz aus der Brust. Nicht die Angst, man könne uns angreifen, sondern die Angst vor dem Wiedersehen mit Lucien war es, die meinen Puls in die Höhe trieb und meine Schwingen zum Zittern brachte. Mein ruhiges Dahingleiten veränderte sich, weil es mir nicht länger gelang, meine Schwingen stabil zu halten.

»Alles gut bei dir?«, hakte Nick nach und kam an meine Seite.

»Alles bestens!«, log ich, ohne ihn anzusehen, denn meine Aufmerksamkeit galt nur noch dem dunklen Dämon, der mir von dort unten im Feuerschein aus seinen silbergrauen Augen entgegenblickte. Ich selbst hatte mir viel Mühe mit meinem Aussehen gegeben und trug zu meiner Lieblingsjeans ein dunkelrotes rückenfreies Shirt, das zu meinen Schwingen passte. Trotzdem kam ich mir spätestens jetzt komplett unscheinbar vor.

Es gehörte verboten, wie gut Lucien aussah. Die nachtschwarzen Schwingen glänzten wie Samt, und der Anzug betonte seine breiten Schultern. Die Schatten unter seinen Augen ließen ihn gefährlich wirken, und die einzelne Strähne, die ihm widerspenstig in die Stirn fiel, verlieh ihm etwas Verletzliches. Sie war das einzige Anzeichen menschlicher Schwäche an seiner ansonsten teuflisch perfekten Erscheinung.

Doch all seine Schönheit verblasste beinahe neben dem silbernen Glanz, den das Mädchen an seiner Seite ausstrahlte. Nyx von Orlys ätherische Eleganz überstrahlte selbst die Feuer, und mit einem Mal hatte ich das Gefühl zu ersticken. Alles in mir schrie vor Schmerz auf, doch kein Laut kam über meine Lippen. Mein Herz brach, aber niemand hörte es.

Ich schlug mir die Hand vor den Mund und verbarg mein Schluchzen, während ich an Nicks Seite tiefer sank.

Ich war so dumm! Erst jetzt wurde mir klar, dass ich mich die ganzen letzten Tage selbst belogen hatte. Seit Conrad mir die Einladung gebracht hatte, hatte ich mir ausgemalt, wie das hier ablaufen würde. Und ich war dumm genug gewesen zu hoffen. Auf Liebe. Dabei hatte ich mir genau das verboten. Ich hatte mir eingeredet, stark genug zu sein, alles ertragen zu können, was mich erwartete, denn ich hatte die Hoffnung nie wirklich verloren. Doch nun, wo ich die beiden Seite an Seite sah, da platzten all meine Träume. Die kalte und grausame Realität streckte ihre Klauen nach mir aus.

Ich landete ungeschickt neben Nick, ein ganzes Stück abseits der Bühne, trotzdem hielt mich Luciens Blick gefangen. Verlegen strich ich mir über die Schwingen, nicht in der Lage, mich von ihm abzuwenden.

Für einen kurzen Moment schien es trotz all der Silberschwingen nur uns beide zu geben. Die Silberschwingen um uns herum verschwammen zu einem unwichtigen Grau im Hintergrund. Sie verloren an Bedeutung, an Kontur und die Zeit ebenso. Unser Atem floss, aber die Welt hatte aufgehört, sich zu drehen. Ich spürte Luciens Herzschlag, als wäre es mein eigener, spürte sogar seine Sehnsucht. Er machte einen Schritt in meine Richtung, schien sich dann aber zu erinnern, was seine Pflicht war. Er fuhr sich durchs Haar, als wolle er diese eine Strähne hindern, ihn schwach wirken zu lassen. Dann fasste er nach Nyx' Hand, und der Moment verstrich. Tränen schossen mir in die Augen, als mich diese einfache Geste auf den harten Boden der Wirklichkeit schleuderte. Ich fühlte mich, als wäre ich abgestürzt. Als hätten meine Schwingen einfach aufgehört, mich zu tragen.

Ich nahm kaum wahr, als Nick mich sanft am Ellbogen berührte. Auch nicht, wie ich mich an seiner Seite hinter Aric her der Bühne näherte. Mir dröhnte es in den Ohren, und das Zittern erstreckte sich mittlerweile sogar auf meine Atmung. Eine Ohnmacht drohte mich zu verschlingen.

»Wir schwören unsere Treue, dann verschwinden wir wieder«, flüsterte Nick mir aufmunternd zu. »Du schaffst das, hörst du?«

Wir hatten das besprochen. Es war richtig, hier zu sein. Trotzdem hasste ich es. Es tat so weh! Ich brachte kaum ein Nicken zustande.

»Lucien beschreitet einen wichtigen Weg. Wir müssen ihm und den Silberschwingen, die uns bisher jagen, einfach zeigen, dass sie uns nicht fürchten müssen. Und dass wir an einem friedlichen Zusammenleben interessiert sind«, redete er weiter, ohne dass ich ihm zuhörte. Erst als Aric mit seinen prächtigen rot schillernden Artus-Schwingen auf die Bühne trat, schwieg er. Genau wie alle anderen.

Das Prasseln der Feuer und der Ruf eines Käuzchens in der Ferne waren die einzigen Geräusche.

»Aric Chrome«, setzte Lucien an und neigte den Kopf. »Ich bin froh und stolz, dass du meiner Einladung gefolgt bist.« Er deutete zu den Ratsmitgliedern. »Du hast Kanes Tod gerächt, und der Rat hat als Zeichen unserer Dankbarkeit beschlossen, die Vergangenheit ruhen zu lassen – wenn du heute einen Eid ablegst, der dich erneut an die Gesetze und die Herrschaft der Silberschwingen bindet. Schwöre mir die Treue, dann … heißen wir dich und deine Kinder in unserer Mitte willkommen. Euch droht keine Verfolgung mehr.«

Aric nickte zustimmend. Dann breitete er seine Schwingen aus und sank vor Lucien auf die Knie. Wie Conrad zuvor leistete er seinen Eid, auch wenn er dabei skeptisch zu den Ratsmitgliedern hinübersah. Viele Jahre des Misstrauens ließen sich mit ein paar Worten nicht so einfach auslöschen.

Als Aric beiseitetrat, um seinen Eid vor Nyx zu wiederholen, sah Lucien zu mir. Er schien mich zu sich zwingen zu wollen, auch wenn längst Jax vor ihm kniete und seine Aufmerksamkeit forderte.

Vertrau mir, scholl seine Stimme in meinem Kopf, aber das konnte ich nicht. Nicht nachdem nun Nyx an seiner Seite thronte.

Nick hatte recht. Wir würden um des Friedens willen für die Halbwesen und die Rebellen diesen Schwur leisten und dann schnellstmöglich verschwinden.

Lucien hatte nur Augen für sie. Dabei war der Eid, den Thorns Bruder gerade vor ihm leistete, so wichtig. Geschichtsträchtig, um genau zu sein. Es war das erste Mal überhaupt, dass ein Halbwesen einer Silberschwinge die Treue schwor. Das erste Mal, dass sich die beiden so ähnlichen Wesen nicht als Feinde gegenüberstanden. Und doch war es ihm vollkommen egal. Er hätte Jax am liebsten beiseitegestoßen und sich einen Weg zu Thorn gebahnt.

Seine Sinne offenbarten ihm ihre Gefühle, und er verachtete sich für den Schmerz, den er ihr zugefügt hatte. Er wollte zu ihr und sie trösten. Ihr den Schmerz nehmen und ihre traurigen Augen wieder zum Leuchten bringen.

Es drängte ihn danach, ihr die Verzweiflung von den schönen Lippen zu küssen, ihr alles zu erklären. Stattdessen gelobte er Jax Sicherheit unter seinen Schwingen, so wie es der Eid verlangte.

»Mach schon!«, knurrte er Nick ungeduldig an, als der den Platz seines Bruders einnahm.

Nick kniff die Lippen zusammen. »Was könntest du denn Wichtigeres vorhaben, als dir die Gefolgschaft und Anerkennung der Halbwesen zu sichern?«, hinterfragte Nick sein Drängen.

»Du weißt sehr gut, dass ich Thorn eine Erklärung schulde«, raunte Lucien und bedeutete Nick, sich endlich hinzuknien.

Der musterte ihn kalt. »Das tust du in der Tat!« Nick ging in die Knie. »Und auch wenn ich dir heute die Treue schwöre, solltest du wissen, dass ich dich umbringen werde, solltest du Thorn noch mal zu nahe kommen!« Das gefährliche Funkeln in seinen Augen zeigte, wie ernst es ihm war.

Lucien ballte die Hände zu Fäusten. Ihm war bewusst, dass alle sie anstarrten. »Nick, ich …«, setzte er an, aber das Halbwesen unterbrach ihn, indem es ergeben die feuerroten Schwingen spreizte. »Du stirbst, wenn du ihr ein weiteres Mal wehtust. Laird hin oder her!«, flüsterte Nick laut genug, sodass Lucien es verstehen konnte. Dann sprach er seinen Eid, als hätte er ihm nicht gerade gedroht.

Ich spürte die Anspannung zwischen Nick und Lucien. Was redeten die beiden? Und warum verfinsterte sich mit einem Mal Luciens Blick? Beinahe böse sah er Nick nach, der seinen Schwur vor Nyx wiederholte.

Nun war ich an der Reihe. Lucien schaute mich an, und wie von selbst setzte ich mich in Bewegung. Als würde ich von einer unsichtbaren Schnur gelenkt, trat ich die wenigen Stufen auf die Bühne. Meine Knie zitterten bei jedem Schritt, und mein Herz hämmerte wie wild.

Ohne mich zu berühren, kam Lucien auf mich zu. Die silbernen Banner blähten sich hinter ihm im Wind, und die Flammen verliehen seinen schwarzen Schwingen einen magischen Glanz. Er sah wirklich aus wie ein Laird.

»Du bist doch noch gekommen«, raunte er so leise, als streichelten seine Worte meine Seele.

Ich schluckte und krampfte meine Finger zusammen. »Aric sagt, es ist wichtig für den Frieden«, gab ich mich sachlich.

Er lächelte leicht. »Also bist du wegen Aric hier?«

»Weswegen denn sonst?« Ich hasste es, wie meine Stimme zitterte. Warum musste er mich so ansehen? So nah bei mir stehen? »Ich bin sicher nicht hier, um deine Verbindung mit Nyx zu feiern!«, entfuhr es mir. Verdammt, das hatte ich nicht sagen wollen. Ich wollte ihm auf keinen Fall zeigen, wie verletzt ich war.

»Das dachte ich mir.« Seine Stimme klang sanft, wie in der Nacht, als das Erbe des Lichts mein ganzes Sein verändert hatte.

Weil ich nicht an diese Nacht denken wollte, kniete ich nieder und breitete die Schwingen aus. Ich neigte den Kopf, damit ich nicht länger in diese geliebten funkelnden Augen blicken musste, die mir so sehr unter die Haut gingen. Als Lucien seine Hand auf meinen Rücken legte, durchfuhr mich die Hitze wie ein Schlag mit der Silberkatze. Mein ganzer Körper reagierte auf ihn. Meine Schwingenspitzen hoben sich ihm verräterisch entgegen, mein Puls flog nur noch dahin. Er konnte das leise Seufzen unmöglich überhört haben, das meinen Lippen entwich.

»In Treue und Respekt strecke ich meine Schwingen vor deinem Befehl«, beeilte ich mich zu sagen, um meine Gefühle zu überspielen. »Ergeben, um mich für den Laird zu erheben.«

Luciens Daumen streichelte meinen Rücken, und sein Atem fuhr über meine Haut. »Für deine Treue werde ich meine Schwingen immer schützend über dich breiten, kleine Dorne«, raunte er, nahm meine Hand und zog mich zurück auf die Beine.

Die Zartheit in seiner Stimme zerrte an meiner Selbstbeherrschung. Ich war den Tränen nahe. Warum ließ er mich nicht einfach los? Warum hielt er mich fest, wo er mich doch längst von sich gestoßen hatte? Ich fühlte mich fehl am Platz neben ihm – und seiner Gefährtin.

»Lass mich los«, bat ich und versuchte, meine Hand zu befreien.

»Ich kann nicht«, antwortete er und warf Nyx einen Blick zu. »Kümmere dich um den Rest«, befahl er ihr, ehe er mich hinter sich von der Bühne zog.

»Spinnst du? Was wird das?«, protestierte ich und stemmte die Füße in den Boden. Mir waren die Blicke, die uns neugierig folgten, durchaus bewusst.

»Die Zeremonie ist beendet«, erklärte er schlicht, als wäre damit alles gesagt. »Ich habe meine Pflicht erfüllt.«

»Na dann, herzlichen Glückwunsch, neuer Laird!«, fauchte ich, da er mich einfach nicht freigab. Immer weiter zerrte er mich hinter sich her, durch die silbernen Stoffbahnen hindurch, die uns schließlich wie ein Wasserfall aus purem Mondlicht umhüllten.

Obwohl wir die Silberschwingen reden hörten, ihre Aura noch deutlich spüren konnten, kam es mir vor, als wären wir allein. »Du hast also bekommen, was du wolltest.«

»Ich wollte das nie«, verteidigte er sich und blieb endlich stehen. Er sah mir in die Augen und zog mich an sich. »Ich wollte dich. Ich wollte, dass du glücklich bist.«

»Ich bin aber nicht glücklich!«, schrie ich.

»Du wärst unglücklicher, hätte ich zugelassen, dass deiner Familie etwas geschieht«, konterte er. Sein Griff wurde fester, auch wenn er nicht grob zu mir war. »Ich habe mein Wort gehalten und sie sicher und gesund nach Hause gebracht.«

Ich schlug auf ihn ein, denn es schmerzte, dass er recht hatte. Es war so verdammt ungerecht, dass er recht hatte!

»Zu welchem Preis?«, rief ich fassungslos und starrte ihn herausfordernd an.

Luciens Lippen wurden weicher. »Ich hätte jeden Preis bezahlt, kleine Dorne«, raunte er sanft und hob meine Hände an seine Brust. »Denn ich weiß, du liebst deine Menschenfamilie.«

»Ich liebe auch dich«, wisperte ich verloren und senkte den Kopf, um seinem zärtlichen Blick zu entkommen. Er war jetzt Nyx' Gefährte. Er hatte kein Recht mehr, mich so anzusehen!

Luciens Brust bebte unter meinen Fingern. Lachte er etwa?

»Und trotzdem kommst du zu spät zu meiner Ernennung?«, stichelte er und ließ seine Hände über meine Arme gleiten. Ich schnappte nach Luft, so betörend war seine Berührung. So verlockend, dass ich ihn nicht aufhielt, obwohl ich es sollte.

»Was hast du denn erwartet?«, fragte ich zornig. »Du hast mir genug über die Zeremonie erzählt, um zu wissen, dass du und Nyx … dass ihr euch vor allen Leuten küsst!« Meine Lippen zitterten, und die Tränen bahnten sich ihren Weg. »Denkst du, das will ich sehen?«

Er legte seine Hand an meine Wange und hob mein Gesicht an. Ich schloss die Augen, denn die dunklen Seen seiner Iris drangen bis auf den Grund meiner verletzten Seele. Sein Atem strich über meine Lippen, als er meine Tränen fortküsste.

»Ich habe gehofft, dass du mir vertraust, kleine Dorne«, murmelte er, seine Zunge zeichnete die Spur meiner Tränen nach. »Ich habe dir gesagt, dass ich dich will. Dass ich dich liebe.«

Er schlug seine Schwingen um uns und drängte mich rückwärts, bis ich gegen eine der Statuen stieß. »Ich habe dir auch gesagt, dass ich weiß, wie ich bekomme, was ich will.« Jetzt eroberten seine Lippen meinen Mund. Meine Gefühle fuhren Achterbahn. Seine Nähe brachte mich um den Verstand, und sein leidenschaftlicher Kuss ließ die schützende Mauer um mein Herz einstürzen. Ich offenbarte ihm meine Verletzlichkeit, als ich mich an ihn klammerte und das Spiel seiner Zunge erwiderte. Seine Worte ergaben keinen Sinn. Denn ich hatte ihn an Nyx' Seite gesehen. Und doch klang er so sicher …

»Komm das nächste Mal pünktlich«, flüsterte er lachend an meine Lippen, fasste nach meiner Hand und führte sie an die Skulptur.

Nur einen Atemzug lang fühlte sich die Statue kalt an. Dann durchströmte mich ihre Energie, und ich glaubte, sie würde ihre Finger mit meinen verweben. Die marmorne Glätte gab nach, und der Pulsschlag der Zeit strömte durch meine Adern.

Die Bilder rasten durch meine Gedanken, gewannen an Klarheit, und wie von selbst hafteten sie sich an die Geschehnisse dieser Nacht. Ich sah Lucien in seinem dunklen Anzug, wie er mit Nyx am Arm die Stufen der Bühne erklomm.

Ich war zu spät gekommen, doch Lucien hatte nicht vor, mir zu ersparen, was ich verpasst hatte. Mit aller Kraft wollte ich die Verbindung zum Stein lösen, doch er hielt mich fest.

»Vertrau mir«, flüsterte er und presste seine Finger fest auf meine. »Vertrau mir doch endlich, du stures Halbwesen!«

Es war, als katapultierten mich seine Worte durch die Zeit.

Ich spürte den leichten Windhauch, der die silbrigen Stoffbahnen blähte, roch den Rauch der Feuer, welche die Bühne säumten, und fühlte die Spannung, die unter den anwesenden Silberschwingen in der Luft lag. Es stach mir in der Brust zu sehen, wie wundervoll Lucien und Nyx zusammen aussahen. Er groß, stark, dunkel, mit einem Hauch Ungeduld, sie zart, hell und glänzend vor Glück. Und ihr Glück war es auch, was mir so zusetzte.

Wie ein Gentleman geleitete Lucien Nyx zu dem zweiten thronartigen Stuhl. Er wartete, bis sie saß, dann wandte er sich an den Rat und den Clan.

»Wir kommen hier zusammen, um unseren Laird zu Grabe zu tragen. Um zu erkennen, dass die Mächte, denen wir uns beugten, nur darauf warteten, uns zu verraten. Wir sind hier, weil uns der Weg, den wir bisher beschritten haben, an einen Abgrund geführt hat!«, hörte ich Lucien sagen. Seine Stimme klang fest, und all die Augen, die auf ihn gerichtet waren, schienen ihn nicht zu verunsichern. Er wusste, was er tat.

»Ihr wisst, dass Kane mich als seinen Nachfolger wollte. Ihr wisst aber auch, dass wir nicht immer gleicher Meinung waren.« Ich erkannte den Schmerz, der bei diesen Worten über seine Züge huschte. »Es hätte noch viele gemeinsame Jahre gebraucht, eine Richtung einzuschlagen, die sowohl seine, als auch meine Vision für die Zukunft dieses Clans widerspiegelt. Diese Jahre wurden uns genommen.«

Ein leises, bedauerndes Murmeln erfüllte die Nacht.

»Ich stehe nun also hier und erbitte eure Gefolgschaft trotz all der Zweifel, die ihr vielleicht aufgrund meiner unkonventionellen Einstellungen hegen müsst.« Lucien drehte sich zu Nyx um, reichte ihr

die Hand und nahm sie an seine Seite. »Wie ihr wisst, wurde mir Nyx von Orly bei ihrer Geburt versprochen. Mein Vater schätzte Torr von Orly zeit seines Lebens sehr, und ich möchte das Band, das unsere Familien verbindet, stärken so wie ich das Band zu euch allen festigen möchte.«

Ich schnappte nach Luft und drängte mich gegen Lucien, nur um von der Skulptur loszukommen. Alles in mir sperrte sich gegen die Bilder in meinem Kopf, doch ich konnte ihnen nicht entkommen.

Vertrau mir, wisperte es in meinem Herzen, und ich ergab mich meinem Schicksal.

»Torr steht für alles, was meinen Vater ausgemacht hat. Für Treue, Konventionen und den Erhalt unserer Traditionen, wohingegen ich den Clan in eine neue Zeit führen möchte. Die Welt dreht sich schneller, die Gefahr, entdeckt zu werden, steigt durch Handyvideos und die Möglichkeit, Fotos innerhalb von Sekunden auf dem Erdball zu verbreiten. Wir müssen uns dem anpassen, müssen aufhören, uns gegenseitig zu jagen, und müssen zusammenkommen, um demokratisch neue Gesetze zum Erhalt unseres Volkes auf den Weg zu bringen. Und zwar gemeinsam. Mit den Halbwesen, mit den Rebellen, denn in einer neuen Welt muss jeder seine Ansicht vertreten können, seine Meinung äußern können und auch lieben können, wen immer er möchte. Wir sind nicht dumm. Unser Verstand wird uns zeigen, wem wir vertrauen können und wem nicht, denn Verrat … ist keine Sache des Volkes oder der Abstammung. Ebenso wenig wie Treue.«

Lucien breitete die Schwingen aus und bedeutete Nyx, es ihm nachzumachen. Sie bildeten ein mächtiges Paar, und es schien, als räumten sie damit die Zweifel sämtlicher Silberschwingen aus. Der Rat nickte zustimmend, und die Anspannung in den Reihen der Anwesenden nahm ab.

»Ich möchte diesen Clan nicht allein führen«, setzte Lucien an, woraufhin Nyx vor ihm auf die Knie sank. Die Feuer reflektierten sich in den roten Edelsteinen, die sie in ihren Silberschuppen trug, als wäre sie selbst ein Halbwesen. Alle hielten gespannt den Atem an.

»Nein«, flüsterte ich, aber Lucien gab mich einfach nicht frei. Er presste seine Stirn an meine und hielt mich fest, wie in einem Schraubstock.

»Wie es Tradition ist, hält Torr von Orly als treuester Gefolgsmann an Vaters Ruhestätte Wache. Darum nimmt seine Tochter Nyx von Orly stellvertretend für ihn den Treueeid entgegen, um den ich euch für mich und ihn bitte, denn zwei kluge Köpfe an der Spitze des Clans sind besser als einer.« Lucien legte seine Hand zwischen Nyx' helle Schwingen. »Nyx von Orly ist frei, sich einen Gefährten ihrer Wahl zu suchen, mit dem sie irgendwann Torr an meiner Seite ablösen wird. Für die Einheit unseres Volkes verzichte ich auf die alleinige Herrschaft.« Er breitete seine dunklen Schwingen schützend über Nyx, und sein Blick wanderte in den Himmel, als suche er etwas. Kurz kniff er die Lippen zusammen, dann fuhr er fort. »Wir sind nun frei zu lieben«, erklärte er leise, aber der Wind trug seine Worte bis ans Ohr der letzten Silberschwinge. »Denn ohne Liebe werden wir selbst mit den mächtigsten Schwingen nie wahrhaft den Himmel erreichen.«

Die Bilder in meinem Kopf verblassten, denn endlich lockerte Lucien seinen Griff. Er schlug seine Schwingen um mich und grub seine Hände in mein Haar. »Ich will mit *dir* den Himmel erreichen, Thorn«, flüsterte er.

Kapitel 33

Kalter Septemberwind fuhr unter den Rock meiner Schuluniform, und ich ging schneller, um dem feinen Sprühregen zu entkommen, der meine Schwingen wie mit Perlen benetzte. Der erste Schultag nach den Ferien kam einem immer ungewohnt vor. Der erste Schultag des Abschlussjahres wohl ganz besonders. Und doch war das nicht der Grund, weshalb ich mich so anders als sonst fühlte. Es war mein erster Schultag mit Schwingen am Rücken und einem riesigen Geheimnis im Gepäck.

Ich war ein Halbwesen – und für die Menschen um mich herum durfte mein wahres Ich nicht existieren. Von nun an würden mich Lügen an jedem Tag meines Lebens begleiten.

Ich erreichte die Tür und trat ins Schulhaus. Die Luft roch abgestanden nach den Ferien und war doch heimelig warm und trocken, auch wenn der Boden von etlichen nassen Schuhabdrücken glänzte. Lächelnd ging ich weiter, an den Spindschränken meiner Mitschüler vorbei. Die Lügen würden mich zwar begleiten, aber wenigstens hatte ich ein Leben zwischen den Menschen, die ich liebte. Vor wenigen Wochen noch hätte ich das nicht für möglich gehalten.

Mit beschwingtem Schritt betrat ich das Klassenzimmer und suchte mir meinen Platz in der vorletzten Stuhlreihe. Mit den Schwingen war es gar nicht so leicht, auf den kleinen Stühlen zu sitzen, und mit einem Mal verstand ich, warum Riley immer so gelümmelt hatte. Mein Blick wanderte zu seinem leeren Platz an der Heizung, ich bildete mir ein, ein leises Kaugummiploppen zu vernehmen.

Gerade als ich mich vergewissern wollte, ob es das Geräusch nur in meinem Kopf gab, fiel Cassie über mich her.

»Thorn!«, rief sie freudig, und ich kämpfte lachend damit, nicht in ihren roten Locken zu ersticken.

»Hi Cassie!« Die Normalität ihrer Umarmung zauberte mir schlagartig die beste Laune.

»Ich bin so froh, dass du dieses blöde Auslandssemester nun doch nicht machst!«, rief sie und warf sich auf den Platz neben mich. Sie hatte mehr Sommersprossen als vor den Ferien, und eine leichte, typisch britische Sonnenbrandröte überzog ihre Wangen. »Wem sollte ich sonst erzählen, wie geil meine Ferien waren! Du weißt doch, wir waren in Florida! Disneyland und Surfer! Das war der beste Sommer meines Lebens, wirklich! Was hast du so getrieben?«

»Ich?« Ich konnte mir ein Grinsen nicht verkneifen. »Och, also ich … ich …«

Noch ehe ich wusste, wie ich meinen Sommer zusammenfassen sollte, ohne für verrückt gehalten zu werden, fiel Cassie mir ins Wort.

»Ah!«, japste sie. »Da fällt mir etwas ein!« Sie neigte sich zu mir rüber und senkte die Stimme. »Ich wollte es dir eigentlich erst erzählen, wenn Anh hier ist, aber es gongt ja gleich und …« Sie zuckte mit den Schultern, als rechtfertige das alles. »Na, jedenfalls, du erinnerst dich doch an den Riesen mit der Narbe im Gesicht, der die Shades suspendiert hat, oder?«

Der Riese mit der Narbe – Magnus Moore. Natürlich erinnerte ich mich an diesen Tag. Er musste Riley suspendieren, um dessen Abwesenheit zu erklären, denn Riley hatte mit gebrannten Schwingen im Keller von Darlighten Hall in Ketten gelegen.

Das war eine gefühlte Ewigkeit her.

Da Cassie mich noch immer erwartungsvoll ansah, nickte ich.

»Mein Bus kommt doch immer schon so früh, jedenfalls war ich schon da, als dieser Kerl – er muss ja von der Schulaufsicht oder so sein – heute Morgen wieder ins Direktorat marschiert ist.« Sie machte ein Gesicht wie eine Wahrsagerin vor einem Tisch voll Tarotkarten. »Bin gespannt, um was es diesmal ging!«

Das war ich auch. Mein Puls beschleunigte sich, nur weil ich an Magnus Moore dachte. Er hatte Lucien die Treue geschworen, aber was er hier an der Schule zu tun hatte, wusste ich nicht. Ging es um mich? Er würde mich doch nicht wieder von hier wegholen wollen …

Unbewusst klammerte ich mich an die Tischplatte und blickte aus dem Fenster. Es konnte nicht um mich gehen. Lucien hatte mir versprochen, dass ich in Sicherheit war. Er hatte mir versprochen, mein ganz normales Leben weiterführen zu können. Und doch … was wollte Magnus Moore sonst hier?

Meine Überlegungen gerieten ins Stocken, als Mrs Shepherd pünktlich mit dem Gong zum Unterrichtsbeginn die Klassenzimmertür zuzog und uns über den Rand ihrer goldenen Brille hinweg musterte. Besonders an den leeren Stühlen blieb ihr fragender Blick hängen, während sie uns begrüßte.

Cassie rückte ihren Stuhl etwas in meine Richtung und flüsterte durch zusammengepresste Lippen: »Wo bleibt denn eigentlich Ahn?«

Zu spät zu kommen war für Anh wirklich untypisch. Ich konnte mich nicht erinnern, das überhaupt schon mal erlebt zu haben. Gerade wollte ich genau das zu Cassie sagen, als die Tür aufging und unsere vermisste Freundin hereinstolperte. Sofort fielen mir die losen Strähnen auf, die aus ihrem Zopf baumelten, und die Röte, die ihre Wangen wie ein Buschfeuer überzog.

War etwas passiert? Ich spannte meine Schwingen an und erhob mich schon halb aus dem Stuhl, als ich vor Staunen regelrecht erstarrte.

Riley Scott legte seinen Arm um Anhs Schultern, grinste unsere Lehrerin schief an und blies eine Kaugummiblase. Sein dunkelblondes Haar brauchte langsam wirklich mal einen Schnitt, inzwischen sah man nämlich kaum mehr das belustigte Funkeln in seinen Augen. »Ahn war etwas schwindelig«, erklärte er und deutete auf sie. »Darum habe ich … mich um sie gekümmert.«

Mrs Shepherd runzelte verärgert die Stirn. »Nun, dann können wir ja jetzt hoffentlich mit dem Unterricht anfangen«, sagte sie und begann damit, Arbeitsblätter auszuteilen.

Ich hustete, um meine Überraschung zu überspielen, aber Cassie riss entsetzt den Mund auf. »Ach du Scheiße, Thorn!«, flüsterte sie so laut, dass es trotzdem jeder verstand. »Riley ist wieder zurück? Anh und Riley? Da hab ich diesen Sommer wohl echt was verpasst, oder?«

Mit knallrotem Kopf glitt Anh hinter ihren Tisch und blinzelte verlegen, als Riley ihr verschwörerisch die Hand drückte. Dann stemmte er lässig die Beine gegen die Heizung und kippte den Stuhl auf die Hinterbeine. Er zwinkerte mir zu und ploppte eine Kaugummiblase.

Mein Herz ging auf, am liebsten hätte ich laut gelacht.

»Das haben wir alle verpasst«, gestand ich kichernd und stieß Anh den Ellbogen in die Seite. Aus ihren mandelförmigen Augen strahlte mir ihre Verliebtheit regelrecht entgegen. Kein Wunder, dass sie zu spät kam. Riley hatte schließlich eine Vorliebe für Überfälle in dunklen Schulhausecken.

»Sieht so aus, als würden die Shades in diesem Jahr endlich mal was erleben, über das die Leute sprechen, oder?«, zog ich Anh auf und kassierte dafür einen mahnenden Blick von Mrs Shepherd. Aber das war mir egal. Riley, Ahn und Cassie kicherten, und so stand ich nicht länger allein auf ihrer Abschussliste.

Anh grinste verschämt und kramte ihr Heft aus der Schultasche, während Riley sich auf seinem Stuhl weit in meine Richtung neigte. Ich hatte die raue Sanftheit seiner Stimme wirklich vermisst. Genau wie sein verwegenes Grinsen. »Komm doch heute Abend mit«, schlug er vor. »Die Shades, Anh und ich … wir … treffen uns im Buchladen.«

»Kommen sie nicht wieder an die Schule?«, hakte ich nach.

»Nein. Sie werden zurück nach Darlighten Hall gehen. Conrad hat es ja schon vorgemacht.«

»Und du?«

Riley zupfte an dem Kragen seiner Schuluniform. »Ich? Ich gehöre nicht mehr nach Darlighten Hall. Ich trage jetzt Hemden mit Stoff am Rücken«, scherzte er und blies eine Kaugummiblase. »Also? Kommst du heute Abend mit?«

Ich spürte Mrs Shepherds Augen böse auf mir, aber auch wenn ich ihr so manches zutraute, am ersten Schultag würde sie uns sicher nicht zum Nachsitzen verdonnern. Also ignorierte ich sie und griff nach Rileys Hand.

»Ein andermal gerne«, flüsterte ich und wackelte mit der Schwingenspitze. »Aber heute Abend, da … da mache ich einen … einen *Ausflug*!«

EPILOG

Der Wind wisperte leise durch meine Silberschuppen. Er trug eine unverkennbar herbstliche Kühle mit sich, die das Ende des Sommers ankündigte. Ein strahlender Hof umgab den Vollmond, und die Sterne leuchteten so hell, als hätte jemand ihre Batterien aufgeladen.

Ich trat an die mit Kronen verzierte Brüstung des Big Ben und blickte über das in einem goldenen Lichtermeer funkelnde London. Vom erleuchteten Parlament hinüber zum Palace of Westminster. Mein Schatten, hervorgerufen durch die grünen Strahler hinter mir, zog sich dunkel über die Empore, auf der ich stand. Ich hoffte, dass alle, die das mächtige Ziffernblatt des Big Ben bestaunten, mich auf dem Balkon darüber nicht sehen konnten.

Ich ging weiter, um den gigantischen Uhrturm herum, ließ meinen Blick über die erhabene Westminster Abbey weiter zum St. James's Park und dem dahinter hervorspitzenden Buckingham Palace wandern. Von hier oben hatte man wirklich eine atemberaubende Aussicht, auch wenn man die Fähigkeit, in der Dunkelheit zu sehen, noch nicht perfektioniert hatte. Langsam ging ich weiter um den Turm, genoss das Gefühl der Freiheit und Ruhe, als ich Richtung Themse schaute. Die roten und weißen Lichter der Westminster Bridge spiegelten sich in der leicht gekräuselten Wasserfläche und lenkten meinen Blick automatisch zu einer der

Hauptsehenswürdigkeiten Londons. Dem London Eye. Das in Blau getauchte Riesenrad drehte sich langsam im Kreis, und für einen kurzen Moment glaubte ich, dass jeder in den gläsernen Kabinen mich sehen musste. Mit erschrockenem Herzklopfen trat ich einen Schritt zurück zwischen die Säulen der Turmspitze und schloss die Augen. Der Wind, der mir eben noch Freiheit geschenkt hatte, trug nun Ängste mit sich, und wie von selbst spreizten sich meine Schwingen ein kleines Stück ab. Die Luft veränderte sich, und ich atmete tief durch. Ich lauschte auf den Wind, auf die Nacht, und auf die Schwingen, die hinter mir leise raschelten. Obwohl ich ihn spürte, zuckte ich zusammen, als mich starke Arme von hinten umfingen.

»Ich dachte schon, du kommst nicht mehr«, flüsterte ich in den Wind, ohne mich umzudrehen.

»Keine Sorge«, die Stimme, entschlossen doch sanft für einen Mann, umhüllte mich wärmend wie eine Decke. »Ich werde immer bei dir sein.« Seine Lippen in meinem Nacken ließen die Welt um uns herum verblassen. »Ich bin hier, wenn du mich brauchst, Thorn.«

Ich lachte, denn seine Worte waren wie ein Déjà-vu. Ich drehte mich zu ihm um und schmiegte mich in seine Arme.

»Du bist mein Feind«, sprach ich meine früheren Gedanken aus und hob meinen Blick, um mich in Luciens dunklen Augen zu verlieren.

Er lachte, so als erinnerte auch er sich an jene Nacht, in der aus meiner Furcht vor ihm Liebe erwachsen ist.

»Ich war nie dein Feind, kleine Dorne.« Er strich mir sanft über die Schwingen und weiter bis zu meiner Taille. Mit bewusst gewählter Langsamkeit zupfte er mir das Shirt aus der Jeans. »Ich hatte nur Angst, die Kontrolle über mich zu verlieren, wenn ich die Gefühle zulasse, die du in mir weckst.« Seine Finger wanderten unter mein Shirt und versetzten meine Haut schlagartig in Flammen.

Als ich mich seufzend gegen ihn sinken ließ, spürte ich ein Beben in seiner Brust.

»Was ist so witzig?«, fragte ich und ließ meine Hände über die Muskeln an seinen Armen streichen.

Lucien lachte leise. »Dein Bruder würde mich umbringen, wenn er wüsste, was ...«, er küsste mich hungrig, bis auch er kaum mehr Luft bekam, »... was wir hier machen«, gestand er mit einem verführerischen Grinsen.

»Nick?«

Lucien drängte mich gegen die Säulen. Die grünen Spots ließen ihn noch mehr wie einen Dämon erscheinen, doch ich dachte nur daran, dass er nicht aufhören sollte. »Er hat gesagt, er bringt mich um, sollte ich dir ... zu nahe kommen.«

Ich kicherte glücklich, schmiegte mich näher an ihn und ließ meine Hände über seinen Rücken gleiten. Ich ertastete deutlich die Narben, die die Hiebe mit der Silberkatze hinterlassen hatten. Hiebe, die er meinetwegen eingesteckt hatte. Lucien wusste also, was es bedeutete, für mich zu leiden. »So ist das, wenn man sich ein Halbwesen mit einer so sturen Familie angelt«, gab ich mich mitfühlend. Tatsächlich fühlte es sich aber ganz wunderbar an, Brüder zu haben, die einen verteidigten, oder einen Vater, der königliche Schwingen trug. Überhaupt konnte ich kaum glauben, dass ich neben der Liebe meiner Adoptivfamilie nun auch noch echte Blutsbande erleben konnte.

Lucien lachte und hob mich hoch. Er umfasste meine Taille, und ich schlang ihm die Beine um die Hüften. Er spreizte seine Schwingen, um uns vor neugierigen Blicken zu schützen. »Dann wäre es besser gewesen, ich hätte zugelassen, dass Nick deinen Vater begleitet«, sagte er und grub seine Hände in mein Haar. Er wickelte sich die schwarzen Strähnen um die Finger und bewunderte ihren Glanz.

Ich schüttelte den Kopf. Zum einen um meine Haare zu befreien, zum anderen weil ich ihm nicht zustimmte. »Es ist wichtig, dass Nick und Jax hier in London bleiben. So zeigen sie dem Rat und den Silberschwingen, dass sich ihr Leben nicht von eurem unterscheidet. Wären sie gegangen, hätte man ihnen doch sofort wieder misstraut.«

»Sie sind mächtig, Thorn. Es ist gut, dass mein Volk sieht, dass sie diese Macht nicht gegen sie einsetzen. Trotzdem frage ich mich, ob Aric allein seinem Vorhaben gewachsen ist.«

Er stellte mich zurück auf die Füße, und ich sah, dass die Entscheidungen, die er bisher als Laird hatte treffen müssen, ihm nicht leichtgefallen waren. Zärtlich wischte ich ihm die Strähne aus der Stirn. »Vergiss nicht, dass Aric nun die kraftvollen Halbwesenschwingen von König Artus trägt«, erinnerte ich ihn. »Er wird keine Hilfe brauchen, um die beiden geflohenen Oberen ausfindig zu machen. Und du hättest ihn ohnehin nicht davon abhalten können.«

Lucien nickte. »Ich weiß. Wir haben der Institution der Oberen einen unerwarteten Schlag versetzt. Noch lässt sich nicht sagen, wie sie darauf reagieren. Aber unser Befreiungsschlag macht die Runde, und ich habe gehört, dass auch andere Clans sich lossagen wollen. Das alles treibt die Oberen in die Enge, und Aric fürchtet, dass deine Mutter – sollte sie noch am Leben sein – sich deshalb in großer Gefahr befindet.«

»Er wird nicht aufgeben, bis er es herausgefunden hat«, stimmte ich ihm zu. Der Gedanke an meine leibliche Mutter machte mich traurig. »So vieles steht vor einem neuen Anfang«, flüsterte ich, froh, Luciens Schwingen um mich zu spüren. »Aber die Frage nach ihr ist noch immer unbeantwortet.«

Lucien küsste mich auf den Scheitel und schenkte mir ein aufmunterndes Lächeln. »Im Leben wird nie der Punkt kommen, an dem wir genau wissen, was passiert. Ich weiß auch nicht, wie lange es dauern wird, den Clan der Silberschwingen zu vereinen und in eine neue Zeit zu führen.« Er zuckte mit den Schultern, sodass auch seine Schwingen sich hoben. »Ich weiß nur, was ich in diesem Moment machen will«, gestand er und senkte seine Lippen erneut auf meine. »Ich fordere mein Glück heraus und hoffe, dass Nick nie erfährt, was ich gleich tun werde«, raunte er und zog mich mit sich auf den Boden der Empore. Ich folgte ihm, als er meine Arme hob, meine Schwingen spreizte und mit seinen Fingern zärtlich durch deren rötliches Schillern strich.

»Was genau willst du denn tun?«, fragte ich zitternd, denn seine Hände hinterließen eine brennende Spur auf meiner Haut.

Lucien lächelte gefährlich und zog mich an sich. »Ich werde dich küssen, bis du ganz schwach bist, kleine Dorne. Bis deine Sinne nur noch auf mich ausgerichtet sind, und dann …«, er setzte seine erste Drohung in die Tat um. »Dann …«, fuhr er atemlos fort und sah mir in die Augen, »wenn du mir hilflos ausgeliefert bist … mache ich dich zauberhaftes Halbwesen zu meiner Gefährtin.«

Mein ganzer Körper kribbelte voll Vorfreude, und ich presste mich lachend an ihn, während die Glocken des Big Ben lautstark schallend eine neue Zeit einläuteten. Eine Zeit, in der Halbwesen nicht nur existieren durften, sondern sogar geliebt wurden.

Dies ist eine fiktive Geschichte.
Ähnlichkeiten mit lebenden oder verstorbenen Personen
sind rein zufällig und nicht beabsichtigt.

Bold, Emily:
Silberschwingen
Rebellin der Nacht
ISBN 978 3 522 50578 9

Umschlaggestaltung: Carolin Liepins unter
Verwendung von Bildern von shutterstock.com
Satz und Innentypografie: Angelika Schön
Druck und Bindung: CPI Books GmbH, Leck
Reproduktion: Digitalprint GmbH, Stuttgartt

MIX
Papier aus verantwortungsvollen Quellen
FSC
www.fsc.org
FSC® C083411

noch immer nicht genug?

Dann freu dich auf Emily Bolds Bestsellerreihe
»The Curse« – als Printausgabe
in wunderschöner Neuausstattung.

Band 1:
UNSTERBLICH mein –
erscheint im März 2019

Band 2:
UNENDLICH dein –
erscheint im Mai 2019

Band 3:
UNVERGÄNGLICH wir –
erscheint im Juli 2019

»Hältst du es für vernünftig, bei mir zu sein?« Seine Worte waren leise, beinah geflüstert, und seine Haltung war angespannt.
»Nein. Das ist sogar das Unvernünftigste, was ich je getan habe«, gestand ich.

Samantha hat genug von den Jungs ihrer Highschool. So nimmt sie das Angebot ihres Lehrers an, die Ferien im fernen Schottland zu verbringen. Kaum bei ihrer Gastfamilie angekommen, wird sie von den Sagen und Mythen des Landes in den Bann gezogen. Dabei begegnet sie dem geheimnisvollen Payton. Was sie nicht weiß: Er ist über zweihundert Jahre alt, für immer gefangen im Körper eines Neunzehnjährigen und dazu verflucht, keine Emotionen zu empfinden. Sam ist fasziniert – und stößt bald auf ein uraltes und gefährliches Geheimnis, das das Schicksal ihrer beider Familien für immer verändern wird …

Leseprobe

Der letzte Punkt der heutigen Tour bestand aus dem Besuch des legendären Urquhart Castle. Eine Schar Japaner beendete gerade ihre Besichtigung der Ruine und brachte Unruhe in meine Gruppe. Unser Reiseleiter hatte nicht bemerkt, dass ein Teil seiner Leute zurückgeblieben war. Mich störte das nicht im Geringsten. Zwar fand ich im Laufe des Tages Gefallen an der Tour, aber ich musste nicht jedes Detail der Historie verstehen, um die Schönheit dessen zu begreifen, was ich mir ansah.

Ein Mann, der beinahe aussah wie Arnold Schwarzenegger, fesselte meine Aufmerksamkeit, als er versuchte, zusammen mit seiner Begleiterin auf ein Foto zu kommen. Er platzierte seine Kamera auf einem kleinen Mauervorsprung und betätigte den Selbstauslöser. Dann rannte er zurück zu seiner Liebsten und legte ihr den Arm um die Hüfte. Kurz verharrten die beiden in dieser sehr unnatürlichen Position, ehe »Arnold« nachsah, ob es diesmal funktioniert hatte. Ich schüttelte den Kopf und entschloss mich, am heutigen Tag noch eine gute Tat zu vollbringen.

»Kann ich euch vielleicht helfen?«, erbot ich mich, ein Foto von ihnen zu machen.

»Oh ja, danke! Wir sind auf allen Bildern immer mit abgeschnittenen Köpfen zu sehen«, lachte die Frau.

Glücklich reichten sie mir ihre Kamera und lächelten in die Linse. Bevor sie sich verabschiedeten, ließ ich mich im Gegenzug von ihnen vor den sagenumwobenen Tiefen des Loch Ness fotografieren.

Inmitten der riesigen Ruine des Urquhart Castle konnte ich mir kaum vorstellen, dass hier tatsächlich Menschen gelebt und ihren

Alltag verbracht hatten. Ich sah grobschlächtige wikingerähnliche Männer vor mir, wie sie, ihre Schwerter schwingend, aufeinander einschlugen. Menschen einer anderen Welt. Einer Welt vor siebenhundert Jahren.

Ich erklomm den Turm und genoss den atemberaubenden Ausblick auf Loch Ness. Sofort verstand ich, warum dieses Gewässer den Menschen solche Rätsel aufgab. Das Wasser schien beinahe schwarz zu sein, und seine Oberfläche war unruhig und trüb. Kahle Äste trieben in der Strömung und ragten wie knochige Arme aus den geheimen Tiefen hervor.

Der Wind blies mir meine Haare in die Augen, und ich kehrte zurück in den Schutz des Turms. Meine Windjacke war nicht wirklich für das schottische Klima gemacht. Ich schlenderte noch einige Minuten hinter einem verliebten Pärchen her, ehe mir auffiel, dass von meiner Reisegruppe jede Spur fehlte. Mit einem schnellen Blick suchte ich die Ruine ab. Scheiße! Wo waren denn alle?

Ich zog die Jacke fest um mich und machte mich auf den Rückweg. Dieser führte über eine kleine Brücke, einen Hang hinauf und durch die geöffneten Tore eines Souvenirshops. Sehr viele Menschen drängten sich durch die schmalen Gänge des Ladens. Ich suchte den kürzesten Weg durch die immense Anzahl von Mitbringsel bis zum Ausgang. An der hinteren Wand entlang schien ich die besten Chancen zu haben. Nur beiläufig fiel mein Blick auf einen Ständer mit Wappen und Farben der Clans.

Was? Wie angewurzelt blieb ich stehen. Etwas hatte meine Aufmerksamkeit erregt. Ich griff in meinen Ausschnitt und holte den Anhänger meiner Grandma hervor. Ich hatte mich nicht getäuscht. Wahnsinn! Indiana Jones in mir jubelte!

Neugierig nahm ich das Wappen, welches mein Interesse geweckt hatte, von dem metallenen Ständer. Es war das Clanswappen der Camerons. Das Souvenir war etwas größer als mein Amulett und kostete zwölf Pfund. Hier gab es zu jedem Clan ein passendes Wappen.

Warum hatte ich eine Kette mit dem Wappen der Camerons auf Grandmas Dachboden gefunden? Und warum wurde mein Anhänger schon wieder so warm?

Nicht so heiß wie das letzte Mal, aber doch deutlich wärmer als der Anhänger aus dem Shop. Rein äußerlich waren sich die beiden Schmuckstücke sehr ähnlich. Die drei Pfeile, die in der Mitte zusammengebunden waren, umgeben von einem Schriftzug.

Dieser war auf dem Souvenir deutlich zu lesen:

Cuimhnich air na daoine o'n d' thanig thu

Ich hielt mein Amulett hoch und verglich die beiden Schriftzüge.

Die lesbaren Buchstaben waren identisch. Zwar war mein Amulett sehr viel filigraner und weicher gestaltet als das nüchterne Wappen, aber die Bedeutung der beiden musste dieselbe sein. Doch selbst wenn ich nun die Worte lesen konnte, verstand ich sie immer noch nicht.

Im Laden war nun sehr viel weniger los als noch vor einigen Minuten, und ich suchte die Verkäuferin. Die rothaarige Frau stand gelangweilt an der Kasse und blätterte in einem Magazin. Vermutlich erholte sie sich von dem Ansturm, den sie gerade überstanden hatte. Geduldig wartete ich, dass sie von ihrer Lektüre aufsah, doch sie ignorierte mich gekonnt.

»Ähm, Entschuldigung.«

Sie sah kurz auf, ehe sie sich wieder der Zeitschrift zuwandte.

»Ja, bitte?«, brachte sie gerade so heraus.

»Dieses Wappen …«

»Zwölf Pfund, steht an dem Ständer!«, unterbrach sie meine Frage und blätterte auf die nächste Seite. Der reißerische Titel dieser Seite lautete *»Brangelina am Ende?«*. Sicher waren die täglich wiederkehrenden Fragen unzähliger Touristen nicht so spannend wie das Liebesleben der Stars. Trotzdem wollte ich eine Antwort auf meine Frage bekommen. Leicht entnervt legte ich meine Hand mit dem Wappen mitten auf das strahlende Hollywoodpaar.

»Nein, Sie verstehen mich nicht!«, erklärte ich bestimmt. »Ich möchte es nicht kaufen, sondern gerne wissen, was dieser Schriftzug bedeutet.«

Die Rothaarige zog ihr Magazin zurück und legte es unter den Tresen. Dann strich sie ihr Shirt glatt und antwortete schnippisch: »Doch, ich verstehe. Nur bin ich nicht die Auskunft, sondern Verkäuferin, und wenn Sie diese gälische Schrift übersetzen möchten, dann empfehle ich Ihnen eines dieser Wörterbücher«, sie deutete auf einen Tisch hinter mir, auf dem diverse Wörterbücher, Reiseführer und Straßenkarten aufgebaut waren. »Oder Sie sehen sich die Bücher über die Geschichte der Clans an.«

Damit war ich entlassen, und Cathy – ihr Name stand auf einem gelben Schild an ihrem Shirt –, begann, das Kleingeld in der Kasse zu ordnen.

»Ach, übrigens: Wir schließen in fünf Minuten!«, rief sie mir nach, als ich mich über die Wörterbücher beugte.

Na super! Wie sollte ich bei dieser riesigen Auswahl in fünf Minuten das Passende finden?

Ich blätterte durch die dünneren Hefte, doch ich fand nur, wie man sich auf Gälisch nach einem Zimmer mit Frühstück erkundigte (càite am faigh mi leabaidh is bracaist an-seo?). Weiter kam ich nicht.

Cathy räusperte sich bereits hinter mir und wedelte mit dem Schlüsselbund. Ich ignorierte sie noch eine weitere Minute, doch dann kapitulierte ich. Unzufrieden bezahlte ich meine zwölf Pfund für das Wappen der Camerons und trat hinaus an die frische Luft.

Der Parkplatz vor dem Souvenirshop lag verlassen vor mir. Cathy sperrte die Tür ab. Mit einem abschätzenden Blick auf mich hastete sie zu ihrem Wagen, schwang sich hinter das Steuer und brauste davon. Erst jetzt begann ich, mich zu fragen, wieso ich eigentlich mutterseelenallein vor den beängstigenden Ruinen des Urquhart Castle stand.

Wo zur Hölle waren meine Reisegruppe und mein glatzköpfiger Führer? Und wo war der verdammte Bus?

Erschrocken blickte ich um mich, in der Hoffnung, es gäbe noch einen zweiten Parkplatz. Scheiße! Der Wind frischte auf, und ein kalter Schauer fuhr mir unter die Jacke, während ich auf dem Parkplatz stand und mich fragte, wo alle waren. Nun gut, dann musste ich eben Roy anrufen, damit er mich abholen würde.

Hektisch wühlte ich in meinem Rucksack nach meinem Handy, und meine Panik wurde immer größer. Das Bild, wie ich es achtlos in meinen Koffer warf, nachdem ich alle für Schottland wichtigen Nummern und Adressen eingespeichert hatte, schob sich vor mein geistiges Auge.

Oh nein! Mist! Bitte, das durfte doch nicht wahr sein!

Ich stand auf und ging unruhig auf und ab. Mist!

Was sollte ich jetzt tun? Ich konnte abwarten, denn irgendwann würde hoffentlich jemandem in meiner Gruppe auffallen, dass ich nicht da war. Oder, selbst wenn nicht, dann würde doch Alison bemerken, dass ich nicht nach Hause käme. Doch woher sollte sie wissen, wo ich war?

Es donnerte. Die Nacht brach bereits herein, und eine mächtige schwarze Wolkenwand schob sich über den Himmel. Das Castle wurde von grünen Scheinwerfern angestrahlt und leuchtete gespenstisch. Ein greller Blitz zuckte über dem Wasser.

Schon die Vorstellung bei Nacht und einem Gewitter am Ufer des Loch Ness neben einer Ruine samt Geistern auf Hilfe zu warten, die womöglich nie kommen würde, war zu viel für mich. Ich schnappte mir meinen Rucksack und zog mir die Kapuze tief ins Gesicht. Indiana Jones in mir hatte soeben beschlossen, dass es zum Aufgeben eindeutig zu früh war.

So schnell ich konnte, marschierte ich, ohne zu rennen, an der Straße entlang in Richtung der Stadt, die wir bei der Anreise zuletzt passiert hatten. Dort gab es bestimmt eine Telefonzelle, aus der ich Alison anrufen konnte. Wie weit es wohl bis zur Stadt war? Ich hatte nicht auf die Strecke geachtet. Ob ich lieber per Anhalter fahren sollte?

Gut zehn Minuten später war noch kein einziges Auto vorbeigekommen. Was mich wiederum zu dem Schluss kommen ließ, dass die Stadt vermutlich doch nicht ganz so nah war, wie ich es mir erhofft hatte. In Stadtnähe fuhren bestimmt deutlich mehr Autos.

Die ganze Zeit über murmelte ich Schimpfworte vor mich hin, damit ich nicht das Gefühl hatte, ganz allein zu sein.

Trotz meiner Jacke fror ich.

Da! Ein Fahrzeug kam näher. Ich dachte darüber nach, mich mitten auf die Fahrbahn zu stellen, um den Wagen auf jeden Fall zum Anhalten zu zwingen, fand dann aber, dass dies vermutlich einem Selbstmord gleichkommen würde. Durch hüpfen, rufen und winken versuchte ich, auf mich aufmerksam zu machen.

»Hallo! Hallo, bitte anhalten!«, rief ich, als der Wagen mit ungeminderter Geschwindigkeit an mir vorbeizog. Nein!

»Hallo! Halt!«, brüllte ich den in der Ferne immer kleiner werdenden Rücklichtern nach, doch meine Rufe gingen in einem lauten Donnern unter. Ich war kurz davor, in Tränen auszubrechen. Wie weit es noch bis zu der Stadt war, wusste ich nicht, aber da ich schon eine gefühlte Ewigkeit unterwegs war, würde ich auch nicht zurück zum Castle gehen. Selbst wenn mich dort jemand suchen sollte, musste er zuvor hier an mir vorbeikommen. Als wäre das alles nicht genug, prasselten nun auch noch die ersten Regentropfen herab.

Mit meiner Beherrschung war es jetzt endgültig vorbei. Ich begann zu rennen. Meine Chucks weichten durch, und ich bekam nasse Füße. Das Wasser tropfte mir in die Augen und lief mir in Strömen in den Halsausschnitt. Der Regen vermischte sich mit meinen Tränen.

»So eine riesige Scheiße! Wieso hilft mir denn niemand!«, fluchte ich verzweifelt.

Kaum hatte ich den Satz beendet, drang auch schon ein neuerliches Motorengeräusch an mein Ohr. Ich drehte mich um und sah ein Licht auf mich zukommen.

Ein Motorrad fuhr viel zu schnell über die nasse, unübersichtliche Straße und wirbelte dabei eine ganze Ladung Spritzwasser auf. Schnell sprang ich zur Seite, um keine Dusche abzubekommen. Ich wollte schon wütend hinterherbrüllen, als das rote Bremslicht der Maschine aufleuchtete. Tatsächlich hielt das Motorrad ein ganzes Stück weiter an. Der Fahrer drehte sich zu mir um. Winkend rannte ich auf das wartende Fahrzeug zu.

Dankbar strich ich mir das nasse Haar aus der Stirn und schaute mir keuchend meinen Retter an. Ein schwarzer Helm mit abgedunkeltem Visier verbarg das ganze Gesicht. In der schwarzen

Lederkombi steckte ein großer Mann, der mir nun wartend entgegensah. Ich war völlig außer Atem und meine Beine zitterten.

»Hallo! Können Sie mich mitnehmen?«, rief ich erschöpft.

Kurzes Schweigen.

»Sicher. Steig auf. Wo soll es denn hingehen?«

Die Stimme, die durch den Helm gedämpft wurde, klang ein wenig atemlos und etwas unsicher.

»Wohin fahren Sie denn? Ich muss eigentlich nach Aviemore, aber wenn Sie nicht so weit fahren, dann könnten Sie mich vielleicht in der nächsten Stadt absetzen?«

Wieder dauerte es einen Moment, bis ich eine Antwort auf meine Frage erhielt.

»Ich kann dich fahren. Aviemore liegt auf meinem Weg. Steig auf.«

Er streckte mir zögernd seine Hand entgegen. Als ich diese dankbar ergriff, um hinter ihm aufzusitzen, zuckte er unter meiner Berührung kurz zusammen, als hätte er einen Stromschlag bekommen. Unsicher sah ich ihn an.

Er hielt nach wie vor meine Hand, als er gepresst hervorbrachte: »Steig endlich auf!«

Erleichtert schwang ich mein Bein über die riesige Maschine und klammerte mich an dem unbekannten Fahrer fest. Kraftvoll ließ er den Motor aufbrüllen, und wir flogen beinahe dahin.

Der Typ war doch irre! Ich trug nicht mal einen Helm, und dieser Kerl preschte mit unglaublicher Geschwindigkeit über die dunkle Straße. Nach den ersten Minuten hatte ich meine Todesangst überwunden. Ich klammerte mich einfach mit aller Kraft an das nasse Leder seiner Jacke. Wir rasten durch die Nacht am Ufer des silbrig glänzenden Loch Ness entlang. Meine Haare wehten im Fahrtwind, und der Regen peitschte mir ins Gesicht.

Die Fahrt dauerte nicht so lange, wie ich erwartet hatte. Trotzdem war ich ganz steif, als ich vor dem kleinen gemütlichen Häuschen von Alison und Roy abstieg.

»Danke. Ich weiß gar nicht, wie …«, setzte ich an.

Jäh gaben meine Knie nach, und ich hätte beinahe das Gleichgewicht verloren. Halt suchend griff ich nach meinem Chauffeur, der genau wie schon zuvor unter meiner Berührung zusammenzuckte. Noch ehe ich mich bedanken konnte, riss er seinen Arm weg und jagte mit heulendem Motor die Straße hinunter.

Irritiert stand ich in der Dunkelheit und schaute dem davon fahrenden Typ hinterher.

Komisches Volk, diese Schotten!

Nach diesem erlebnisreichen Tag war ich froh über eine warme Dusche. Ich zoge meine nassen Klamotten aus und stieg unter das dampfende Wasser. Mit geschlossenen Augen legte ich den Kopf in den Nacken, um mir das Wasser übers Gesicht laufen zu lassen.

Das merkwürdige Verhalten des Motorradfahrers ging mir nicht aus dem Kopf. Warum hatte er mir geholfen, wenn es ihm anscheinend so unangenehm gewesen war? Noch immer rätselnd, seifte ich mein Haar mit Honigshampoo ein und spülte die Kälte aus meinen Knochen. Dann wickelte ich mich in ein großes weiches Handtuch und setzte mich auf die Bettkante.

Alison hatte mir noch einen heißen Tee auf den Nachttisch gestellt, der mich von innen wärmte. Ich föhnte mein Haar trocken und schlüpfte in mein Nachthemd.

»Autsch!«

Meine Hand fuhr an mein Dekolleté. Die Haut unter dem Medaillon meiner Großmutter war stark gerötet, der Anhänger aber kalt. Trotzdem schien es, als hätte ich einen Sonnenbrand, genau an der Stelle, die der Anhänger berührte. Bekam ich etwa eine Allergie?

Sicherheitshalber nahm ich die Kette ab und legte sie neben das

Bett auf den Tisch. Ich löschte das Licht und ließ mich in mein Bett sinken. Noch ehe mein Kopf das Kissen berührte, schlief ich völlig erschöpft ein.

Mitten in der Nacht erwachte ich mit dem Gefühl, als würde mir etwas sehr Wichtiges fehlen. Hatte ich vielleicht Heimweh? Das Mondlicht schien durch die Vorhänge und brach sich in meinem Medaillon. In das silberne Licht getaucht, wirkte es sehr viel hübscher als im nüchternen Tageslicht. Automatisch streckte ich eine Hand danach aus. Es fühlte sich warm an, und ein Gefühl von Sicherheit durchströmte meinen Körper. Ich legte es mir um den Hals und kuschelte mich wieder in mein Kissen.

Vor dem Haus sprang ein Motor an.

Der schwarz gekleidete Motorradfahrer warf noch einen letzten Blick auf das kleine Häuschen, ehe er nachdenklich auf seine Maschine stieg.

Er hatte eine ganze Weile im Schutz der Bäume gestanden und das Haus beobachtet. Er war nicht gekommen, um jemandem hinterherzuspionieren, sondern weil es ihn wie magisch hierher gezogen hatte. Das Bedürfnis war so groß gewesen, dass er es nicht hatte ignorieren können. Niemand sah ihn, wie er, um Selbstbeherrschung ringend, vor den dunklen Fenstern stand. Erst als er es nicht länger ertrug, fuhr er davon.

Je weiter er sich von Aviemore entfernte, desto gleichmäßiger konnte Payton wieder atmen. Der Schmerz ebbte ab, und das Gefühl zu verbrennen ließ nach. Zurück blieb eine dumpfe Leere, die auch nicht verschwand, als er zwei Stunden später von der Hauptstraße abbog und auf einem Feldweg weiterfuhr, bis er in seinem sicheren Zuhause angekommen war.

Seine beiden Brüder Blair und Sean waren ebenfalls noch wach. Sie spielten eine Partie Schach. Das Spiel der Könige. Passend dazu war das Spielbrett auf einem Tischchen aus Elfenbein und Ebenholz aufgebaut, und seine Brüder saßen sich in Stühlen gegenüber, die einem echten Thron in Eleganz an nichts nachstanden.

Blair war nicht gerade ein großer Denker, aber im Schach schlug ihn so schnell keiner. Schachpartien der beiden dauerten manchmal mehrere Tage. Zum Glück lag es ihnen im Blut, mit wenig Schlaf auszukommen.

»Was für eine Laus ist dir denn über die Leber gelaufen?«, wollte Sean wissen, der seinen Läufer setzte und dann zu Payton aufblickte.

Von allen Familienmitgliedern stand ihm der fünfundzwanzigjährige Sean am nächsten. Dieser war sechs Jahre älter als er selbst und damit im Alter deutlich näher an Blair, der mit seinen siebenundzwanzig Jahren das Familienoberhaupt bildete.

»Keine! Alles in Ordnung!«, gab Payton zurück. Das Letzte, was er wollte, war ein Gespräch mit dem »Clan«. Zweifelnd zog Sean eine Augenbraue nach oben und setzte zu einer neuerlichen Frage an. Payton hob warnend die Hand:

»Es ist nichts, habe ich gesagt! Lass mich einfach in Ruhe!«

Sekundenlang sahen sich die beiden stumm an, ehe Sean resigniert die Schultern zuckte und sich wieder seinem Gespräch mit Blair widmete.

Sean wirkte durch seine schlanke Figur jünger, als er war. Er war sehr sportlich und sehnig. An Kraft mangelte es ihm ebenso wenig wie an Intelligenz. Er hatte eine sehr gute Auffassungsgabe, und darum entging ihm nur sehr selten etwas. Auch heute hatte Sean sofort erkannt, dass Payton etwas vor ihnen verbarg. Doch er war nicht der Typ, der anderen auf die Nerven ging, indem er bohrende Fragen stellte.

Dafür war Payton ihm dankbar. Er würde seinen Lieblingsbruder nur ungern belügen, doch in diesem Fall konnte er mit niemandem sprechen, ehe er nicht selbst mehr wusste.

Payton durchquerte die weite offene Halle, an deren Kopfseite eine enge gewundene Treppe nach oben führte. Das alte Gemäuer war düster und kalt, ebenso wie es die Menschen waren, die es bewohnten. Zum zehnmillionsten Mal kam Payton dieser Vergleich so treffend vor, dass er sich fragte, ob die Burg vielleicht nur deshalb so bedrohlich schien, weil sie von ihnen bewohnt wurde.

Erst als sich die schwere Tür zu seinem Zimmer hinter ihm schloss, atmete er erleichtert durch. Was war nur mit ihm los? Was geschah mit ihm? Er stellte sich prüfend vor den großen Standspiegel. Dunkelbraune Augen sahen ihm abweisend entgegen. Sein voller Mund war verkniffen und hatte schon sehr lange nicht mehr gelächelt. Die alte bogenförmige Narbe am Kinn verlieh ihm ein gefährliches Aussehen. Seine hellbraunen Haare standen ihm wirr vom Kopf ab.

Er strich sich mit den Fingern durchs Haar, um es zu ordnen, während er weiterhin sein Spiegelbild betrachtete. Ein ziemlich großer, gut gebauter junger Mann, genau wie immer. Er konnte nichts erkennen, das sich verändert hatte. Aber warum war dann nichts mehr so wie vorher?

Meine ersten Tage in Schottland waren wie im Flug vergangen. Das Wochenende unterbrach meine Sightseeingtour, und ich verbrachte viel Zeit mit Alison und Roy. Alison war lustig und lachte viel. Sie erledigte ihre Hausarbeit scheinbar mühelos, während sie mir Geschichten erzählte oder kleine Gefechte mit Roy austrug. Und, obwohl sie in diesem ungleichen Paar aufgrund ihrer Körpergröße die deutlich schlechteren Ausgangsbedingungen hatte, gewann sie mühelos jeden Streit. Roys Statur beeindruckte Alison nicht im Geringsten.

Ich fühlte mich sehr wohl bei ihnen.

Die gemütliche Wärme in dem Häuschen mit den rosafarbenen Fensterläden und dem mit Rosen überwachsenen Bogen vor der Haustür übertrug sich auch auf mich. Doch irgendwie ging es mir nicht gut.

Das ganze Wochenende über war ich unruhig und fühlte mich verfolgt. Wann immer ich mich umsah, konnte ich nichts Ungewöhnliches entdecken. Trotzdem stellten sich immer wieder meine Nackenhärchen auf. Allerdings war dieses Gefühl nicht stark genug, als dass ich mich Alison damit anvertraut hätte. Es war vermutlich genau so, wie Roy bei meiner Ankunft gesagt hatte: Schottland machte aus den Menschen abergläubische Angsthasen.

Am Montagmorgen hatte ich das Haus für mich allein. Roy war Lehrer und schon morgens aus dem Haus gegangen. Alison hatte sich bereits am Vorabend wortreich bei mir entschuldigt. Sie schimpfte, es habe einen Notfall gegeben, der es erforderlich mache, dass sie in den nächsten Tagen im Fremdenverkehrsamt aushelfe. Ihre Kollegin müsse sich den Blinddarm entfernen lassen und würde einige Zeit ausfallen.

„Ist doch nicht so schlimm", versicherte ich ihr und war insgeheim sogar ein bisschen froh darüber. „Ich bin wirklich in der Lage, mir mein Frühstück selbst zu machen, und dann geht es ja auch schon mit meiner Tour weiter."

Alisons unentschlossener Gesichtsausdruck zeigte mir ganz deutlich ihre Befürchtung, ich könnte wieder in Schwierigkeiten geraten.

„Alison, wirklich! Ich verspreche, ich werde nicht wieder den Bus verpassen, und ich werde mich immer in der Nähe meiner Gruppe aufhalten. Mach dir bitte keine Sorgen", versuchte ich daher, sie zu beruhigen.

„Na gut, aber schau diesmal, dass dein Handyakku voll ist."

Alison wirkte erleichtert, warf mir aber noch einen letzten zweifelnden Blick zu, ehe sie mir eine gute Nacht wünschte.

Ich schlug die Augen auf. Ebenso wie nach meiner ersten Nacht hier stand ich auf und öffnete das Fenster. Es würde ein schöner Tag werden. Die Sonne schaffte es schon jetzt, die Luft zu erwärmen, und so stand ich einen Moment barfuß nur im Nachthemd am Fenster und genoss die Ruhe.

Aus der Küche duftete es nach Kaffee und Hefegebäck. Anscheinend traute mir Alison nicht zu, mich selbst zu versorgen. Als mein Magen auf dieses duftende Angebot hin laut zu rumoren begann, schlurfte ich hinunter und holte mir eine Tasse mit Milchkaffee. Vorsichtig balancierte ich diesen und einen Teller mit Gebäck wieder die Treppe hinauf. Ich frühstückte im Bett und fühlte mich rundum wohl. Die Ängste der vergangenen Tage waren verschwunden, und ich konnte es nicht erwarten, mehr von Schottland zu sehen.

Meine gute Laune hielt den ganzen Tag an. Wir hatten gerade den Bus auf dem Parkplatz vor der nächsten Sehenswürdigkeit, dem Glenfinnan Monument, verlassen. Wie die Lemminge folgten wir unserem Guide und stürzten uns zwar nicht ins Meer, dafür aber in einen Souvenirshop. Der kleine Laden konnte unserem Ansturm kaum standhalten, und ich bekam beinahe so etwas wie einen klaustrophobischen Anfall. Nach Atem ringend eilte ich hinaus und sog die frische Luft gierig in meine Lunge.

Vor mir erstreckte sich die Wildheit der Highlands. Ich überquerte die Straße, denn gegenüber führte ein geschotterter Weg durch die Heide hinüber zum Monument. Das Glenfinnan Monument war ein runder schlichter Turm am Ufer des Loch Shiel, dem man seine historische Bedeutung auf den ersten Blick kaum ansah. Ein steinerner Highlander im Kilt auf der Spitze des Denkmals sollte das Andenken an den Beginn des Jakobitenaufstandes wahren.

Zuerst erschien mir der Turm klein, doch mit jedem Schritt, den ich auf ihn zumachte, wuchs er weiter in den wolkenlosen Himmel. Selbst heute konnte man noch spüren, wie ungebrochen einst der Glaube der Jakobiten an Charles Stuart, ihren Anführer im Kampf um die Krone Englands und Schottlands, gewesen sein musste. An diesem Ort hatte er 1745 die Clans um sich versammelt und sie von dort aus in die Schlacht geführt.

Ein waschechter Schotte in voller Tracht stand am Eingang des Monuments und bot immer zwei bis drei Besuchern gleichzeitig die Möglichkeit, den Turm hinaufzusteigen. Die schmale Bogentür wirkte zwar wenig einladend, doch ich ließ mich davon nicht entmutigen.

Im Inneren des alten Bauwerkes war es sehr dunkel und beklemmend eng. Eine steil gewundene Steintreppe führte hinauf, und man musste sich durch eine schmale Öffnung quetschen, um auf die Turmspitze zu gelangen. Tatsächlich hatten hier oben kaum mehr als drei Menschen nebeneinander Platz, und direkt hinter mir steckte nun ein weiterer Besucher seinen Kopf durch die Luke. Ich trat an die niedrige Brüstung, um ihm etwas Platz zu machen.

Mein Blick fiel auf sein Gesicht, und ich hätte mich beinahe verschluckt. Der Typ sah atemberaubend aus, und eine Narbe am Kinn ließ ihn irgendwie cool erscheinen. Schnell drehte ich mich weg, damit er nicht bemerkte, wie sehr mich sein Anblick aus der Fassung brachte. Meine Knie wurden auf einmal ganz weich, sodass ich mich an der steinernen Brüstung anlehnte. Verstohlen warf ich einen kurzen Blick zurück.

Er stand so weit, wie er konnte, von mir entfernt. Er schien nicht aufdringlich wirken zu wollen, was auf dieser engen Plattform bei seiner Körpergröße beinahe unmöglich war. Doch trotz der Distanz, die er zwischen uns gebracht hatte, ruhte sein Blick auf mir, ja – bohrte sich geradezu in meinen Rücken. Ich schätzte ihn etwas älter als mich selbst.

Ich konnte es nicht lassen und musterte ihn ein weiteres Mal so unauffällig wie möglich. Seine braunen Augen waren leicht zusammengekniffen. Etwas an seinem Blick verwirrte mich. Er hatte sich noch weiter zurückgezogen, und ich vermutete, dass er mein Interesse womöglich für Misstrauen hielt. Mein Herz hämmerte mir so laut in der Brust, dass ich fürchtete, er könnte es hören. Mein ganzes Empfinden war auf diesen jungen Mann ausgerichtet. Jede Faser meines Körpers stand unter Strom. Ich hatte ihn nur kurz angesehen, und doch hatte sich sein Bild in mein Gedächtnis eingebrannt.

Er war um einiges größer als ich, und sein kurzes Haar war verwuschelt, so als wäre er eben erst aufgestanden. Es war braun, doch einzelne Strähnen waren etwas heller und wirkten wie goldene Funken. Er trug eine schwarze Cargo-Hose und ein dunkelgraues lässiges Hemd über einem weißen Shirt. In meinem Hals hatte sich ein dicker Kloß gebildet, und ich versuchte zu schlucken. Der Wind blies mir die Haare ins Gesicht, und ein Hauch seines Duftes wehte mir entgegen. Unbeschreibliche Gefühle durchfluteten mich.

Sein Gesicht trug einen sehr abweisenden Ausdruck, und auch die gesamte Körperhaltung war ablehnend. Trotzdem fühlte ich mich unerklärlicherweise zu diesem Fremden hingezogen. Das Schweigen auf der Turmspitze zog sich in die Länge, doch ich musste erst meine Fassung wiedererlangen, bevor ich etwas sagen konnte.

Schließlich drehte ich mich leicht zu ihm hin und deutete auf das vor uns liegende Loch Shiel. Der Himmel spiegelte sich in der glatten Oberfläche des Wassers, und die Berge, die es umgaben, schienen die grauen Wächter dieses unbeschreiblichen Naturschauspieles zu sein.

„Wunderschön, oder?“, sprach ich ihn mit schwacher Stimme an.

Er sah an mir vorbei und holte tief Luft. Dann schaute er mich an und antwortete mit gepresster Stimme: „Ja, wunderschön.“

Sein intensiver, unergründlicher Blick nahm mich bei diesen Worten gefangen. Seine Stimme berührte mein Innerstes. Es brachte etwas in mir zum Klingen, und ich wollte am liebsten fragen, ob er die Aussicht meinte oder etwas anderes. Doch ich hatte Angst, er würde mich auslachen. Natürlich würde er mich auslachen! Mich als wunderschön zu bezeichnen, würde ja auch wirklich niemandem einfallen. Trotzdem wurde mir beim Klang seiner Worte heiß. Wie Musik, dachte ich. Seine Stimme erinnerte mich an den gefühlvollen Klang von Shawn Mendes und ging genau wie mein Lieblingssong von ihm direkt in my blood.

Er hatte etwas gesagt und schien nun auf eine Antwort von mir zu warten, doch ich war noch so aufgewühlt von seinen ersten Worten, dass ich nicht richtig zugehört hatte.

„Was? Sorry, ich … ähm, ich habe dich nicht verstanden“, stammelte ich herum.

„Payton – habe ich gesagt. Ich bin Payton – und du?“

„Sam. Ich meine, eigentlich heiße ich Samantha, aber jeder nennt mich Sam.“

Verdammt! Meine Knie waren der reinste Pudding, und auch meine Stimme versagte ihren Dienst. Reiß dich zusammen! Indiana Jones würde das auf jeden Fall tun!

Die Peinlichkeit wurde immer größer! Er hatte schon wieder etwas gesagt, was ich nicht mitbekommen hatte. Vermutlich hielt er mich ohnehin für bekloppt. Die ganze Szene wurde zunehmend absurder.

Ich stand hier auf einer winzigen Turmspitze, mit einem Jungen, der mir anscheinend den Verstand raubte, und obwohl wir beide die gleiche Sprache sprachen, verstand ich kein Wort, weil mir das Herz so laut in den Ohren schlug. Und das Allerbeste an der ganzen Sache war, dass er anscheinend keinerlei Interesse an mir zeigte, denn es schien so, als lehne er sich schon über die Brüstung hinaus, um etwas mehr Abstand zu mir zu gewinnen.

Sein gequälter Gesichtsausdruck und die abweisende Haltung wirkten, als würde er lieber über das Geländer stürzen, als sich auch nur einen Millimeter in meine Richtung zu lehnen.

Das brachte das Fass zum Überlaufen. Prustend hielt ich mir die Hände vor den Mund und lachte. Ich lachte so lange, dass mir mein Bauch schmerzte und die Tränen an meinen Wangen herunterliefen. Meine Knie gaben ganz nach, und ich rutschte mit dem Rücken an den kalten Steinen zu Boden.

Es dauerte einen Moment, dann veränderte sich Paytons Gesicht. Man konnte es nicht als Lächeln bezeichnen, aber vielleicht als Belustigung. Ja, leicht belustigt sah er auf mich herunter und setzte sich mir gegenüber auf den staubigen Steinboden. Er sagte kein Wort, sondern sah mich einfach nur an. Vage wurde mir bewusst, dass mein Amulett heiß auf meiner Haut brannte, doch ich war zu sehr im Hier und Jetzt gefangen, um mir über die sonderbaren Eigenheiten der alten Kette Gedanken zu machen.

Als ich mich wieder eingekriegt hatte, nahm ich meinen ganzen Mut zusammen und hob meinen Blick. Payton saß im Schneidersitz, mit dem Rücken lässig gegen die Mauer gelehnt da. Seine Hände lagen scheinbar entspannt auf seinen Oberschenkeln, doch an seinen Armen traten die Muskeln vor Anspannung hervor. Außerdem sah ich auch in seinem gequälten Blick keinen Funken dieser gespielten Lässigkeit. Aber ich fand das nur gerecht, denn ich selbst konnte vermutlich noch eher den Mount Everest besteigen, als cool und lässig zu wirken.

Der erste Schock, in den mich der unglaubliche Klang seiner wunderbaren Stimme versetzt hatte, ebbte langsam ab. Irgendwie empfand ich plötzlich Angst, dass er aufstehen und gehen würde, wenn ich diesen Moment ungenutzt verstreichen ließe. Diese Vorstellung war schrecklich.

Obwohl ich nicht sagen konnte, was mein Interesse an ihm so stark machte, spürte ich, dass gerade etwas ganz Besonderes mit mir geschah.